A favorita do americano

Caroline Linden

A favorita do americano

Procura-se um duque

TRADUÇÃO DE
ANA RODRIGUES

Rio de Janeiro, 2023

Título original: All the Duke I Need
Copyright © 2022 by Caroline Linden

Todos os personagens neste livro são fictícios. Qualquer semelhança com pessoas vivas ou mortas é mera coincidência.

Direitos de edição da obra em língua portuguesa no Brasil adquiridos pela Editora HR LTDA. Todos os direitos reservados. Nenhuma parte desta obra pode ser apropriada e estocada em sistema de banco de dados ou processo similar, em qualquer forma ou meio, seja eletrônico, de fotocópia, gravação etc., sem a permissão do detentor do copyright.

Direitos exclusivos de publicação em língua portuguesa cedidos pela Harlequin Enterprises II B.V./ S.À.R.L para Editora HR Ltda.

A Harlequin é um selo da HarperCollins Brasil.

Contatos: Rua da Quitanda, 86, sala 218 — Centro — 20091-005
Rio de Janeiro — RJ
Tel.: (21) 3175-1030

Diretora editorial: *Raquel Cozer*
Editora: *Julia Barreto*
Copidesque: *Thaís Carvas*
Revisão: *Ingrid Romão e Daniela Georgeto*
Design de capa: *Tulio Cerquize*
Imagem de capa: Breeze I, *Mark Spain, óleo sobre tela, 50 x 60 cm. DeMontfort Fine Art Publisher*
Diagramação: *Abreu's System*

CIP-Brasil. Catalogação na Publicação
Sindicato Nacional dos Editores de Livros, RJ

L723f

  Linden, Caroline
    A favorita do americano / Caroline Linden ; tradução Ana Rodrigues. – 1. ed. – Rio de Janeiro : Harlequin, 2023.
    320 p. ; 23 cm.   (Procura-se um Duque ; 3)

  Tradução de: All the duke I need
  Sequência de: A dama do capitão
  ISBN 978-65-5970-213-8

    1. Romance americano. I. Rodrigues, Ana. II. Título. III. Série.

22-80517
CDD: 813
CDU: 82-31(73)

Meri Gleice Rodrigues de Souza – Bibliotecária – CRB-7/6439

Para Gretchen e Fred
Vive le HEA!

Prólogo

1767
Castelo Carlyle

O CASAMENTO FOI discreto, como deveria. Afinal, a noiva já passara havia muito do auge da juventude, e o noivo, ainda mais velho, era viúvo.

Porém aquela noiva adorava uma festa e não iria perder a oportunidade de oferecer uma. O casamento de fato foi pequeno e discreto, mas a celebração que se seguiu foi grandiosa.

Tendas, toldos e uma pista de dança com piso de parquê, montada por uma equipe de carpinteiros, haviam transformado o pátio externo do Castelo Carlyle. Um cardápio farto e variado provocava elogios entusiasmados dos convidados, e um quarteto de cordas tocava sob as janelas da sala de jantar. Como se abençoasse a união, o sol cintilava em um céu muito azul, aquecendo o dia, e uma brisa leve garantia que os dançarinos não sentissem muito calor. Quando o sol começou a se pôr, criados foram das tendas às árvores, pendurando dezenas de lampiões acesos, até que superassem o número de estrelas e deixassem o pátio iluminado como se ainda fosse dia.

Sophia Constance St. James, duquesa de Carlyle, acomodada na maior tenda, observava a cena com uma expressão altiva. A festa mais parecia uma feira do vilarejo do que um baile em Londres, exatamente como a filha dela desejara. E, Deus... já fazia anos desde que haviam dado uma festa no castelo. Era bom ouvir as risadas ecoando novamente pelos muros de pedra.

O olhar carinhoso da duquesa encontrou a filha na multidão, sorrindo encantada para o rosto do agora marido. Era possível ouvir a risada estrondosa de Stephen do outro lado do gramado. Provavelmente organizando um jogo de boliche ou uma disputa de arco e flecha. Assim era o filho mais novo dela. Stephen desempenhara um grande papel no planejamento das festividades e tinha sido responsável por convidar toda a paróquia de St. Mary, onde ele logo assumiria o posto de vigário. Todos os lordes, proprietários de terras, comerciantes e fazendeiros em um raio de quase vinte quilômetros estavam ali.

Enquanto Sophia continuava a observar a festa, o casal de noivos se virou e foi na direção dela. O coração da duquesa quase explodiu de tanto orgulho materno. A filha até podia ser mais velha do que as noivas costumavam ser — já tinha quase 30 anos —, mas ainda era linda e cheia de alegria. Ela usava um vestido de crepe prateado que cintilava sob a luz do crepúsculo, e rosas cor-de-rosa enfeitavam seu cabelo preso no alto da cabeça. Mas foi o sorriso luminoso no rosto dela que fez a duquesa sentir a garganta apertada de felicidade.

— Aqui está a senhora, mamãe — disse Jessica, animada, e se sentou no sofá ao lado de Sophia. Ela estendeu os braços para o noivo. — Deixe-me segurá-la, Miles.

Miles Kirkpatrick era alto e sério, e parecia muito imponente em seu uniforme do Exército, o cabelo negro já grisalho nas têmporas. Mas sua expressão era cálida e terna, e ele entregou para a esposa a menininha que estava em seu colo. Só então virou-se para a sogra e se inclinou em um movimento elegante.

— Um dia espetacular, senhora, de intensa felicidade. Eu lhe agradeço do fundo do coração.

A duquesa ergueu as sobrancelhas.

— Apenas organizei a festa, coronel. O senhor e a minha filha são os responsáveis pela felicidade extrema.

Ele sorriu, e Jessica riu.

— Somos mesmo, não é? — Ela olhou ao redor. — Onde está Johnny?

— Ele se sentiu cansado e entrou no castelo.

O duque insistira em assistir ao casamento da irmã. Ele chegara até mesmo a acompanhá-la ao altar, mas aquilo exaurira as suas forças. E só resistira por meia hora sob as tendas antes de se recolher aos seus aposentos.

— Ah — disse Jessica. — Irei vê-lo amanhã, para agradecer. — Outra risada alta a fez levantar os olhos e fitar o irmão mais novo, o centro das atenções em um círculo. — Eu também agradeceria a Stephen por não promover uma algazarra!

A duquesa sorriu.

— Ele jamais faria isso.

— Não onde *a senhora* pudesse vê-lo — murmurou a filha em um tom travesso.

Àquela altura, ela já acomodara a menininha no colo, mas naquele momento a criança deixou escapar um longo bocejo. O pai da criança murmurou preocupado, mas Jessica apenas acariciou o cabelo da menina e sorriu.

— Pobre Pippa! Mantivemos você aqui fora, acordada, por tempo demais. Está muito cansada, querida?

A menina firmou o queixinho e balançou a cabeça.

— Pippa, agora é hora de dormir. Onde está Asmat? — perguntou o pai, se referindo à ama indiana que cuidava da menina.

— Não sei — respondeu Pippa. E passou os bracinhos ao redor do pescoço de Jessica. — Quero ficar com a mamãe.

Marido e mulher se entreolharam. Do outro lado do gramado, os músicos substituíram as danças mais pomposas por alegres quadrilhas campestres, que eram as preferidas de Jessica.

— Deixem a menina comigo — falou a duquesa. — A ama com certeza estará aqui logo, logo.

Jessica abraçou a pequena com força e hesitou.

— Tem certeza, mamãe?

A duquesa olhou com severidade para a filha.

— Como se eu não tivesse criado quatro filhos! Acho que sou capaz de cuidar de uma menininha por algum tempo. — Ela dispensou o casal com um aceno de mão. — Vão! Dancem e divirtam-se!

— Se insiste...

Jessica se levantou e pousou com cuidado a criança em seu lugar. Então, inclinou-se para conversar com Pippa, seus cachos claros roçando no cabelo mais escuro da menina. Depois de alguns instantes de uma conversa sussurrada, Jessica se levantou e deu o braço ao marido.

— Vamos estar logo ali — disse Jessica.

Não ficou claro se o aviso foi dirigido à duquesa ou à criança.

— Sei onde você vai estar — disse a mãe com um toque de ironia. — Me dê um pouco de crédito, minha querida.

O coronel agachou, apoiando o corpo em um dos joelhos, e beijou a testa da filha, o rostinho dela parecendo muito pequeno entre as mãos do pai. A menina pegou um dos botões do paletó vermelho dele. Kirkpatrick murmurou alguma coisa para ela, soltou a mão da filha do paletó, beijou seus dedinhos e se levantou.

— Obrigada, senhora — disse, e então se inclinou de novo em uma reverência, enquanto lady Jessica fazia uma careta de impaciência bem-humorada para a mãe. — Mande chamar Asmat se...

— Sim, sim. — Sophia acenou novamente com a mão. — Se alguém escutar todas essas recomendações que vocês estão fazendo, vai acabar pensando que não confiam em mim.

O rosto do coronel ficou pálido, mas Jessica caiu na gargalhada.

— É claro que confiamos! Só não queremos aborrecê-la. Mas se a senhora insiste...

Ela acenou alegremente para Pippa, pegou a mão do marido e o puxou para a pista de dança.

A duquesa fitou a menininha, que a encarou de volta com uma expressão destemida. Jessica lhe contara que o coronel Kirkpatrick tinha uma filha pequena, mas aquela era a primeira vez que encontrava a criança.

— Você é Philippa — falou ela.

— Philippa Noor un-nisa Kirkpatrick — respondeu a menina com uma segurança impressionante.

— O seu pai chama você de Pippa.

A menina assentiu.

— Papai e Pippa. — Ela ficou em silêncio por um momento. — E agora a mamãe, depois que a ammi se foi.

Ela deveria estar falando da mãe dela, que morrera havia um ano. A duquesa assentiu com ternura. Ela sabia como era perder alguém querido.

— E qual é o *seu* nome?

Sua Graça ergueu as sobrancelhas.

— Sophia Constance St. James, duquesa de Carlyle. — A menininha torceu o nariz com desdém. — Talvez você queira me chamar de outra forma — sugeriu a mulher, que estava achando aquela conversa muito divertida.

— A senhora é uma dadi? — perguntou Philippa com curiosidade.

— O que é uma dadi?

— É a ammi da ammi. Minha dadi me deu isso antes de virmos para cá, no navio.

Philippa levou a mão ao pingente de ouro e jade que estava pendurado em uma fileira de pérolas, ao redor do seu pescoço. Era uma peça excessivamente ornamentada para uma criança, mas Jessica andara lendo com voracidade tudo o que podia sobre a Índia e descobrira que era comum as crianças usarem joias lá.

— Ah. — A duquesa assentiu, mas com uma pontada de tristeza. Ela não era avó... ao menos ainda não. — Você gostaria de me chamar de dadi?

O rostinho da menina se iluminou.

— Sim!

Sua Graça estava encantada.

— Então, serei a dadi.

— Dadi — repetiu Philippa feliz.

— Você está feliz por ter uma mamãe?

Philippa assentiu.

— O vestido da mamãe é lindo.

A duquesa sorriu, feliz.

— Sim, é mesmo. E o seu também.

Philippa desceu do sofá e girou, os olhos fixos nas saias amarelas que flutuavam ao seu redor. No fim, deu uns pulinhos, para ver as fitas pairando no ar.

— O papai me deu.

— Foi muito gentil da parte dele.

Estava claro que o coronel era devotado à filha, o que era surpreendente para um homem de sua idade e profissão. A duquesa nunca havia ouvido falar de militares sentimentais.

Philippa se sentou novamente no sofá.

— O seu vestido também é lindo, dadi.

A duquesa abaixou os olhos para o próprio vestido de seda, de um azul profundo, ricamente bordado e enfeitado com renda de Bruxelas.

— Obrigada — falou, mais uma vez encantada com a menina.

Pippa se manteve muito aprumada no sofá, os pezinhos balançando. Outro bocejo quase a fez cair.

— Está cansada? — perguntou a duquesa.

A menina balançou a cabeça.

— Não, não, não!

Então, arruinou a declaração bocejando de novo.

— Talvez você queira tomar um copo de leite.

Philippa ficou olhando para a duquesa por um momento, desconfiada, então assentiu lentamente. Sophia ergueu a mão e um criado que esperava ali perto se adiantou.

— Traga um copo de leite fresco para a srta. Kirkpatrick.

O homem assentiu e se afastou, voltando em poucos minutos. A duquesa entregou o copo à menina, que o segurou com as duas mãos e bebeu todo o leite. Ela suspirou alto e suas pálpebras ficaram pesadas.

Obviamente Philippa estava cansada. Tinha apenas 3 anos e aquele fora um longo dia. Ainda assim, a duquesa estava impressionada com a resistência da menina. Naquela idade, Stephen teria se transformado em um demônio uivante, se atirando no chão aos berros, enquanto Johnny provavelmente já teria mordido alguém. Os filhos dela tinham sido criaturas selvagens e cheias de energia.

Então, para espanto de Sua Graça, Philippa pousou o copo e se aconchegou no colo dela. A menina ajeitou o corpo, escolheu a posição mais confortável, então levantou a cabeça para olhar para a duquesa. Um sorriso cansado se abriu no rostinho redondo, então ela fechou os grandes olhos escuros e dormiu.

Por um momento, a duquesa ficou paralisada. Seus braços haviam envolvido a criança instintivamente, embora já fizesse muito tempo que ninguém se deitava em seu colo. Mas a menininha deixou escapar um suspiro sonolento, se aconchegou mais e Sua Graça a abraçou com mais força.

Ela ficou sentada por algum tempo, inalando o perfume cálido da menina, maravilhada com a textura sedosa dos cachos escuros que roçavam seu braço. Philippa dormia tão profundamente, um sono tão confiante... Às vezes, sua boca se mexia como se ela estivesse chupando o dedo, exatamente como Jessica fazia quando era pequena. Aquilo provocou um sorriso terno no rosto de Sua Graça. Seria bom ter uma criança em casa de novo... e com sorte haveria outras. Jessica estava casada agora, e Stephen com certeza logo sossegaria com uma família.

Só depois de um tempo Sophia se deu conta dos sussurros atrás dela. A tenda em que estava havia sido decorada da forma mais pomposa, mas naquele momento também era a mais silenciosa, já que o duque voltara para o castelo e a maior parte dos convidados estava na pista de dança. A governanta havia mandado as criadas começarem a arrumar tudo, e duas delas estavam tirando as mesas onde, mais cedo, os convidados haviam saboreado iguarias como carne de vitela, tortas de lagosta e um prato muito aromático chamado curry, feito a partir de uma receita do próprio coronel.

— Coisinha de pele escura ela, não? — sussurrou uma das criadas.

— Ouvi dizer que a mãe dela era uma daquelas concubinas indianas — sussurrou a outra. — É muito estranho que um homem como o coronel traga para casa uma criança ilegítima.

A primeira criada deu uma risadinha.

— Ela é diferente, não é?

— Fico me perguntando por quanto tempo vão mantê-la por aqui — sussurrou a outra. — Depois que lady Jessica tiver um bebê, essa menina vai parecer diferente demais.

— Vocês duas — chamou a duquesa em um tom ríspido. Ouviu-se o som de porcelana batendo e as duas criadas ficaram em silêncio. — Venham aqui.

Mortalmente pálidas, as moças se apressaram a fazer uma reverência diante dela. Sua Graça mirou as duas de cima a baixo, deixando claro seu desprezo.

— Como se chamam?

— Sarah Wood, senhora — murmurou a primeira, em uma voz trêmula, inclinando-se em outra reverência.

— Jane Carter, Sua Graça — sussurrou a segunda. Ela segurava o avental com tanta força que os nós dos dedos estavam esbranquiçados.

— Vocês estão tão desocupadas que têm tempo para ficarem paradas fofocando? — A duquesa ergueu a sobrancelha, enquanto as duas balançavam a cabeça freneticamente. — Pelo que entendi, se acham superiores a esta criança.

— Não, Sua Graça — disse uma delas bem baixinho.

A outra moça balançou a cabeça de novo, os olhos arregalados, aterrorizada.

A duquesa encarou ambas com frieza por um longo momento.

— Ótimo. Não tolerarei isso nesta casa. Sara Wood, pegue uma manta para a minha neta. Jane Carter, leve aquelas toalhas para a lavanderia.

As criadas balbuciaram pedidos de desculpas, enquanto faziam mais algumas reverências, e saíram apressadas. Sara Wood voltou correndo poucos minutos depois com uma manta e cobriu a menina adormecida com todo cuidado. Sua Graça dispensou a criada com um aceno silencioso de cabeça, ainda furiosa com a conversa que escutara.

Ninguém zombava ou fazia pouco de seus convidados, ainda mais de uma criança inocente que agora fazia parte da família. Sua Graça fitou o rostinho angelical apoiado em seu braço e sentiu o coração derreter. *Dadi*. Não era avó, mas chegava muito perto. Com cuidado para não acordar a menina que dormia em seu colo, ela ajeitou o corpinho mais confortavelmente na cadeira.

Algum tempo depois, o casal de noivos voltou — o vestido prateado de Jessica amassado e as rosas caindo de seu cabelo, mas o rosto ruborizado de felicidade. O sorriso que também curvava os lábios do coronel se apagou quando ele viu onde estava Philippa.

— Ah, coitadinha — falou Jessica baixinho.

— Sinto muito, senhora — disse o coronel, e estendeu a mão para pegar a filha. — Deixe-me pegá-la.

— Por quê?

Ele enrubesceu.

— Eu deveria ter procurado Asmat para colocar Pippa na cama.

— Ela está bem acomodada comigo. — A duquesa ergueu a sobrancelha e olhou de um para o outro. — Vão, divirtam-se, meus caros. Não desperdicem nem um minuto no dia do casamento de vocês. Não se preocupem com ela... ou comigo.

Jessica sorriu. E acariciou delicadamente os cachos escuros de Philippa.

— Obrigada, mamãe.

— É muito gentil da sua parte, senhora — murmurou o capitão.

— O prazer é meu — disse a duquesa com serenidade. — Tomarei conta dela com todo carinho pelo tempo que vocês precisarem.

Capítulo 1

*1787
Londres*

— Você fez o quê?

William Montclair sorriu diante da expressão incrédula do irmão mais novo.

— Fiz você parar de olhar para esses livros de contabilidade — disse ele, com uma piscadinha.

Os livros de contabilidade eram um ponto de discórdia. Jack se debruçava sobre eles como uma velha senhora, fazendo e refazendo as contas de cada coluna duas vezes. Will, por outro lado, preferia ficar bem longe da contabilidade, principalmente naquele momento, considerando as péssimas notícias que os livros traziam.

Jack fechou o livro e se colocou rapidamente de pé.

— Maldição, Will, pare de brincadeiras!

— Não estou brincando. — Ele se inclinou para trás e apoiou uma das botas em um canto da escrivaninha, enquanto pegava uma noz de uma tigela pousada ali. — Recebi uma oferta de trabalho.

O irmão o encarou.

— Você já *tem* um maldito trabalho! Este!

Will ergueu um dos ombros e quebrou a casca da noz.

— Só que o outro é uma posição melhor, que paga bem e que me dará a oportunidade de conhecer pessoas importantes. — Ele balançou a cabeça para o irmão com uma expressão presunçosa. — Achou que eu estava de brincadeira, não é?

Jack fitou-o com severidade.

— Você está.

— Não foi você mesmo que me disse outro dia que nossos fundos estão perigosamente baixos? — Will franziu o cenho, pensativo, enquanto pegava a noz dentro da casca. — Ou foi algum outro irmão meu?

Jack ergueu uma das mãos, irritado.

— É claro que nossos fundos estão baixos, estamos aqui há quase quatro meses. Mas a melhor forma de voltar a encher o cofre é nos dedicarmos ao nosso negócio, não aceitar um emprego de um inglês.

— A forma mais rápida de arranjar dinheiro é conseguir alguém que nos dê dinheiro — argumentou Will.

— Em vez de fazer o que o papai nos pediu para fazer?

— Tudo o que tenho que fazer é administrar uma fazenda — disse Will, e colocou a noz na boca.

Jack o encarou, perplexo.

— Como isso pode pagar bem?

— Melhor do que você imaginaria — falou Will, desviando-se da pergunta. — Não farei isso para sempre, é só até a situação melhorar aqui. — O irmão balançou a cabeça, resmungando. Will usou seu trunfo. — Além do mais, achei que você ficaria satisfeito por me ver fora do seu caminho.

Pelo tempo que durou o silêncio que se seguiu, Will soube que acertara. Dos dois, Jack era o que tinha a cabeça para aquele negócio, sem falar da paixão e da motivação. Will estava no comando apenas de fachada, pois a verdade era que não gostava daquilo.

Em Boston, ele gostava. O pai o colocara como responsável por administrar os navios, e Will adorava aquilo: ele mesmo checava cada navio da proa à popa, subia nos cordames e inspecionava o casco. Tinha sido aprendiz de um construtor naval por alguns anos, enquanto Jack fora aprendiz de um mercador, para aprender contabilidade. Aquelas haviam sido sábias escolhas, já que os respectivos trabalhos caíam como uma luva em cada um. Então, o pai mandara os dois para Londres, para estabelecer a empresa de navegação deles na cidade.

Na teoria, eles deveriam formar uma equipe perfeita, mas por algum motivo não conseguiam trabalhar em harmonia. Jack considerava que tinha sido relegado a cuidar das partes tediosas do negócio, embora não gostasse de ficar no deque de um navio, e Will se sentia claustrofóbico se tivesse que passar o dia todo sentado diante de uma escrivaninha.

Assim, depois de quatro meses batendo cabeça com o irmão e vendo como magoavam um ao outro, Will tinha encontrado uma saída que beneficiaria os dois.

— Mas não foi isso que o papai nos disse para fazer. — O irmão parecia inquieto.

Will balançou uma mão.

— Como o papai poderia saber como as coisas se dariam depois que chegássemos a Londres? Vamos apenas redistribuir o trabalho. Você cuidará do negócio e eu impedirei que afundemos, por ora.

Jack tamborilou com os dedos na cintura. Ele estava cedendo, seduzido pelo canto da sereia de ter rédea solta para administrar a Montclair & Filhos.

— Por quanto tempo você planeja administrar essa fazenda?

Will fez uma careta.

— Quanto tempo você vai levar para erguer o nosso negócio? Imagino que não mais que alguns meses. Um ano, no máximo.

— Um ano!

— Nos deixe ricos mais cedo e pedirei demissão. — Will sorriu.

Jack fitou o irmão com uma expressão severa.

— E se eu precisar de ajuda? O papai nos mandou juntos para cá porque há muito trabalho a fazer, Will.

— Contrate um auxiliar. O trabalho dele lhe sairá mais barato que o meu.

O irmão bufou.

— E provavelmente também será mais bem feito.

— Provavelmente — concordou Will, porque aquilo se alinhava com o que ele queria fazer.

Aquela não era a hora de defender as suas habilidades.

Jack ficou olhando pela janela por um longo momento, para o cais abaixo, cheio de marinheiros e trabalhadores que carregavam e descarregavam o vasto número de navios nas docas. Londres desabrochava com o comércio, e os dois irmãos sabiam que os Montclair poderiam prosperar ali. A longa guerra com a Inglaterra havia terminado, e a melhor forma de aplacar qualquer mágoa que restasse seria por meio de investimentos e lucros gerados para ambos os lados.

— Não gosto disso — resmungou Jack por fim.

— De que parte? — quis saber Will. — Do súbito fluxo de renda garantida? Do fim das nossas discussões a respeito de cada despesa? — Ele estalou os dedos.

— Não, deve ser da perda da minha companhia constante, ou do medo de ter os nossos alojamentos só para você...

Jack o encarou com uma expressão sombria. Eles viviam colados um ao outro desde que saíram de Boston, primeiro a bordo do navio, depois nas acomodações apertadas que haviam conseguido em Wapping.

— Por que você está tão ansioso para pegar esse trabalho?

Foi a vez de Will desviar os olhos. Ele pegou outra noz na tigela.

— Uma mudança de ares.

— É assim tão terrível trabalhar comigo? — perguntou o irmão em uma voz baixa e tensa.

— Não! — Will ficou de pé de um pulo e fez uma careta ao ver a expressão triste do irmão. — Não é isso. É... isto. — Ele indicou o minúsculo escritório com um aceno de mão. — Não gosto de ficar preso entre quatro paredes. Passar o dia todo sentado aqui, debruçado sobre livros contábeis e tendo que contar cada centavo, está me fazendo beber demais. Quero *fazer* alguma coisa.

Jack voltou lentamente para a cadeira.

— O que você vai dizer ao papai?

— Não vejo nenhum motivo para contar a ele. O inverno está chegando, e não preciso me mudar para viver na propriedade até a primavera.

— Então você ainda ficaria aqui por enquanto?

Will assentiu.

— Mas poderei pagar por alojamentos melhores. E também poderei trabalhar no negócio Montclair, se for necessário.

Os olhos de Jack cintilaram quando se voltaram para o irmão.

— Mas você me cederia o controle?

As palavras provocaram um estranho estremecimento em Will. Ele estava acostumado a ser o líder, aquele que instigava, a autoridade em tudo o que faziam, desde contrabandear um cachorrinho para dentro de casa quando eram meninos até montar uma filial do negócio da família em Londres. Ele e o irmão tinham pouco mais de um ano de idade de diferença, mas a hierarquia entre os dois nunca fora questionada. Como seria receber ordens de Jack em vez de dá-las?

— Sim — respondeu Will, afastando aquele receio.

O irmão suspirou.

— Não posso impedi-lo, não é mesmo? Portanto, só me resta concordar.

— Exatamente — assentiu Will.

— Se esse plano não funcionar, eu *vou* contar para o papai — alertou Jack.

Will fez uma careta.

— Para que ele atravesse o oceano para nos dar uma surra? Se nós dois fizermos o que temos que fazer, tudo fluirá tranquilamente. O papai não vai nem precisar saber.

— Você não *quer* que eu conte a ele. — Jack estreitou os olhos, a desconfiança renovada. — Will, o que você está fazendo?

Will pegou o chapéu que estava pendurado nas costas da cadeira.

— Exatamente o que eu lhe disse. Mas não há garantia de que vai dar certo, entende? E se eu não for bom em administrar uma fazenda e acabar sendo demitido? — Ele balançou a cabeça com uma expressão pesarosa. — Deixe de lado o seu próprio prazer diante da perspectiva. Prefiro não alardear esse negócio. Se não der certo, voltarei com o rabo entre as pernas, devidamente humilhado.

Jack deu uma gargalhada.

— Humilhado! Você?

Will balançou o dedo na direção do irmão.

— Mas se eu tiver sucesso... — Ele colocou o chapéu na cabeça. — Montclair será uma empresa lucrativa, livre de dívidas, e voltarei para o negócio, com sorte trazendo uma lista de novos contatos abastados. Foi isso que o papai nos desafiou a fazer, não é mesmo?

— Bem... sim...

Will sorriu e abriu os braços, esperando.

Depois de um momento, Jack suspirou de novo.

— Está certo. Não contarei a ninguém. Mas quero que me dê a sua palavra... isso não passará de um ano.

— Palavra de honra. — Will fez uma reverência em despedida. — *Au revoir, mon frère*.

Jack ainda o fitava, desconfiado, quando Will fechou a porta e desceu a escada.

O escritório que ocupavam ficava a uma curta distância do cais, em uma das inúmeras ruazinhas que formavam um labirinto à beira d'água. Will seguiu por um caminho sinuoso, esquivando-se dos meninos maltrapilhos que esperavam para tentar enfiar a mão no bolso dele e roubá-lo, pulando por cima do esgoto que corria aberto pelo calçamento. À sua esquerda, mastros de navios se erguiam como uma floresta de árvores nuas acima dos telhados, incluindo o *Mary Catherine*, o navio que levara ele e o irmão através do Atlântico. Atrás de Will, a cúpula dourada da catedral de St. Paul reluzia e, quando ele atravessou a Bridge Street, conseguiu ver a estrutura maciça da prisão de Fleet pairando sombria ao norte. Will e Jack tinham sido alertados sobre a Fleet, o destino dos devedores. Ao sul estava o rio, com sua superfície prateada cintilando sob a luz do sol, vibrando de energia e de atividades comerciais.

Will gostava mais de Londres do que havia esperado. Ele ouvira dizer que aquela era uma cidade suja e superpopulosa, onde a pobreza e o crime se esgueiravam até as mansões elegantes dos duques e dos príncipes. Aquilo não era totalmente errado: a região próxima das docas era suja, cheia demais e muitas vezes perigosa. Mas Will tinha passado suas horas livres andando pela cidade e ficara impressionado com o que vira. Por mais vibrante que fosse Boston, não chegava aos pés de Londres, onde as ruas eram iluminadas todas as noites por acendedores de lampiões e o chacoalhar das rodas das carruagens ressoava pelos paralelepípedos até tarde da noite. Havia salas de concerto, teatros, jardins agradáveis e museus como Will nunca vira. Ele e Jack pagaram dois xelins para ver a sala de armas e os animais em exibição na Torre de Londres, e ambos ficaram abismados com a torre em si, construída setecentos anos antes.

Ele subiu a Fleet Street, entrou na Chancery Lane, então em um pequeno pátio. Aquelas casas eram pelo menos tão antigas quanto as que ficavam perto do cais, mas as pedras de suas paredes estavam impregnadas de poder e dinheiro, sem resquícios do trabalho pesado das docas ou do fedor do mercado de peixes.

Will entrou em uma das propriedades e cumprimentou o secretário, que o recebeu com um aceno de cabeça.

— Gostaria de dar uma palavrinha com o sr. Edwards. Ele deve estar me esperando.

— Sim, senhor.

O secretário pegou o cartão dele e desapareceu por uma porta. Como estava inquieto demais para se sentar, Will pendurou o chapéu em um gancho atrás da porta e andou pela sala onde estava, muito bem decorada, revestida de lambris, com duas cadeiras elegantes diante da lareira e a mesa alta do secretário perto da janela. Era um cômodo muito mais grandioso do que o escritório decadente que ele e Jack ocupavam.

O que ele *estava* fazendo?, perguntou Will a si mesmo pela décima vez. Apesar de toda a confiança que demonstrara diante do irmão, não se sentia muito seguro.

Na verdade, fora um acaso que o levara até ali. Ele estava andando pela praça próxima, observando as casas e escritórios, quando literalmente esbarrou em Roger Edwards. Depois de alguns pedidos de desculpa, o advogado perguntara sobre o sotaque dele. O homem ficou fascinado pelas histórias da América contadas por Will e, antes que Will se desse conta, os dois já tinham andado por várias ruas em Lincoln's Inn. Edwards o convidou, então, para ir a um café ali perto. Os dois se sentaram e conversaram por uma hora, primeiro sobre o negócio de Will, então, aos poucos, sobre o trabalho do sr. Edwards.

Ele era advogado de uma antiga família aristocrática e estava em Londres em busca de um novo administrador para a propriedade, já que o anterior fora forçado a se aposentar por causa da idade avançada e da saúde debilitada. Edwards falou com muita sinceridade, com carinho mesmo, a respeito da propriedade e da família, como se fossem dele. Após várias xícaras de café, Will estava fascinado pelo cenário bucólico que o advogado havia pintado e, quando o homem lamentou a dificuldade que estava tendo para encontrar um capataz adequado, as palavras saíram espontaneamente de sua boca:

Esse parece um trabalho que eu poderia fazer.

Will ainda não acreditava no que havia dito. E, o mais surpreendente de tudo, Edwards o fitara por um momento e assentira antes de perguntar:

— O senhor gostaria de assumir o cargo, então?

E, por alguma razão inexplicável, Will respondera:

— Acredito que sim.

A porta atrás de Will foi aberta, interrompendo seus pensamentos.

— Por aqui, sr. Montclair.

O secretário o levou por um corredor curto até um cômodo maior e ainda mais bem decorado.

O advogado estava sentado diante da escrivaninha. Era um sujeito alto e magro, perto dos 60 anos, o cabelo castanho ralo. Ele estava todo vestido de preto, com óculos de armação redonda equilibrados no alto do nariz. Ao ver Will entrar, o sr. Edwards se inclinou educadamente.

— Senhor Montclair.

— Senhor Edwards. — Will disfarçou a insegurança crescente com uma reverência elaborada. — Aqui estou, como prometido.

O advogado deu um sorrisinho.

— Fico encantado. Por favor, sente-se.

Will deixou-se cair em uma cadeira. As estantes atrás do advogado guardavam grandes livros contábeis e grossos livros de Direito. Will não apreciava particularmente cuidar dos livros contábeis para a Montclair & Filhos... Por Deus, será que teria que se sentar em um escritório como aquele, cercado por livros contábeis? O que estava pensando quando teve aquela ideia?

— O senhor tem uma resposta para mim?

O advogado voltou a se acomodar em sua própria cadeira. A luz do sol que entrava pelas janelas altas atrás dele se refletia nas lentes dos óculos, escondendo seus olhos. Sua expressão era indecifrável.

O coração de Will estava disparado no peito. Ainda dava tempo de desistir, de dar as costas àquilo, de voltar para Jack e dizer ao irmão que tinha mudado de ideia.

— Tenho algumas perguntas. — As mãos de Will estavam úmidas e ele pressionou-as nas coxas antes de cruzá-las no joelho. — Em relação à minha residência na propriedade...

Edwards assentiu.

— É claro. Há um chalé reservado para o administrador da propriedade. Não é grande, mas é muito confortável para um homem solteiro. — Ele fez uma pausa e deu um sorriso surpreso. — Se bem que eu nunca lhe perguntei a esse respeito, não é mesmo? O senhor tem esposa e filhos?

Will balançou a cabeça.

— Não tenho.

— Então, acredito que achará o espaço mais que suficiente. Também há um trole reservado para o administrador da propriedade, com direito a uso dos cavalos de Sua Graça. E parte do lucro das fazendas. Presumo que não tenha uma equipe própria de criados? — Diante da breve concordância de Will, Edwards continuou: — Tenho certeza de que conseguirá requisitar os serviços de qualquer criado do castelo, ou do vilarejo próximo, o que talvez seja mais conveniente, já que eles estão familiarizados com o lugar.

Will pigarreou.

— Isso parece aceitável. — Na verdade, lhe parecia luxuoso. — Mas o senhor comentou que, a princípio, esperava que o administrador permanecesse em Londres. Por quê?

Edwards sorriu de novo.

— Venho administrando a propriedade Carlyle há quase dois anos, desde que o antigo capataz ficou doente. Temo ter desenvolvido meus próprios métodos e preferências em relação ao fluxo de trabalho, e gostaria que tudo continuasse como está. Depois de alguns meses de orientação, espero que o senhor esteja pronto para gerenciar o lugar em pessoa.

Will esfregou com um dedo uma marca na lateral da bota. Ele realmente precisava de meses de instrução?

— Não seria melhor começar logo no lugar onde vou trabalhar?

O advogado o fitou por um longo momento. Will desejou que o sol se movesse mais rápido, para que ele pudesse ver os olhos do homem.

— Infelizmente, não. Preciso estar aqui em Londres durante a maior parte do inverno. É mais conveniente para mim tê-lo aqui.

Então não havia como evitar aquilo. Will mudou o assunto.

— Suponho que o inverno será uma espécie de teste, para que se certifique de que estou apto a assumir o cargo.

O sr. Edwards abaixou o queixo. O brilho nas lentes dos seus óculos desapareceu, e Will conseguiu ver os olhos escuros e intensos, avaliando-o.

— Se mudou de ideia...

— Não. — Will pigarreou e se sentou mais ereto na cadeira. — Mas não quero correr o risco de ser mandado embora em poucas semanas. Leva tempo para aprender qualquer nova habilidade, e eu gostaria de algumas garantias.

— Ah. — Mais uma vez aquele breve sorriso curvou os lábios do advogado. — Que tal fecharmos um contrato de seis meses? Se o senhor quiser se demitir do cargo antes disso, eu obviamente não o impedirei.

— Não — disse Will, quase antes que o homem terminasse a frase. — O senhor não precisa se preocupar com isso. Seis meses, então.

Ele partiu depois que o sr. Edwards prometeu que redigiria um contrato com o salário e as condições acordados. Depois de se vangloriar com Jack de que conseguiria garantir fundos para manter o negócio pelos próximos meses, Will queria ter certeza de que realmente poderia fazer aquilo. Até a primavera, Jack já teria garantido alguns contratos para a temporada de comércio marítimo e estabelecido a base deles em Londres. Até a primavera, Will provavelmente já estaria cansado de administrar a propriedade do duque e ansioso para voltar ao mar.

E se aquilo não acontecesse... Ora, ele teria satisfeito a própria curiosidade.

E seria o bastante.

Capítulo 2

1788
Castelo Carlyle

— O NOVO ADMINISTRADOR finalmente chegou — disse a sra. Potter, enquanto examinava as ervas e unguentos na despensa privada da governanta.

Philippa Kirkpatrick sorriu. A saga do novo administrador do Castelo Carlyle ganhara contornos de melodrama. O homem que costumava exercer essa função tinha se aposentado por problemas de saúde dois anos antes. Desesperado por ajuda para tomar conta da propriedade, o sr. Edwards, advogado de Carlyle, insistira por meses até que no verão anterior Sua Graça, a duquesa, mesmo contra vontade, lhe dera permissão para contratar alguém. O advogado não perdera tempo e contratara o sr. Montclair na viagem seguinte que fizera para Londres. Durante todo o inverno, o homem trabalhara na cidade sob a orientação do sr. Edwards, com a expectativa de assumir pleno comando do castelo na primavera.

E agora ali estava ele. Era tão raro ter alguém novo em Carlyle que a iminente chegada do sr. Montclair havia intrigado os moradores do castelo por semanas, incluindo, ao que parecia, até a governanta.

— Ah, é mesmo? E quais são as suas impressões do homem? — perguntou Philippa à sra. Potter.

— Não é bem o que eu esperava — respondeu a mulher, o tom contido. Ela separou um pouco de lavanda seca e de sais e começou a macerá-los no almofariz. O duque de Carlyle tinha pegado uma gripe e o médico recomendara banhos quentes. Os criados estavam enchendo a banheira naquele exato momento. — Eu me pergunto o que a duquesa vai achar dele.

Philippa virou-se para a governanta, surpresa.

— Como assim? O que tem de tão surpreendente nele?

A sra. Potter balançou a cabeça rigidamente.

— Não cabe a mim dizer, srta. Kirkpatrick. Deve decidir por si mesma.

A sra. Potter gostava de dizer aquilo. *Decida por si mesmo*, desafiava ela, em um tom e uma atitude que deixavam perfeitamente claro a que conclusão esperava que a pessoa chegasse. A duquesa dizia que a sra. Potter estava apenas buscando confirmação de que a sua impressão estava correta, mas a verdade era que a duquesa era a única que ousava contradizer a governanta.

— É claro que farei isso — retrucou Philippa. — Ele já foi apresentado à duquesa?

A sra. Potter deu uma fungadinha de desdém.

— Só se o sr. Edwards for um tolo, o que ele não é.

Agora realmente curiosa, Philippa tirou o avental.

— Não, com certeza ele não é. Mande a mistura diretamente para os aposentos de Sua Graça, o duque, quando estiver pronta, por favor.

Ela saiu da despensa e foi em busca do advogado.

Philippa era a senhora do castelo em tudo, menos no nome. Ela se reunia com a sra. Potter para planejar os cardápios e organizar os trabalhos na cozinha. Aprovava as contas domésticas e estava supervisionando a reforma do salão de música e do salão de jantar depois de um terrível problema de infiltração. Também supervisionava o trabalho dos jardineiros e mantinha o controle dos quadros que precisavam ser mudados de lugar, tirados do sol, além de guardar consigo as chaves dos baús da prataria e dos chás. Ela não fazia o papel de anfitriã porque dificilmente havia hóspedes ou convidados no castelo.

A posição de Philippa era incomum, mas ela adorava. O Castelo Carlyle era o único lar de que conseguia se lembrar, e os St. James eram a única família que lhe restara. O duque, frágil e gentil, era como um tio querido. A duquesa a tratara desde o início como uma neta amada. Philippa retribuía plenamente aquele amor e devoção e desconfiava que compreendia a duquesa melhor do que qualquer um.

E sabia que a duquesa já estava muito desconfiada daquele novo administrador.

O sr. Edwards vinha louvando as qualidades do homem desde que o contratara, no ano anterior, parecendo quase extasiado diante da perspectiva de instalá-lo no Chalé de Pedra, que era o alojamento do capataz na propriedade. No entanto, quanto mais entusiasmados eram os seus relatos, mais Sua Graça tinha certeza de que o sr. Edwards estava tentando disfarçar algo terrível em relação ao homem.

— Nunca vi o sr. Edwards elogiar tanto alguém — reclamara a duquesa com Philippa. — Fico imaginando que defeitos ele está tentando esconder!

Como sempre, Sua Graça não guardou silêncio em relação à sua apreensão. Philippa soubera de apostas sendo feitas sobre quanto tempo o novo administrador duraria. Entre a expectativa da duquesa de que ela demitiria o camarada assim que o visse e a enorme curiosidade de todos no castelo, desde as criadas da lavanderia até o mordomo, era possível que o pobre homem tivesse que colocar o rabo entre as pernas e voltar correndo para o lugar de onde viera, por mais que o sr. Edwards o recomendasse.

Afinal, como poderia ser esse tal de Montclair? Philippa duvidava muito que o sr. Edwards, que precisara se esforçar bastante para conseguir permissão para contratar um administrador, fosse ele quem fosse, tivesse sido descuidado na hora de fazer sua escolha.

Na galeria, Philippa encontrou Emily Calvert. A srta. Calvert fora a noiva de lorde Stephen antes da morte súbita e chocante dele. Como o aniversário da tragédia estava se aproximando, a duquesa tinha convidado a pobre mulher para passar alguns dias no castelo, a fim de homenagear o falecido noivo.

Philippa gostava da srta. Calvert. Ela ainda usava roupas de luto, e passara o ano desde a morte dele se dedicando aos necessitados. Lorde Stephen havia sido o vigário da igreja de St. Mary, e Emily teria sido a esposa ideal de um vigário: era uma mulher bondosa, gentil e paciente, e a ouvinte mais empática que Philippa já conhecera.

— Você viu o sr. Edwards? — perguntou Emily a Philippa. — Acabei de receber uma carta da minha mãe e ela conta que caiu uma árvore na escola, em Kittleston, deixando um enorme buraco no teto. Não quero incomodar ninguém — apressou-se a acrescentar. — É só que... desconfio que ele talvez não *saiba* o que aconteceu no vilarejo. E Sua Graça, o duque, sempre foi tão generoso em seu apoio à comunidade...

— É claro — garantiu Philippa. — O sr. Edwards vai querer saber, e tenho certeza de que o duque terá prazer em ajudar. Ele vai se lembrar de como lorde Stephen era devotado aos alunos da escola.

Todos sempre falavam como se o duque tomasse todas as decisões. Na verdade, era a duquesa quem dava a última palavra. *Ela* se lembraria da paixão de lorde Stephen por ensinar às crianças seus clássicos favoritos, de como ele pulava em cima de uma cadeira para rugir para o teto como um rei Lear enlouquecido, ou se esgueirava por uma porta com uma capa sobre a cabeça para representar a tentação do dr. Fausto. Lorde Stephen era amado no vilarejo de Kittleston, principalmente entre as crianças.

Emily pareceu profundamente grata.

— Espero de coração que sim. Sua Graça é muito bondoso, assim como o sr. Edwards.

Philippa sorriu.

— Eu também estava procurando por ele. Quando encontrá-lo, pedirei que a procure.

— Obrigada, srta. Kirkpatrick.

Um criado indicou que Philippa fosse até o gramado ao sul do castelo. Séculos antes ali havia sido o pátio externo, mas a duquesa transformara a área em um jardim murado, com um amplo gramado banhado pelo sol no centro. Philippa costumava fazer piqueniques sob a tenda que havia ali, com a madrasta e com outras crianças da região.

Ela protegeu os olhos para olhar ao redor e viu dois homens contornando a glicínia e vindo em sua direção. Um deles era o sr. Edwards, o rosto sério e familiar, com o sol se refletindo nas lentes dos óculos. O outro devia ser o novo administrador.

E o homem fez Philippa estacar.

Apesar dos medos da duquesa, o novo administrador não havia inspirado uma imagem muito radical na mente de Philippa. Ela imaginara um sujeito alto, o tipo a quem as pessoas instintivamente respeitariam. Usaria óculos, provavelmente, por passar o dia debruçado sobre livros contábeis. E um terno marrom — ou cinza, talvez, mas por algum motivo Philippa tinha quase certeza daquele detalhe. Ele poderia ser magro e ereto, com um olhar penetrante, ou roliço e afável, mas sem dúvida se vestiria de forma sóbria e simples.

Aquele homem diante dela parecia um pirata. Com o cabelo longo e escuro, mantido para trás pelo chapéu e caindo solto pelos ombros. Ele usava um paletó de um azul forte com forro branco e botas parecidas com as usadas por capitães de navio. O colete era de um brocado amarelo precioso, que não destoaria em uma corte francesa. Havia até uma argola dourada em uma de suas orelhas, e Philippa quase arquejou ao ver o acessório.

E era um homem jovem, muito mais jovem do que ela esperava. A duquesa havia resmungado alguma coisa sobre o sr. Edwards ter contratado um "sujeito jovem e decadente", mas por "jovem" a duquesa queria dizer cerca de 40, talvez 45 anos. E o homem diante dela não devia ter mais de 30 anos.

O sr. Edwards a viu e ergueu uma das mãos para cumprimentá-la, o que fez o homem ao seu lado levantar os olhos. Philippa prendeu a respiração quando olhou diretamente para o rosto dele. As bochechas finas e bronzeadas, um nariz longo, a boca sensual já curvada em um sorriso travesso, e os olhos castanhos que a fitavam com um interesse evidente.

Ele era bonito. Diabolicamente bonito. Perigosamente bonito.

Ah, a duquesa não ia gostar dele.

— Senhorita Kirkpatrick — disse o sr. Edwards quando eles se aproximaram. — Permita-me que lhe apresente sr. William Montclair, o novo administrador de Carlyle. Montclair, essa é a srta. Kirkpatrick, a dama de companhia e confidente querida de Sua Graça, a duquesa.

Desconcertada, Philippa fez uma cortesia.

— É um prazer, senhor.

— O prazer é todo meu, sem sombra de dúvidas, srta. Kirkpatrick — murmurou o sr. Montclair.

Ele tirou o chapéu e fez uma reverência.

— Eu estava mostrando parte do terreno ao sr. Montclair — continuou o sr. Edwards. — Ele já está familiarizado com a planta da propriedade, é claro, mas nada se compara a ver pessoalmente. — O advogado parecia muito satisfeito consigo mesmo.

— Ah. — Philippa se esforçou para se concentrar no sr. Edwards, mas seus olhos desviavam sem parar e involuntariamente na direção do sr. Montclair. *Não encare*, lembrou a si mesma com severidade... algo que ele aparentemente esquecera de lembrar a si mesmo, a julgar pelo modo como seus olhos estavam fixos nela, sem qualquer pudor. — O que está achando do castelo, senhor?

Os lábios dele se curvaram em um sorriso torto, como se compartilhasse uma piada particular com Philippa.

— Magnífico, é claro. As descrições do sr. Edwards não chegaram nem perto da realidade. — A voz dele era um tenor cadente e forte, com um toque de sotaque francês.

O homem se vestia como um pirata, tinha a expressão de um libertino e falava como um francês. A duquesa não ia gostar *nada* dele.

— O senhor terá todas as oportunidades para julgar por si mesmo — respondeu Philippa com um sorriso, ocultando aquele pensamento de alerta.

— Estou ansioso para isso.

Ele deu uma piscadinha para ela.

Uma piscadinha.

Philippa desviou rapidamente os olhos para o sr. Edwards mais uma vez.

— A srta. Calvert gostaria de dar uma palavrinha com o senhor.

Ele ergueu as sobrancelhas.

— É mesmo?

— Sim. — Philippa conseguia sentir os olhos do sr. Montclair fixos nela, o que provocou um rubor quente em seu rosto, e a fez continuar a falar, quando deveria ter se limitado àquela única palavra. — Acabei de encontrá-la na galeria, e ela estava procurando pelo senhor. É sobre um assunto importante.

— Entendo — falou o sr. Edwards, surpreso. Ele se virou para o homem ao seu lado. — Montclair, pode me dar licença? Preciso cuidar disso.

Philippa enrubesceu ainda mais, e percebeu que acabara fazendo o advogado acreditar que o assunto da srta. Calvert era uma emergência.

— Não sei bem para onde ela foi depois da galeria — balbuciou. — Pode ter ido para o jardim, ou na direção da... — Philippa se deteve e mordeu o lábio. *Da cripta*, quase disse. Onde lorde Stephen estava enterrado.

— É claro — disse o advogado depois de uma pausa, ligeiramente confuso. — Vou olhar nos dois lugares.

Ele deu um breve sorriso, se inclinou em uma cortesia e se afastou.

— Não é uma namorada, creio eu — comentou o sr. Montclair no silêncio que se instalou.

— Namorada? — repetiu Philippa, surpresa.

Ele abriu um sorriso íntimo e preguiçoso.

— Essa foi a primeira vez que vi Edwards animado assim. Por um momento, pensei comigo mesmo: "Deve ser a namorada, que ele está ansioso para encontrar. Ora, ora, parece que o homem tem um coração".

Ela ficou aborrecida.

— É claro que ele tem um coração! O sr. Edwards é um homem gentil e compassivo, muito ciente do seu dever...

Ele deu de ombros.

— Ele é um advogado.

Philippa franziu o cenho.

— A srta. Calvert é a governanta? — continuou o sr. Montclair, aparentemente imune à desaprovação dela, e a acompanhou quando ela se virou na direção da casa.

— Não. Ela é uma hóspede.

Philippa não olhou para ele. De perto, o homem era ainda mais absurdamente atraente, e parecia que um demônio sorria através do seu olhar.

29

— Uma hóspede! — O sr. Montclair deixou escapar um som discreto de surpresa. — Disseram-me que o castelo era praticamente proibido a pessoas de fora.

— Quem lhe disse isso?

— Edwards.

— Ele não disse isso — exclamou Philippa. — Ele jamais diria uma coisa dessas.

— Não nessas exatas palavras — confessou ele —, mas foi o que acabei deduzindo.

Não importava a opinião da duquesa, Philippa achava que *ela mesma* não ia gostar nada daquele homem.

— Então deduziu errado, senhor. O castelo apenas fica mais afastado. Sua Graça, o duque, não recebe visitas, e Sua Graça, a duquesa, prefere levar uma vida tranquila.

— E...? — perguntou ele.

Philippa franziu o cenho de novo.

— E o quê?

— E a senhorita? Costuma receber visitas? Ou também prefere uma vida tranquila?

Philippa parou de andar e o encarou com uma expressão severa, do tipo que deixaria a duquesa orgulhosa.

— Como isso poderia ser da sua conta?

Ele lhe dirigiu um sorriso inocente.

— Só estava curioso. O duque e a duquesa não são as únicas pessoas que moram aqui. Como a senhorita já sabe, sou responsável pela propriedade, e isso inclui a manutenção das estradas e prédios que fazem parte dela. Portanto, é importante que eu saiba quanto elas são usadas e desgastadas.

Por um momento, Philippa não conseguiu fazer nada além de encará-lo. *Que impertinência!*

Ignorância, acabou decidindo, aquela era a única desculpa... uma ignorância extrema, o que não era um bom presságio. Aquele homem não era inglês e não entendia como as coisas funcionavam ali. Havia acabado de chegar ao castelo, um lugar do qual *realmente* não sabia nada, e já estava se intrometendo em coisas que não eram da sua conta. Philippa apenas balançou a cabeça, pensando consigo mesma que ele realmente não duraria muito ali, e voltou a andar.

O sr. Montclair permaneceu ao lado dela.

— Ultrapassei os limites?

Ela não disse nada.

Mais um lampejo daquele sorriso de pirata.

— Peço sinceramente que me perdoe, srta. Kirkpatrick. Não tive a intenção de ofendê-la. É que foi uma surpresa para mim.

— O que foi uma surpresa? — Ela não conseguiu evitar perguntar.

— Bem... a senhorita.

Philippa parou, chocada, fitando-o com os olhos arregalados.

— Eu, sr. Montclair? Pelo amor de Deus, por que *eu* seria uma surpresa para o senhor?

Mais uma vez aquela expressão humilde e inocente. Philippa já não confiava nela.

— O sr. Edwards me disse apenas que a srta. Kirkpatrick era a dama de companhia da duquesa.

Ela endireitou a postura.

— E o senhor já acha que não estou à altura.

O sr. Montclair ergueu as duas mãos.

— De forma alguma! A senhorita... não é o que eu esperava.

Ah.

— Claro. O senhor provavelmente estava esperando alguém mais velha, mais madura, de aparência respeitável.

Ele havia começado a assentir gentilmente conforme ela falava, e ao final abriu um sorriso largo e aliviado.

— Exato.

— Compreendo — retrucou Philippa. — Eu tinha exatamente as mesmas expectativas em relação ao novo administrador do castelo. — O rosto dele ficou petrificado de surpresa. E ela deu um sorrisinho vitorioso. — É mesmo surpreendente. Seja bem-vindo a Carlyle, sr. Montclair.

Philippa fez uma breve mesura e se afastou, deixando-o sozinho no jardim.

Capítulo 3

O SR. EDWARDS se juntou a Will no outro extremo do jardim.

— Peço que me perdoe, senhor — falou, enquanto atravessava apressado o pátio externo.

Will respondeu com um sorriso educado. Edwards devia *mesmo* se desculpar por tê-lo deixado à mercê da srta. Kirkpatrick. Já fazia muito tempo desde a última vez em que alguém o colocara no próprio lugar com uma brutalidade tão elegante… e mais tempo ainda desde que uma linda mulher fizera aquilo.

Ah, ela não tinha gostado *nada* dele.

— A srta. Kirkpatrick me fez companhia — disse ele.

O sol se refletiu nos óculos de Edward quando ele se virou na direção do castelo. A mulher em questão já se fora havia muito.

— O senhor deveria ter me avisado — acrescentou Will. — Receio não ter causado a melhor impressão a ela.

— Por que não, sr. Montclair?

Edwards cruzou as mãos às costas, parecendo-se muito com um professor disposto a fazê-lo explicar um trecho de Cícero.

— Eu não esperava que a dama de companhia da duquesa fosse uma mulher tão jovem. — Will abriu um sorriso culpado. — Não consegui esconder muito bem o meu espanto.

Por um momento, Edwards apenas o encarou.

— Sim, certo. — Ele tossiu e pigarreou. — A srta. Kirkpatrick não é uma simples dama de companhia da duquesa. O pai dela se casou com lady Jessica, a única irmã do duque, quando a srta. Kirkpatrick era bem pequena. A menina foi criada aqui no castelo, e é muito querida tanto pelo duque quanto pela duquesa.

Will ouviu a mensagem em alto e bom som. A srta. Kirkpatrick era um membro da família, e era melhor que ele a tratasse como tal se desejava permanecer empregado.

E ele de fato compreendeu o recado. Mas a curiosidade ainda era grande, e Will achou melhor perguntar de uma vez, enquanto ainda estavam no tópico.

— Ela deixou os pais para permanecer aqui? Trata-se de uma devoção incomum. A duquesa também deve ser muito querida à srta. Kirkpatrick.

O sr. Edwards fez outra pausa.

— Sim. Lady Jessica faleceu há oito anos. E o coronel Kirkpatrick foi morto na Índia no ano seguinte.

— Santo Deus — falou Will, chocado. — Que terrível.

Edwards o fitava.

— Sim. Ela e Sua Graça, a duquesa, encontraram grande conforto uma na outra naqueles anos tão, tão terríveis e desde então.

Will assentiu, devidamente contrito.

— A srta. Calvert também faz parte da família?

Agora Edwards lhe deu as costas.

— Ela era noiva de lorde Stephen quando ele morreu. Naturalmente é querida pela família e considerada quase como um deles.

— É claro — murmurou Will, agora muito sério.

Quanta morte...

Edwards acelerou o passo. Eles atravessaram o portão e desceram uma trilha íngreme.

— Os estábulos são por aqui. — O advogado indicou um desvio do caminho para a direita. — Eles costumavam ficar dentro dos muros do castelo, mas o terceiro duque passou-os para cá e os expandiu. Ele montou uma impressionante criação de garanhões.

— Essa criação ainda existe?

Will estava surpreso. Ele não vira nada sobre criação de cavalos nos meses que passara examinando os livros contábeis e as plantas da propriedade Carlyle.

— Não. — Edwards suspirou. — Todos os animais foram vendidos vinte anos atrás. Mas os estábulos permaneceram. Vou cuidar para que o trole seja levado até o Chalé de Pedra para o seu uso.

O olhar de Will se demorou no domo do estábulo, visível acima do cume da colina. Parecia que uma boa parte da propriedade tinha sido vendida ou encolhera ao longo dos últimos vinte anos. Ele vira as transações, mas não sabia o que as havia motivado. Will sempre achara que os ingleses viviam para expandir suas terras, não para reduzi-las.

O Chalé de Pedra ficava a quase dois quilômetros de distância. Comparado ao castelo, era minúsculo, mas aos olhos de Will era do tamanho perfeito. Amplo e quadrado, construído com pedras cor de mel, com um telhado de palha, o chalé parecia uma parte natural do terreno. Dois frontões se erguiam de cada lado da porta da frente, com três pequenas janelas logo acima do chão. Havia um jardim na frente da casa, já explodindo em verde.

— A sra. Grimes, esposa do antigo administrador, tinha muito carinho por este jardim — comentou Edwards, enquanto abria o portão no muro de pedra. — Prometi a ela que tentaria convencer o próximo administrador a cuidar das plantas com a mesma consideração.

Will olhou com uma expressão melancólica para as plantas, muito bem cuidadas, apesar da aparência selvagem.

— Não faço ideia de como cuidar de um jardim.

Edwards deu um sorrisinho.

— Talvez a srta. Kirkpatrick possa dar continuidade aos esforços da sra. Grimes. É ela quem vem cuidando do jardim desde que os antigos ocupantes do chalé partiram.

Aquele nome chamou a atenção de Will.

— Por favor, diga à srta. Kirkpatrick que ela é bem-vinda para cuidar do jardim sempre que desejar. Eu ficaria muito grato e me comprometo a ficar fora do caminho dela e a não estragar nenhuma planta.

Edwards ainda tinha aquele sorrisinho curioso no rosto.

— O senhor mesmo pode dizer isso a ela, amanhã, no chá.

— Chá?

— Sim. Sua Graça, a duquesa, deseja vê-lo. À uma da tarde.

Will havia esperado conhecer a patroa mais cedo ou mais tarde, mas só naquele momento se deu conta de que esperava que fosse mais tarde. O que era tolice, porque ele já era empregado do duque havia mais de seis meses.

— Estarei lá — disse ele, em um tom animado, para disfarçar o súbito nervosismo.

Edwards fez uma nova pausa, com uma mão pousada na porta firme de madeira.

— Seja pontual e cuidadoso — disse o advogado, em um tom calmo e sério.

— Se não causar uma boa impressão nela...

— Acha melhor eu não desfazer a bagagem, só para garantir? — brincou Will. Edwards cerrou os lábios. O sorriso desapareceu do rosto de Will. — Sim, senhor.

O advogado hesitou.

— Fiquei muito satisfeito com o seu progresso até aqui — disse, e parecia estar escolhendo as palavras com todo cuidado. — Sua Graça, a duquesa, sabe disso, e ela confia no meu julgamento. A duquesa é uma mulher astuta e inteligente. No entanto, seu desejo era ter um administrador mais velho e mais experiente, e se o senhor lhe passar a impressão de ser uma pessoa impulsiva, com modos descuidados...

— Certo. — Will assentiu. — Compreendo.

— Ela vai esmiuçar cada aspecto — pressionou Edwards. Ele fez uma pausa, pensativo. — Prepare-se como se estivesse prestes a conhecer o pai da dama por quem se apaixonou e precisasse desesperadamente conseguir sua aprovação para se casar com ela.

Will olhou incrédulo para o outro homem. A situação era séria daquele jeito?

— Entendo.

O advogado examinou o rosto dele por um momento, então suspirou.

— Espero que sim.

Com aquele comentário encorajador, Edwards abriu a porta e entrou no chalé.

Will o seguiu, sentindo-se tão apreensivo quanto no dia em que aceitara o cargo, no último verão.

O chalé era simples, limpo e bem iluminado. O corredor atravessava a casa da frente até os fundos. A horta ficava do lado da cozinha. A sala de estar ficava à esquerda, a de jantar à direita. Havia um escritório confortável atrás da sala de estar, com uma parede coberta por prateleiras e armários. Edwards entregou a Will um molho de chaves que destrancavam a escrivaninha e os armários. No andar de cima ficavam os três quartos, um maior e dois menores, e apenas o maior estava mobiliado. Todas as janelas tinham sido abertas, e o aroma de limpeza pairava no ar.

— Então é isso — disse Edwards, depois que eles terminaram a volta rápida pelo chalé. — Mandarei trazer os livros contábeis e outros registros, agora que o senhor está aqui. A sra. Blake e sua sobrinha, Camilla, o atenderão até o senhor contratar outros criados.

Will assentiu. As mulheres já estavam limpando a cozinha, e ambas se inclinaram em uma cortesia e o fitaram com uma expressão de surpresa. Ele supôs que as duas esperavam alguém mais velho. Ficava cada vez mais evidente que ele teria que fazer um grande esforço para conquistar a confiança das pessoas de Carlyle.

— Obrigado, sr. Edwards. Sairei a cavalo amanhã cedo para verificar o estado da propriedade.

Aquilo pareceu agradar ao advogado.

— Direi a Ned, nos estábulos, para deixar o seu cavalo pronto às oito.

— Melhor às sete. — Will estreitou os olhos, examinando o céu. Era quase verão. Os dias eram mais longos e começavam mais cedo. — O meu pai me arrancaria ele mesmo da cama se eu dormisse até tão tarde.

Edwards pareceu visivelmente animado.

— Acordar cedo é um excelente hábito para se ensinar a um filho.

Will abriu um sorriso.

— Isso só aconteceu porque ele mantém os mesmos horários absurdos! O meu irmão e eu costumávamos desejar que nosso pai bebesse mais e precisasse dormir até mais tarde de vez em quando.

— Ah. O seu pai é um homem abstêmio, então?

O pai de Will era ativo e determinado, com a energia de cinco homens. Ele não bebia em excesso porque sempre tinha alguma coisa importante para fazer e não lhe sobrava tempo para ficar deitado, embriagado. E o homem esperava que os filhos seguissem seu exemplo.

Pensar no pai fez com que Will se lembrasse de que suas atividades ali ainda eram um segredo muito bem guardado de todos na família, menos de Jack. Tinha sido fácil esconder o novo emprego enquanto ele ainda estava em Londres, mas agora estava a quase cento e cinquenta quilômetros de distância. Se o pai descobrisse que ele estava na propriedade Carlyle e não em Londres... Que Deus o ajudasse.

— Faz bem para a saúde — comentou Will vagamente. — Ned é o cavalariço?

— Sim. — O rosto de Edwards voltou a mostrar uma expressão calma e impassível. — Em poucos dias, o estábulo daqui estará pronto. Estava em reforma e a obra demorou mais que o esperado, mas por enquanto o senhor terá os estábulos de Carlyle à sua disposição.

— Excelente.

O advogado partiu e Will voltou para a cozinha, onde procurou se mostrar agradável com as duas mulheres que estavam trabalhando ali. A sra. Blake foi reticente, mas Camilla estava visivelmente curiosa. Ela era uma jovem de cerca de 14 anos, com olhos cintilantes, e as palavras saíam rápidas de sua boca. Will precisou de apenas meia hora de conversa simpática, respondendo às perguntas dela sobre a América e sobre Londres, para que a menina passasse a fitá-lo com um espanto respeitoso. Ele se lembrou de quando tinha aquela idade, e de como se sentia encantado quando recebia qualquer atenção dos adultos. A atitude da sra. Blake se tornou dramaticamente mais afável enquanto ela ouvia a conversa da filha com o novo administrador. Ela prometeu deixar uma panela de ensopado para o jantar dele.

— E eu poderia voltar amanhã cedo, se o senhor precisar de alguém para servir o café da manhã — ofereceu.

Will afastou a ideia com um gesto de mão.

— Não há necessidade de ter esse trabalho. Consigo me alimentar sozinho.

Ela mirou-o de cima a baixo.

— Consegue mesmo? Bem, há muita comida no castelo se mudar de ideia. O sr. Grimes sempre parava lá para beliscar alguma coisa.

Will sorriu.

— Excelente ideia. Obrigado.

Ele se serviu de uma maçã que estava em um cesto perto da porta e atravessou novamente o chalé, dessa vez apreciando o lugar com mais atenção. Aquela era a primeira vez que Will tinha uma casa só para si e, mesmo que não lhe pertencesse, seria o seu lar pelos próximos meses.

A sala de estar era pintada de um tom de amarelo alegre e mobiliada de forma simples. O escritório era menos jovial, claramente destinado ao trabalho, mas tão iluminado quanto o restante da casa. A maior parte das prateleiras estava cheia de livros, como se o morador anterior tivesse acabado de se mudar.

Edwards dissera a Will que o sr. Grimes fora o administrador da propriedade por trinta anos, e antes disso o homem havia sido ele mesmo um arrendatário e fazendeiro. O homem tinha nascido e crescido no terreno de Carlyle e só se aposentou, em uma idade avançada, porque ficou doente. Edwards louvara o amplo conhecimento que Grimes tinha da propriedade, a experiência dele e o seu tino para o negócio. Will fitou os grossos volumes sobre criação de gado com certo alarme antes de lhes dar as costas com determinação.

Ele foi até a janela, ainda comendo a maçã. Dali, tinha uma vista esplêndida da lateral oeste do castelo. O sol do fim da tarde tornava prateadas as pedras gastas das paredes, fazendo as torres guarnecidas com ameias parecerem as pontas de uma coroa, erguendo-se muito altas até a torre mais a leste.

Will deu um sorriso torto. O Castelo Carlyle, a glória suprema da colina mais alta do condado.

Ele se deixou cair na cadeira e se recostou, apoiando as botas na escrivaninha, que brilhava tanto quanto a maçã. No que havia se metido?

Ao longo de mais de seis meses, Edwards o ensinara sobre a estrutura da propriedade e como administrá-la. Will estudou uma infinidade de mapas, registros históricos de colheitas e de produção, leu sobre a história da família no condado e examinou listas de todos os arrendatários e criados da propriedade Carlyle. Ele sabia de onde vinha a renda da família, que terras possuíam e quanto gastavam. Tinha sido tudo muito mais interessante do que imaginara, mas ele se sentia feliz por finalmente estar no castelo. Toda aquela pesquisa o deixara intrigado, até ele estar quase explodindo de curiosidade, impaciente para ver tudo com os próprios olhos.

Até aquele momento, o lugar superara todas as suas expectativas. O castelo era magnífico, não se parecia com nada que ele já havia conhecido na América, perdendo só para a Torre de Londres. E Will tinha visto apenas uma amostra do vasto terreno, dos campos verdes como esmeralda que se estendiam longamente, com florestas ancestrais e rios cintilantes, sob um céu de um azul estonteante. Apesar de ficar a menos de cento e cinquenta quilômetros de Londres, a propriedade era como um mundo de distância da capital. Sim, ele estava muito impressionado com tudo o que vira.

Inclusive com a dama de companhia da duquesa. Will havia imaginado a srta. Kirkpatrick como uma mulher prática de cerca de 50 anos, sempre cuidando de quatro ou cinco atividades de uma vez, sem tempo a perder. Pensando a respeito, Will se dava conta agora de que a imagem mental que fizera da srta. Kirkpatrick tinha uma inequívoca semelhança com a sua tia Emilie.

A verdadeira srta. Kirkpatrick tinha aproximadamente a mesma altura da tia Emilie, mas era ali que a semelhança terminava. A jovem provavelmente era alguns anos mais nova do que Will, com cabelos negros brilhantes e a pele de um marrom luminoso. Seus olhos cintilantes eram uma mistura de verde com castanho-dourado, sob sobrancelhas escuras e arqueadas, e a boca cheia e rosada parecia macia e tentadora.

Will jogou o miolo da maçã pela janela e cruzou as mãos atrás da cabeça. Um sorrisinho curvou seus lábios quando se lembrou da expressão de surpresa que ela fez ao vê-lo. *E digo o mesmo de você*, mademoiselle, pensou ele, de forma apreciativa.

Não que aquilo importasse. Ele não estava ali para flertar com uma moça bonita. Dois dias antes, antes de Will partir de Londres, Jack o lembrara de sua promessa.

— Você me deu a sua palavra — havia dito o irmão quando Will já montava o cavalo. — Só mais cinco meses.

Isso se ele sobrevivesse ao encontro com a duquesa no dia seguinte.

Capítulo 4

O NOVO ADMINISTRADOR da propriedade provocou bastante curiosidade em todos no castelo.

Philippa ouviu de uma das camareiras que ele parecia um pirata e que provavelmente estava ali para saquear o castelo. Uma das moças da lavanderia tinha certeza de que ele era francês, e que estava ali para matar alguns ingleses. O cavalariço que levara o cavalo para ela achava que o homem tinha um ar de bandoleiro, pela forma como montava.

Para Philippa, tudo aquilo não passava de bobagem, mas concordava com o princípio básico: ninguém achava possível que William Montclair fosse um mero capataz.

Um dos boatos em especial preocupava a duquesa.

— Um francês — disse ela com um gemido, durante o café na manhã seguinte. — Eu sabia que nada de bom sairia das buscas do sr. Edwards na França! Ele abriu a porta para charlatães e impostores, e seremos inundados por eles.

— O sr. Edwards diz que se trata de um homem absolutamente honrado. — O rosto da srta. Calvert estava muito ruborizado. Ela não costumava contradizer a duquesa. — E ele nunca permitiria que alguém em quem não confiasse tivesse acesso a tanta informação sobre Carlyle. Tenho certeza de que o sr. Montclair não é uma pessoa de má reputação, mesmo se for francês.

Diante da xícara de chá, a duquesa soltou um murmúrio de desaprovação.

— Pippa, o que achou dele? Você de fato falou com o homem.

Philippa vinha pensando desde a véspera em como responder àquela pergunta. Por um lado, estava certa de que a duquesa não gostaria do novo administrador. Mas, ao mesmo tempo, não queria envenenar ainda mais a mente de Sua Graça contra ele. Talvez o sr. Montclair tivesse reconhecido que não havia causado uma boa impressão e corrigisse seu comportamento.

— Concordo com a srta. Calvert. O sr. Edwards teve muito mais oportunidades para observar o sr. Montclair. Se ele não está preocupado com qualquer motivo nefasto, eu me sinto inclinada a esperar para ver.

A duquesa franziu o cenho, preocupada.

— É mesmo? — Ela deixou escapar um suspiro impaciente. — Você costuma ter razão. Vou manter a mente aberta sobre esse jovem... ele *é* muito jovem, não é? A sra. Potter disse que é quase um menino.

Philippa tentou não se lembrar do sorriso experiente e malicioso do capataz.

— Eu lhe garanto, senhora, que ele é um homem adulto.

Um adulto extremamente bonito, por sinal.

Abalada, ela pousou a xícara de chá.

— Ele tem idade o bastante para ser capaz de fazer um excelente trabalho. Isso sem dúvida é o mais importante.

A duquesa suspirou. Por um momento, ela pareceu cansada e abalada, embora sua postura ereta não vacilasse em momento algum. Philippa se perguntou, alarmada, se a saúde do duque teria piorado novamente. O último ano tinha sido muito difícil para ele. Havia semanas que o duque vinha sendo atormentado por uma tosse seca, como acontecera no último outono, mas todos torciam para que a primavera o ajudasse a se recuperar.

— Vou aguardar para fazer o meu julgamento — disse a duquesa por fim. — Acho que não tenho escolha! Mas pelo menos poderemos finalmente conhecer esse homem. Eu o convidei para o chá desta tarde.

Philippa levantou os olhos, surpresa.

— A senhora convidou?

— Sim. — A mulher mais velha pareceu se animar. — Uma da tarde, no salão de visitas azul. Você estará lá?

— É claro.

Ela torceu para que o sr. Edwards tivesse aconselhado o homem a se preparar muito bem para aquele interrogatório.

Emily Calvert agitou a mão nervosamente.

— E-eu acho que não poderei estar presente. Por favor, perdoe-me, Vossa Graça, eu...

— É claro, srta. Calvert. — A duquesa logo tranquilizou-a com um aceno de mão.

A jovem soltou um enorme suspiro de alívio.

— Obrigada, senhora.

A duquesa se levantou da mesa.

— Preciso ver o duque. Se o tempo continuar bom, talvez queiramos a carruagem para dar um passeio mais tarde. O ar fresco faria bem a ele.

Philippa assentiu. Provavelmente faria mesmo, mas o duque raramente concordava em sair, apesar das esperanças da mãe.

A duquesa saiu da sala e Emily se virou para Philippa.

— Eu não a ofendi, não é?

Philippa sorriu e estendeu o braço para dar uma palmadinha carinhosa na mão da outra mulher.

— De forma alguma. Você não precisa conhecer o novo administrador da propriedade.

Emily mordeu o lábio.

— Não quero parecer ingrata...

— É claro que não! Você é muito bem-vinda em Carlyle.

Aquilo não pareceu confortar a outra mulher.

— Estou deslocada aqui — disse Emily em voz baixa. — Enquanto Stephen estava vivo, era fácil não pensar muito no castelo. Ele me garantiu que pretendia ficar em Kittleston, mesmo depois... — Ela se interrompeu, ruborizada e parecendo profundamente infeliz.

Philippa abaixou os olhos para o prato. *Mesmo depois da morte do duque*, era o que a outra mulher queria dizer. Se Stephen ainda estivesse vivo, ele seria o herdeiro da propriedade, ainda visitaria o lugar todo mês, levando risadas aos corredores do castelo. Se Stephen ainda estivesse vivo, a duquesa não precisaria discutir com o sr. Edwards sobre o novo administrador, ela deixaria aquela tarefa para o filho e se ocuparia em cuidar do duque, ou talvez em mimar um neto que tanto desejava.

— Mas agora que passei um tempo aqui e pude ver a situação, sei que isso seria impossível — continuou Emily. — A presença dele seria necessária, e eu teria vindo com ele e me esforçado para assumir o lugar da duquesa, mas... teria sido um desastre. — Ela voltou seu olhar impotente para a sala de estar da duquesa, com a mobília elegantemente entalhada, os assentos forrados de seda cor de safira, o tapete viçoso no piso, os quadros elegantes na parede. — Eu seria uma péssima duquesa.

— Não tenho dúvida de que você estaria à altura do desafio — declarou Philippa com firmeza.

Emily deu um sorrisinho débil.

— Eu teria detestado cada momento. Sinto uma falta terrível de Stephen, e sempre sentirei, mas... não disso.

Emily teria dado uma fantástica esposa para um vigário, era uma mulher bondosa e paciente. Mas administrar uma propriedade do tamanho de Carlyle era uma coisa muito diferente.

— Duvido que alguém consiga assumir plenamente o lugar da duquesa — retrucou Philippa, tentando ser diplomática.

Emily deu um sorriso triste.

— Você é a única pessoa que poderia chegar perto disso.

Philippa estalou a língua baixinho.

— Ai de mim! Tanto o capitão St. James quanto o sr. St. James já estão casados. Perdi a minha oportunidade.

O capitão St. James era o atual herdeiro presumido, e o primo dele, Maximilian, era o seguinte na linha de sucessão.

Finalmente Emily riu.

— Eles é que saem perdendo.

Philippa revirou os olhos, mas havia um sorriso em seu rosto.

— Vou voltar para Kittleston — avisou Emily. — Esta tarde. Sua Graça foi muito gentil em me receber aqui, mas eu deveria estar em casa.

— Entendo. — Mas Philippa não conseguiu resistir a acrescentar: — Gostaria de poder ir com você! Seria a desculpa perfeita para não encontrar o novo administrador.

Daquela vez, o sorriso de Emily tinha um toque de travessura.

— Eu já tinha pensado nesse bônus.

Will fez Gringolet subir mais rápido a colina, passando direto pelo desvio para o Chalé de Pedra e pelos estábulos. Ele estava atrasado.

Os cascos do cavalo batiam com força nas pedras enquanto atravessavam o arco que levava ao pátio interno do castelo. O novo administrador desmontou rapidamente e olhou ao redor ao mesmo tempo que despia o paletó e deixava o chapéu de lado. Will sabia que as cozinhas ficavam atrás dele, mas não tinha muita certeza em relação ao resto. Santo Deus, aquele lugar era enorme.

E ele com certeza estava atrasado.

Will procurou o relógio no alforje, onde o guardara para mantê-lo em segurança. O pai havia lhe dado o objeto de presente antes de Will e Jack partirem de Boston, com uma advertência para que nunca deixassem outras pessoas esperando por eles. Faltavam apenas vinte minutos para o encontro com a duquesa. *Seja pontual e cuidadoso.* As palavras do sr. Edwards soaram ameaçadoras em sua mente.

Com uma careta, Will guardou novamente o relógio. Ele teria sorte se conseguisse ser uma dessas duas coisas naquele dia.

Não havia ninguém por perto. Will bateu as botas com força, tentando limpar a maior parte da lama, tirou o lenço que estava ao redor do pescoço e despiu o colete antes de caminhar até a bomba d'água e bombeá-la em movimentos apressados. Quando a água começou a sair, ele inclinou o corpo e enfiou a cabeça embaixo dela. Então, voltou a bombear água e jogou nos braços sujos de sangue, esfregando bem. Quando se levantou e tirou o cabelo do rosto com uma das mãos, viu uma das criadas encarando-o com olhos arregalados e surpresos.

Will deu um sorriso constrangido.

— Olá. Você sabe onde posso encontrar o sr. Edwards? — A moça encarou-o boquiaberta, mas nenhum som saiu de sua boca. — William Montclair, a seu serviço — apressou-se a se apresentar, inclinando-se brevemente. A água escorreu para dentro de seus olhos e ele a secou. — Já nos conhecemos?

A cesta que a criada carregava caiu no chão com um baque.

— S-senhor Montclair? — gaguejou ela, analisando-o de cima a baixo.

Will manteve o sorriso no rosto enquanto se dava conta de que parecia um assassino em fuga, coberto de sangue e de lama.

— Eu mesmo. O sr. Edwards...?

A criada pareceu confusa por um instante.

— Ah. Ah, senhor! Sim, v-vou chamá-lo.

Ela saiu correndo na direção de uma porta do outro lado do pátio, deixando a roupa lavada que levava na cesta espalhada pelas pedras do piso.

Cristo. Além de atrasado, ele se apresentaria em um estado de total desalinho para a duquesa. Will baixou os olhos: a camisa estava ensopada, colada ao corpo, embora a água não tivesse conseguido lavar o sangue. Ele tirou a camisa de dentro da calça e começou a torcê-la.

— Senhor Montclair!

O sr. Edwards estava quase correndo na direção dele, com uma expressão que misturava fúria e incredulidade.

Will ergueu uma das mãos.

— A ponte que fica a quase sete quilômetros daqui...

— Eu não lhe disse para ser pontual e *cuidadoso*? — As palavras do advogado cortaram o ar como um chicote. — O que, em nome de Deus, o senhor pretende aparecendo aqui desse jeito? Sua Graça está esperando!

— Foi por isso que vim até aqui. — Will continuou a torcer a camisa. — Levaria tempo demais voltar para o Chalé de Pedra. Houve um acidente na ponte e uma carroça a caminho do mercado virou e caiu. Deparei-me com o fazendeiro e a esposa tentando desesperadamente salvar os porcos deles.

Edwards fez uma pausa.

— A ponte na estrada sul?

Will assentiu.

— Perto da fazenda dos Smith.

Edwards praguejou, o que surpreendeu Will. Ele nunca ouvira o advogado falar daquele jeito. Mas Edwards logo se colocou em ação. Ele correu para a porta mais próxima, abriu-a e gritou:

— Frank! Corra aqui! — Ele se virou e viu a criada da lavanderia, demorando-se ao fundo, observando a cena com atenção. — Diga ao sr. Heywood que preciso de roupas limpas para o sr. Montclair imediatamente. E de sapatos. Vá! Rápido! — bradou o advogado quando a criada hesitou, desviando os olhos na direção de Will.

Ela saiu correndo, então, e Edwards se voltou novamente para o administrador.

— Temos apenas alguns minutos para deixá-lo apresentável — falou em um tom sombrio. — Tire essa camisa ensanguentada.

Will arrancou a camisa encharcada pela cabeça.

— É preciso mandar alguém para bloquear o caminho — tentou dizer, enquanto Edwards o levava para dentro da lavanderia.

As duas criadas que estavam ali dentro levantaram os olhos do ferro de passar, fitaram Will com espanto, chocadas, e saíram apressadas, atendendo aos gestos furiosos de Edwards.

— Cuidarei disso — falou o advogado em um tom objetivo e fechou a porta. — Primeiro, precisamos evitar que o senhor seja demitido. As botas, homem.

Quando um criado bateu na porta com uma muda de roupa limpa nas mãos, Will vestia apenas a calça, enquanto secava o cabelo com uma toalha que Edwards tinha pegado de um armário próximo e jogado em sua direção.

— Tome. — O advogado lhe entregou as peças. — O senhor é mais ou menos do tamanho de um dos criados, vamos torcer para que sirva.

Outro empregado entrou com um par de sapatos em cada mão. Edwards indicou um deles e, sem dizer uma palavra, os dois criados avançaram na direção de Will.

Edwards observou em silêncio enquanto os dois ajudavam Will a se vestir, e só falou uma vez:

— Isso no seu rosto é sangue?

Will ergueu o queixo para que um dos homens prendesse a gravata ao redor do seu pescoço e disse em uma voz estrangulada:

— Sim, senhor. Algumas tábuas quebraram, e o cavalo...

— Lave o sangue — ordenou Edwards a um dos homens, que obedeceu em silêncio.

Ninguém mexia em Will daquele jeito desde que era criança e a mãe o esfregava para limpá-lo.

Mas, em uma questão de minutos, ele se viu novamente limpo e vestido, os sapatos só um pouco apertados em seu pé.

Edwards levantou os olhos do relógio de bolso para examinar Will.

— Vai ter que servir — disse com um suspiro. — Vamos.

Will se apressou para acompanhar o passo do advogado enquanto os dois atravessavam o pátio em direção à frente do castelo.

— O cavalo teve que ser sacrificado, mas era o único que a família tinha. Gostaria de emprestar um dos cavalos do estábulo a eles...

— Sim, sim. — Edwards abriu uma porta e acenou para que Will entrasse.

— Para fazer isso, o senhor vai precisar se manter empregado.

Ele seguiu na frente por um corredor tão lindo e elegante que Will teria parado para olhar com calma se tivesse tempo.

Mas manteve o passo rápido enquanto se perguntava se aquela situação não seria um pouco absurda. Com certeza a duquesa compreenderia. Afinal, ele havia parado para ajudar um dos arrendatários das fazendas dela.

— Achei mais importante ajudar em um momento de crise. A sra. Smith estava com a água do rio até a cintura...

— Lidaremos com isso mais tarde.

Edwards começou a subir uma enorme escada de pedra, de dois em dois degraus. Will o seguiu e fez uma careta ao sentir o incômodo dos sapatos aumentar um pouco. Eles desceram correndo outro corredor e atravessaram quatro cômodos interligados até pararem diante de uma porta alta e ornamentada. O advogado abaixou a voz quando voltou a falar.

— Senhor Montclair, este não é um momento para leviandades. Não estou exagerando quando digo que seu emprego depende inteiramente desta reunião com a duquesa. O senhor compreende?

Will pigarreou, subitamente preocupado.

— Sim, senhor.

Edwards examinou-o com atenção.

— Muito bem.

Ele bateu na porta, endireitou os ombros e, um instante depois, um criado a abriu.

Capítulo 5

MESMO ANTES DE as portas serem abertas, Will disse a si mesmo para não se portar como um tolo. Porém, ficou boquiaberto assim que entrou no salão, seguindo o sr. Edwards. O cômodo era magnífico, para além de qualquer coisa que já vira ou imaginara na vida.

As paredes eram cobertas por uma seda azul estampada, mas havia quadros pendurados por toda parte, do chão ao teto, o que por si só já era uma obra de arte. Mais de cinco metros acima, o teto era esculpido e enfeitado com brasões, animais e figuras que Will nem conseguia identificar. Um par de pilares de pedra se erguia de cada lado do salão como sentinelas de guarda, dividindo o ambiente, e Will percebeu que, ao contrário dos outros cômodos que já vira, aquele dava tanto para a área externa quanto para a área interna do castelo, com janelas voltadas para o campo a leste de um lado, e para o pátio a oeste do outro. Aquelas janelas, arqueadas e fundas, eram a única indicação de que o salão tinha sido construído centenas de anos antes.

No outro extremo estava a lareira, uma gigantesca chaminé de mármore branco, com madeira esculpida ao redor. Na frente da lareira, havia uma mesa redonda baixa, com um sofá delicado e três cadeiras dispostos ao redor. E, na frente do sofá, Will viu a duquesa de pé.

Ele também viu a srta. Kirkpatrick, à esquerda da duquesa, deslumbrante em um vestido verde-jade. Will teria tido enorme prazer em passar mais tempo olhando para ela, mas naquele dia sua atenção estava voltada para a dama mais velha, que decidiria se ele permaneceria ali ou iria embora.

A julgar pela expressão da duquesa, as chances dele não eram boas.

Sua Graça era uma mulher muito pequena, que mal chegava à altura do peito dele, mas corpulenta. Will percebeu que o vestido e o penteado dela seguiam a última moda de Londres, mas ambos também eram totalmente cinza, a não ser pela renda branca ao redor do pescoço. A duquesa estreitou os olhos escuros enquanto o mirava de cima a baixo, e Will se deu conta na mesma hora de que Edwards não tinha exagerado: ele estava muito encrencado por ter chegado àquele compromisso com o cabelo molhado e usando a roupa de um criado.

O sr. Edwards se adiantou e se inclinou em uma reverência formal.

— Vossa Graça, permita-me apresentar o sr. William Montclair.

A duquesa torceu os lábios quando Will também se inclinou em uma reverência.

— Vossa Graça — murmurou ele. — Senhorita Kirkpatrick.

A dama mais velha fitou-o por um longo momento, antes de se virar e fixar um olhar gelado no advogado. Uma conversa completa se passou naquele olhar. Mas ela disse apenas:

— Vamos nos sentar? — E se deixou afundar no sofá.

Will hesitou, mas Edwards se afastou e indicou com uma inclinação de cabeça que ele deveria se acomodar na cadeira diretamente oposta à da duquesa. Com a sensação de que acabara de ser levado a julgamento, Will se sentou. Tentou encontrar o olhar da srta. Kirkpatrick, desesperado por algum sinal de encorajamento, ou por alguma ajuda, mas ela estava ajeitando as saias verdes ao redor do corpo. Um gato laranja gorducho saiu de debaixo da cadeira da jovem, as costas arqueadas, e ela se inclinou para afastá-lo com delicadeza.

Will se sentou com o corpo muito ereto, os ombros para trás, e encontrou o olhar da duquesa com determinação. *Encare o seu destino como um homem*, teria dito o pai dele.

A duquesa o encarou de volta, ignorando totalmente as duas outras pessoas no salão.

— Senhorita Kirkpatrick — disse ela —, pode tocar a campainha para que tragam o chá?

— Sim, senhora.

Will havia se esquecido de como a voz da srta. Kirkpatrick era adorável. Os olhos dele se desviaram na direção dela, que se levantou e seguiu até a campainha ao lado da lareira. Uma longa mecha de cabelo caía por cima do seu ombro, chamando atenção para o pescoço da jovem. Era delicado e esguio, a pele de um tom quente de bronze contrastando com o babado branco do vestido.

— Senhor Montclair?

Ele se virou rapidamente para a duquesa de novo.

— Sim, senhora.

Ela havia inclinado a cabeça para a frente enquanto o examinava com atenção.

— Está usando as vestes de um criado?

Will pigarreou.

— Sim, houve...

— E seu cabelo está molhado... pingando — continuou ela.

Como se seguindo a deixa, uma gota escorreu pela têmpora dele. Will não ousou secá-la.

A duquesa estreitou os olhos.

— O senhor não foi informado desse compromisso, sr. Montclair?

— Fui, senhora.

— As pessoas não têm boas maneiras na América? Não, tenho certeza de que não têm — respondeu ela para si mesma, antes que Will pudesse sequer abrir a boca. — O senhor não tem uma muda de roupa adequada?

Will olhou de relance para Edwards, que mantinha uma expressão neutra no rosto que não era de ajuda alguma.

— Tenho sim, senhora — tentou falar mais uma vez, mas ela o interrompeu de novo.

— E, ainda assim, aparece aqui vestido como um criado. O senhor foi contratado como administrador desta propriedade há sete meses, e eu *acreditei* — ela fuzilou Edwards com os olhos novamente — que havia sido adequadamente instruído em todos os aspectos do cargo. Se é tão descuidado com a própria aparência, não gosto nem de imaginar como vai cuidar de suas responsabilidades neste lugar.

Daquela vez, Will esperou por um momento até ter certeza de que ela havia terminado. Então, inclinou-se para a frente, fitando-a diretamente, com um olhar desafiador.

— As minhas roupas foram arruinadas quando me apressei a ajudar um arrendatário da fazenda que tentou atravessar uma ponte que não era segura. As tábuas da ponte se quebraram, o cavalo do homem se machucou e vários porcos caíram no rio. Tive que usar essas roupas — ele indicou o que estava vestindo — porque o meu traje absolutamente apropriado está no pátio, encharcado de lama e coberto de sangue.

— Sangue! — repetiu a duquesa com um arquejo.

Will assentiu.

— O cavalo sofreu um ferimento letal e o sr. Smith estava abalado demais para fazer o que precisava ser feito. Tive que sacrificar eu mesmo o pobre animal, que sofria muito, antes de pular dentro do rio para ajudar a salvar os porcos. O sr. Edwards me avisou, sim, para ser pontual e para me vestir de forma elegante, mas só consegui cumprir um desses objetivos e, como pode ver, escolhi ser pontual. — Ele inclinou a cabeça. — Espero que esse tipo de acidente não seja rotina nesta propriedade, mas não poderia deixar o sr. e a sra. Smith em tamanho apuro só para chegar aqui usando roupas limpas. Senhora — lembrou-se de acrescentar.

Então, recostou-se na cadeira para esperar o julgamento.

Um silêncio estrondoso preencheu o salão. O tique-taque suave de um relógio sobressaltou a todos.

— Os porcos foram salvos? — perguntou a srta. Kirkpatrick.

Will olhou de relance para ela.

— Quase todos. Apenas um não foi.

Ela finalmente estava olhando para ele, a expressão pensativa.

— Fico feliz. Obrigada, sr. Montclair, por ajudá-los.

O temperamento de Will ainda estava inflamado.

— Se aquela ponte tivesse sido mantida em bom estado, nada disso teria acontecido.

Se todas as suas falhas não tivessem sido motivos suficientes para que ele fosse demitido, aquilo provavelmente seria. Will não se importava. Se a duquesa esperava que ele tomasse mais cuidado com a forma como se vestia do que com o trabalho que havia sido contratado para fazer, então seria apenas uma questão de tempo até ele ser mandado embora.

— Ora. — A duquesa parecia não saber a quem direcionar seu olhar irritado. Acabou escolhendo o sr. Edwards. — O senhor sabia dessa ponte, que obviamente é um perigo?

— Não sabia, senhora. Acredito que seja uma ponte pouco usada...

— E que agora vai precisar de um conserto de grande porte. — Ela se virou para Will. — A ponte pode ser consertada ou vai precisar ser reconstruída?

Ele flexionou as mãos nos braços da cadeira.

— Eu não confiaria nela até que fosse feita uma avaliação completa por um agrimensor. O riacho abaixo parece ter aumentado de fluxo desde que a ponte foi construída e houve uma erosão considerável ao redor dos pilares. Desconfio que repor as tábuas será apenas uma medida temporária.

— Humm. — Ela ainda o observava com um olhar penetrante, mas sua expressão agora era mais contida. — Que essa seja a sua primeira tarefa.

Will assentiu.

— Eu também sugeriria uma avaliação imediata de todas as outras pontes, tanto nas terras Carlyle quanto no vilarejo de Kittleston. Não me lembro de ter visto nenhum relatório recente de engenharia nos registros da propriedade, e a queda de uma ponte pode ter consequências terríveis... como foi o caso dessa.

A duquesa ergueu as sobrancelhas, mas se recostou no sofá.

— Sim. Faça isso.

— E gostaria de mandar um cavalo dos estábulos do castelo para os Smith — continuou ele. — Até terem condições de adquirir outro. A perda que sofreram hoje foi... profundamente perturbadora.

A sra. Smith havia chorado de soluçar pelo animal sacrificado, que se chamava Billy. A mão do sr. Smith tremia tanto que não conseguiu apertar o gatilho, e Will teve que tirar a pistola do homem e acabar ele mesmo com a agonia do cavalo.

A duquesa ergueu ainda mais as sobrancelhas.

— Um cavalo?

— Se eles não receberem essa ajuda, não conseguirão levar o que produzem ao mercado ou arar os campos. E se não puderem fazer essas coisas, não terão como pagar o arrendamento. Deixá-los sem um cavalo vai ser o mesmo que expulsá-los da propriedade. — Will cerrou o maxilar. — E o cavalo dos Smith morreu nos terrenos dos Carlyle, em uma ponte que conta com a manutenção dos Carlyle... ou deveria contar. Portanto, sim, Vossa Graça, acredito que nós devemos um cavalo a eles.

A duquesa voltou os olhos arregalados para o sr. Edwards. O advogado ajeitou o corpo na cadeira, inquieto.

— É a atitude mais razoável e compassível a se tomar, Vossa Graça. Concordo com o sr. Montclair.

— Sim.

Por um momento, a duquesa não disse mais nada. O sol cintilou nos anéis em seus dedos enquanto ela mexia nas saias.

Felizmente, naquele momento, a criada entrou com uma enorme bandeja de chá. Todos pareceram gratos pela interrupção. O sr. Edwards pigarreou e lançou um olhar penetrante para Will, que não soube como interpretar. A srta. Kirkpatrick sorriu com simpatia para a criada, que posicionava a bandeja em cima da mesa. E a duquesa franziu a testa, os olhos baixos, ainda mexendo no vestido.

Will tinha a sensação de ter se livrado de um peso. Havia falado o que achava que devia falar e, se a duquesa o dispensasse, bom, pelo menos ele fizera o que era certo.

A srta. Kirkpatrick serviu o chá. Will observou em silêncio, estranhamente interessado no ritual. As louças eram de um vermelho vívido e cintilante, com bordas douradas. Pareciam joias finas em vez de meras xícaras e pires. A mulher serviu um pouco de leite em uma das xícaras e então colocou o chá. Depois entregou para a duquesa. Para o sr. Edwards, a srta. Kirkpatrick serviu mais leite e acrescentou um cubo de açúcar. O advogado agradeceu silenciosamente.

Então, se virou para Will.

— Como toma o seu chá, senhor?

Foi a vez de Will ajeitar o corpo no assento, desconfortável.

— Como achar melhor, srta. Kirkpatrick.

Ela arqueou a sobrancelha, mas não insistiu. Não serviu leite e acrescentou açúcar ao chá antes de entregar a xícara e o pires a ele. Will segurou a xícara com cuidado enquanto a jovem preparava o próprio chá da mesma forma.

A duquesa permanecera observando-o.

— Senhor Montclair — disse, erguendo a xícara para dar um gole no chá. — O senhor é da América.

— Sim, senhora.

Aquilo pareceu renovar a energia da duquesa. Seu olhar se tornou afiado mais uma vez.

— Aqui deve ser muito diferente do que o senhor estava acostumado.

Sem pensar, Will olhou ao redor do salão.

— É, sim — disse em um tom irônico.

A duquesa lançou outro olhar furioso para o sr. Edwards.

— Talvez o senhor pudesse fazer a gentileza de me convencer de que está à altura do cargo.

O que se seguiu foi mais desafiador do que qualquer exame a que Will havia sido submetido por um professor, ou mesmo pelo pai, até onde conseguia se lembrar. A duquesa lhe fez perguntas sobre detalhes da propriedade, sobre princípios de administração, sobre tudo, desde como determinar valores de aluguel até como escolher arrendatários. Pela primeira vez, Will ficou feliz por Edwards tê-lo mantido em Londres por sete meses. Ele se deu conta de que estivera sendo preparado para aquele encontro. A sabatina pareceu durar uma eternidade, mas com certeza não se passou mais de meia hora antes que a duquesa se recostasse, bufasse baixinho e levasse a xícara de chá aos lábios.

Ele havia passado no teste? Will olhou de relance para a srta. Kirkpatrick, mas a expressão da mulher era agradavelmente neutra enquanto ela pegava a xícara e pousava novamente na bandeja.

De repente, a duquesa se levantou, e Will e o sr. Edwards também se colocaram rapidamente de pé. Sua Graça mirou Will de cima a baixo mais uma vez, então disse:

— Eu o verei novamente em três dias, sr. Montclair. Espero ouvir mais sobre essas pontes. Tenha um bom dia.

Os homens pousaram as xícaras — a de Edwards vazia, a de Will intocada — e se inclinaram em uma reverência. Quando eles chegaram ao corredor e se certificaram de que a porta estava fechada atrás deles, Edwards sentiu-se seguro para soltar um suspiro.

— Acho que deu tudo certo — falou Will, o coração ainda disparado. — Ela espera que eu ainda esteja aqui em três dias.

Edwards deixou escapar uma risadinha abafada e deu um tapa nas costas de Will.

— Sim, meu bom homem, acho que o senhor se saiu muito bem. Embora eu não recomende que repita essa entrada triunfal.

Will sorriu e abaixou os olhos para a roupa que usava. A libré era ao mesmo tempo mais grandiosa do que qualquer coisa que ele possuía, de uma lã verde elegante, com detalhes dourados e botões cintilantes, e mais humilde também, já que era o uniforme de um criado. Não era de espantar que a duquesa tivesse olhado para ele com o narizinho franzido.

— Na próxima vez, trarei informações sobre aquelas pontes, o que talvez também não me torne muito bem-vindo.

Edwards continuou a sorrir.

— Não, não, traga o topógrafo. Acredito que o senhor tenha impressionado Sua Graça mais do que pensa.

A duquesa pareceu murchar no momento em que a porta se fechou atrás dos dois homens.

— Ah, Pippa — disse com um suspiro de preocupação. — O que eu vou fazer?

Philippa serviu outra xícara de chá antes que Sua Graça pedisse.

— Parece-me que ele fez a coisa certa, ajudando os Smith. Visitarei eles amanhã.

— Faça isso, faça isso. — A duquesa deu um gole no chá. — Mas chegar aqui daquele jeito? Onde ele conseguiu as vestes de um criado?

— O sr. Edwards provavelmente conseguiu para ele.

Sua Graça deixou escapar um som angustiado.

— Imagine como era a aparência daquele homem antes de trocar de roupa! — Ele havia mencionado sangue. O estômago de Philippa se revirou diante da ideia. — Mas ele pareceu bem informado, não? — A duquesa voltou a parecer ansiosa.

Parecera, de fato. Philippa ficou tão chocada quanto a duquesa com a rapidez e a facilidade com que o sr. Montclair respondeu a todas as perguntas sobre a propriedade. A entrada dele no salão, usando o uniforme de um criado, com os cabelos encharcados penteados para trás, a pegara de surpresa, mas obviamente não o abalara. A indignação dele com o acidente tinha sido evidente, assim como a preocupação com os Smith.

— Aprovo a preocupação dele com os Smith — falou Philippa. — Em vez de ter permanecido lá e ajudado, o sr. Montclair poderia ter cavalgado de volta para cá e mandado outros cuidarem da situação.

A duquesa franziu a testa.

— Você acha que foi uma desculpa?

— Vou perguntar a Gerald e Jilly o que aconteceu.

— Sim, faça isso — falou a duquesa, aliviada. — Se ele for um mentiroso...

— Eu duvido — disse Philippa. — Seria fácil demais ser pego nessa mentira.

Por algum motivo, ela sabia que tudo acontecera exatamente como ele contara. William Montclair era muito mais do que aparentava ser.

Capítulo 6

TODOS TINHAM ESTADO curiosos em relação à chegada de William Montclair. Agora que ele havia atravessado o pátio do castelo sem camisa e encharcado, se tornara o assunto de todas as mulheres em Carlyle.

— Arrancou a camisa na mesma hora, senhorita, por cima da cabeça! Daisy e Phyllis disseram que nunca tinham visto nada parecido — comentou Marianne, camareira de Philippa, totalmente encantada. — Foi a coisa mais empolgante que já viram na lavanderia.

— Tão bem-feito quanto uma daquelas estátuas gregas indecentes — contou Josie, que trabalhava na cozinha. — Ficamos todas com o nariz colado no vidro, tentando dar uma espiada.

— Um rapaz muito saudável — até a sra. Potter se permitiu acrescentar, obviamente esquecendo-se da sua desaprovação inicial.

Philippa ouviu tudo aquilo com uma mistura de ceticismo e irritação. Como todas as mulheres no castelo de algum modo tinham conseguido estar presentes no único minuto de quase nudez daquele homem no pátio? E como era possível que todas concordassem que a visão imprópria e pecaminosa tinha valido totalmente a pena?

Talvez aquela comoção se devesse à novidade e à surpresa, concluiu ela. Qualquer outro empregado que se despisse daquela forma não causaria tanta comoção. Havia uma carência de homens jovens e atraentes em Carlyle, e o recém-chegado, bonito até quando estava totalmente vestido, já havia capturado a atenção delas.

Mas Philippa realmente desejava que parassem de falar sobre o assunto. Porque aquilo era o bastante para fazê-la desejar ver a cena com os próprios olhos.

Ela se acomodou na charrete. Os Smith eram jovens, haviam se casado no ano anterior, mas suas famílias eram arrendatárias em Carlyle fazia muito tempo. Philippa conhecia Jillian e Gerald havia anos. Os dois compareceram aos piqueniques organizados no castelo anos antes, quando a duquesa se preocupava com o fato de Philippa não ter muito contato com outras crianças.

No caminho, ela passou pelo Chalé de Pedra. Apenas as chaminés eram visíveis acima da colina e das árvores, e Philippa se perguntou o que o sr. Montclair estaria fazendo naquele dia. Talvez ele deparasse com uma criança se afogando no seu caminho para inspecionar as pontes, e se lançasse dentro de mais um rio. Se o homem voltasse encharcado ao pátio do castelo novamente, haveria gritos de alegria e aplausos vindos das cozinhas e da lavanderia.

Ela soltou o ar com força, irritada consigo mesma. O sr. Montclair agira com nobreza. Ao menos era o que parecia. Seria muito decepcionante se os Smith contassem uma história diferente.

Duas galinhas se aproximaram para saudá-la enquanto ela descia da charrete, seguidas pela própria dona da casa. Um sorriso iluminou o rosto da mulher quando ela viu Philippa. Jilly enxotou as galinhas e se inclinou em uma mesura.

— Bom dia, srta. Pippa.

Philippa cumprimentou-a também.

— Para você também, Jilly. Soubemos do terrível acidente de ontem, e Sua Graça me pediu para vir saber como estão você e Gerry.

— É muita gentileza. — O sorriso de Jilly era choroso.

Philippa tocou o braço da outra mulher em um gesto de conforto, antes de perguntar em um tom cauteloso:

— O sr. Montclair estava lá, pelo que eu soube…

— Graças a Deus ele estava! — O rosto de Jilly se iluminou. — Ele apareceu a galope na curva logo depois de a ponte ter quebrado. Gerry recebeu uma pancada forte na cabeça, senhorita, ainda estávamos abalados, e o sr. Montclair se jogou no rio e saiu com um porco embaixo de cada braço. — Ela balançou a cabeça. — Ele ficou lá até tirar todos os porcos da água, e Billy… — A jovem parou, os olhos marejados.

— Sim. — Philippa pegou as mãos de Jilly. — O duque ordenou uma inspeção imediata em todas as pontes da propriedade. Ninguém tinha ideia de que a situação poderia ser tão perigosa.

Jilly assentiu.

— Gerry já andava preocupado com isso há algum tempo, mas estávamos atrasados porque dois porcos tinham se perdido. Aquele é o caminho mais rápido para Kittleston, e resolvemos arriscar. Mas então... — O queixo da moça tremeu, e ela secou os olhos com a ponta do avental.

Philippa apertou suas mãos mais uma vez.

— Vocês ficarão com um cavalo de Carlyle pelo tempo que precisarem.

Jilly assentiu mais uma vez.

— O sr. Montclair nos trouxe um esta manhã. Gerry... por favor, senhorita, não fique brava — acrescentou ela, ansiosa. — Gerry estava furioso por causa da ponte, como raramente fica.

— Eu não duvido.

— Eu disse a ele para tomar cuidado com a língua — continuou Jilly. — O sr. Grimes não gostava que falássemos daquele jeito, mas Gerry não ouviu. Ele estava muito furioso quando o sr. Montclair chegou. E-eu não quero que ninguém fique ofendido, srta. Pippa.

Então o administrador da propriedade ouvira poucas e boas de Gerald Smith. Philippa se lembrou do pirata que se sentara inclinado para a frente na cadeira, usando roupas emprestadas de um criado, e censurara a duquesa de Carlyle. Ela se perguntou como ele teria reagido ao ser confrontado por um arrendatário da fazenda.

Depois da visita a Jilly, Philippa decidiu ver a ponte com os próprios olhos. Ficava fora do caminho, mas ela soube que estava na estrada certa quando encontrou uma tábua pregada em uma árvore onde se via escrito apressadamente em tinta: PONTE FECHADA. Philippa estalou a língua para o cavalo e continuou a descer a estrada.

Dois homens estavam parados na ponte. Um deles era Gerald Smith, inconfundível com sua constituição forte de fazendeiro e os cachos castanhos e cheios que balançavam enquanto ele abaixava o machado sobre as tábuas. O outro homem era mais alto e mais esguio e estava de costas para ela, com uma pilha de tábuas quebradas sobre um dos ombros. Gerry pousou o machado e protegeu os olhos com a mão para ver quem se aproximava, enquanto o sr. Montclair se virava para ela.

O coração de Philippa saltou no peito. Ele havia despido apenas o paletó, mas as mangas da camisa estavam enroladas até os cotovelos e a cor branca do tecido sem dúvida fazia os ombros dele parecerem bem largos. Ao vê-la, o sr. Montclair foi até uma carroça parada nas proximidades, descarregou as tábuas e esperou até que Philippa o alcançasse.

— Senhorita Kirkpatrick. — Ele se curvou em uma de suas reverências floreadas. Philippa se perguntou se todos os americanos faziam daquela forma. — Eu me esqueci e faltei a outro compromisso vital com Sua Graça, e a senhorita veio me repreender por isso?

— Não, sr. Montclair. — Philippa freou a charrete. — Vim ver a ponte.

Um sorriso lento curvou os lábios dele.

— Excelente.

Philippa prendeu as rédeas e aceitou a mão dele para ajudá-la a desmontar. O sr. Montclair não usava luvas, e Philippa sentiu o calor da pele dele através do tecido que cobria a dela. Sem pensar, ela sacudiu brevemente a mão assim que ele a soltou. O sr. Montclair percebeu e desviou os olhos, ainda sorrindo.

Gerry fez uma reverência quando Philippa se aproximou, e ela o cumprimentou com carinho, ainda irritada com o sr. Montclair.

— Meu caro Gerry. Que prazer vê-lo de novo, mesmo que seja por uma razão tão terrível. Estou muito aliviada por você e Jilly não terem se machucado.

Ele enrubesceu fortemente.

— Ah, srta. Pippa... srta. Kirkpatrick... não, não nos ferimos, mas essa ponte... — Gerry parou abruptamente. — Ela precisava de reparos tem algum tempo, senhorita.

— Está desmoronando. — O sr. Montclair voltou até o buraco na ponte, abaixou-se, arrancou uma das tábuas com uma mão e ergueu-a. — Eu não deveria conseguir arrancar pedaços dela só com as mãos.

Philippa estava tentando não olhar para as mãos nuas dele, ou para os antebraços à mostra, ou para o modo como os músculos se flexionavam quando ele arrancava a tábua.

— Imagino que não — ela conseguiu responder. — O que precisa ser feito?

Gerry pigarreou e mudou o peso de um pé para o outro.

— Poderia ser reparada...

— Precisa ser posta abaixo e reconstruída com pedra. Esse riacho é instável demais para uma ponte de madeira. — O sr. Montclair voltou para a estrada e jogou a tábua quebrada no alto da pilha na carroça.

Philippa assentiu.

— A sra. Smith disse que o senhor já levou um cavalo para eles.

O sr. Montclair indicou um par de cavalos presos juntos e pastando a alguma distância.

— O cinzento. Jemmy, dos estábulos, o chama de Atlas.

— Ele parece muito forte — concordou Philippa.

— O cavalo puxará isso aqui de volta para nós. — O sr. Montclair deu uma palmadinha na carroça. — E então passará mais ou menos um mês na casa de Smith.

Ela assentiu. Tinha sido muita generosidade da parte dele oferecer, mas aquilo não era nada menos do que os Smith mereciam.

— Senhorita Kirkpatrick.

Philippa levantou os olhos para ele. O sr. Montclair estava olhando na direção da ponte, o rosto franzido por causa do sol. Pequenas rugas marcavam a lateral de seus olhos, como se ele sorrisse muito. Talvez não fosse tão jovem quanto ela pensava.

— Posso lhe fazer uma pergunta direta? — continuou ele.

— Ora, e o senhor não faz isso o tempo todo? — murmurou ela. Ele lhe lançou um olhar de canto de olho, e Philippa devolveu com um sorriso inocente. — É claro que pode, senhor.

Will indicou a ponte com um gesto.

— A duquesa espera que eu inspecione todas as pontes da propriedade em três dias? A propriedade tem nove mil acres, quilômetros e quilômetros de estradas e pelo menos uma dúzia de pontes.

Ela ergueu uma das sobrancelhas.

— O senhor acha que ela não estava falando sério?

Ele ficou imóvel.

— Não foi isso o que eu disse.

Philippa ergueu a outra sobrancelha.

— Se por acaso o senhor estiver *pensando* isso, deixe-me garantir que sim, ela falou sério. A duquesa espera receber informações sobre todas as doze pontes, principalmente para ter certeza de que o senhor sabe onde estão e que visitou cada uma delas. Não se acha capaz de realizar essa tarefa?

O sr. Montclair ouviu em silêncio, tensionando o maxilar uma ou duas vezes. Então, ele se virou e encarou Philippa. Por um momento, os dois ficaram simplesmente parados ali, em uma espécie de combate silencioso, até ele curvar os lábios naquele perigoso sorriso de pirata.

— Nunca diga isso, srta. Kirkpatrick. Sou capaz de realizar qualquer tarefa que me delegar.

Philippa teve medo de entrar em combustão espontânea.

— Excelente — retrucou sem fôlego.

Gerry Smith se juntou a eles com outra carga de tábuas para jogar na carroça.

— Essas são as quebradas. Devo prender algumas na entrada da ponte, para bloquear a passagem?

O sr. Montclair finalmente desviou os olhos de Philippa.

— Sim. Não vai impedir que os meninos passem por cima delas, mas não quero outro cavalo passando por ali.

Gerry engoliu em seco enquanto pegava as tábuas inteiras.

— Tem razão, senhor.

— Vou inspecionar todas as outras pontes das terras Carlyle para garantir que nenhuma delas oferece perigo.

— Veja a que fica na estrada Northampton — informou Gerry, para surpresa de Philippa.

O sr. Montclair assentiu, ouvindo.

— Há uma a pouco mais de três quilômetros ao norte daqui. Também não confio nela. — Ele esfregou o queixo. — E no sul de Kittleston, acima do rio Nene. Acho que não fica exatamente nas terras Carlyle, mas se o castelo informar a respeito...

— Tantas assim? — espantou-se Philippa. — Estão todas precisando de reparos? Como isso é possível?

Gerry ficou em silêncio. Então, abaixou os olhos, o pescoço muito vermelho.

— É um processo bastante simples — disse o sr. Montclair, cruzando os braços. Seus antebraços estavam bronzeados pelo sol. Parecia que o homem tinha o hábito regular de não andar devidamente vestido. — Primeiro elas são esquecidas, então não se faz os reparos necessários e, mais cedo ou mais tarde, qualquer ponte vai desmoronar.

Philippa enrubesceu.

— Mas por que tantas?

Ele ergueu as sobrancelhas em uma expressão de arrogância exagerada. Philippa concluiu, com uma irritação crescente, que aquela era a forma como o sr. Montclair achava que ela olhava para ele.

— Basta negligenciar *todas*, então *todas* começam a ruir...

— Sim, eu compreendo — interrompeu a jovem, irritada. — Mas o sr. Edwards... — Ela parou de falar ao se lembrar que o sr. Edwards passava metade do seu tempo em Londres. — O sr. Grimes jamais teria permitido tamanha negligência, e ele administrou a propriedade até dois anos atrás!

O sr. Montclair levantou os ombros lentamente, então as mãos, e fitou-a, esperando.

Philippa ficou furiosa.

— Está dizendo que o *sr. Grimes* negligenciou as pontes?

Gerry voltou a mudar o peso de um pé para o outro.

— Ele já estava idoso, senhorita...

Sim. Estava. Mas a duquesa tinha Grimes em altíssima conta.

— E o sr. Edwards? — perguntou, mudando o alvo do ataque. — Ele também negligenciou a propriedade?

— Está falando do sr. Edwards que passou a maior parte dos últimos sete meses em Londres? — atacou o sr. Montclair de volta.

Philippa sentiu vontade de bater nele, ainda mais porque, maldição, o homem estava certo.

— Não consigo acreditar que a situação esteja tão ruim assim — falou, entredentes. — Esta propriedade é bem-cuidada!

O sr. Montclair se balançou nos calcanhares.

— E a senhorita a inspeciona com frequência, srta. Kirkpatrick?

Ela cerrou os punhos. Era espantoso que ele não tivesse entrado em combustão apenas com a fúria ardente do olhar dela.

— Eu moro aqui, sr. Montclair! E, ao contrário do senhor, não acabei de chegar de Deus sabe onde!

— A senhorita sabe de onde — disse ele, e era evidente que estava se divertindo por tê-la deixado tão furiosa. — Da América. Onde, desconfio fortemente, as pontes exigem os mesmos cuidados que as daqui.

— Como se o senhor pudesse saber disso estando aqui há apenas dois dias!

Gerry pigarreou. Tanto Philippa quanto o sr. Montclair se sobressaltaram. O fazendeiro tinha recuado mais, a cabeça abaixada como a de uma tartaruga.

— Senhorita Kirkpatrick, por que não mostra a propriedade ao sr. Montclair? A senhorita conhece tão bem a região, e ele verá tudo com os olhos frescos...

Pela surpresa no rosto do sr. Montclair, Philippa percebeu que a sugestão não o agradara. Parte da mente dela sabia que também não a agradara. Não era dever dela mostrar a propriedade a ele.

Mas Philippa estava inflamada e profundamente indignada por aquele recém-chegado estar depreciando Carlyle daquela forma. Assim, encarou sua nêmesis e respondeu antes que ele tivesse oportunidade.

— Talvez eu deva mesmo fazer isso. Sendo um estranho aqui, o sr. Montclair não conhece a propriedade e as pessoas que vivem nela, por mais livros contábeis que tenha lido. Decerto precisa muito do conselho de quem realmente conhece Carlyle. — Ela sorriu ao vê-lo franzir a testa de leve. — Ou talvez ele não precise do conselho de ninguém. Afinal, *viu* pontes na América.

O sr. Montclair cerrou os lábios. E encarou Gerry.

— Excelente sugestão, Smith. O conhecimento da srta. Kirkpatrick sobre a propriedade será inestimável. — Ele deu uma palmada na lateral da carroça. — Leve os destroços para os estábulos. Estão à espera deles.

Gerry assentiu e se foi. Philippa imaginou que ele se arrependia de ter saído da ponte para cumprimentá-la, pelo modo como começou a martelar as tábuas para bloquear a passagem.

O sr. Montclair seguiu na direção dos cavalos. Philippa foi pega de surpresa ao se ver dispensada de forma tão ostensiva.

— Não tenho qualquer desejo de puni-lo com a minha presença, se a considera assim tão desagradável — falou para as costas dele.

O administrador da propriedade parou e caminhou de volta até onde ela estava, e Philippa precisou erguer a cabeça para encontrar seu olhar.

— De forma alguma, srta. Kirkpatrick — disse ele em uma voz baixa que a deixou arrepiada. — Eu ficaria encantado em ter a honra da sua companhia, e extraordinariamente grato em me beneficiar de seu vasto conhecimento sobre Carlyle. Podemos partir amanhã de manhã, às sete?

Philippa ficou espantada.

— Às sete?

— Como a senhorita disse, há muito a inspecionar, e pouco tempo para fazê-lo. — A expressão abusada que ela já conhecia estava de volta, e a voz dele ficou ainda mais baixa, até Philippa conseguir senti-la ressoando em seu peito. — Mas não tenho qualquer desejo de puni-la com o meu hábito madrugador, se o considera assim tão desagradável.

Aquele homem... Philippa endireitou os ombros e ergueu o queixo.

— Às sete — concordou.

O sr. Montclair fez uma reverência profunda, mas Philippa teve a sensação de que ele fazia aquilo para esconder outro daqueles sorrisos de pirata. Ela tentou não se sentir como se tivesse acabado de cair em uma armadilha enquanto voltava para a charrete, subia e guiava de volta para o castelo, sem olhar para trás.

Will desamarrou os cavalos e prendeu Atlas à carroça, repassando mentalmente a conversa e pensando em três formas diferentes de como poderia ter respondido às palavras irritadas da srta. Kirkpatrick, sem que aquilo resultasse em tê-la como companhia em sua inspeção pela propriedade.

Ele havia determinado algumas regras rígidas para si mesmo naqueles meses que passaria em Carlyle. Guardar suas opiniões para si. Fazer o que estava sendo pago para fazer. Olhos e ouvidos abertos para aprender o que pudesse, mas boca fechada, para guardar seus próprios segredos.

Rá. Will bufou, irritado consigo mesmo. Na véspera, ele praticamente criticara a duquesa, e agora havia irritado a srta. Kirkpatrick.

O problema era que vira o modo como ela sorrira para Gerry Smith. Quando cumprimentou o arrendatário, o rosto da mulher pareceu cintilar de alegria, os olhos brilharam, as sobrancelhas se arquearam de forma graciosa, a boca linda e perfeita se curvou, destacando a covinha no rosto... Aquele sorriso havia abalado pelo menos duas das regras na mente de Will. Ele queria vê-lo de novo.

Smith voltou e prendeu o martelo na beira da carroça.

— Espero não ter causado problemas.

Will terminou de prender as rédeas ao veículo.

— De forma alguma. Vai ser bom ter a visão da srta. Kirkpatrick sobre a propriedade. — Ele começou a desenrolar as mangas. — Você parece conhecê-la bem.

O homem voltou a enrubescer, mas abriu um sorriso hesitante.

— Sim. Minha esposa, Jilly, costumava ser convidada com frequência para o castelo, para que a jovem dama tivesse a companhia de outras meninas. De vez em quando elas organizavam um piquenique ou alguma reunião no castelo e convidavam as outras crianças.

Will prendeu as abotoaduras.

— Infelizmente acabei a irritando.

Smith tossiu.

— Sim.

Will esperou, mas o fazendeiro não disse mais nada.

— Então, tem mais algum conselho para mim?

O outro homem ajeitou o paletó.

— Não desmereça a antiga administração da propriedade. Ela não vai aceitar isso muito bem.

Will levantou os olhos, surpreso.

— A srta. Kirkpatrick é assim tão devotada a Grimes e Edwards?

Pelo que ele vira até ali, Grimes deveria ter se aposentado vários anos antes. Edwards comentava com frequência como estava satisfeito por delegar aquela responsabilidade a outra pessoa, o que fez Will acreditar que o homem nunca desejara tê-la assumido.

Smith deu de ombros.

— Ela gosta deles, sim, mas... Sua Graça, a duquesa, é o motivo pelo qual Grimes durou tanto tempo no cargo, e também o motivo pelo qual Edwards demorou dois anos para contratar outro administrador. Quando o senhor fala mal deles, de Grimes e de Edwards, a srta. Pippa escuta uma crítica à duquesa, e poucas coisas são capazes de deixá-la mais furiosa. Ela é terrivelmente devotada à Sua Graça.

Will vestiu o paletó. Aquilo explicava por que tinha ficado tão furiosa. E como ela ficava linda furiosa. Parecia uma chama naquele dia, em um vestido cor de damasco, com debruns em um tom vivo que faziam sua pele cintilar como cobre polido. E, como uma mariposa, ele parecia espiralar ao redor daquele fascínio fatal.

— Além disso... — O tom do outro homem era mais suave agora. — Acho que ninguém vai lhe dizer isso, mas o senhor precisa saber... a srta. Pippa é quem cuida desta propriedade. Sim, Sua Graça, a duquesa, tem a palavra final — reconheceu Smith diante do olhar espantado de Will —, mas a srta. Pippa conhece o que se passa na mente da duquesa melhor do que ninguém, e Sua Graça confia totalmente nela.

Ah.

— E o duque?

Smith pareceu abalado e subiu na carroça na mesma hora.

— Não sei, senhor.

Will vinha tentando descobrir havia meses por que o duque nunca estava envolvido em qualquer decisão sobre a propriedade. Edwards havia dito que Sua Graça, o duque, não estava bem de saúde, e Will começava a se perguntar se ele realmente existia. Não havia cartas dele, nem qualquer lista de instruções, nem mesmo um recado passado através de Edwards. Mesmo ali, no castelo, o administrador não vira nada que demonstrasse a presença do homem. O advogado evitava qualquer menção a ele, e naquele momento Smith estava fazendo a mesma coisa.

— Sobre a srta. Kirkpatrick... — disse Will, para evitar que Smith se fosse. — Por que ela é tão devotada? Afinal, acredito que não tenha nenhum laço de sangue...

Smith sorriu.

— Não, é mais que um laço de sangue. Quando lorde Stephen faleceu, no ano passado, não havia mais qualquer chance de haver um herdeiro da família. A srta. Pippa é a coisa mais próxima de uma neta que Sua Graça, a duquesa, tem, ou virá a ter. E, depois da morte do pai, a srta. Pippa não tem mais ninguém na Inglaterra. A duquesa é a única família que *ela* tem.

— Entendo — murmurou Will. — Senhorita Pippa?

Smith enrubesceu novamente.

— Era assim que nós a chamávamos anos atrás, quando éramos jovens. — Ele soltou o freio e tocou a aba do chapéu. — Mas não aconselho que *o senhor* a chame assim.

Will riu.

— Isso eu já sabia.

Smith sorriu e foi embora. Will buscou o próprio cavalo, que descera até as margens do rio à procura de relva fresca para pastar. Ele não poderia se permitir ser pego de surpresa por ela mais uma vez.

O dia seguinte prometia ser muito interessante.

Capítulo 7

Quando Will chegou ao castelo na manhã seguinte, a srta. Kirkpatrick o aguardava.

Um cavalariço segurava uma égua castanha pequena. Gringolet balançou a cabeça e relinchou, e a égua respondeu abanando o rabo e lhe dando as costas. Will sorriu. Até a montaria da srta. Kirkpatrick desdenhava da dele.

— Bom dia, sr. Montclair. — A jovem se adiantou, batendo com o cabo do chicote na saia de montaria laranja-escura. — Estava começando a achar que não viria.

— Nunca decepciono uma dama, srta. Kirkpatrick.

Will desmontou e se inclinou em uma reverência exagerada, só para vê-la torcendo os lábios. A moça o achava ridículo e ele sentia um prazer irracional com aquilo.

— Bem. Como o senhor mesmo disse, temos uma extensa propriedade para cobrir, e nenhuma razão para nos demorarmos.

A srta. Kirkpatrick seguiu na direção do bloco de apoio para montar, e Will aproveitou a oportunidade para admirá-la enquanto o cavalariço a ajudava a se acomodar em cima da égua.

Ela estava muito elegante naquela manhã, o que provocou um misto de admiração e consternação em Will. O casaco de montaria amarelo-açafrão marcava sua cintura, que parecia muito estreita em comparação com as saias cheias. Bordados vermelhos elaborados enfeitavam cada punho e a base da jaqueta. Ela usava ao redor do pescoço um lenço de um tecido muito fino e transparente, que permitia ver relances da pele por baixo. Um broche de ouro em formato de estrela e cravejado de pérolas e rubis mantinha o lenço no lugar. Will vira damas montando em Londres, criaturas pálidas usando verde-escuro e marrom. O modelo das roupas da srta. Kirkpatrick era inegavelmente inglês, mas as cores vibrantes tinham que ser indianas, e combinavam com ela.

O que mais ele poderia fazer quando a moça andava por toda parte linda daquele jeito?

Ao vê-lo parado encarando-a, a srta. Kirkpatrick ergueu as sobrancelhas daquele seu jeito imperioso. As sobrancelhas dela eram mais expressivas do que qualquer outras que Will já vira. Ele achava divertido saber o humor de Philippa apenas pelo modo como as sobrancelhas dela se erguiam.

— Não vamos a cavalo, senhor?

Will despertou do devaneio.

— O quê?

Ela virou a cabeça e suspirou com impaciência. O movimento agitou as fitas de seu chapéu preto e franjado, inclinado sobre os cachos escuros.

— O senhor pretende ir caminhando?

— Não. — Will se esforçou para deixar de lado o fascínio que ela lhe causava e voltou para a sela. — Vamos.

Na noite anterior, ele estudara mapas da propriedade até estar certo de que sabia onde ficava cada ponte, desde a grande ponte de pedra em arco na estrada que levava ao castelo até a passarela mais modesta sobre um riacho pequeno. Ele guiou os cavalos para o norte.

— Não vamos ver as pontes que o sr. Smith mencionou ontem? — perguntou a srta. Kirkpatrick, surpresa.

Will deu um sorrisinho presunçoso.

— Fui inspecionar as duas ontem mesmo, já que Smith achou que precisavam de reparos urgentes.

— E...? — perguntou ela, um instante depois, quando ele se calou. — Precisam mesmo?

Will assentiu.

— De muitos reparos? Elas oferecem perigo a alguém? O senhor terá que bloqueá-las? Já mandou homens para trabalhar nelas?

Ele fingiu perplexidade.

— Meu Deus, srta. Kirkpatrick, não estava preparado para esse nível de interrogatório!

Ela enrubesceu e o encarou com uma irritação evidente em seus olhos escuros.

— Perdoe-me, senhor, presumi que saberia as respostas para perguntas tão óbvias.

— Eu sei as respostas — respondeu Will com dignidade. — Não esperava que *a senhorita* exigisse sabê-las.

Ele teve quase certeza de que a mulher ansiava por usar o chicotinho nele.

— E por que não? Já que se deu ao trabalho de me fazer sair a cavalo ao nascer do sol...

— O sol nasceu há quase duas horas — murmurou ele.

— ... e insistiu que gostaria da minha companhia e do meu *vasto conhecimento* sobre a propriedade, acreditei que se comportaria como um cavalheiro e que seria sincero e cortês.

— Um cavalheiro! — Will riu. — Não faço ideia do que os ingleses consideram cavalheirismo. Responder a todas as perguntas que são feitas é uma parte importante?

A srta. Kirkpatrick parou o cavalo.

— Senhor Montclair. Tudo isso é apenas uma monstruosa perda do meu tempo?

Will fez o cavalo dar a volta ao redor do dela, para mantê-lo em movimento.

— Esse é outro enigma que não consigo desvendar. Agora devo precificar o seu tempo e o uso que a senhorita faz dele?

Ela fechou os olhos. Seus cílios eram pinceladas escuras junto ao rosto. Os lábios estavam cerrados de irritação. Quando a jovem abriu os olhos e o encarou, muito séria, Will achou que corria o risco de ser incinerado.

— Permita-me lhe dar um conselho bem-intencionado. Retrucar cada palavra que eu digo pode soar espirituoso aos seus ouvidos, mas, se tratar Sua Graça, a duquesa, com tamanha impertinência, será demitido na hora... e merecidamente.

Will parou o cavalo e se inclinou sobre a sela na direção da moça.

— Perdoe-me, srta. Kirkpatrick, mas fala pela minha empregadora? Ninguém me avisou, e em qualquer outra circunstância eu me sentiria reticente em discutir assuntos da minha empregadora com outra pessoa que não ela.

Ela respirou fundo e soltou o ar lentamente. Will precisou se esforçar para manter o olhar fixo no rosto dela, e não se permitir baixá-lo para o arfar dos seios tentadores. Maldição, a mulher fazia uma bela figura em cima de um cavalo.

— Carlyle é uma propriedade ampla. Sua Graça, a duquesa, naturalmente conta com as ideias e opiniões das pessoas em quem confia.

— É mesmo uma propriedade ampla — concordou ele. — Ela não confiava em Grimes?

A srta. Kirkpatrick o encarou, surpresa.

— É claro que confiava.

— E no sr. Edwards?

— Também, muito!

Will assentiu, pensativo.

— Então, seria possível que nenhum deles tenha dito a verdade a ela sobre essas pontes?

Os lábios muito rosados dela se entreabriram em uma expressão de surpresa. Will continuou:

— Smith tem razão. As pontes deveriam ter sido reparadas há anos, assim como muitos prédios da propriedade. O moinho, que fica a cerca de três quilômetros daqui... acredito que ele sirva à propriedade? — A srta. Kirkpatrick assentiu, cautelosa. — Ele também precisa de um trabalho extenso de recuperação. Pelo menos metade dos arrendatários que conheci necessitam de uma coisa ou de outra, e a maior parte deles confessa estar assim há algum tempo. A senhorita está prestes a perguntar se eles falaram a respeito com Grimes ou com Edwards — continuou Will quando ela abriu a boca. — Vários deles fizeram isso, e todos receberam respostas evasivas. Diziam a eles que o problema seria resolvido no próximo ano e, então, no outro. Aconselhavam que dessem um jeitinho e seguissem em frente da melhor maneira possível. E eles tentavam, mas com o tempo as coisas desmoronam e, quando isso acontece, as consequências podem ser terríveis, como nós dois vimos ontem.

A srta. Kirkpatrick mordeu o lábio, parecendo perturbada.

Will se lembrou do que Smith lhe dissera. Se a srta. Kirkpatrick realmente estava no comando da propriedade, ele acabara de chamar a *ela* de negligente, e com certeza não tinha sido essa a sua intenção. *Deixe disso*, falou para si mesmo. Ele segurou as rédeas com apenas uma das mãos e chegou para trás na sela, para disfarçar o impacto da próxima pergunta.

— Por que Sua Graça, o duque, não assume pessoalmente a supervisão desses assuntos?

A srta. Kirkpatrick pareceu pensar profundamente antes de responder.

— A duquesa faz isso — murmurou por fim. — E-eu desconfio que, talvez, as pessoas não contem o pior à duquesa porque ninguém deseja preocupá-la demais. — Ela levantou os olhos e encarou Will com firmeza. — Os reparos não foram feitos por falta de fundos?

Ele se perguntou se ela não escutara bem a pergunta, ou se escolhera responder de propósito sobre a duquesa e não sobre o duque.

— Não. A propriedade é próspera. A senhorita precisaria questionar a Edwards por que nada foi feito.

O próprio Will se perguntava por quê. Edwards não era tolo nem preguiçoso.

A srta. Kirkpatrick o fitou, não mais irritada ou impaciente, mas com um olhar franco, a testa franzida em uma expressão sincera de preocupação.

— Quanto precisa ser feito?

Will hesitou e acalmou o cavalo, que balançava a cabeça, inquieto para alcançar a relva na lateral da estrada.

— Eu não deveria conversar sobre isso diretamente com o duque? A propriedade é dele. Se as pessoas vêm protegendo a duquesa do fardo dessas notícias, talvez...

— Senhor Montclair, não há razão para falar com o duque.

— Por que não? — Will aproveitou a oportunidade. — Ele não tem nenhum interesse no assunto?

Ela recuou como se ele a tivesse agredido.

— Por que pensaria isso?

— Porque ainda não falei com ele, mesmo depois de sete meses trabalhando para a propriedade. Nem pessoalmente, nem por carta. Parece um pouco estranho que o duque não queira dar uma olhada no homem que contratou para administrar a propriedade dele. Afinal, a duquesa me chamou para uma avaliação no dia em que cheguei, e isso depois do fluxo incessante de cartas com orientações que ela me mandou quando eu estava em Londres.

As cartas tinham sido mandadas para o sr. Edwards, mas o advogado as passara para Will depois do primeiro mês. Pareciam ter sido escritas pelo próprio punho da duquesa, com uma assinatura pequena e elegante no fim. Nas cartas eram sempre usadas as frases *Sua Graça, o duque, deseja*, ou *Sua Graça, o duque, gostaria*, mas do duque mesmo ele não recebera nada.

A égua da srta. Kirkpatrick escolheu aquele momento para ficar inquieta, inclinando-se para um lado e agitando a cabeça. A dama se inclinou para passar a mão pelo pescoço do animal, murmurando e estalando a língua. A égua levou alguns minutos para se acalmar, embora a moça tenha permanecido calma o tempo todo. Quando o animal finalmente estava sob controle, a srta. Kirkpatrick parecia também ter se recomposto. Will guiou o próprio cavalo até parar ao lado dela, perguntando-se se ela havia dedicado tanto tempo à própria montaria para evitar responder à pergunta.

— Não se preocupe com Sua Graça, o duque — disse ela, quando Will já achava que ela pretendia ignorar o assunto. — Nada é feito sem a aprovação dele.

— E ele não deseja que eu me apresente, mesmo que brevemente?

A postura altiva da srta. Kirkpatrick estava de volta. Ela fitou-o com uma das sobrancelhas arqueadas.

— Por que ele faria isso, senhor? — Will não disse nada. — O senhor foi contratado para administrar esta propriedade. E, pelo que está dizendo, há muito a ser feito. Eu o aconselho a trabalhar nisso, em vez de ansiar tanto por uma audiência com Sua Graça, o duque. — Ela lançou outro olhar na direção de Will. — Depois da sua aparição impressionante diante da duquesa, acho curioso que deseje outra reunião semelhante.

Will cerrou os lábios. Ela sabia perfeitamente bem por que ele havia chegado à audiência com a duquesa usando as roupas de um criado. Mas ouviu a verdadeira mensagem por trás das palavras da srta. Kirkpatrick: ele não iria se encontrar com o duque... jamais. E ninguém lhe diria o motivo.

Will tocou o flanco do cavalo com o calcanhar para acelerar o ritmo do animal.

— Como a senhorita achar melhor.

Philippa segurava as rédeas com tanta força que era um espanto que Evalina não tivesse empinado. Por que o sr. Montclair queria encontrar o duque?

O sr. Edwards decerto dissera a ele como as coisas funcionavam, mas o novo administrador aparentemente não levou a sério. Sempre que tinha chance, o homem levantava o assunto do duque, curioso por informações que não lhe diziam respeito. Philippa fez uma anotação mental para lembrar ao sr. Edwards de que deveria passar a mensagem com mais clareza.

Aquele não era um bom começo. O sr. Montclair tinha entrado em Carlyle como um furacão, abalando o equilíbrio havia muito estabelecido em toda a propriedade. Ele provocara uma terrível confusão em sua audiência com a duquesa. Àquela altura, todos no condado provavelmente sabiam que ele ficara quase nu no pátio do castelo e que aparecera diante da duquesa usando a libré de um criado. O fato de que mesmo naqueles trajes o homem conseguira parecer um capitão pirata provavelmente não era sabido por todos, mas Philippa sabia. Ninguém jamais confundiria o novo administrador com um criado.

Mas ela precisava admitir que o sr. Montclair parecia saber o que estava fazendo. Os dois chegaram à primeira ponte depois de meia hora de cavalgada. Era uma estrutura firme de pedra que pareceu perfeitamente sólida para

Philippa. O administrador, porém, desmontou do cavalo, subiu na ponte e chegou mesmo a descalçar os sapatos e as meias para entrar no rio e examinar a estrutura ali embaixo.

— Não pensei em trazer uma toalha — comentou ela, enquanto o sr. Montclair voltava a subir pela margem lamacenta do rio.

— Por sorte eu pensei. — Ainda descalço, ele foi até o cavalo e procurou pela toalha no alforje. — Aprendi algumas coisas com a minha aventura do outro dia — acrescentou ele com uma piscadinha.

Philippa desviou os olhos, desejando que o homem não tivesse a capacidade de fazê-la enrubescer apenas com um olhar. Provavelmente não passava de um libertino, um canalha, um daqueles sujeitos em Londres que atraía mulheres inocentes de forma letal, fazendo-as se esquecerem de si mesmas. Philippa havia lido histórias chocantes nos jornais, mas nunca conhecera um daqueles homens pessoalmente. Ela lançou um olhar rápido na direção do sr. Montclair, que se inclinava para calçar a bota. Seus olhos se demoraram nas costas dele, a cauda do paletó caída para o lado. Philippa não tinha o hábito de ficar olhando para o traseiro dos homens, mas parecia ser verdade o que as criadas da lavanderia haviam dito, mesmo que ele ainda estivesse usando a calça...

Ela desviou os olhos com um sobressalto. O homem *era* um demônio. Só o que ele havia feito tinha sido se abaixar para calçar a bota, e ela, uma mulher respeitável e discreta, não conseguia parar de encará-lo de forma inapropriada.

Novamente calçado, o sr. Montclair voltou a montar no cavalo e pegou um caderno no alforje. Ele abriu o caderno e começou a escrever com um toco de lápis.

E escreveu. E escreveu.

— Nossa, senhor, o que viu ali? — perguntou ela por fim.

— O que *a senhorita* vê?

Philippa olhou para a ponte.

— Está velha — disse ela em um tom cauteloso.

— Não tão velha.

Ele escreveu mais um pouco.

Philippa franziu a testa e voltou a examinar a ponte. Era uma construção simples de pedra com três arcos, larga o bastante para passar apenas uma carroça. O calçamento provavelmente já havia sido de pedra, mas agora era de terra batida.

— Há alguma coisa escondida embaixo dela que chamou a sua atenção?

Ele fechou o caderno.

— Não há nada escondido. Olhe melhor.

Philippa fez Evalina se adiantar e começou a se sentir muito estúpida conforme se aproximava sem ver nada de errado. Ela conseguia senti-lo observando-a. O olhar do sr. Montclair era intenso e ardente nas costas dela conforme Philippa procurava por algum problema que aparentemente havia sido tão óbvio para ele.

A discussão que eles travaram no dia anterior ecoou em sua mente. *Essa propriedade é bem-cuidada*, insistira ela, mas sem conseguir dar uma boa resposta à provocação dele: *E a senhorita a inspeciona com frequência?*

Ela não o fazia. Philippa administrava o castelo e supervisionava as contas. Lia os relatórios que o sr. Edwards fazia para a duquesa e respondia as perguntas dele sobre o que deveria ser feito — o que nunca incluía reparos significativos. E visitava os arrendatários a cada quinze dias, mas ninguém nunca comentara nada com ela.

Claramente não se esforçara tanto quanto deveria, e sua desatenção levara ao desastre. Se Philippa tivesse separado algum tempo para andar pela propriedade com mais frequência, teria percebido que havia mais trabalho a ser feito. A duquesa era resistente a qualquer inovação radical, mas acreditava em manter as coisas em bom estado.

Philippa se ateve àquele ponto. Será que a oposição da duquesa a melhorias havia impedido Grimes e Edwards de sugeri-las?

Ela desmontou e caminhou até a ponte, determinada a ver o que o sr. Montclair tinha visto. Não havia honrado a confiança que a duquesa depositava nela, e não estava disposta a deixar que aquilo acontecesse de novo. Ela passou uma das mãos pelo parapeito e a argamassa se esfarelou.

— Está se desfazendo!

— Um pouco. — O sr. Montclair estava bem atrás dela. Philippa não conseguiu evitar um sobressalto. Ele passou o braço ao redor dela e cutucou um pouco mais a argamassa com a ponta do dedo. — Isso pode ser substituído. São as rachaduras no píer que mais me preocupam.

— No píer?

Ele apoiou os cotovelos no parapeito, ao lado dela, e se inclinou para a frente para olhar para baixo. Philippa fez o mesmo, com movimentos cautelosos. Vários metros abaixo, erguia-se um dos arcos da ponte, com o rio correndo suavemente através dele.

O sr. Montclair tirou o chapéu e se inclinou mais um pouco, até seu corpo estar mais para fora da ponte do que para dentro, com um dos braços esticados, apontando.

— Está vendo as rachaduras subindo pela lateral, entre as pedras? Temo que sejam profundas e ameacem a solidez do píer. Se o píer ceder, toda a ponte desabará.

Philippa se debruçou mais para a frente. Seus dedos dos pés mal tocavam o chão. Ela conseguiu ver as rachaduras, mas elas não teriam lhe chamado a atenção se o sr. Montclair não tivesse mostrado.

Grimes e Edwards deveriam ter visto aquilo, ou ao menos designado alguém para monitorar o estado das pontes.

— Os relatórios de Grimes mostram apenas alguns poucos reparos em seus últimos anos como administrador da propriedade — disse Will. — Houve inundações alguns anos atrás em Northumberland que levaram embora várias pontes. Não quero que o mesmo aconteça aqui.

Sim, Philippa ouvira a respeito. O evento parecera apocalíptico e muito distante da realidade deles.

— O que precisa ser feito?

O sr. Montclair apoiou o queixo em um braço e olhou para ela.

— Temos que contratar um agrimensor para inspecionar todas as pontes, e depois chamaremos engenheiros e operários para fazer os reparos necessários. E elas precisam ser inspecionadas regularmente, para serem mantidas em boas condições.

Philippa se virou para encará-lo. Ficar pendurado na beira de uma ponte não era uma posição das mais elegantes, e o cabelo longo dele se soltara e caía sobre o rosto. Ela provavelmente também estava desgrenhada.

— É um excelente plano — disse em um impulso. — Eu me arrisco a dizer que ninguém previu que o senhor teria que assumir uma tarefa desse porte tão rápido.

O sr. Montclair deu um sorrisinho torto.

— Por que esperar para deixar a minha marca?

Ora, ele não deixava de ter razão. Sem pensar, Philippa tocou a mão dele que estava pousada no parapeito.

— Obrigada por sua gentileza com os Smith.

Por um momento, o olhar do sr. Montclair encontrou o dela. Ele ficou absolutamente imóvel, a expressão indecifrável. Então, deu aquele sorriso travesso de pirata, os olhos castanhos cintilando, maliciosos.

— Finalmente a senhorita não está sugerindo que não passo de um cretino inútil.

Philippa recolheu a mão, endireitou o corpo e arrumou o cabelo e o chapéu.

— *Isso* ainda é uma dúvida. Apenas reconheci que o senhor mostrou alguma competência, o que é ainda mais bem-vindo por ser tão inesperado.

Ele riu enquanto pisava firme em direção à montaria.

— Essa é a coisa mais gentil que já me disse, senhorita. Guardarei essas palavras em meu coração como se fossem um tesouro.

Philippa não disse nada. No instante em que começava a respeitá-lo, até mesmo a *gostar* dele, o homem estragava tudo.

Evalina tinha andado até onde estava o cavalo do sr. Montclair, e agora os dois animais pastavam lado a lado. Quando Philippa pegou as rédeas e puxou a égua para longe, Evalina virou a cabeça e tentou se aproximar mais do macho. Os dois animais relincharam, irritados. Philippa fervia por dentro: até a égua resolvera zombar dela. Ela estalou a língua e puxou de novo, e Evalina seguiu-a, balançando atrevidamente a cauda.

Então, se deu conta de que tinha um problema. Não havia nenhum apoio ali em que ela pudesse subir para conseguir montar, nem qualquer toco de árvore ou pedra próximos. Aquela ponte ficava em um ponto amplo do rio, ligando duas grandes extensões de relva.

Ela enrubesceu. Era capaz de montar a égua do chão, mas não seria a cena mais graciosa, e envolveria erguer as saias a uma altura indecente. A última coisa que Philippa desejava fazer naquele momento era exibir as pernas para o sr. Montclair, que sem dúvida ficaria parado, fitando-a com a expressão zombeteira característica.

— Vamos? — Ele fora até o seu cavalo e montara com uma facilidade insuportável.

Philippa olhou com irritação para a alça da sela dela.

— Só um momento.

Com sorte, o sr. Montclair começaria a se afastar e ela poderia montar sem que ele estivesse olhando.

— Ah. — Ela ouviu um baque, então ele espiou pela lateral da cabeça de Evalina. — Está com um probleminha, não é?

— Não — respondeu Philippa com rispidez. — Consigo resolver.

Ele abaixou a cabeça.

— É claro. Peço perdão pela brincadeira. — O sr. Montclair pigarreou. — Permita-me?

Para surpresa de Philippa, o homem se apoiou em um dos joelhos e estendeu a mão para ela. Percebendo a expressão no rosto dela, Will desviou o rosto, mas não antes que ela o visse enrubescer. Quando ela não se moveu, ele deu uma palmadinha no próprio joelho.

— Suba.

Era a solução mais digna. Philippa segurou as saias, pegou a sela e pousou o pé no joelho do sr. Montclair antes de dar impulso.

— Obrigada — disse sem olhar para ele, enquanto ajeitava as saias.

— Foi uma honra, milady.

— Não sou uma dama — disse ela em uma voz inexpressiva, e colocou Evalina em movimento. — Não se dirija a mim dessa forma.

Ele seguiu ao lado dela.

— Fui criado para tratar todas as mulheres como damas. Não estou disposto a levar uma surra só porque os ingleses têm regras específicas sobre quem é e quem não é uma dama.

Philippa virou-se para ele, surpresa.

— E quem lhe daria uma surra?

O sr. Montclair sorriu.

— A minha mãe, se descobrisse. Se eu jurar nunca mais ser tão respeitoso, a senhorita promete não contar a ela?

Philippa cerrou os lábios.

— Tudo é uma grande piada para o senhor, não é?

— Não. Sou de uma seriedade implacável quando o assunto é colocar essa propriedade novamente em um bom estado.

— Novamente!

— Ela foi negligenciada — afirmou ele, sem mostrar qualquer arrependimento pelo comentário. — Peço perdão se isso a ofende, ou ao duque e à duquesa, mas é a verdade. Se o duque quer alguém que minta e lhe garanta que está tudo bem, ele contratou o homem errado, e é melhor me demitir logo.

Ela o encarou boquiaberta.

— Mentir!

— Não farei isso — disse o sr. Montclair com firmeza. — Não no que diz respeito à segurança e ao bem-estar das pessoas e animais que dependem do castelo.

— Ninguém lhe pediu para mentir!

— Ótimo.

Quando eles voltaram para o castelo, várias horas mais tarde, Philippa estava mais que disposta a se despedir logo do homem. O sr. Montclair desmontou e estava ao lado de Evalina antes que ela tivesse tempo de se afastar com a égua.

Em silêncio, ela permitiu que o homem a ajudasse. Philippa já estava irritada e de mau humor mesmo antes de ele fazer outra reverência cheia de floreios e lhe dirigir um sorrisinho arrogante. Ela assentiu brevemente em agradecimento, entregou as rédeas de Evalina ao cavalariço e entrou no castelo.

A moça tentou controlar seu mau humor enquanto se trocava. A duquesa estava esperando um relatório da excursão pela propriedade. O que poderia dizer sem perder a cabeça e bradar contra o sr. Montclair?

Ela poderia elogiar sua ética e energia. Em poucos dias, o homem percorrera toda a propriedade; várias pessoas falaram com ele no caminho, e a maioria delas pareceu admirá-lo. A cada parada, o sr. Montclair fazia várias anotações em seu caderno. Philippa não o questionara depois da primeira vez, porque ele já a surpreendera apontando coisas que ela não tinha visto, e porque achava que ele não contaria a ela de qualquer modo. E precisava dar crédito ao homem por admitir sem nenhum constrangimento que ainda estava aprendendo, apesar da óbvia familiaridade com os relatórios de Grimes, por mais insuficientes que tivessem se mostrado.

Pensar no sr. Grimes fez Philippa hesitar do lado de fora da porta da sala de estar da duquesa. Sua Graça tinha muito carinho pelo antigo administrador, que passara tanto tempo em Carlyle quanto a duquesa estava lá. Na primeira vez em que o sr. Grimes levantara a possibilidade de se aposentar, a duquesa o persuadira a continuar no cargo até que a saúde do homem tornou impossível que ele continuasse exercendo sua função, dois anos antes. Philippa se lembrava da consternação que o evento provocara, e agora se perguntava se a duquesa não deveria ter ouvido o sr. Grimes e permitido que ele se afastasse na primeira vez que ele pediu.

Não, Philippa não mencionaria nada daquilo. De qualquer forma, não havia o que fazer a respeito, já que Grimes estava confortavelmente aposentado, vivendo em um chalé perto da costa, e o sr. Montclair estava atacando os problemas com uma determinação chocante, mas eficiente. Philippa bateu na porta e entrou.

— Ah, meu Deus, finalmente você está aqui. — A duquesa estava andando de um lado para o outro da sala, torcendo as mãos. — Entre, Pippa querida.

— Qual é o problema?

— Notícias da França.

Com aquela declaração desesperada, Sua Graça tirou Percival, seu enorme gato laranja, do sofá e se sentou. O gato se enrodilhou no colo dela e esticou uma das patas para tocar seu queixo, arrancando um sorriso relutante da duquesa.

— Ah, meu Deus. — Sem esperar que Sua Graça pedisse, Philippa tocou a campainha. Notícias da França exigiam chá. — Há algum... progresso?

A duquesa lhe lançou um olhar fulminante.

— Progresso seria não receber notícia alguma.

Philippa pediu à criada que servisse bolos extras com o chá.

— Eu sabia que isso acabaria acontecendo — voltou a falar a duquesa assim que a criada saiu. Ela ergueu um braço, aflita, e levou um lenço ao rosto com o outro. — Eu sabia! E o sr. Edwards insiste em ficar bisbilhotando. Espero que ele fique satisfeito quando toda esta propriedade estiver emaranhada em um escândalo, e nada puder ser feito em relação a nenhuma parte dela.

— Então, ele encontrou alguém?

Não era exagero dizer que tudo dependia das notícias da França. Desde a morte de Stephen, a duquesa tinha ciência de que talvez houvesse um herdeiro do ducado na França, mas, por vários motivos, havia se recusado teimosamente a confrontar aquela possibilidade.

O primeiro motivo era que um herdeiro francês reviveria um dos maiores escândalos do século. Quase cem anos antes, Frederick St. James havia se casado com uma herdeira francesa, Anne-Louise de Lionne, que tinha entre suas madrinhas a rainha da França, Marie-Thérèse. A união entre a bela porém mimada noiva de 17 anos e o herdeiro arrogante do ducado de Carlyle tinha sido um casamento arranjado, e realizado em uma complexa e no fim inútil tentativa de melhorar as relações hostis entre Inglaterra e França. Ninguém ficou surpreso quando o relacionamento se revelou um completo desastre. Anne--Louise teve três filhos antes de fugir de volta para a França, levando consigo o filho do meio, Thomas.

Antes de banir o nome da esposa das terras dele, Frederick a difamou como adúltera e ladra. Em uma ocasião muito comentada, ele mandara chicotear vários criados por espalharem rumores de que o pequeno Thomas era filho de um diplomata francês e que Frederick havia sido traído na própria cama.

A duquesa atual, que se casara com George, o filho mais velho de Frederick, descrevia o sogro como um homem frio e severo. Ela confidenciou a Philippa que simpatizava com Anne-Louise, a mulher que teria sido sua sogra e que já havia partido fazia muito tempo. O que a duquesa não conseguia perdoar era o sequestro de Thomas, fosse quem fosse o verdadeiro pai do menino. Afinal, pela lei inglesa, Thomas era o próximo herdeiro de Carlyle.

Ninguém o vira ou ouvira falar dele desde que desaparecera, oitenta e sete anos antes. A duquesa estava certa de que aquilo era prova suficiente de que

Thomas estava morto. Mas o sr. Edwards argumentava incansavelmente que, se Thomas tivesse descendentes homens legítimos, eles também seriam herdeiros. E não só isso: seriam herdeiros que teriam mais direito do que os dois primos ingleses já localizados e preparados para receberem a herança, Andrew St. James e Maximilian St. James.

Aquela era a segunda e principal razão para o desespero da duquesa. Aos poucos, ela havia se acostumado com a ideia de que um dos primos St. James herdaria o título e a propriedade: apesar das suas baixas expectativas a princípio, ambos a impressionaram depois de algum tempo. A existência de um herdeiro francês significava que todo aquele trabalho, todo aquele esforço com os dois primos teria sido um desperdício, e as esperanças da duquesa seriam frustradas mais uma vez.

Em resposta à pergunta de Philippa, a duquesa suspirou e pressionou as têmporas com as mãos.

— Não, não há nenhuma notícia definitiva da França, apenas outra pista, outra possível conexão. É como uma batida de tambor sinistra, passos se aproximando que nunca se materializam em uma pessoa de verdade. — Ela tirou Percival do colo, ficou de pé e começou a andar de um lado para o outro de novo. — Se ao menos aquele país inteiro pegasse fogo!

— Não — disse Philippa na mesma hora. — Certamente não.

A duquesa pareceu murchar.

— É claro que não desejo isso. Só quero uma resposta definitiva!

Philippa não disse nada, pois sabia que a duquesa queria uma resposta definitiva *específica*.

— O que o sr. Edwards soube?

Philippa leu a carta, que era um relatório do investigador que o advogado tinha mandado para a França.

— Ele sobreviveu — disse ela baixinho... e impressionada.

Anne-Louise tinha voltado para a casa do pai, levando o filho, e vivera lá por alguns anos. A família contava com a estima do rei da França, mas perdeu seus favores depois que Luís XIV morreu. Anne-Louise e o filho tinham desaparecido por vários anos, mas o investigador encontrara evidências de que Thomas chegara à idade adulta: ele se alistou no regimento de cavalaria francesa quando deveria ter cerca de 22 anos.

— Sobreviveu! Será que se casou? Teve um filho? Essas são as únicas perguntas que importam.

O chá havia chegado enquanto Philippa lia a carta, e a duquesa lhe estendeu uma xícara.

— Vai levar tempo para descobrir. Isso aconteceu muitos anos atrás.

A duquesa deixou escapar um suspiro impaciente e tomou o chá.

Philippa dobrou a carta e deixou-a de lado.

— Como está o duque hoje?

— Na mesma. — A voz dela saiu abalada.

Ah, Deus. Philippa achou melhor mudar de assunto.

— Passei a manhã com o sr. Montclair.

A duquesa se voltou rapidamente para ela.

— Sim, é claro. Ele chegou usando alguma fantasia?

Philippa sorriu.

— Não, estava vestido de uma forma bastante comum.

— E ele foi insolente? Eu o demitirei imediatamente se aquele homem tiver dito uma única palavra atravessada para você!

— Não, senhora. Visitamos várias pontes hoje. — Philippa hesitou, lembrando a si mesma de manter de lado sua irritação pessoal com o homem. A duquesa não precisava de mais preocupações, incluindo uma nova discussão com o sr. Edwards sobre o administrador da propriedade. — Acredito que ele esteja trabalhando com dedicação e atenção. O sr. Montclair se preocupa com a possibilidade de que alguns aspectos da propriedade precisem de mais manutenção e deseja resolver isso o mais rápido possível.

— Mais manutenção! De que maneira?

— Uma ponte caiu — lembrou Philippa. — É difícil argumentar com isso. Tenho certeza de que ele terá uma lista detalhada do que precisa ser feito quando vier falar com a senhora amanhã.

A mulher mais velha suspirou enquanto acariciava Percival.

— Sem dúvida. E, assim que o sr. Montclair colocar as coisas em ordem por aqui, um francês pode aparecer e tomar conta de tudo.

— Dadi. — Philippa se sentou ao lado da duquesa. — Não vamos nos preocupar com isso enquanto não for realmente necessário.

A duquesa agarrou a mão da jovem como se aquilo pudesse salvá-la de se afogar.

— Temo que esse dia esteja se aproximando rapidamente de nós, Pippa.

Capítulo 8

Will logo descobriu que as pontes eram apenas o começo de tudo que precisava de atenção em Carlyle.

Várias estradas tinham se tornado perigosamente irregulares e estavam cobertas de vegetação. O moinho precisava de reparos, todo o sistema de drenagem deveria ser revisto e casas de arrendatários precisavam de telhados novos, além de novas chaminés e novos poços. Às vezes, tinha a sensação de que havia atravessado algum véu sobrenatural e se encontrava no meio de uma propriedade intocada por trinta anos, o que era profundamente desconcertante.

Ele encontrou um mapa enorme da propriedade e prendeu na parede, junto com várias anotações adicionais do que precisava ser feito em diferentes áreas do terreno. Contratou um assistente, Josiah, o filho mais novo do moleiro, e colocou o rapaz, que tinha talento para os números e uma bela letra, para revisar os relatórios do sr. Grimes sobre a propriedade, em busca de qualquer outro reparo ou melhoria que já fossem necessários antes, mas não tivessem sido feitos, e foi acrescentando aquelas observações ao mapa principal conforme Josiah tinha acesso a elas. Não demorou muito para o mapa estar coberto de anotações, alguns lugares com três ou quatro.

O relatório sobre as pontes que ele estava preparando para a duquesa o manteve acordado até tarde, checando e revisando o caderno de anotações e vários registros deixados por Grimes. Daquela vez, ele se certificou de chegar à reunião bem cedo e usando as próprias roupas, escrupulosamente limpas.

O sr. Edwards o examinou com severidade antes de relaxar os ombros.

— Fico aliviado ao ver que o senhor não encontrou nada morto ou destruído em seu caminho para o castelo, sr. Montclair.

— Eu também — respondeu Will.

Daquela vez ele se sentia muito mais bem preparado. Uma criada simpática da lavanderia tivera grande prazer em responder às perguntas de Will quando ele levara suas roupas para lavar, por isso agora ele sabia que a duquesa havia sido uma grande herdeira na juventude, que tinha um bom coração, mesmo que o pavio fosse curto, e que a palavra dela era lei em Carlyle. Ele também descobriu que o duque nunca era visto, mas que a duquesa era muito dedicada a ele. A criada, Daisy, confessou por livre e espontânea vontade que havia mais de dois anos que não o via.

— Acho que ele está muito frágil — falou a mulher em um tom conspiratório. — Phyllis diz que ele não consegue caminhar sozinho e que precisa de uma daquelas cadeiras com rodas.

Will pensava naquilo enquanto seguia Edwards pelos corredores. Naquele dia ele pôde admirar com mais calma toda a grandiosidade do lugar, desde os painéis de madeira esculpida que cobriam as partes mais baixas das paredes até as telas imensas penduradas acima. O piso mudava de quadrados de mármore preto e branco para parquê encerado, com lindos tapetes grossos cobrindo boa parte dele. Will tinha a sensação de que vira apenas uma pequena parte do esplendor do castelo.

Daquela vez, Edwards o levou em uma direção diferente.

— Esse é o Salão das Tapeçarias — explicou, quando chegaram diante de uma porta fechada. — É um dos salões favoritos de Sua Graça, a duquesa, em todo o castelo. O senhor pode encarar como um bom sinal o fato de ela ter escolhido recebê-lo aqui hoje.

Will sorriu.

— Encaro como um bom sinal o simples fato de ela estar me recebendo.

Edward torceu os lábios.

— E deveria mesmo, senhor.

O advogado endireitou os ombros e bateu na porta, que foi aberta quase que imediatamente pela mão enluvada de um criado. O homem deixou que entrassem e saiu silenciosamente do salão.

Aquele cômodo era menor, mais íntimo, mas não menos impressionante do que o salão de visitas. Como sugeria o nome, as paredes eram cobertas por tapeçarias que pareciam antiquíssimas. Cavaleiros em cima de seus cavalos pelejavam e caçavam veados, enquanto donzelas cobertas por véus lhes assistiam.

Havia leopardos e rosas por toda parte. Daisy contara a Will que aqueles eram os emblemas de Carlyle, o que significava que as tapeçarias tinham sido tecidas para a família. As janelas altas eram de vitrais, o que emprestava cores de pedras preciosas à luz, que era ainda mais intensa graças ao reflexo do grande espelho acima da lareira. A mobília também era elegante, mas menos formal que a do salão de visitas. O chá já aguardava na mesa.

Como antes, Philippa e a duquesa os esperavam. Sua Graça tinha a mesma aparência. A srta. Kirkpatrick usava uma fileira de pérolas com um pingente ao redor do pescoço, e um vestido de um verde pálido que parecia macio e leve, fazendo-o imaginar que seria muito agradável abraçá-la.

Will desviou os olhos da jovem, abalado com o pensamento. Ele fez uma reverência profunda para a duquesa, enquanto Edwards cuidava dos cumprimentos. Naquele dia, como no encontro anterior, Will sentou-se bem em frente à dama mais velha, enquanto Philippa e Edwards se afastavam de maneira discreta, mas definitiva, para os lados. A srta. Kirkpatrick serviu o chá.

Sua Graça fixou os olhos pequenos e escuros em Will.

— O que achou das pontes?

— Todas precisam de reparos em algum nível. — Will ignorou o breve suspiro da mulher, pousou a xícara intocada na mesa e abriu o caderno que levara consigo. — Eu gostaria de contratar os serviços de um agrimensor e de um engenheiro para ter uma análise mais detalhada.

Ele estendeu a ela a lista que havia redigido.

A duquesa olhou para o papel como se ele pudesse mordê-la. A srta. Kirkpatrick se inclinou para a frente na cadeira e pegou a lista. Ela inclinou a cabeça e franziu a testa enquanto lia.

Will pigarreou.

— Além das pontes, outras partes da propriedade precisam de atenção. Comecei uma vistoria. Entre as estradas, o moinho e as fazendas, será necessário algum capital para fazer as melhorias.

A duquesa recuou.

— Melhorias!

— Sim, senhora.

— Não lhe pedi para fazer melhorias — retrucou ela. — Apenas reparos.

Will retornou o olhar dela sem se deixar abalar.

— Seria um desperdício de tempo e de dinheiro reparar do modo como estão, em vez de melhorar e modernizar a propriedade de acordo com os padrões atuais.

A duquesa estreitou os olhos, e o olhar que lançou ao sr. Edwards era definitivamente ferino. Ela deu um gole no chá e não disse nada.

— Com certeza não seria um *desperdício*. — A srta. Kirkpatrick frisou delicadamente a última palavra. — Talvez a palavra seja... ineficiente.

— Altamente ineficiente. — Will sentiu que a observação era para o benefício da duquesa e aceitou a deixa. — E caro também. Se a propriedade fosse minha, jamais gastaria tanto sem esperar melhorias substanciais.

A duquesa bufou, ultrajada.

— Essa propriedade *não* é sua — retrucou friamente. — É do duque, e ele deseja que sejam feitos apenas reparos.

A srta. Kirkpatrick suspirou e fechou os olhos por um momento. Ela dobrou a lista e devolveu-a. Will encarou a cena. Aquela era toda a atenção que receberia depois do imenso esforço que fizera para produzir aquele relatório em três dias? Parecia que sim. Ele guardou a lista dentro do caderno e o fechou com um estalo.

— Muito bem. Se isso é tudo o que a senhora deseja que seja feito, é tudo o que farei.

A duquesa o encarou com desconfiança.

— E...?

Will virou-se para a srta. Kirkpatrick, torcendo para que ela o ajudasse, mas a jovem apenas devolveu o olhar com uma expressão descontente.

— E... o quê, senhora?

— Isso é tudo?

Os dois ficaram se encarando por um momento. Will não tinha ideia do que ela queria ouvir.

— Sim — respondeu ele, finalmente. — Se a senhora não deseja conversar sobre melhorias, não há mais nada a dizer.

A duquesa voltou o olhar mal-humorado para o advogado.

— Senhor Edwards, quero dar uma palavra com o senhor. Senhor Montclair, está dispensado.

Por um momento, Will achou que ela o havia dispensado definitivamente, mas a srta. Kirkpatrick voltou os olhos para a porta. Torcendo para que ela pretendesse explicar tudo aquilo, Will se levantou, fez uma reverência e saiu.

No corredor, ele soltou o ar com força, irritado. *Melhorias, não. Apenas reparos.* Que tolice! Por que apenas limpar os canais de drenagem quando, com apenas um pouco mais de trabalho, seria possível cavar outros muito melhores?

Pensando bem, talvez ele não se importasse em ser demitido e voltar para Londres mais cedo...

A porta foi aberta atrás dele. Por um momento, a voz da duquesa pairou no ar, alta e furiosa.

— ... não foi o que combinamos! Eu pedi que escolhesse um homem sensato, maduro, e o senhor me traz *esse* sujeito...

A srta. Kirkpatrick fechou a porta. Ela estava corada... lindamente, pensou Will. Agora que estava prestes a ser demitido do Castelo Carlyle, não havia mal em apreciar como a moça era encantadora.

— O senhor ouviu uma única palavra que eu lhe disse naquele outro dia?

Ah, Deus. O rubor era de raiva. Will cerrou o maxilar.

— Cada palavra, senhorita.

— Lembra-se de que eu o alertei para não ser impertinente com Sua Graça, a duquesa, de novo?

Ele endireitou o corpo, sentindo-se realmente afrontado.

— De que forma eu fui impertinente? Entreguei o relatório que ela pediu e ele foi deixado de lado sem receber mais que um breve olhar.

— Eu li!

— E deixou de lado.

Ela ficou mais vermelha.

— Não deixei, não!

— Ainda assim, evidentemente não é a senhorita quem toma as decisões. "A propriedade não é sua, é do duque" — imitou ele. — "Apenas reparos."

A srta. Kirkpatrick cerrou os punhos.

— Eu *tentei* orientá-lo em relação à melhor forma de apresentar suas ideias à duquesa, mas aparentemente o senhor não precisa do conselho de ninguém!

Ela realmente havia tentado. Will começou a se arrepender por não ter tido mais tato. Ele bateu com o caderno contra a coxa.

— Por que nada pode ser melhorado?

A srta. Kirkpatrick respirou fundo e deixou o ar escapar devagar.

— Ela foi pega de surpresa por sua avaliação de que quase tudo na propriedade precisa de reparos e de melhorias. Eu lhe avisei...

— Sim. — Ele balançou a cabeça uma vez. — Sim, a senhorita avisou. Eu deveria ter escutado. Peço desculpas.

Aquilo pareceu aplacar parte da fúria dela. O rubor no rosto permaneceu, mas o olhar severo se tornou mais suave e ela passou as mãos pelas saias. Sem pensar no que fazia, os olhos de Will acompanharam os movimentos dela. Ele sentia que estava prestes a ser demitido — a essa altura podia até já *ter sido* demitido, e Edwards sairia daquele salão a qualquer momento para lhe dar a notícia —, e pensou de forma imprudente que então poderia muito bem saborear a última visão que teria da srta. Kirkpatrick.

— Ela tem muito com que se preocupar — explicou a srta. Kirkpatrick —, muitas outras pendências além dessas. E seu relatório acabou sendo uma surpresa terrível para a duquesa, não apenas pelo que diz, mas também porque deixou claro que as pessoas em quem ela confiou a decepcionaram.

Ainda aborrecido e irremediavelmente arrebatado pela mulher à sua frente, Will deu de ombros.

— A verdade é que fui até contido. Esta propriedade parece ter parado no tempo, trinta anos atrás.

Daquela vez ela não refutou o comentário.

— Como as coisas podem ter mudado tanto? Talvez, durante os reparos, possam ser feitas algumas melhorias que... bem, que não sejam tão óbvias.

— Está sugerindo que eu aja contra as ordens expressas dela? — Mesmo através da porta fechada, Will ainda conseguia ouvir a voz colérica da duquesa, esbravejando com o advogado... ou melhor, com Will por tabela. — A senhorita quer mesmo que eu seja demitido o mais rápido possível, não é?

A fúria ardeu nos olhos dela, mas uma criada escolheu aquele momento para passar apressada. A mulher parou no caminho para fazer uma mesura, e a srta. Kirkpatrick assentiu em resposta. Assim que a criada se afastou, Philippa indicou com um gesto brusco que Will a acompanhasse até uma alcova com uma janela, com vista para os jardins formais.

— Dizer à duquesa que a propriedade precisa de melhorias soa aos ouvidos dela como uma reprovação, por ela ter deixado as coisas se deteriorarem — explicou a jovem em voz baixa. — O senhor precisa colocar a situação de forma diferente. A duquesa não é teimosa, apenas insegura.

— Insegura? Ela está queimando os ouvidos de Edwards neste exato momento. Precisa admitir que não se trata de uma mera indecisão, srta. Kirkpatrick.

Ela agitou a mão, irritada.

— Ela não vai demitir você. Mas o senhor facilitaria sua vida se tentasse compreendê-la.

Will a encarou.

— Como isso é possível? Passei menos de uma hora na presença dela e tive que me defender a cada minuto.

Ela ergueu os ombros com um suspiro. E suas sobrancelhas expressivas se franziram, indicando impaciência.

— Acho que terei que ensiná-lo.

Will enrijeceu o corpo.

— Por favor, não se sinta obrigada a isso. Se o duque está insatisfeito com o meu trabalho, estou pronto para enfrentar as consequências.

A srta. Kirkpatrick lhe lançou um olhar sombrio.

— Está vendo? — Ela apontou um dedo para ele. — É isso. O senhor está sempre trazendo o duque para a conversa quando, na verdade, é à *duquesa* que responde.

Ele se inclinou na direção dela.

— E por quê?

Ela não se deixou intimidar.

— Não há razão para que o senhor o veja. Tudo o que a duquesa faz é a pedido do duque, com a aprovação expressa dele. Compreende?

Will se deu conta de repente de que o duque não estava apenas mal fisicamente, mas também mentalmente. Ele assentiu de maneira brusca.

— O senhor só está aqui há alguns dias e já declarou que a propriedade foi gravemente negligenciada.

— E foi.

— Senhor Montclair! — Ela o fuzilou com os olhos. — Não tem qualquer noção de diplomacia ou mesmo de boas maneiras?

Ele deu um sorriso relutante.

— Agora a senhorita soou como a minha mãe.

— Eu... O quê? — A srta. Kirkpatrick ergueu as sobrancelhas e o encarou boquiaberta.

— Entendo a sua argumentação — disse ele. — Eu poderia ter abordado o assunto de outra forma. Admito que fiquei... — *Perplexo, indignado, um pouco furioso*, pensou Will —... surpreso ao ver a propriedade de um ducado desse tamanho em um estado tão deteriorado. Não é uma questão de falta de fundos, como pude ver em Londres, quando o sr. Edwards me apresentou os livros contábeis. Agora vejo que também não se trata de desinteresse. Nesse caso, sobra apenas a ignorância, não concorda?

A srta. Kirkpatrick ficou apenas encarando-o, com aquela expressão desnorteada que o intrigava tanto.

— A duquesa não sabe quanto foi negligenciado — falou ele com gentileza.

— É claro que não é culpa dela... Grimes, ou Edwards, não sei, provavelmente lhe asseguraram que tudo estava sendo bem cuidado, quando não estava.

— Sim — disse a srta. Kirkpatrick depois de um instante. — Foi o que fizeram.

Will deu de ombros.

— Não tenho ideia de qual foi a razão de Grimes para isso, mas Edwards não estava aqui. Mesmo agora, ele volta para Londres a cada quinze dias. Presumo que não residisse aqui antes de me contratar.

— Não — respondeu ela, depois de outra longa pausa. — Ele vinha aqui com frequência, mas por outras razões.

Will se perguntou que razões seriam aquelas... Será que a propriedade também estaria com problemas legais?

— Proponho uma trégua, srta. Kirkpatrick. — A expressão dela se tornou tensa e cautelosa. — Pelo bem da propriedade — acrescentou ele. — Estava falando sério mais cedo. É um absurdo restaurar as coisas quando elas podem ser feitas de uma maneira melhor. — Will hesitou. — Suponho que o duque talvez não saiba sobre esses métodos novos e melhores e que isso talvez esteja impedindo a duquesa de aprovar as melhorias.

A srta. Kirkpatrick o encarou com um olhar muito estranho, ainda cauteloso, mas também avaliador, como se estivesse pesando quanto poderia confiar nele.

Will abriu os braços.

— O que eu poderia estar aprontando?

— Fraude, eu suponho — disse ela lentamente.

Ele riu.

— Como se Edwards não fosse me fazer dar conta de cada xelim gasto! — Ele ficou sério. — Fui contratado para exercer uma função. Agora me dizem para não fazer isso da melhor maneira possível. Como a senhorita agiria no meu lugar?

A srta. Kirkpatrick o encarou por um longo tempo. O cacho escuro que caía sobre o seu ombro cintilava sob a luz do sol que entrava pelas janelas e fazia o vestido dela brilhar como o mar nas Índias Orientais. Olhando mais detidamente, Will percebeu que o pingente no colar dela não era plano, mas sim um disco de fio de ouro trabalhado em um filigrana intrincado.

— Eu ainda tentaria fazer o melhor possível — respondeu ela, por fim. — Mas tendo em mente que meu empregador provavelmente não repararia em melhorias menores ou menos óbvias feitas durante os reparos. E apresentaria essas melhorias como uma feliz descoberta.

— Então acha que devo agir sem a aprovação dela.

A srta. Kirkpatrick ergueu o queixo.

— A duquesa lhe deu aprovação explícita para fazer os reparos.

— Hum... — Will se perguntou quanto a própria srta. Kirkpatrick recorria àquela tática, manobrando a duquesa e suas interações com todos. — E se ela descobrir que autorizei um reparo que tecnicamente foi uma substituição completa do item em questão?

A srta. Kirkpatrick respirou fundo. O rubor agora coloria também seu pescoço e descia até o alto dos seus seios, visíveis apenas através do lenço transparente que cobria seus ombros. Will se forçou a voltar a olhar para o rosto dela; afinal, se não iria ser demitido, precisava manter distância da jovem.

— Talvez o senhor pudesse dizer... que houve dificuldade para conseguir materiais, e que por isso foi preciso usar outros, mais novos e diferentes. — Ela fez uma pausa sugestiva. Will não disse nada. — Ou talvez... se os operários não conseguirem reparar algo, como uma ponte, por exemplo, ela vai precisar ser reconstruída, e o senhor talvez diga que eles só sabem fazer isso no estilo novo de construção.

— Entendo — falou Will depois de algum tempo. — Eu chamaria toda e qualquer coisa de "reparo".

— Mais ou menos isso — concordou ela. — Suponho que... que eu poderia aconselhá-lo a respeito...

Atrás deles, uma porta foi aberta, então fechada, e seu baque sólido reverberou pelo ar. Will se virou e viu o sr. Edwards se aproximando.

A srta. Kirkpatrick recuou um passo.

— Com licença, senhores...

Will ergueu uma das mãos.

— Fique, por favor. — Ele encarou enquanto o advogado se aproximava. — Qual é o meu destino, senhor?

O homem o fitou com uma expressão perturbada.

— Não é bom, tenho certeza.

Will sorriu.

— Fui demitido?

Edwards o encarou com severidade.

— Não.

Will sentiu uma onda de espanto.

— Estou realmente surpreso.

— Eu também — murmurou Edwards, mal-humorado. Ele conseguiu forçar um sorriso para a dama presente. — Podemos dar uma palavrinha, srta. Kirkpatrick?

Não havia como ignorar o alívio dela.

— É claro, senhor.

Will se inclinou e se virou para ir embora, parando apenas quando a srta. Kirkpatrick voltou a falar:

— Senhor Montclair... se não for um incômodo, eu gostaria de continuar a cuidar do jardim do Chalé de Pedra.

— A senhorita jamais será um incômodo para mim. — Ele inclinou-se em mais uma reverência. — Isso me daria grande satisfação, srta. Kirkpatrick.

Ela lançou um olhar significativo para ele.

— Obrigada. Irei até lá amanhã de manhã.

Ela pretendia ensiná-lo e aconselhá-lo sobre como lidar com a duquesa nessa visita. Will disfarçou um sorriso e partiu.

Philippa torcia para que o sr. Montclair a tivesse compreendido. Só porque não havia sido demitido naquele dia não significava que a duquesa não pudesse reconsiderar a decisão e demiti-lo no dia seguinte. E, surpresa, ela se deu conta de que não queria que isso acontecesse.

Tentou afastar aquele pensamento e se voltou para o sr. Edwards. O advogado ainda parecia irritado e lançou um olhar por sobre o ombro para se certificar de que o sr. Montclair já havia se afastado antes de começar a falar:

— Preciso lhe pedir um favor, srta. Kirkpatrick.

Ela assentiu.

— A duquesa queria demitir o sr. Montclair, não é mesmo?

— Desesperadamente — confirmou ele com um suspiro. — A culpa é minha. Eu ensinei muito ao sr. Montclair sobre o negócio da propriedade, mas não o bastante sobre a família que é dona do lugar. Preciso remediar isso o quanto antes.

Philippa sabia o que ele ia pedir. Como era estranho que já tivesse acabado de sugerir a mesma coisa ao próprio sr. Montclair...

— Talvez eu possa ajudar.

O rosto do advogado era a imagem da gratidão.

— Minha cara srta. Kirkpatrick, tinha esperança de que fizesse exatamente isso. Não há ninguém mais capacitado para explicar as coisas a ele.

— Por que acha que o sr. Montclair é tão direto? — perguntou Philippa. — Seria por ele ser americano? — Ela nunca vira ninguém confrontar a duquesa e acusá-la de estar errada de forma tão audaciosa.

Edwards suspirou.

— Não sei bem. Mas... — Ele passou a mão pelo rosto. — Sua Graça, a duquesa, está sob muita tensão. Eu deveria ter alertado Montclair para ser delicado.

Philippa ficou rígida. A duquesa não era frágil.

— Vou falar com ele — disse em um tom formal. — Com sorte, o sr. Montclair vai conseguir aprender. Ele não parece ser um homem estúpido.

— Realmente não é. — O sr. Edwards sorriu de novo. — Obrigado, srta. Kirkpatrick.

Philippa voltou ao Salão das Tapeçarias, onde a duquesa estava parada perto da janela, segurando uma xícara de chá com as duas mãos.

— Todos vocês concordam que estou louca? — perguntou a duquesa, irritada.

Philippa ergueu uma das sobrancelhas e parou ao lado dela.

— É claro que não. A senhora nem jogou um prato em cima de alguém.

Um sorriso relutante suavizou a expressão sombria da duquesa.

— Como se eu fosse fazer isso!

Ela inclinou a xícara que tinha nas mãos e observou enquanto ela cintilava como um rubi. Maximilian St. James, um dos herdeiros, lhe dera aquela porcelana de presente, e a duquesa gostava muito da louça vermelha.

— Se quer saber a minha opinião, acredito que o erro do sr. Montclair é estar sendo ansioso demais, mais do que tratar como tolos os que estão ao seu redor — falou Philippa. — Acredito que ele queira o melhor para a propriedade.

— Colocando tudo abaixo e *melhorando* tudo — resmungou a duquesa.

— Ora, se há uma forma melhor de fazer alguma coisa, por que não aproveitar a oportunidade? Ainda mais quando o que é antigo está em condições tão ruins.

— A forma antiga de fazer as coisas foi confiável por décadas. Esses novos planos e métodos não são.

— Sim — concordou Philippa com tato. — Mas, ao mesmo tempo, nós adotamos o que é novo. Essas xícaras são feitas com um revestimento nunca visto antes de Bianca St. James criá-lo. Novas estradas são muito mais regulares, e logo haverá canais levando carvão por toda a Grã-Bretanha. Com certeza isso são melhorias, não?

A duquesa bufou baixinho.

— Você está dizendo que sou uma velha medrosa.

— Não — protestou Philippa.

— Ora, suponho que eu seja mesmo. Deixe o capitão, ou Maximilian, decidir melhorar os campos. Até mesmo o francês! Deixe que *ele* lide com o sr. Montclair.

— Ela caminhou até o sofá e se sentou com um suspiro.

— A senhora ficaria mais tranquila se eu ficasse de olho nele?

Aquilo era o que Philippa pretendia fazer de qualquer forma, mas não faria pelas costas da duquesa.

Sua Graça revirou os olhos.

— Minha cara menina, eu não desejaria esse fardo a ninguém.

Philippa riu.

— Ainda assim, não será nenhum incômodo. Vai afiar os meus instintos.

Ela falou em um tom leve, mas a duquesa levantou os olhos, subitamente alerta.

— Sim — disse Sua Graça devagar. — Talvez seja uma boa ideia. Assim, quando você for para Londres, estará acostumada a lidar com patifes impertinentes.

Philippa se encolheu por dentro com a menção a Londres, para onde a duquesa vinha sugerindo que ela fosse para encontrar um marido. *Você precisa pensar no seu futuro*, costumava dizer a mulher mais velha, *e em ter um lar e uma família que sejam só seus*.

Porque, é claro, Philippa não poderia ficar em Carlyle para sempre. Quando o duque morresse, o lugar se tornaria propriedade de outra pessoa: do capitão St. James, mais provavelmente, ou talvez de Maximilian. A duquesa deixaria o castelo quando o duque morresse, e Philippa com certeza poderia ir com ela, mas sua dadi estava se aproximando dos 80 anos. Philippa acabaria se vendo sem lar e sem família.

Ela não seria pobre. O pai lhe deixara uma quantia respeitável, e a duquesa, que já tinha sido uma das maiores herdeiras do país, havia declarado que pretendia deixar sua fortuna para Philippa. Ela teria condições de comprar uma casa para si.

Mas não teria uma família.

Havia perdido a mãe, o pai, a madrasta... O estado de saúde do duque era incerto, e a duquesa já era uma mulher idosa. Philippa queria se agarrar a eles o máximo que pudesse, não queria deixá-los, ainda mais por um libertino qualquer de Londres, que, por conta da fortuna dela, aceitaria relevar a aparência claramente não inglesa de Philippa.

— Sim. — Ela se obrigou a sorrir. — Acho que terei que ir para Londres em algum momento.

A duquesa ficaria satisfeita com a anuência dela e, entre o sr. Montclair e o relatório preocupante da França, a mulher precisava de algo que a deixasse satisfeita.

Sua Graça ficou visivelmente mais animada.

— Vou escrever para lady Beauchamp agora mesmo para organizar a sua visita.

Philippa ficou surpresa.

— A senhora não irá também?

A duquesa balançou a cabeça.

— Preciso ficar aqui para cuidar de Johnny. Você estará em melhores mãos com Diana. Ela conhece todo mundo na cidade, e também as melhores modistas.

Diana, a condessa viúva de Beauchamp, tinha sido a amiga mais próxima da madrasta de Philippa. Se precisava deixar a duquesa para trás, não havia ninguém com quem a jovem preferisse ficar do que com a tia Diana.

— Eu adoraria vê-la de novo.

A duquesa sorriu, satisfeita.

— Excelente! Ah, minha cara menina. Me deixaria muito satisfeita ver você assentada e feliz. — Os olhos dela ficaram um pouco úmidos. — O que mais me daria prazer nesta vida seria dançar no seu casamento.

— Ora! Não me casarei a não ser que a senhora prometa fazer isso — exclamou Philippa em um tom de severidade fingido.

A duquesa riu. A mulher mais velha não andava rindo muito naqueles dias, e o coração de Philippa se animou ao ouvi-la. Elas continuaram a conversar sobre Londres, e a jovem brincou que encomendaria um novo vestido na capital para que a duquesa usasse no casamento dela. A duquesa riu novamente, dizendo que Diana acharia a ideia maravilhosa.

E Philippa jurou duas coisas para si mesma: primeiro, *iria* a Londres. Por mais que a ideia a incomodasse, encontrar um marido deixaria a duquesa imensamente feliz. Seria egoísta lhe negar isso.

E, segundo, transformaria William Montclair em um administrador adequado e respeitoso, que nunca mais daria à duquesa nem um momento de aborrecimento. Que Deus a ajudasse.

Capítulo 9

O JARDIM ERA uma desculpa conveniente para ir ao Chalé de Pedra. A sra. Grimes cuidara com muito carinho daquele jardim e ensinara muito a Philippa. Quando os Grimes foram embora de Carlyle, a jovem prometera não deixar todo o trabalho da sra. Grimes se perder.

Ao longo dos últimos dois anos, o lugar havia sido o refúgio de Philippa, a casa silenciosa e vazia, um descanso tranquilo do castelo. Quando desceu a colina na charrete, ela se preparou para uma sensação bem diferente.

Mas foi com grande prazer que descobriu que não era o caso. As janelas e a porta estavam abertas, com as cortinas flutuando com a brisa. O aroma de algo assando no forno chegou até Philippa enquanto ela freava a charrete e inspirava, feliz. A sra. Blake era uma excelente cozinheira. Philippa se animou — talvez conseguisse um convite para o chá.

Depois de dar a volta nos fundos da casa e cumprimentar a sra. Blake e Camilla, ela começou o trabalho. Era muito reconfortante e recompensador cuidar das plantas. As tulipas nunca implicavam com ela, e as clematites nunca a deixavam irritada.

Mais de uma hora depois, Philippa estava dando a volta pela lateral da casa quando viu algo que não deveria estar ali. Era uma coisa torcida, pequena e marrom. Ela achou que fosse um pedaço de madeira até cutucar com a pá de jardinagem.

Philippa torceu o nariz. Era o miolo de uma maçã. E, como percebeu após começar a contar, aquele era apenas um de muitos. Alguns estavam escuros e podres; outros, frescos... e todos cercados por insetos. Cobrindo o solo.

Bem embaixo da janela aberta.

Philippa ergueu o corpo. A sra. Blake dissera a ela que ele estava ali, trabalhando no gabinete, e Philippa o viu debruçado sobre a escrivaninha, escrevendo com uma pena.

— Senhor Montclair — chamou.

Ele a ignorou.

— Senhor Montclair!

— Sim? — Ele virou a página e continuou a escrever.

Philippa começou a ficar irritada. Ela ergueu um dos miolos de maçã.

— O senhor é responsável por isso?

— Muito provavelmente — respondeu ele, em um tom distraído e desinteressado.

O miolo da maçã voou da mão de Philippa antes que ela se desse conta do que estava fazendo. Ele quicou em um canto da escrivaninha, na direção do sr. Montclair, e rolou por cima do papel em que ele escrevia. O homem afastou rapidamente o corpo, com uma exclamação.

— A senhorita *jogou* isso em cima de mim?

O tom insultado dele foi o que bastou para acabar com o espanto que Philippa ainda sentia por ter de fato jogado um miolo podre de maçã nele.

— Joguei — respondeu, erguendo o queixo.

— Por quê? — perguntou o sr. Montclair, irritado.

— Por que há uma dúzia de miolos de maçã no meu jardim? — Ela levantou outro para provar seu ponto.

Ele relaxou. O patife até sorriu para ela.

— O jardim é meu, se quiser ser precisa.

Daquela vez, Philippa jogou o outro miolo de maçã sabendo muito bem o que estava fazendo, e ele mal teve tempo de desviar.

— Pare! — exclamou o sr. Montclair.

Philippa jogou mais um miolo.

— Não. Jogue. Miolos. De. Maçã. Pela. Janela.

Ele se desviou dos arremessos, os braços acima da cabeça.

— O que está fazendo?

— Este jardim agora está cheio de insetos!

Philippa jogou outro.

O sr. Montclair a encarou, irritado, e, antes que ela se desse conta do que ele pretendia fazer, foi atingida por um punhado de nozes. Philippa arquejou.

— Você jogou nozes em mim!

Ele fez uma pausa, pousou as mãos na cintura e olhou muito sério para uma tigela na lateral da escrivaninha, provavelmente a fonte das nozes.

Os olhos de Philippa foram das nozes, que se espalhavam desamparadas na terra, para o homem dentro da casa, que se recusava a encará-la. Na verdade, ele parecia estar enrubescendo. Philippa começou a rir e não conseguiu mais parar.

— Desculpe — disse em um arquejo, entre uma gargalhada e outra. Ela precisou se apoiar na lateral da casa, com uma das mãos contra a barriga. — Ai, meu Deus...

Ele se aproximou, se debruçou na janela, lançando um olhar soturno para as nozes espalhadas.

— Não gostei da aparência delas — grunhiu, o que fez Philippa ter outra crise incontrolável de riso.

Quando ela recuperou o fôlego o suficiente para conseguir falar, flagrou o sr. Montclair a fitando, com os cotovelos apoiados no parapeito da janela e um sorriso envergonhado no rosto.

— Vamos declarar um empate?

Ainda ofegante, Philippa se abanou e balançou a cabeça.

— Não! Terei que trabalhar dobrado por sua causa, já que agora lesmas e formigas infestaram esta parte do jardim e *você* ainda desperdiçou nozes deliciosas.

— Eu realmente fiz isso. — Ele esfregou o maxilar. — Deveria ordenar que me açoitassem. — O sr. Montclair hesitou. — Há mais nozes ali. Gostaria de entrar e me salvar do meu próprio temperamento?

— Sim. — Philippa tirou as luvas. — Eu já havia planejado me convidar para o chá.

Ele riu.

— Vou pedir à sra. Blake que o sirva.

Philippa atravessou lentamente o jardim. Ela viu outro miolo de maçã no meio de uma planta chamada resedá e o jogou no balde onde estavam as ervas-daninhas que arrancara e o que sobrara da poda que fizera. Não era difícil imaginá-lo trabalhando na escrivaninha e jogando descuidadamente os miolos de maçã pela janela. Philippa balançou a cabeça, deu a volta na casa e encontrou o sr. Montclair já na cozinha.

— E chá — ele estava dizendo quando ela chegou na porta.

— Chá, senhor? — A sra. Blake pareceu chocada.

— Para a sra. Kirkpatrick — explicou ele.

De dentro da cozinha veio um coro de "Ahhhh", como se aquilo explicasse tudo.

O sr. Montclair se virou e viu Philippa.

— Por aqui — disse ele, indicando o interior da casa com um gesto. — Camilla trará uma bandeja para nós.

Philippa deixou que ele a guiasse. Para sua surpresa, quando eles entraram no saguão, um rapaz se levantou de um pulo de uma mesa estreita. O jovem era baixo, magro e tinha o cabelo escuro arrepiado ao redor das orelhas.

— Senhora. Senhorita — disse ele, se atrapalhando e fazendo uma reverência apressada.

— Senhor Josiah — cumprimentou Philippa. — Não sabia que estava trabalhando para o sr. Montclair.

O rapaz olhou para além dela, parecendo nervoso, mas o administrador fez apenas um gesto com a cabeça.

— Pode ir, Josiah. Por hoje é só.

Com outra reverência, o rapaz saiu correndo em direção à cozinha.

Philippa tirou o chapéu e entrou no gabinete. Na parede oposta, ao lado da janela e, portanto, invisível do lado de fora, estava um mapa grande, com inúmeros pedacinhos de papel presos nele.

— O que é isso?

O sr. Montclair parou ao lado dela.

— Carlyle.

— Isso eu sei — retrucou ela em um tom paciente. — Estou perguntando o que são esses papéis.

O homem ao lado dela não disse nada. Philippa se inclinou mais para perto para ler o que estava escrito em um dos papeizinhos.

— "Repor a palha no telhado", "reparar o duto da chaminé", "reconstruir a cerca" — murmurou. — Isso é o que precisa ser feito?

— Sim.

Ela passou os olhos por todo o mapa.

— A situação está... está realmente tão ruim? — perguntou, impressionada.

Algumas anotações pareciam ser problemas menores, como "janelas com vidros rachados", mas outras eram sérias, como "drenagem de todos os campos".

Ele deu de ombros.

— Serão necessários meses para fazer tudo isso, mas eu queria ter uma noção real.

— E Josiah Welby?

— Ele está me ajudando a recolher e organizar os relatos dos arrendatários.

Philippa assentiu, silenciada pelo número assustador de anotações.

O sr. Montclair pigarreou.

— Vamos até a sala de estar... quer dizer, a sala de vistas? Acho que é o lugar adequado para se tomar chá.

— Ah, não, aqui está ótimo.

Philippa estava petrificada diante daquele mapa. Ela deu a volta ao redor da mesa grande e pegou uma cadeira. O sr. Montclair voltou à própria cadeira, tirando do caminho um miolo de maçã perdido.

Philippa sentiu o rosto quente.

— Peço perdão por isso.

— Tomarei o cuidado de jogá-los no fogo daqui em diante.

— Eles atraem insetos — explicou ela. — E insetos devoram as plantas.

O sr. Montclair assentiu.

— Peço desculpas ao jardim e à jardineira.

Camilla chegou com a bandeja de chá e hesitou na porta até o sr. Montclair acenar para que entrasse. A moça apoiou a bandeja na mesa, e Philippa arquejou surpresa ao ver o que tinha sido trazido.

— Ah, meu Deus!

— Isso mesmo. A sra. Blake se lembra de como gosta disso. Ela começou a preparar assim que a senhorita apareceu.

— Por favor, transmita o meu mais profundo agradecimento a ela.

Corada, Camilla fez uma mesura e saiu apressada. Philippa pegou o sr. Montclair fitando os bolinhos em calda que cintilavam na bandeja.

— Isso é a coisa mais deliciosa que o senhor vai comer na vida.

Ela serviu um bolinho em um prato e estendeu para ele.

O sr. Montclair ergueu uma sobrancelha.

— Nossa.

Philippa esperou que ele desse uma mordida e deu um sorriso triunfante ao ver os olhos do capataz se arregalarem de surpresa. Então, deu uma mordida no próprio *gulab jamun*. Os bolinhos de leite macios eram aromatizados com cardamomo e fritos em manteiga, antes de serem mergulhados em uma calda doce de água de rosas.

— O que é isso? — O sr. Montclair deu outra mordida.

— *Gulab jamun*. — Era difícil se conter para não devorar um bolinho em duas mordidas e então comer mais três. — A minha mãe era indiana, e o meu pai dizia que ela adorava esses bolinhos. Eu também adoro. Quando viemos para a Inglaterra, a minha aia os preparava para mim. E ela ensinou a sra. Blake a receita antes de voltar para a Índia. — Philippa deu um sorriso irônico. — Asmat dizia que não ficavam tão gostosos quanto os que eram preparados na Índia, mas ainda eram melhores do que qualquer coisa que os ingleses tinham.

Ele sorriu e pegou mais um.

— Ela não está errada.

— Ah, o senhor esteve na Índia?

O sr. Montclair balançou a cabeça em negação.

— Venho me alimentando com comida inglesa já tem quase um ano agora.

Philippa riu. Como sempre, o *gulab jamun* havia melhorado o humor dela. Sem pensar, ela lambeu a calda que melara seus dedos.

Do outro lado da escrivaninha, o sr. Montclair se engasgou e começou a tossir.

— Ah, Deus...

Philippa começou a se levantar, mas ele a afastou com um gesto, e lhe deu as costas enquanto pigarreava. Quando o homem voltou a encará-la, seu rosto estava vermelho.

Ela estendeu a mão para a chaleira.

— Diga-me uma coisa — indagou ela, enquanto servia uma xícara. — Por que não toma chá?

O sr. Montclair desviou o olhar.

— O que a faz pensar que não tomo?

— Esta é a segunda vez que lhe sirvo chá e vejo que não toma nem um gole.

— Ah. — Ele afastou o assunto com um gesto de mão. — Não estou acostumado.

— Não? Na América as pessoas não tomam chá?

Ele abaixou os olhos.

— Não tanto nos últimos quinze anos.

— Ah, sim. Vocês, americanos, jogaram o chá no porto. — Ela colocou mel para adoçar o chá. — E agora o senhor não gosta de tomar. O que prefere?

— Café. Sidra. — Outro sorriso travesso. — Rum, vinho e cerveja.

Philippa arqueou uma das sobrancelhas e estendeu a xícara para ele.

— Não quer experimentar?

O sr. Montclair hesitou por um longo tempo, antes de pegar a xícara com um gesto cauteloso.

— Se isso lhe agrada.

Philippa assentiu.

— Vai agradar à duquesa.

— Ah. — Ele deu um sorriso irônico. — É claro.

Ela preparou outra xícara. A duquesa preferia açúcar, mas Philippa gostava do mel de Carlyle, e a sra. Blake tinha sido atenciosa e se lembrara.

— *Votre père est français?* — perguntou ela, e deu um gole no chá.

O sr. Montclair ergueu os olhos rapidamente para fitá-la, parecendo um pouco confuso e um tanto desconfiado.

— *Oui* — respondeu ele, após um instante.

Philippa assentiu.

— *Et votre mère?*

— *Elle est québécoise.* De Montreal.

— A primeira coisa que o senhor precisa saber sobre Sua Graça, a duquesa, é que ela não tem grande apreço pelos franceses.

O sr. Montclair estava prestes a dar um gole no chá, mas abaixou a xícara ao ouvir aquilo.

— O que... por todos os franceses?

— De um modo geral, sim.

Ele ficou encarando-a, espantado.

— Por quê?

— Por causa de um antigo escândalo de família — respondeu Philippa, e afastou o assunto com um aceno de mão, deixando de lado a razão atual para a reticência da duquesa. — O seu sotaque...

— Não tenho sotaque francês.

— Talvez não na América, mas aqui tem, sim. — Philippa fixou os olhos na xícara esquecida na mão dele. — Gostou?

O sr. Montclair tomou um gole rápido.

— Delicioso. Mas quanto aos franceses...

Philippa ergueu um dedo.

— Não é racional. Eu lhe garanto. Mas não há a menor chance de fazê-la mudar de ideia. — *Não a menos que um mensageiro chegado da França trouxesse a prova definitiva de que lorde Thomas morrera sem deixar herdeiros.* — A segunda dificuldade que o senhor enfrenta é ser novo na propriedade.

Ele estreitou os olhos.

— Entendo.

Philippa balançou a cabeça.

— O sr. Grimes nasceu e foi criado aqui, portanto ela confiava nele. Até o sr. Edwards, que é advogado da família há quase trinta anos, ainda não está totalmente livre da desconfiança de Sua Graça.

O sr. Montclair pousou a xícara.

— Por isso nada mudou em décadas.

Philippa assentiu.

— Sim. Isso também não é inteiramente racional, mas é como ela conduz a propriedade.

Por um longo momento, ele ficou virando a xícara no pires, com uma expressão pensativa no rosto, o cenho franzido.

— Entendo. — O sr. Montclair levantou os olhos. — Porque o duque é incapaz de conduzir ele mesmo a propriedade.

Philippa quase cuspiu o chá.

— Senhor Montclair!

Ele se inclinou para a frente, o olhar muito atento.

— É verdade, não é? Toda a responsabilidade recai sobre os ombros da duquesa e, como ela tem medo de cometer algum erro, mantém tudo como sempre foi.

Philippa permaneceu imóvel como uma estátua, o que era tão revelador quanto se estivesse assentindo e dizendo *sim, é exatamente isso*.

O rosto do sr. Montclair se suavizou.

— Nesse caso, compreendo melhor — falou, em um tom ligeiramente pesaroso.

Aflita, Philippa pegou a mão dele.

— O senhor também precisa entender que isso é um *sério* segredo — sussurrou. — Ninguém fora de Carlyle pode saber.

— Por quê?

Philippa mordeu o lábio e olhou por cima do ombro. A porta estava aberta, como pedia o decoro, mas a casa estava em silêncio. O jovem Josiah já havia ido embora, e a sra. Blake e Camilla provavelmente estavam na cozinha, mais afastada. Ainda assim, ela abaixou mais a voz.

— Se for aberto um inquérito e descobrirem que o duque está... está... — *lunático*, era a palavra legal, mas Philippa a detestava — ... incapaz de assumir as responsabilidades do título, a Coroa apontaria um comitê para administrar a propriedade e se responsabilizar por ele. Um ducado não é uma propriedade comum. Decerto o senhor consegue entender o que levaria uma mãe a lutar desesperadamente para proteger o filho de ser levado e submetido ao cuidado de estranhos.

— E quanto ao herdeiro? Com certeza o camarada merece mais do que herdar uma propriedade empacada trinta anos no passado.

Philippa hesitou. O que poderia dizer? As pessoas em Carlyle tinham visto Maximilian e o capitão St. James, os dois primos mais próximos, quando a duquesa os convocou ao castelo, um ano antes. Na verdade, o capitão passara dois meses ali, e saíra várias vezes para conhecer os arrendatários da propriedade.

Mas o sr. Montclair ainda era basicamente um estranho, e dificilmente precisaria saber de todos os detalhes.

— Isso não acontecerá — afirmou ela. — Essa é a sua tarefa, deixar tudo da melhor forma. Consegue fazer isso?

Ele flexionou os dedos sob o toque dela. Philippa percebeu que ainda estava segurando a mão dele e apressou-se em soltá-la.

— Consigo. — Ela deixou escapar um suspiro de alívio. — Mas a senhorita vai ter que me orientar ao longo de todo o caminho — acrescentou ele, e o sorriso travesso estava de volta. — Assim, não construirei um novo celeiro extravagante por engano.

Philippa forçou uma risadinha.

— Farei o meu melhor, mas, se não seguir os meus conselhos, não adiantará de nada.

— Juro ouvir atentamente cada palavra que disser.

— É melhor mesmo. — Ela fez uma pausa. — Como era a sua última propriedade?

Philippa pensou que talvez aquele fosse um bom ponto de partida. Ela sabia alguma coisa sobre administração de propriedade, mas obviamente não o bastante.

— Minha última propriedade?

— A que o senhor administrou antes de vir para Carlyle. Presumo que tenha sido menor.

O sr. Montclair desviou o olhar.

— Muito menor.

— Com certeza não lhe deixaram com as rédeas soltas lá.

Um estranho sorriso curvou os lábios dele.

— Não.

Philippa ergueu as sobrancelhas e esperou.

— Esta é a primeira vez que administro uma propriedade rural — admitiu o homem.

Ela o encarou boquiaberta. *Não*. Não era possível que o sr. Edwards tivesse entregado toda a responsabilidade de Carlyle nas mãos de uma pessoa sem experiência alguma.

— Acho que as coisas estão correndo muito bem até agora, levando tudo em consideração — continuou o sr. Montclair. — Qual é a sua opinião?

— E-eu... — Philippa se apressou a tomar um gole de chá. — Pelo amor de Deus, o que estava fazendo quando aceitou esse cargo?

Ela estava falando figurativamente. Na verdade, queria saber o que o fizera pensar que estava à altura daquele cargo? Philippa decidiu que lidaria com o óbvio surto de loucura do sr. Edwards mais tarde. Mas o sr. Montclair respondeu de forma direta.

— Eu estava em Londres a negócios.

Ela o encarou, surpresa.

— A negócios.

Ele assentiu.

— Cuidando da empresa de navios mercantes da minha família. — Ele se inclinou para a frente e apoiou um dos cotovelos na escrivaninha. — Cá entre nós, srta. Kirkpatrick, prefiro este trabalho.

Philippa ainda estava perplexa.

— Prefere? — perguntou tolamente.

— Muito mais — falou ele, baixinho. E seu olhar se demorou no rosto dela. — Principalmente agora.

Ainda pensando na contratação dele, Philippa o encarou sem entender. Então, como se alguém batesse em sua cabeça, ela se deu conta do que estava acontecendo. O sr. Montclair estava *flertando* com ela.

Philippa sentiu uma onda de energia disparar pelo corpo. Havia algo quase magnético no sujeito à sua frente: a curva tentadora da boca, a admiração em seus olhos, o modo como a fitava naquele momento. Ele era um belo homem, capaz de deixá-la abalada só por enrolar as mangas da camisa. De repente, Philippa ficou muito alerta e muito constrangida.

Ela não tinha qualquer experiência com flertes. Todos os arrendatários e criados a conheciam e sabiam a posição que ela ocupava em Carlyle. O capitão St. James e o sr. St. James eram homens bonitos e jovens, mas nenhum dos dois havia olhado para ela daquela forma.

Era... empolgante. Fazia com que se sentisse imprudente e um tanto rebelde, o que talvez explicasse por que chegou mais para a frente na cadeira e inclinou a cabeça para o lado, em um movimento sedutor.

— Então o senhor deve estar ansioso para agradar.

Os olhos do sr. Montclair cintilaram com pontinhos dourados. Ele apoiou o outro cotovelo na mesa e cruzou os braços.

— Muito. Por favor, me diga o que posso fazer para agradá-la?

— O senhor deve confiar nos meus conselhos. — Philippa pegou outro *gulab jamun* no prato e deu uma mordidinha. — Eu não estava certa sobre os bolinhos?

O olhar do sr. Montclair se fixou na boca dela.

— Totalmente.

Philippa quase se engasgou com o bolinho. O modo como aquele homem olhava para a sua boca era... inebriante. Os olhos dele ficaram mais escuros, ardentes, e sua expressão estava tensa e concentrada. Ela conseguiu engolir com dificuldade e lambeu os lábios. Um músculo latejou no maxilar dele. Philippa pousou o que restava do bolinho sobre o prato e viu o olhar do homem descer até a sua mão, então subir pelo braço até encontrar os olhos dela.

O coração dela estava disparado no peito, em parte por uma sensação de pânico, em parte por pura empolgação. Ninguém jamais lhe contara que flertar era tão emocionante.

— De que outra forma? — murmurou ele. — O que mais deseja?

— Gostaria que fizesse um esforço para cativar a duquesa.

As palavras saíram antes que ela tivesse noção do que estava dizendo.

O sr. Montclair ficou paralisado. O rosto dele ficou totalmente sem expressão por um momento, até ele soltar uma risada.

— Santo Deus — exclamou. — Por um momento achei que realmente estava falando sério!

Philippa se sentia petrificada, tamanha a sua humilhação. Ela o havia interpretado mal. Ou, mais provavelmente, o sr. Montclair não estava flertando daquele jeito porque se sentia atraído por ela, mas sim para tirar alguma vantagem. Ela não era a empregadora dele, mas chegava bem perto disso. Talvez o sr. Montclair achasse que aquele era o melhor caminho para não ser demitido.

Ela se levantou.

— Obviamente não, sr. Montclair — disse em um tom frio. — É evidente que cativar as pessoas está além da sua capacidade. Se me mandar uma lista dos trabalhos que acredita serem mais urgentes, falarei com a duquesa a respeito. Parece improvável que consiga evitar ser dispensado uma terceira vez, caso tente apresentar o senhor mesmo essa lista a ela. Tenha um bom dia.

Philippa pegou o chapéu e as luvas e foi embora, sentindo o rosto arder.

Will segurou com força os braços da cadeira para se impedir de segui-la. Se abrisse a boca, começaria a pedir desculpas até perder a voz. Se olhasse para ela, esqueceria novamente que havia jurado não se apegar a Carlyle.

Só quando ouviu o som das rodas da charrete da srta. Kirkpatrick descendo a alameda que a levava para longe dali foi que Will ficou de pé e começou a andar de um lado para o outro no gabinete. Ele estava ali havia menos de quinze dias e já estava quebrando todas as regras que estabelecera para si mesmo.

Sei o que estou fazendo, tinha se vangloriado para o irmão. Idiota. Nenhum de seus planos arrogantes levava em consideração a possibilidade de a duquesa ter uma linda e jovem dama de companhia, com um humor ácido e hilariante, e um jeito de lançar olhares provocantes sob os longos cílios escuros...

— Pare — disse baixinho para si mesmo, levando uma das mãos aos olhos.

Certo, sentia-se atraído por ela. Sim, a desejava. Mas nunca a *teria*, portanto era melhor parar de flertar com a moça, antes que se visse com problemas de verdade.

Will abriu os olhos e ergueu a cabeça. O mapa na parede o confrontou. Aquele era o real motivo de ele estar ali. Já começara a se importar com as pessoas de Carlyle, que eram tão leais à família e ao mesmo tempo ficavam tão gratas pelas promessas que Will fazia de que a ajuda chegaria. Tinha se tornado comum ver homens adultos agarrando as mãos dele, com lágrimas nos olhos, balbuciando agradecimentos. Aquelas pessoas precisavam dele. Não poderia decepcioná-las, embora aparentemente estivesse fazendo tudo da pior forma possível. De acordo com a srta. Kirkpatrick, a duquesa já estava prestes a demiti-lo.

Com um suspiro, Will apoiou as duas mãos na parede e deixou a cabeça cair para a frente. Cinco meses. Em cinco meses ele estaria fora dali, então não lhe importaria mais o que Philippa Kirkpatrick pensava dele.

Capítulo 10

Ao longo das semanas seguintes, Will se ateve estritamente ao seu plano e não fez nada além de trabalhar. Levantava-se ao nascer do dia, cavalgava por cada quilômetro da propriedade e encontrava com os arrendatários e moradores da região. Foi a Kittleston e conversou com todos por lá, afinal Carlyle tinha uma grande influência no vilarejo. Todos os dias, quando voltava para o Chalé de Pedra para jantar, Josiah o estava esperando com mais trabalho: relatórios de topógrafos e agrimensores, contas de comerciantes. Will tinha cinco meses para colocar a propriedade em ordem, e pretendia usar esse tempo da melhor maneira possível.

Todas as segundas e quintas-feiras, ele deixava no castelo um relatório com o resumo do trabalho em andamento para a srta. Kirkpatrick. Will se certificava de fazer isso cedo, tão cedo que com frequência encontrava as leiteiras e as criadas que trabalhavam na cozinha começando seus dias. Todas as segundas e quintas-feiras à noite, quando ele voltava para casa, a resposta dela o aguardava em cima da escrivaninha.

Will passava mais tempo do que o razoável lendo aquelas cartas. A srta. Kirkpatrick tinha uma bela letra e, na verdade, ele agora percebia que as cartas que a duquesa mandava para ele e para o sr. Edwards, em Londres, tinham sido escritas por ela. Will presumira que a letra era de um assistente, mas obviamente a quem mais a duquesa confiaria detalhes tão sensíveis?

As cartas de Philippa eram longas, cheias de refutações detalhadas quando negava alguma proposta dele e explicações de como as coisas sempre haviam sido. Com frequência, um lampejo de humor se insinuava nas palavras da jovem, como quando havia escrito que garantia a permissão para dragar o açude do moinho, "da forma mais eficaz, seja pelo método tradicional, ou por algum novo método revolucionário que o senhor idealizar, afinal ninguém se importa muito com dragagem". Aquilo fez Will rir, e ele desejou poder responder com o mesmo humor.

Mas não podia. Já havia se arriscado demais. Portanto, ignorava a vontade de ser mais informal e mantinha as próprias cartas secas e tediosas.

Entretanto, ele acabou precisando visitar o castelo durante o dia. Edwards havia voltado de Londres e queria um relatório feito pelo administrador. Will pretendia aproveitar ao máximo a ocasião e conseguir autorização para os projetos mais caros. Duas pontes precisavam ser derrubadas e reconstruídas, e havia bons argumentos para as novas construções. Ele foi a cavalo até o castelo, armado com relatórios de engenheiros e propostas de construtores que totalizavam mais de duas mil libras. Por aquela quantia, que Edwards encarasse a duquesa.

O advogado tinha um escritório no castelo, mas Will não sabia bem onde ficava. Ele atravessou as cozinhas, seguindo o aroma de doces no forno. A cozinheira responsável pelos quitutes era cunhada da sra. Blake e havia uma rivalidade camarada entre as duas mulheres. Will, que estava sempre com fome por causa dos longos dias de trabalho braçal e de andar tanto a cavalo, tirava grande vantagem disso. Naquele dia havia delicadas tortas de cereja com uma cobertura generosa de creme.

— O próprio Dionísio desmaiaria em êxtase se apenas provasse os seus doces — disse ele à sra. Amis.

Ela balançou a cabeça, rindo.

— Bajulador! Pegue mais uma, sr. Montclair.

— Só para lhe agradar.

Ele pegou a torta oferecida com uma piscadinha. Ela acenou quando ele partiu.

O mordomo disse que o sr. Edwards estava com Sua Graça, a duquesa. Will assentiu e disse que esperaria do lado de fora, já que procurava evitar qualquer encontro. O verão chegara a Carlyle, e aquele dia em particular estava excepcionalmente agradável. Era raro Will ter tempo para apenas aproveitar um momento ao sol. Ele encontrou uma porta e saiu, desejando ter levado consigo uma terceira torta.

Não sabia muito bem onde estava. Não vira muito do castelo a não ser pelo pátio de serviço. Fosse o que fosse, aquele lugar era lindo, e provavelmente havia sido ainda mais um mês antes, já que era possível ver algumas tulipas remanescentes por ali. Will cruzou as mãos às costas e virou o rosto para o sol, saboreando o momento de paz.

À direita dele, uma porta foi aberta. Will achou que era Edwards indo buscá-lo, então abriu os olhos e se virou.

Não era o advogado. Dois criados de libré surgiram carregando mobílias: uma espreguiçadeira, uma mesa, um banquinho, um biombo lindamente pintado. Os criados arrumaram tudo aquilo em um pequeno terraço perto da casa, quase escondido entre arbustos bem-cuidados. Uma criada carregava uma bandeja de prata com louça de porcelana e copos de cristal e a pousou em cima da mesa.

Ele obviamente acabara entrando em uma das áreas privadas da família. Will recuou rapidamente, sem nenhum desejo de provocar a ira da duquesa, mas então as portas duplas foram abertas de novo e mais dois criados saíram carregando uma liteira.

Sentado na cadeira estava um homem idoso. Ele usava um roupão magnífico por cima da camisa e da calça, e tinha um gorro de veludo na cabeça, do tipo usado para dormir, com uma penugem fina de cabelo grisalho visível na nuca. Os criados desceram os degraus carregando o homem, então o ajudaram com toda gentileza a se recostar na espreguiçadeira.

O homem provavelmente já fora alto, mas se tornara curvado e emaciado. Quando ele foi se apoiar no ombro de um criado, a mão parecia uma aranha, com longos dedos finos e tortos. Um anel de ouro e esmeralda que ele usava refletiu a luz, fazendo a pedra cintilar, ofuscante.

Então, o homem levantou os olhos e viu Will.

— Ah! Lemuel — chamou ele, a voz rouca e fina. E estendeu os braços, como se esperando um abraço. — Finalmente de volta de Brobdingnag!

Will foi pego desprevenido e riu. Conhecia aquela história, tinha sido uma das suas favoritas quando menino.

— E lhe trago cumprimentos de Glumdalclitch, bom senhor — respondeu, e inclinou-se com um floreio.

Aquele só poderia ser o duque de Carlyle. O rosto de Sua Graça se iluminou. Ele gesticulou para que Will se aproximasse. O homem que parecia estar ali apenas para atendê-lo sussurrou alguma coisa em seu ouvido, mas o duque o afastou com um gesto de mão.

— Venha — chamou o duque. — E me conte suas aventuras.

Will ficou tenso. Havia respondido sem pensar, e agora não sabia o que fazer. Ele olhou por sobre o ombro, esperando, até mesmo ansiando, ver o sr. Edwards se aproximando, mesmo que fosse para repreendê-lo.

Mas o duque estava esperando, a mão ainda erguida em boas-vindas. Seria melhor pedir desculpas e se afastar rapidamente ou obedecer à ordem do seu verdadeiro patrão? Decerto seria demitido apenas por estar ali. Maldição. Por que não havia esperado no escritório de Edwards?

Will atravessou lentamente o gramado.

Conforme se aproximava, a expressão do duque ficou nublada, cada vez mais confusa. Will parou na beira do gramado e se inclinou.

— William Montclair, Vossa Graça. O novo administrador da propriedade.

— O quê? — O homem pareceu confuso. — Não, não, você não é. — Will ficou imóvel. O duque franziu o cenho para ele. — Mas o que sabe de Brobdingnag?

Will lançou um olhar nervoso para o sujeito que atendia o duque, um homem negro, alto, com ombros largos e de óculos, que se distinguia dos outros criados por estar usando um elegante terno cinza de lã. O homem indicou com o olhar a cadeira ao lado do duque e assim, apesar da sensação de que a voz aguda da duquesa soaria a qualquer momento, expulsando-o da propriedade, Will foi até lá e se sentou.

O duque se inclinou para a frente e o examinou atentamente.

— Você realmente viu os gigantes? — quis saber, os olhos embaçados com um brilho de esperança. — Viu Glumdalclitch?

Will sorriu. Glumdalclitch era a jovem gigante que cuidou de Lemuel Gulliver em sua estada em Brobdingnag.

— A criatura mais bondosa que já encontrei, senhor.

O duque bateu palmas, encantado.

— Essas são as roupas que ela fez para você?

— Ah... — Will abaixou os olhos para as suas roupas comuns. — Não, lamentavelmente não. Aquelas roupas se perderam com a minha caixa, quando fui levado de Brobdingnag para o mar.

— Ah, sim! Eu me lembro. Um verdadeiro caixão — murmurou o duque. Will assentiu.

— Recebi muitas roupas adequadas nas minhas viagens. Estas são de...

A mente dele ficou em branco. Onde Gulliver terminara a sua jornada?

— De um Yahoo? — sugeriu o duque, esperançoso.

Will fez uma careta.

— Essas há muito ficaram gastas. As roupas que estou usando são inglesas.

O duque pareceu desapontado.

— E você se reconciliou com a sua família, depois de tantos anos longe?

As palavras ficaram presas na garganta de Will. Ele pensou no pai, que lera *As viagens de Gulliver* para ele e para Jack muitos anos antes. E na mãe, que atendera aos desejos dos filhos de recriarem os mundos fantásticos sobre os quais Swift escrevera, não só permitindo que eles dormissem nas gavetas da cômoda como também que construíssem uma caixa gigante na floresta. Ele também pensou no irmão, que deixara Will convencê-lo a participar daquelas brincadeiras loucas e agora estava ali com ele, na Inglaterra, em mais uma aventura. E na irmã, que havia uivado de raiva quando soube que não poderia ir com os dois para a Inglaterra, porque estava convencida de que *haveria* algum tipo de aventura.

Will vinha mentindo para todos eles fazia meses. Ele não tinha ideia de como conseguiria corrigir aquilo, ou até mesmo *se* poderia fazê-lo.

— Não, senhor — murmurou. — Ainda não.

— Ah, ora. — Carlyle deu palmadinhas no ar como se para consolá-lo. — Algum dia, meu bom camarada. Nunca perca a esperança.

Will conseguiu dar um sorriso.

— Obrigado.

Uma tosse baixa fez Will levantar os olhos. Ele viu o sr. Edwards parado, o rosto sombrio e pálido de fúria.

— Quem está aí? — perguntou o duque, irritado. Ele viu Edwards e revirou os olhos. — Ah, é você. A menos que traga notícias de Laputa, vá embora!

— Lamento não ter trazido, Vossa Graça. Preciso do sr. Montclair...

— De quem? — voltou a perguntar o duque, mais irritado ainda.

O sr. Edwards parou como se tivesse sido esbofeteado.

Will pigarreou.

— Perdão, senhor, mas preciso acompanhar esse cavalheiro. Ele me parece muito com Munodi.

O rosto do duque se iluminou.

— Munodi! Bom Deus, sim, parece mesmo. Bem, devemos nos comportar melhor que os laputianos e escutá-lo. Pode ir.

Ele inclinou a cabeça, como um rei dispensando um súdito.

Will se levantou e se inclinou em uma reverência.

— Um bom dia para o senhor.

— Para você também.

Carlyle se recostou na espreguiçadeira, cantarolando baixinho e parecendo satisfeito.

Will seguiu o advogado, que caminhava a passos furiosos na direção do escritório que ocupava no castelo. Já lá dentro, com a porta fechada, ele se virou para Will.

— O que diabo o senhor estava fazendo?

O tom ríspido fez o capataz endireitar os ombros.

— Eu estava esperando pelo senhor, para a nossa reunião, quando o duque saiu para o pátio. Ele me viu e me chamou.

— É mesmo? — Edwards ergueu as sobrancelhas. Will nunca o vira tão furioso. — E o que disse à Sua Graça?

— Falamos sobre *As viagens de Gulliver*. — A expressão furiosa de Edwards não se alterou. — O livro — esclareceu Will. — Era um dos meus favoritos quando eu era menino. Parece que também é um dos favoritos de Sua Graça.

Edwards pareceu desconfiado.

— Só isso?

Will parou para pensar.

— Sim. Ele pareceu achar que eu tinha chegado de Brobdingnag, a terra de gigantes.

A raiva pareceu se esvair de Edwards. Seus ombros se curvaram, ele levou uma das mãos à testa e deixou escapar um suspiro trêmulo.

— Se ele ficar aborrecido, descomposto ou mesmo acordar resfriado, o senhor terá que responder à duquesa.

Will franziu a testa, magoado.

— Foi ele que se dirigiu a mim primeiro. Eu deveria me recusar a responder? Ele *é* o duque.

Edwards passou a mão pelo rosto. Quando levantou os olhos, já parecia bastante recomposto.

— É claro. Sente-se. — O advogado deu a volta ao redor da escrivaninha e Will se sentou diante dele, ainda se sentindo injustamente acusado. — Mesmo em seus melhores momentos, a saúde do duque é delicada — explicou. — Qualquer evento que o aborreça ou altere o seu equilíbrio é motivo de preocupação. O senhor não deveria ter entrado no Jardim das Tulipas, mas parece que não houve qualquer dano maior.

— Se quiser ter certeza, fale com o homem que estava cuidando dele — retrucou Will, irritado. — Ele viu tudo o que aconteceu e até indicou que eu deveria me sentar e ficar ali.

Edwards voltou a suspirar.

— Farei isso, se for preciso. — Se a duquesa exigisse, era o que ele queria dizer. — Quem é Munodi?

— O quê? Ah. — Will arrastou os pés. — É o único homem com bom senso e discernimento em uma terra de tolos extravagantes.

Edwards deu um sorrisinho relutante.

— Eu deveria ficar lisonjeado, então?

— Eu diria que sim — falou Will. — Foi dito como um elogio.

— Muito bem. — O advogado pigarreou. — O que o senhor tem para me dizer hoje?

Ah, Will quase havia esquecido. Ele pegou as propostas e planos no bolso do paletó e os espalhou em cima da mesa.

— Eu gostaria de fundos para esses projetos.

Capítulo 11

A NOTÍCIA DE que o sr. Montclair havia se aproximado do duque chegou à duquesa quase no momento em que o sr. Edwards deixou a sala de estar.

— O quê? — A voz da duquesa soou como uma lâmina sendo desembainhada.

O criado fez uma reverência ainda mais pronunciada.

— O sr. Amis pediu que eu lhe informasse imediatamente, Vossa Graça.

Philippa ficou tensa de preocupação, enquanto a duquesa inspirou com tanta força que estremeceu.

— Obrigada, Henry — apressou-se a dizer para o criado. — Pode ir.

Quando ele saiu, a duquesa se virou para Philippa.

— Aquele homem! — sibilou, os olhos cintilando. — Eu deveria tê-lo demitido semanas atrás!

Philippa não disse nada. Não havia contado a ninguém sobre a sua visita ao Chalé de Pedra. Toda vez que pensava naquele encontro, tentava descobrir se deveria ter agido de forma diferente, mas nunca chegava a uma resposta satisfatória.

Ela tinha mantido a promessa de auxiliar o sr. Montclair, mas passaram a se comunicar apenas por cartas. Duas vezes por semana havia uma mensagem dele ao lado do seu prato de café da manhã. A princípio, se sentira constrangida em lê-las na frente da duquesa, mas desnecessariamente, pois o sr. Montclair não escrevia sobre nada mais alarmante do que a necessidade de um novo piso em parte do estábulo. Ainda assim, Philippa demorava mais do que deveria para compor suas respostas. Com frequência percebia que se deixava levar, resvalando em uma familiaridade excessiva ou perguntando se a sra. Blake tinha preparado mais *gulab jamun*, então precisava passar a carta inteira a limpo mais uma vez.

A única coisa que a fazia se sentir melhor era o fato de que o sr. Montclair parecia estar fazendo um excelente trabalho. Philippa tinha feito a própria investigação e ficou consternada ao ver que ele estava absolutamente certo sobre as condições da propriedade. Não importava o que acontecera antes, na gestão do sr. Grimes e do sr. Edwards, o fato era que o sr. Montclair estava se mostrando um administrador muito melhor.

Se ao menos ele tivesse tido o bom senso que Deus deu a uma formiga e se limitado a cumprir seus deveres... Mas, até aí, talvez o sr. Montclair soubesse como fazer aquilo se ela não tivesse sido tão covarde.

— Talvez não tenha tido nenhum problema — disse Philippa à duquesa.
— Onde o sr. Montclair pode ter visto o duque? Deve ter sido do lado de fora.

Depois de um longo inverno fechado em seus aposentos, com a saúde ruim, o duque melhorara recentemente. A duquesa, que acreditava fervorosamente no poder restaurador da luz do sol e do ar fresco, havia muito tempo tentava convencê-lo a sair ao ar livre em dias de sol, e ele fizera aquilo duas vezes, para imensa alegria da mãe.

Diante da sugestão de Philippa, a duquesa pareceu se animar.

— Vamos ver. E que Deus me ajude, se o sr. Montclair o tiver importunado... — Ela balançou a cabeça e saiu apressada da sala, com Philippa atrás.

Elas levaram vários minutos para chegar à ala íntima da família no castelo. O duque tinha muitos aposentos ali, de onde raramente saía. Anos antes, a duquesa havia criado um jardim particular para ele, bem do lado de fora daqueles aposentos, na esperança de que o filho saísse mais. Philippa e a madrasta tinham enchido o jardim de tulipas, para surpreender o duque na primavera, e o lugar ganhou o nome de Jardim das Tulipas, mas ele raramente ia até lá.

Mas naquele dia ele fora. O sr. Amis, o valete exclusivo do duque, viu as duas mulheres e falou com o homem que estava recostado em uma espreguiçadeira. Carlyle abriu os olhos e ergueu uma das mãos para elas.

— Bom dia, mamãe e Philippa.

A duquesa deu uma palmadinha na mão dele.

— Que prazer vê-lo aqui fora, Johnny!

— Sim, sim... — Ele sorriu, embora seus olhos se fechassem aos poucos.
— O sol está muito forte, não é mesmo?

A duquesa olhou para o sr. Amis, que ajeitou silenciosamente o biombo.

A mulher se sentou ao lado do filho.

— Soube que você teve uma visita.

— Hum? Sim! Lemuel voltou, mamãe! — Ele riu de verdade. Philippa não conseguia acreditar em seus ouvidos. O duque não ria havia meses. — Consegue imaginar?

— Não — disse a duquesa, a voz rouca. — Eu... como você o conheceu?

O duque ficou imóvel, o olhar distante, como se estivesse pensando.

— Não sei. Ele não parecia o mesmo. Talvez não fosse Lemuel, mas ele realmente parecia saber das coisas... Então, aquele camarada, o Munodi, chegou e o levou embora. — Ele suspirou. — Espero que ele volte. Quero ouvir sobre a terra dos Houyhnhnms.

Um espasmo cruzou o rosto da duquesa.

— Tenho certeza de que ele voltará — falou ela com gentileza.

— Mamãe. — Ele esticou a mão. — A senhora vai contar para Jessica? Ela também vai querer ouvir sobre a terra dos Houyhnhnms.

— Sim, meu bem — falou a duquesa em um tom ainda mais suave. — Sei que vai.

O duque relaxou e olhou para Philippa.

— E você, Pippa, querida. Deveria ouvir o que ele tem a dizer.

Ela sorriu.

— Eu adoraria, senhor.

Elas ficaram meia hora com ele. O duque de Carlyle era uma pessoa tranquila, que não precisava falar muito nem fazer nada de especial. E ele estava de ótimo humor naquele dia, cantarolando baixinho e até fazendo perguntas sobre as flores. Quando seu rosto ficou pálido e ele parou de sorrir, a duquesa pediu que os criados o levassem para dentro e permaneceu com Philippa no terraço ensolarado.

A duquesa passou vários minutos sentada em silêncio, a testa franzida.

— Não me agrada admitir, mas a visita daquele homem pareceu ter um bom efeito sobre Johnny — disse ela de repente. — Precisamos fazer com que volte, para ver se consegue repetir seja lá o que tenha feito.

Philippa assentiu, compreendendo.

— Falarei com ele.

— Mas o homem precisa ser orientado em relação ao que falar — continuou a duquesa. — Nada perturbador! Nada em relação aos negócios da propriedade! Que conversem sobre liliputianos ou outras histórias, seja o que for que distraia o duque. Você precisa ser muito clara com o sr. Montclair, Philippa. Se ele causar qualquer tipo de ansiedade ou consternação ao duque, eu... — Ela se interrompeu e desviou os olhos.

— É claro, dadi.

Philippa pousou a mão sobre a da duquesa e a mulher mais velha e a apertou com uma força surpreendente.

— Você viu como ele riu? — sussurrou ela. — Ele não ria havia tanto tempo. Se o sr. Montclair conseguir fazer Johnny rir de novo... — A duquesa fechou os olhos e havia lágrimas em seus cílios. — Encontrarei um modo de suportar aquele homem se ele conseguir trazer alegria ao meu filho.

Philippa apertou a mão dela.

— Falarei com ele — prometeu, e saiu em busca do sr. Montclair, embora seu coração parecesse prestes a sair pela boca.

Ela não havia sido informada de que o sr. Montclair iria ao castelo naquele dia. Marianne, sua camareira, contava que ele ainda levava a roupa para ser lavada lá, e era um visitante frequente das cozinhas bem cedo pela manhã. O homem parecia ser muito popular entre os criados, apesar de ter permanecido vestido desde aquele único dia tão chocante.

O homem provavelmente fora ao castelo para ver o sr. Edwards, mas, quando Philippa bateu na porta do advogado, encontrou-o sozinho, franzindo o cenho para a parede.

— Montclair? Ele já foi — respondeu à pergunta de Philippa. — Presumo que a duquesa já tenha sabido da conversa dele com Carlyle.

Philippa assentiu.

— Quero falar com ele a respeito disso.

Edwards pressionou as têmporas.

— Eu já falei.

— Não — disse Philippa, em um tom constrangido. — Vou convidá-lo a voltar.

Edwards levantou rapidamente a cabeça.

— O duque estava com um ânimo que não mostrava havia muito tempo. A duquesa quer saber se o sr. Montclair pode fazer com que esse bom humor perdure... desde que devidamente instruído sobre o que conversar, é claro.

Edwards pareceu surpreso.

— Ora — disse. — Ora, ora. — Ele se levantou e começou a andar de um lado para o outro no escritório. — Impressionante — murmurou baixinho.

— O que quer dizer?

Philippa odiava querer saber o que o sr. Montclair andara fazendo. As cartas dele, por mais triviais que fossem, a fascinavam: as descrições engraçadas de "um teto que serviria melhor como uma cerca" e pedidos para demolir um galpão bambo "com o devido respeito ao artesão medieval que o construiu". Ela odiava perceber que se encolhia por dentro toda vez que Marianne o mencionava e odiava não ter coragem para voltar ao Chalé de Pedra.

— Hum? — Edwards olhou para ela. — Perdoe-me, srta. Kirkpatrick. O que disse?

Philippa se sentiu constrangida demais para repetir a pergunta que fizera antes.

— Por que o sr. Montclair veio até aqui? — preferiu perguntar.

— Negócios da propriedade. Mais duas pontes precisam ser reconstruídas e precisamos construir outras duas.

Edwards pegou um papel coberto por uma letra já familiar para Philippa.

Ela ficou olhando para aquele papel, com diagramas marcados com setas para baixo e parágrafos escritos em uma letra tão apertada que pareciam formar círculos e triângulos. Lembrou-se do mapa gigante na parede do chalé, coberto com anotações escritas na letra pequena e precisa dele. E se recordou também da atenção com que ele examinara a ponte, como se adiantara para ajudar Jilly e Gerald Smith. Foi como se o visse novamente à sua frente, inclinado sobre a escrivaninha e olhando em sua direção, com um sorriso sedutor que provocou ondas de calor por todo o corpo dela.

Philippa afastou aquele último pensamento.

— Ele está se saindo bem?

— Sim, e em um ritmo acelerado. O homem só trabalha. — Edwards pousou o papel na mesa. — Espero que ele cresça na estima de Sua Graça, a duquesa. Montclair certamente não tem tempo para ser impertinente.

— Ele nunca vem ao castelo — murmurou Philippa, sabendo muito bem que aquilo era culpa dela.

Edwards ficou surpreso.

— É mesmo?

— Toda segunda e quinta-feira, ele manda para aprovação uma lista de trabalhos a serem realizados.

— Ah — foi tudo o que ele disse.

Philippa saiu frustrada e sem saber das atividades ou do paradeiro do sr. Montclair. Teria que procurá-lo.

Ela foi de charrete até o Chalé de Pedra, se preparando para encontrá-lo, mas a sra. Blake lhe disse que o sr. Montclair estava fora e que raramente voltava antes do anoitecer. Camilla acrescentou que ele saía cedo e que ela talvez pudesse alcançá-lo no dia seguinte, antes que partisse.

Philippa tentou, então. Às sete horas da manhã seguinte, ela foi até o chalé, só para descobrir que o sr. Montclair havia saído uma hora antes. Furiosa por ter se levantado tão cedo para nada, Philippa deixou um bilhete pedindo para falar com ele. Quando voltou, Marianne a informou de que o sr. Montclair estivera no castelo naquela manhã, rindo e brincando com a sra. Amis nas cozinhas. Metade das criadas da cozinha estava apaixonada por ele, assim como todas as que trabalhavam na lavanderia, contou Marianne, o que só serviu para deixar Philippa ainda mais irritada.

No dia seguinte, ela esperou que ele a procurasse. Mas o sr. Montclair não fez isso, embora o sr. Edwards mencionasse de passagem que o vira no moinho naquela tarde, supervisionando a dragagem do lago e do canal de água.

Philippa mandou mais um bilhete incisivo para o Chalé de Pedra, marcando uma data e uma hora em que esperava vê-lo. Mas a única coisa que chegou ao castelo foi a resposta dele, escrita embaixo do bilhete que ela mandara. *Infelizmente não poderei comparecer a esse compromisso — WM.*

Àquela altura, Philippa já estava furiosa. Ela pediu ao cocheiro para preparar a carruagem e designou um menino para ficar tomando conta no alto do muro a oeste e avisá-la quando visse o sr. Montclair retornando. Assim que Tommy atravessou correndo o pátio de volta, ela partiu.

Quando chegou ao Chalé de Pedra, o homem estava no estábulo. Ela atravessou o jardim sob a luz crepuscular, furiosa por ter tido que recorrer àquela estratégia.

— Senhor Montclair — falou Philippa, irritada, quando chegou à porta do estábulo. — Aí está você.

Ele olhou por sobre o ombro, então lhe deu as costas e continuou a escovar o cavalo. Seu paletó e sua calça estavam cobertos de pó, e as botas sujas de lama.

— Sim, aqui estou eu.

— Estou há dias querendo falar com o senhor.

— Não tenho tido tempo. Perdão. — Ele se virou e fez uma reverência zombeteira, ao mesmo tempo que deixava a escova cair dentro de um balde. — A senhorita não poderia ter escrito o que desejava?

O sr. Montclair estalou a língua para o animal e o guiou até uma baia.

— Não. Por que se recusou a comparecer quando eu chamei?

— Não tive tempo — repetiu ele, enquanto colocava água na tina do cavalo.

— O que deseja, srta. Kirkpatrick?

— É sobre o duque e a sua conversa com ele.

O sr. Montclair ficou imóvel por um momento, de costas para ela. Então pendurou o balde de aveia em um gancho, fechou a porta da baia e saiu do estábulo em direção à casa.

Sentindo-se insultada, Philippa seguiu atrás ele.

— Você *quer* ser demitido?

Ele parou e se virou.

— Vá em frente, então. Faça isso.

Ela recuou, confusa. A voz do sr. Montclair estava carregada de uma fúria contida. Estava escuro o bastante para que não conseguisse ver o rosto dele por baixo da aba do chapéu, mas, de repente, ela se deu conta de que o homem a estivera evitando.

Will abriu os braços ao ver que Philippa permanecia calada.

— Diga-me para arrumar o meu baú e rastejar de volta para Londres, e isso só por ter trocado algumas palavras com um homem velho e solitário. Me parece uma punição exagerada, mas como ouso violar uma das ordens de Sua Graça, a duquesa, não é mesmo?

— Não — disse Philippa, baixinho. — Não, e-eu gostaria que o senhor voltasse para conversar novamente com o duque.

Ele ficou encarando-a por um momento, então se virou e entrou na casa. Um lampião havia sido deixado aceso, e o sr. Montclair carregou-o até o escritório. Philippa o seguiu, hesitante.

Ele tirou o paletó, jogando-o em cima de uma cadeira que estava em um canto e depois fez o mesmo com o chapéu. Havia um prato em cima da escrivaninha, coberto por um pano, além de uma garrafa de vinho e um copo.

— Sente-se — disse o sr. Montclair, e saiu de novo. Philippa hesitou e um instante depois o homem voltou com um segundo copo. — Por favor, sente-se — repetiu ele, e se sentou.

O administrador abriu a garrafa, serviu o vinho nos copos e estendeu um para ela.

Philippa aceitou como um gesto de boa vontade. Os lábios dele se contraíram, como se quisesse sorrir, mas foi só isso. Então, Will afastou o pano, revelando um prato com frango assado, cenouras, ervilhas frescas e um purê de pastinaca. Ao lado, havia um pratinho com um doce que cheirava a pão de mel.

— Peço licença, mas não como desde cedo. — Ele a mirou de cima a baixo. — Eu lhe ofereceria alguma coisa, mas parece que a senhorita já jantou.

Philippa enrubesceu. A capa que usava se abrira, revelando o vestido elegante de jantar.

— Sim. Por favor, não deixe que eu atrapalhe a sua refeição.

— Excelente.

Ele pegou uma coxa de frango e deu uma mordida.

Philippa se sentou na mesma cadeira que ocupara da última vez. E se perguntou quem mais teria se sentado ali para conversar com ele... para flertar com ele. Não que aquilo fosse da conta dela.

— Sua Graça, a duquesa, ficou intrigada com a sua conversa com o duque. — O sr. Montclair simplesmente ergueu a sobrancelha e continuou a comer. — *As viagens de Gulliver?* — Ela tentou sorrir. — Esse era um dos livros favoritos dele.

— Foi o que imaginei.

— O duque ficou muito animado — continuou Philippa. — E a duquesa ficou encantada. Ela pede para que considere a possibilidade de voltar ao castelo, para conversar mais com ele sobre Gulliver.

O sr. Montclair a examinou enquanto comia. Ele deu um gole no vinho antes de falar.

— Isso é tudo?

Philippa encarou-o, confusa.

— Bem... se houver outras histórias... Talvez *Robinson Crusoé*?

Ela tentou pensar nas histórias que os meninos costumavam ler. Devia haver livros na antiga sala de brinquedos do castelo. Precisaria checar.

— Perdoe-me, mas, na última vez em que falamos sobre o duque, a senhorita me disse explicitamente que eu nunca deveria encontrá-lo, e que não deveria fazer perguntas sobre ele. Agora quer que eu vá ao castelo especificamente para vê-lo?

Philippa abaixou os olhos para as mãos. É claro que o homem jogaria aquelas palavras no rosto dela.

— Temos poucas visitas no castelo. O duque parece ter gostado do senhor. E a conversa que tiveram parece ter trazido boas lembranças a ele, lhe dado grande prazer. — Ela levantou os olhos. — Mas precisa entender... não deve discutir negócios da propriedade com o duque, nem falar sobre política, ou sobre qualquer coisa que possa perturbá-lo.

O sr. Montclair sorriu, não com aquele sorriso libertino de pirata, cintilando com malícia e bom humor, mas com uma expressão cínica e insípida.

— Ele não está em seu melhor juízo — acrescentou Philippa com severidade. — O duque o chamou de Lemuel, não foi?

— O que aconteceu com ele?

Philippa mordeu o lábio.

— Ele nasceu assim? — insistiu o sr. Montclair.

Ela deu um gole no vinho em busca de força.

— Não — murmurou. — O duque não nasceu assim. Ele... — Ela se interrompeu.

O duque de Carlyle tinha sido uma figura gentil mas distante durante toda a vida de Philippa. Ela crescera ouvindo com ele as histórias que a madrasta dela contava para ambos. Todos riam muito naquelas ocasiões e Philippa adorava. Quando ela finalmente teve idade o suficiente para perguntar sobre a saúde do duque, Jessica lhe contara aos prantos o que havia acontecido.

Mas ela também contara a Philippa como o irmão tinha sido na juventude, como fora reservado, mas espirituoso; zeloso e sério, mas com uma inclinação a travessuras ocasionais. E, às vezes, a própria duquesa lhe contava algumas histórias sobre ele, como quando o duque e o irmão quase tinham se matado descendo a colina em disparada com seus cavalos de madeira; ou quando quase haviam matado *ela* de susto escalando os muros do castelo; e como os dois adoravam Jessica e a mimavam quando ela era pequena, carregando-a entre os dois, nos ombros, e pendurando um balanço em um carvalho grande para ela brincar. Stephen sentia inveja de Jessica, pois os irmãos mais velhos já estavam longe, no colégio interno, quando ele nasceu, e acabara perdendo as atenções deles.

Philippa sempre desejara tê-lo conhecido naquela época também.

— Ele foi ferido — disse ela ao sr. Montclair. — Quando jovem. Um cavalo... o duque foi escoiceado. — Philippa tocou a própria têmpora, no lado esquerdo. — O gorro que ele usa esconde, mas há uma depressão em seu crânio. Depois do acidente, o duque ficou inconsciente por quase uma semana. A família temeu que ele nunca mais acordasse. E, quando finalmente acordou, o duque já não se mostrava capaz de raciocinar direito. Ele é bondoso, gentil e absolutamente adorável — acrescentou ela em um tom devotado. — Mas sua memória não é confiável. Ele não consegue analisar problemas ou argumentar sobre algum assunto sem se cansar.

A expressão do sr. Montclair se tornara mais séria conforme ela falava. Então ele abaixou a cabeça, escondendo o rosto.

— Eu sinto muito por saber disso. Como ele era antes? Você sabe?

— O acidente aconteceu anos antes de eu nascer. Nunca tive a oportunidade de conhecê-lo como ele era. Mas a minha madrasta me contou que era um homem encantador e agradável. Que tinha um humor espirituoso, mas sutil. O irmão gostava de implicar com ele, mas o duque sempre levava tudo na brincadeira. Mamãe, Jessica, dizia que os dois eram uma dupla e tanto.

Philippa sorriu com a lembrança.

— Pobre camarada.

O sr. Montclair se recostou na cadeira, o rosto protegido pelas sombras.

— O senhor perguntou por que a propriedade está empacada trinta anos no passado. Esse é o tempo que se passou desde que o duque ainda era capaz de tomar conta da situação. Ele foi ferido poucos meses depois que o pai morreu. Lorde Stephen teria herdado o título, mas ele era o vigário e tinha muita alegria em exercer esse papel. A duquesa sente o peso da responsabilidade e tem feito tudo o que está no seu poder para preservar a propriedade.

— Para o capitão St. James.

— Sim. Quando Stephen morreu, ela o chamou aqui, com outro primo, Maximilian, que seria o herdeiro caso o capitão falecesse.

— Por que ele não está aqui, se tudo será dele?

Philippa deu um sorrisinho.

— O capitão é escocês, senhor, assim como a sua esposa. Eles preferem residir no Palácio Stormont, perto de Perth. O sr. Edwards se corresponde mensalmente com o capitão, mandando notícias da propriedade.

— O duque colocou a escritura do Palácio Stormont no nome dele. Vi os documentos — resmungou o sr. Montclair.

— Foi um presente de casamento. — Philippa mordeu o lábio, então acrescentou: — Na verdade, a duquesa não conseguiria administrar tantas propriedades. O Palácio Stormont não está atrelado ao título, e o sr. Edwards a havia aconselhado a vendê-lo.

— Mas passar o palácio para o nome do capitão mantém a propriedade na família — murmurou o sr. Montclair. — E, quando ele herdar o resto, o palácio voltará a ser um bem do ducado.

Philippa assentiu.

— Sim. O senhor visitará o duque?

O sr. Montclair pareceu perturbado e voltou a beliscar o jantar. Já havia comido todo o frango e os legumes enquanto Philippa falava e agora experimentou a sobremesa.

— Peço que me perdoe, srta. Kirkpatrick, mas não tenho certeza se devo fazer isso. Pareço ter um raro talento para enfurecer a duquesa, apesar das minhas melhores intenções.

Philippa chegou mais para a beira da cadeira.

— Eu irei com o senhor. Prometo assumir total responsabilidade e avisá-lo, se necessário, assim como atestar sua conduta para a duquesa. — Ele não disse nada. — Foi ela quem me pediu para convidá-lo a voltar — acrescentou Philippa. — A duquesa deseja que vá até o castelo ver o duque, não a ela.

Os lábios dele se curvaram em um leve eco do sorriso malicioso já familiar.

— Talvez essa seja a melhor de todas as possibilidades — comentou Philippa com um sorriso encorajador, percebendo que ele estava prestes a concordar. — Você não vai precisar ver a duquesa, mas terá todas as oportunidades para cair nas boas graças dela.

O sr. Montclair finalmente riu.

— Como se o trabalho dedicado em benefício da propriedade dela não fosse o bastante, não é? — Ele acenou com uma das mãos quando Philippa o encarou boquiaberta. — Não se incomode. Mas a saúde dele varia de dia para dia. Não tenho tempo para esperar todo dia no castelo até surgir um momento propício para vê-lo.

— Mandarei um recado pela manhã se não for um bom dia para o duque — prometeu Philippa. — E o senhor não precisa trabalhar em um ritmo tão acelerado. A propriedade está aqui há centenas de anos.

O bom humor dele pareceu desvanecer.

— Não, não há tempo o suficiente — murmurou. — Mas talvez valha a pena correr o risco.

Philippa ficou tão satisfeita que não perguntou o que ele queria dizer com aquilo.

— Obrigada. Amanhã seria um bom dia?

Desde o encontro de Will com o duque, a duquesa perguntava todo dia se ele havia concordado em fazer uma nova visita. Philippa pôde ver o dilema que ela enfrentava, sua irritação com o novo administrador se debatendo com o desejo desesperado de ver o duque sorrir e rir mais uma vez.

O sr. Montclair encarou Philippa por um longo momento.

— Não consigo afastar a sensação de que essa é só mais uma chance para que eu desagrade a duquesa. Bastará uma palavra errada para que eu seja demitido. Sou muito melhor reconstruindo celeiros e reparando estradas, srta. Kirkpatrick.

— Não, não. — Ela pousou o copo de vinho, agitada. — Por favor, vá até o castelo. Prometo que o orientarei.

Philippa percebeu tarde demais que havia prometido aquilo antes e falhado. Seu rosto ficou tão vermelho que chegou a doer.

O sr. Montclair obviamente se deu conta do que ela estava pensando. Ele pigarreou e abaixou os olhos.

— Peço perdão — falou ele, em voz baixa. — Eu a ofendi na última vez que a senhorita esteve aqui e me arrependo disso.

— Ofendeu! — Uma gargalhada breve e meio histérica escapou dos lábios dela. — Não, eu... também peço desculpas. Prometi orientá-lo em relação a como lidar com a duquesa e não fiz isso. — Ela hesitou e acrescentou com cuidado: — Eu sei que ela é exigente. É uma pessoa muito querida para mim, como uma avó. Mas com o senhor, a duquesa é... — Philippa voltou a hesitar. — É uma mulher difícil de agradar — admitiu. — *Muito* difícil, às vezes. Mas eu lhe garanto que ela *está* satisfeita com o seu trabalho. O sr. Edwards tem elogiado a sua iniciativa e os seus planos, e ela confia na opinião dele.

Não disse ao sr. Montclair que os elogios do sr. Edwards também alarmavam a duquesa nem que tinha sido a própria Philippa quem reconhecera o bom senso das propostas do sr. Montclair e persuadira a duquesa a aprová-las. Philippa não queria que o novo administrador fosse demitido, por uma variedade de razões que não se dera ao trabalho de examinar com muita atenção.

— Também gostei muito de ver o duque feliz — acrescentou ela com sinceridade. — E ficaria muito grata se o senhor o visitasse e o alegrasse de novo. Por favor.

Finalmente, ele abriu um sorriso de verdade.

— Nesse caso, não tenho como recusar.

Capítulo 12

UMA BOA COISA sobre trabalhar semanas sem parar: aquilo havia embalado a consciência de Will até quase adormecê-la.

Agora, enquanto se dirige a cavalo para o castelo, mal conseguia ouvir a voz — soando grosseiramente como o irmão — que sussurrava sem parar em sua cabeça, lembrando-o que partiria em três meses e não deveria flertar com ninguém. Will passaria o dia com a srta. Kirkpatrick e estava mais ansioso por aquilo do que deveria.

Ele não se dera conta de como sentira falta de vê-la até ela aparecer no estábulo do Chalé de Pedra, irritada, impaciente e tão linda que ele mal conseguia olhar para ela. Nenhuma carta poderia se comparar a tê-la em carne e osso à sua frente. Ele ficara fascinado pelo modo como ela falava do duque, com a expressão no rosto dela quando lhe pedira para voltar ao castelo, com o jeito como sorrira radiante quando ele aceitara.

Só que, se não ficasse atento, aquele sorriso seria capaz de colocar por terra todos os planos e intenções de Will.

Naquele dia, em vez de ir ao pátio de serviço, Will se apresentou no magnífico saguão de entrada, que exibia uma série de armas antigas. Heywood tinha ido informar a srta. Kirkpatrick da chegada dele, deixando Will ali, contemplando uma estátua um tanto brutal de Perseu segurando no alto a cabeça cortada de Medusa. *Essa será a sua cabeça, se você não tomar cuidado*, quase conseguiu ouvir Jack dizer.

— Senhor Montclair!

Ele levantou os olhos e o chão pareceu oscilar. A srta. Kirkpatrick estava descendo a escada apressada, com um sorriso sincero nos lábios. Ela erguia as saias amarelas para se mover com mais agilidade, e Will conseguiu ver um relance das pernas esguias, cobertas por meias brancas com bordados vermelhos nos tornozelos.

Ele precisou fechar os olhos e respirar fundo. Bastou um olhar para os tornozelos dela e a mente de Will começou a criar imagens dele tirando aquelas meias, o que fez o desejo disparar por seu corpo como um vulcão prestes a entrar em erupção. *Pare*, disse a si mesmo.

— Algum problema? — perguntou a srta. Kirkpatrick, ofegante, e Will se obrigou a voltar à realidade.

— Nunca estive melhor.

Ele sorriu, e algo dentro dele pareceu saltar e explodir como fogos de artifício quando ela retribuiu com um sorriso tão largo que a covinha em seu rosto voltou a aparecer. Sem pensar, ele lhe ofereceu o braço e ela aceitou, o que provocou um novo abalo no peito de Will e silenciou o alerta de sua mente.

Ela o guiou escada acima.

— Pensei em passarmos pelo antigo quarto de brinquedos antes, para ver se há outros livros dos quais o duque talvez se lembre.

Will olhou para ela com desconfiança.

— Ah. Eu imaginei...

— O quê? — perguntou a srta. Kirkpatrick quando ele parou de andar.

— Achei que uma simples conversa com o camarada seria o bastante.

Ela ergueu aquelas sobrancelhas gloriosas em uma expressão severa.

— É do duque que está falando — repreendeu. — E eu prometi orientar o senhor. É melhor estar preparado com mais que um único assunto, não acha?

— Certo — disse ele, e desviou os olhos da esplêndida vista que tinha do colo dela. Os seios eram fartos e tentadores no decote curvo do corpete do vestido. Um debrum de renda se destacava, muito pálido e sugestivo contra a cor acobreada da pele dela. — É claro.

A srta. Kirkpatrick o guiou por entre salões elegantes, com sancas ornamentadas, paredes forradas de seda, por quadros que tinham duas vezes a altura e seis vezes a largura de um homem, por armaduras de metal e estátuas de mármore. Se ela não o estivesse conduzindo, Will teria parado para ficar olhando boquiaberto, como o provinciano que era.

Quando eles chegaram ao corredor um pouco mais comum, com apenas um tapete liso no chão e nenhuma obra de arte na parede, Will ficou completamente confuso. Estavam na torre sul, pensou, mas a sra. Kirkpatrick abriu uma porta e ele esqueceu completamente o próprio rumo.

— Este é o quarto?

O teto não era tão alto quanto o dos cômodos mais elegantes no andar de baixo, mas ali havia várias janelas, o que tornava o ambiente muito iluminado. Havia mesas e cadeiras em tamanho infantil, estantes com livros e brinquedos. Um cavalo entalhado em madeira sobre rodas estava encostado em um canto, os olhos de vidro cintilando ao sol.

— Sim. — Ela foi até a estante. — Eu fui a última criança a usar esta sala, e ainda assim só a usei esporadicamente. A minha madrasta, lady Jessica, não gostava muito daqui, e a maior parte das minhas aulas era em outro lugar.

Will atravessou o quarto lentamente e foi até o cavalo. Ele tocou a cabeça do brinquedo e reparou que a crina, rala e emaranhada pelo tempo, era de um cavalo de verdade.

— A senhorita cavalgava nele?

— Nele? — A srta. Kirkpatrick parou ao seu lado. — Ah. Não. — Ela alisou a manta de lã já desfiada embaixo da sela de couro de verdade. — Ele era do duque. Seu nome é Nestor.

— O argonauta — murmurou Will, espantado. Ele alisou novamente a crina do cavalo. — Nestor combateu centauros, caçou o javali de Cálidon e foi para a guerra com um escudo de ouro.

— É mesmo? — A srta. Kirkpatrick sorriu. — Nunca li essa história. Mamãe dizia que os irmãos dela costumavam apostar corrida com Nestor e com... — Ela fez uma pausa e olhou ao redor. — Devia haver outro. Eu me lembro de uma história sobre uma terrível colisão quando eles eram crianças.

Will sorriu.

— Não duvido! O meu irmão e eu teríamos competido ferozmente para ver quem conseguiria descer mais rápido a colina.

O largo caminho que ia do castelo até o Chalé de Pedra era inclinado, mas liso.

A srta. Kirkpatrick riu, surpresa.

— Isso mesmo! Era lá que eles apostavam corridas!

Will piscou para ela.

— Meninos são iguais em qualquer lugar do mundo.

— Eu me pergunto para onde terá ido o outro cavalo — comentou a jovem, ainda sorrindo. — Deve estar aqui em algum lugar. Mamãe dizia que os irmãos eram loucos por cavalos, e que debatiam, mesmo quando já não eram crianças, qual dos dois era melhor, se Nestor ou o outro.

Will deu as costas ao cavalo de madeira.

— Uma família que gostava de competição, pelo que vejo.

Havia prateleiras e mais prateleiras com tacos de críquete, argolas, bolas, tacos de Pall Mall, pinos de boliche, raquetes e petecas e um equipamento de arco e flecha. Uma camada de poeira cobria tudo. As cordas do arco estavam frouxas, as raquetes empenadas.

— Sim. A duquesa acreditava que exercício físico era bom para as crianças, e encorajava os filhos a brincarem ao ar livre.

Will pegou uma das raquetes e agitou no ar, para testá-la. A srta. Kirkpatrick sorriu e jogou uma peteca para cima. Pego desprevenido, Will avançou e alcançou a peteca pouco antes de ela cair no chão.

Ele ficou quicando a peteca na malha frouxa da raquete.

— Quantas crianças havia aqui?

— Quatro, mas com idades bem diferentes. O duque tinha 15 anos, se não me engano, quando lorde Stephen, o mais novo, nasceu.

Ela pegou outra raquete e Will seguiu a deixa e mandou a peteca em sua direção. A jovem acertou a peteca com mais força do que ele esperava, forçando-o a pular em cima de uma cadeira para manter o objeto no ar e conseguir arremessá-lo de volta para ela.

— Então, não eram oponentes à altura uns dos outros.

— Não — respondeu a srta. Kirkpatrick, dando a volta na mesa para rebater. — O duque e o lorde William eram mais próximos em idade. Tinham apenas dois anos de diferença.

— E lady Jessica?

De propósito, Will mandou a peteca para o outro extremo do quarto, só pelo prazer de vê-la arquejar e correr para alcançá-la, segurando a saia com uma das mãos.

— Era oito anos mais nova do que o duque! — Ela ergueu a voz enquanto acertava a peteca com força em direção à cabeça dele.

Will ergueu a raquete e mexeu levemente o pulso, tocando na peteca, mais que batendo nela. A srta. Kirkpatrick deixou escapar uma exclamação de surpresa e se jogou para a frente, oscilando e soltando a saia. Ela não conseguiu acertar a peteca, perdeu o equilíbrio e seu pé se enroscou na barra do vestido, fazendo o corpo se inclinar na direção do chão. Por reflexo, Will se adiantou e abriu os braços.

— Ah!

A srta. Kirkpatrick caiu pesadamente em cima dele, agarrando por puro instinto os braços que a aguardavam, enquanto os dois cambaleavam para trás. Will aterrissou com força de costas, mas mal percebeu o incômodo, pois logo sentiu o corpo da mulher em cima do dele, macio, curvilíneo e cheirando a flores.

O tempo parou. Will não tinha criado uma regra para uma situação como aquela, ou ao menos não conseguia se lembrar de nenhuma. Ele havia parado de flertar, chegara mesmo a evitar encontrar a srta. Kirkpatrick. E mesmo assim, de algum modo, ela estava em cima dele naquele momento, em seus braços, o rosto a centímetros do dele, enrubescida, com os cabelos desalinhados e parecendo tão tentadora que Will ansiou por esquecer quem era e o motivo de estar ali, mesmo que só por alguns minutos.

Ele fechou os olhos e tentou desesperadamente se lembrar que aquela mulher estava totalmente fora do seu alcance, que ele partiria de Carlyle em poucos meses. E que, mesmo que aqueles contratempos desaparecessem como mágica, ainda haveria a questão das mentiras que ele havia contado a todos.

— Ah — disse ela de novo, ofegando e se esforçando para recuperar o equilíbrio.

O cabelo de Philippa se soltara e agora caía em ondas escuras e sedosas ao redor do rosto. Ela tentou afastá-lo com uma das mãos e terminou caindo novamente. Seus seios estavam pressionados no peito dele. Seu perfume preenchia a mente de Will.

— Você se machucou? — ele conseguiu perguntar.

A agitação dela para tentar se levantar estava tornando o tormento dele ainda pior.

— Não.

O rosto da srta. Kirkpatrick ficou muito vermelho. Sua pulsação latejava na base do pescoço, quase tão rápida quanto a do próprio Will. De perto, os olhos castanhos dela cintilavam com pontinhos verdes e dourados e estavam arregalados de surpresa. Os olhares dos dois se encontraram e ela ficou imóvel.

Ele deveria ajudá-la a se levantar. Deveria fazer alguma piada sobre o acidente. Deveria desviar os olhos para que ela pudesse se recompor com dignidade e privacidade.

Em vez disso, Will pensou: *Beije-me.*

Ela umedeceu os lábios antes de dizer:

— Obrigada. — A voz dela saiu baixa e rouca.

Como a de uma amante.

— Pelo quê?

O coração de Will estava disparado.

— Por me segurar.

Ele desviou os olhos para o teto.

— Na verdade, só amparei a sua queda, não consegui impedi-la...

A srta. Kirkpatrick sorriu.

— Fico grata de qualquer forma, não importa como chame.

Ele conseguiu assentir, mantendo a atenção fixa em uma teia de aranha acima.

— O prazer foi meu.

Beije-me beije-me beije-me beije-me, implorou ao demônio dentro da sua mente. Os lábios dela estavam muito próximos dos dele. Will sentia os músculos tão tensos que achava que não conseguiria se mover, e ele estava tão excitado que seria *melhor mesmo* não se mover. Seria escorraçado da propriedade debaixo de um chicote, ou mesmo levado até a prisão acorrentado, caso alguém soubesse que estava se imaginando rolando para cima daquela jovem dama decente, protegida do duque de Carlyle, para beijá-la até ela perder a razão. Que ansiava por saborear o volume de seus seios. Por deixar as mãos subirem pelas meias que cobriam suas pernas. Por arrancar o resto dos grampos e deixar que o cabelo dela caísse solto em uma cascata escura e sedosa...

Ela ergueu o corpo. O peito de Will se expandiu como se ele não tivesse respirado nem uma vez em minutos, e ela saiu de cima dele. Com os olhos ainda fixos no teto, ele ofereceu a mão à srta. Kirkpatrick, e ela segurou-a por um momento, enquanto se colocava de pé e lhe dava as costas para endireitar o vestido e arrumar o cabelo.

E Will ficou satisfeito porque aquilo lhe dava um momento para se recompor, para se levantar do chão e cuidar da própria roupa, não tanto para arrumá-la e mais para esconder sua ereção. *Seu idiota*, sussurrou irritada uma voz dentro da cabeça dele. *Fique longe dela ou acabará arruinando tudo.*

Ele sabia disso. Soubera o tempo todo. E toda vez que pensava que conseguiria contornar em segurança uma de suas regras, só acabava desejando-a ainda mais.

— Obrigada — repetiu a srta. Kirkpatrick, soando muito mais calma e composta do que Will se sentia.

— Não foi nada. — Ele puxou o colete com força para baixo e foi até as estantes de livros. *Faça a visita que veio fazer ao duque e vá embora.* — Onde estão os livros que a senhorita disse que encontraríamos aqui?

O coração de Philippa batia com tanta força que ela mal conseguiu prender novamente os grampos no cabelo. Tinha caído em cima do sr. Montclair com toda a graça de um saco de trigo e então quase o beijara.

Ele sabia que ela havia ficado abalada com o contato, com o impacto contra o corpo dele. Philippa vira aquilo nos olhos do sr. Montclair, que ficaram escuros e ardentes, e sentira na tensão dos músculos dele. Conseguira sentir *tudo* em relação a ele, deitada daquele jeito sobre o seu corpo. E, para sua vergonha, Philippa quisera permanecer ali.

Ela quase o beijara. Mas a culpa era dele, que ficara olhando para os lábios dela, sem esconder o desejo que sentia. Philippa tentou não pensar que foi a pulsação *dela* que disparou diante da ideia, que foi *ela* que sentiu uma onda de euforia, que foi *ela* que estivera prestes a colar os seus lábios nos dele quando o sr. Montclair, graças a todos os santos no céu, desviara o olhar, dando ao cérebro de Philippa uma chance de voltar a funcionar.

Atrás dela, ele ficou de pé e lhe deu as costas. Philippa também ficou grata por aquilo. Ela levou as mãos trêmulas ao rosto, nem um pouco surpresa ao sentir a pele muito quente. Provavelmente estava corada da cabeça aos pés; sua pele parecia arder, se arrepiando a cada movimento, e havia um leve zumbido em seus ouvidos.

O sr. Montclair disse alguma coisa e foi até a estante, tão calmo e composto como se eles não tivessem acabado de ficar emaranhados no chão. A coxa dele estivera entre as dela e, ao se lembrar disso, Philippa sentiu uma corrente de adrenalina percorrer seu corpo, uma sensação deliciosa, perversa e sedutora.

Ele parou para examinar as lombadas dos livros. Naquele dia, o sr. Montclair usava um traje sóbrio e comum verde-escuro e cinza, as roupas que ela costumava presumir que um administrador usaria e que o deixavam ainda mais atraente. O diâmetro daquela argola dourada na orelha dele parecia exatamente do tamanho do dedo mindinho dela, e Philippa ficou chocada ao se dar conta de como desejava tocar aquele brinco, como desejava se inclinar e pressionar o rosto contra o pescoço dele, colar ainda mais o corpo ao dele. Ela desejava beijá-lo e sentir as mãos daquele homem em seu corpo, bem ali no chão.

Philippa cobriu a boca com as duas mãos. Estava desejando o capataz da propriedade, e não sabia como se conter.

— Ah, aqui está o nosso amigo Gulliver. — Ele pegou um livro, e pousou um dos pés em uma cadeira pequena, apoiando o cotovelo no joelho enquanto folheava o exemplar. — Os filhos do duque tinham uma excelente biblioteca.

Philippa manteve os olhos longe dele enquanto se aproximava. Aquela sala nunca parecera tão pequena, tão quente e tão silenciosa antes. O ambiente tão íntimo. Ele virou uma página e o leve barulho dos seus dedos sobre o papel a fez estremecer.

— A duquesa insistiu. — Philippa pegou um livro aleatório e olhou para ele sem de fato prestar atenção. — Acredito que ela lia para os filhos toda noite quando eram pequenos.

— Uma mãe devotada.

— Sim.

Os pensamentos de Philippa saltavam como um gafanhoto.

Ela estivera deitada em cima daquele homem. Estivera a menos de vinte centímetros de colar a boca na dele. Estivera próxima o bastante do sr. Montclair para conseguir ver os pontos dourados em seus olhos e para sentir o perfume do sabão de barbear dele.

Pela primeira vez na vida, Philippa desejou desesperadamente ser uma criada da lavanderia para saber como era vê-lo sem camisa.

— Qual era a sua paixão?

Philippa tomou um susto tão grande que quase deixou o livro cair.

— O quê?

— De que histórias gostava? — O sr. Montclair levantou os olhos. — Quando criança.

O cabelo dele estava solto ao redor dos ombros, as ondas rebeldes cintilando como mogno polido sob a luz do sol. Mas aquele mesmo cabelo não estava preso antes? Será que se soltara enquanto ela estava deitada em cima dele no chão?

— Eu não me lembro — sussurrou Philippa.

Ele ergueu a sobrancelha. O homem tinha um jeito de inclinar a cabeça para o lado, muito ligeiramente, que o fazia parecer travesso e tentador, mesmo quando tinha uma expressão muito séria no rosto.

Ou talvez ela estivesse imaginando tudo aquilo. Talvez fora a sua completa inexperiência com cavalheiros que a deixara tão perturbada. Qual outro motivo a faria se sentir daquele jeito por causa de um sujeito tão irritante? Um homem com quem com certeza não teria futuro algum. Era errado da parte dela querer sentir o corpo dele mais próximo e era escandaloso sonhar em enfiar o rosto na curva do seu pescoço. Além de absolutamente perverso imaginar os braços dele ao seu redor, sua boca se aproximando da dela...

Corada, sentindo-se sufocar, Philippa enfiou o livro de volta na prateleira.

— O duque está nos esperando.

Ela se virou e saiu praticamente correndo em direção à escada.

Capítulo 13

O sr. Amis estava esperando por eles quando os dois chegaram aos aposentos do duque.

— O duque está de bom humor hoje, srta. Kirkpatrick. Está novamente lá fora. E a duquesa mandou perguntar duas vezes se o sr. Montclair já havia chegado.

Philippa apressou-se a calá-lo; o capataz estava a apenas dois passos de distância.

— Mande avisarem à duquesa que o sr. Montclair está aqui — sussurrou ela. — E peça para dizerem também que irei até ela assim que ele partir.

O valete se inclinou em uma reverência.

— Sim, senhorita.

Philippa atravessou os aposentos com o sr. Montclair logo atrás. Um criado abriu as portas para o terraço ensolarado, onde o duque estava sentado com sua bengala e seu gorro. Ao vê-la, o rosto dele se iluminou.

— Querida Pippa!

Para espanto de Philippa, ele se levantou da espreguiçadeira, o corpo instável, se apoiando na bengala, mas de pé. Ela não via o duque assim desde o último verão.

— Tio, o senhor parece ótimo! — Philippa foi até ele e pegou a mão que o homem estendeu, encostando-a com afeto no rosto. — O sol lhe faz bem.

Ele deu uma risadinha.

— É o que a mamãe diz! Bem, talvez ela esteja certa. — Mas os olhos dele já estavam fixos atrás de Philippa. — Ah, finalmente você veio me visitar de novo.

Ela viu o sr. Montclair se inclinar com o floreio de sempre.

— Foi um grande prazer ser convidado a voltar, senhor.

— Convidado a voltar! — Carlyle balançou a cabeça. — Você é bem-vindo aqui a qualquer hora. — Ele voltou a se sentar desajeitadamente na espreguiçadeira e indicou outras duas cadeiras para Philippa e o sr. Montclair. — Sentem-se.

Philippa se sentou perto da mesa, enquanto o sr. Montclair contornou o terraço para se acomodar no outro assento. A jovem percebeu que ele tinha levado a cópia de *As viagens de Gulliver* que pegara no quarto de brinquedos.

O duque também reparou no livro.

— Trouxe seu diário?

O sr. Montclair assentiu.

— Para o caso de eu precisar refrescar a memória.

Carlyle estendeu a mão e o administrador lhe entregou o livro. O duque abriu-o e suspirou, satisfeito.

— Foi aqui que escrevemos os nossos nomes e apostas. — Ele piscou algumas vezes, olhando para a página, e seu dedo tremeu enquanto traçava as palavras. — Pippa, está vendo aqui? Eu ganhei?

Surpresa, ela pegou o livro. E prendeu a respiração enquanto lia as frases escritas em uma letra infantil, a tinta já bem desbotada.

— John Frederick e William Augustus juram por meio desta registrar todas as suas aventuras e desventuras e compartilhá-las um com o outro, durante toda a vida. — Ela sentiu a garganta apertada quando virou a página. — William aposta um xelim que John será levado como animal de estimação por um Brobdingnag, e John aposta um xelim que William... — Ela fez uma pausa, chocada. As próximas palavra eram *que William se perderá no mar, dentro de uma caixa* —... que William será adotado por um Houyhnhnm — leu em vez disso, usando uma das poucas histórias de que se lembrava de Gulliver.

Ao lado dela, o sr. Montclair ajeitou o corpo.

— Eu diria que houve um empate, Sua Graça.

O duque deu um sorriso ligeiramente confuso.

— Que pena! Achei que tinha ganhado... Não importa. Me diga como você se saiu com Munodi quando ele o arrastou para fora daqui.

— Muito bem — respondeu o administrador com tranquilidade. — É uma sorte para todos que o senhor o tenha colocado no comando de Carlyle.

Philippa ficou rígida. Ele tinha *prometido* não mencionar a propriedade.

O duque pareceu confuso mais uma vez.

— Ah, sim, sim... A minha mãe o aprova, eu acredito. E o que ele está fazendo?

— Estamos construindo algumas pontes — continuou o idiota no mesmo tom despreocupado. — Talvez o senhor gostaria de sair de carruagem para ver como estão indo as obras.

O duque se recostou na espreguiçadeira, espantado. Philippa agarrou os braços da cadeira para evitar voar para cima do sr. Montclair e tapar a sua boca.

— Ora, ora — murmurou Carlyle, parecendo perplexo. — Será que eu devo? — Ele se virou na direção dela. — Pippa, minha querida, o que a mamãe acharia disso?

Philippa abriu a boca, mas ficou paralisada. Havia meses que um dos maiores desejos da duquesa era conseguir que o duque saísse para um passeio de carruagem. Será que isso seria mais importante do que a orientação de que o sr. Montclair não falasse sobre a propriedade?

— Acredito que ela ficaria muito feliz em se juntar ao senhor para um passeio — falou com cuidado. — Devo perguntar à duquesa?

— Excelente ideia — disse Carlyle com alívio. — Vá agora, para que possamos planejar o passeio.

Philippa voltou os olhos involuntariamente na direção do sr. Montclair, que devolveu o olhar com toda calma, como se não tivesse noção da perturbação que acabara de causar. Ele arregalou os olhos e deu de ombros muito de leve, como se dissesse "Por que não?". Philippa ficou de pé.

— Farei isso, tio.

O duque pegou a mão de Philippa no momento em que ela passava pela espreguiçadeira.

— Diga a ela que eu desejo ir. E... diga também para ela convidar Jessica. — A voz dele se tornou melancólica. — Não vejo Jessica há tanto tempo...

Philippa apenas assentiu, sem confiar na própria voz para dizer qualquer coisa. Havia meses que o duque não mencionava a madrasta dela com tanta frequência. Ela se afastou e caminhou apressada em direção à casa, sem ver nada à sua frente. Assim que entrou pelas portas, parou para enxugar os olhos úmidos e enterrou o rosto nas mãos. Ah, como ela também gostaria de ter a companhia de Jessica...

— A senhorita está bem? — A voz do sr. Montclair a sobressaltou. Ele pousou a mão com gentileza em seu ombro e fitou o seu rosto. — Sinto muito — murmurou.

— Você não deveria mencionar a propriedade — falou Philippa com severidade, tentando não fungar enquanto procurava sem sucesso por um lenço no bolso. — E quero ficar furiosa por ignorar tudo o que eu disse, mas não posso, porque a duquesa ficará louca de alegria se o duque sair para um passeio de carruagem.

O sr. Montclair lhe estendeu seu lenço.

— Devo me desculpar por isso também?

Philippa pegou o lenço e secou os olhos.

— *Não.* — Ela olhou para ele. — Por que saiu de perto dele?

Ele franziu a testa e deu um sorriso perplexo.

— A senhorita estava aborrecida.

Philippa assoou o nariz, humilhada por ter sido vista perdendo o controle.

— Não deveria ter feito isso.

— Ele me deu licença, e o sr. Amis está lá. — Ele fez uma pausa. — O duque se refere ao sr. Edwards quando fala de Munodi. Talvez esteja mais interessado na propriedade do que a duquesa acredita.

Philippa balançou a cabeça, sem saber o que pensar.

— Não diga mais nada até eu retornar.

Ele endireitou o corpo.

— E se *ele* disser alguma coisa a respeito?

Foi a vez de Philippa franzir a testa.

— Talvez possa avistar uma águia se aproximando para levá-lo embora e tenha que dizer que precisa fugir para salvar a própria vida.

O sr. Montclair ergueu um dedo para argumentar.

— Gulliver foi carregado por uma águia e ainda assim viveu para contar a história.

— Por um abutre, então.

Ele se inclinou na direção dela. Àquela altura, Philippa já conhecia aquela expressão: o homem pretendia irritá-la e provocá-la, e teria prazer com a resposta indignada dela.

— Abutres só comem coisas mortas.

Philippa deu um sorriso doce.

— Espere até eu retornar — prometeu ela —, e talvez haja algo morto para os abutres comerem.

O sr. Montclair abriu aquele sorriso travesso de pirata.

— Uma adaga no coração, eu suponho.

Ainda sorrindo, Philippa se inclinou na direção dele e deu uma palmadinha em seu queixo.

— Nada tão sutil, sr. Montclair.

Os olhos dele cintilaram como brasas voltando à vida.

— Ficarei com a guarda alta — sussurrou.

Philippa ergueu as sobrancelhas e se inclinou ainda mais para perto dele, ignorando o sininho em sua cabeça que a alertava de que estava, pela segunda vez naquele dia, se aproximando perigosamente de beijar aquele homem irritante e fascinante.

— Para o que tenho em mente — prometeu ela —, isso não importaria. O senhor não conseguiria me deter.

Ele entreabriu os lábios, encantado e fascinado. Philippa achou então que *ele* a beijaria, e a perspectiva fez seu coração saltar, dar uma cambalhota e disparar de empolgação. Philippa sorriu e bateu os cílios para ele, mal conseguindo acreditar que estava se comportando daquela forma.

— Até mais tarde, sr. Montclair.

E com um farfalhar de saias, ela se virou e seguiu seu caminho, abrindo um sorriso tolo quando se viu a uma distância segura dele.

Will voltou para o terraço com o coração aos pulos. Céus, ele gostava daquela mulher. A srta. Kirkpatrick já não parecia se zangar com as provocações e as respostas impertinentes dele. Ela parecia animada, mesmo quando irritada, e respondia à altura. E ele, idiota que era, achava aquilo ainda mais excitante do que qualquer outra coisa, exceto ela caindo em cima dele.

Deus, que dia era aquele.

O duque se inclinou para a frente ao ver Will se aproximar.

— Pippa estava aborrecida?

— Só comigo. — Ele voltou a se sentar. — Ela desejou cordialmente que eu fosse comido por um abutre.

Carlyle deu uma risada gentil.

— Não! Por quê?

Will assumiu uma expressão envergonhada.

— Eu não deveria mencionar o trabalho na propriedade.

O duque afastou o assunto com um aceno de mão.

— É porque é cansativo. Mas parece mais interessante quando você fala do que quando a mamãe faz isso... — A expressão dele ficou assombrada. — Ela se sai incrivelmente bem, mas não sou de grande ajuda. Deveria ser, mas não sou.

— Todos têm talentos diferentes. — Will percebeu que estava atravessando um terreno perigoso ali, que poderia terminar com a demissão dele. — Eu, por exemplo, sou lento em decifrar os livros contábeis... sempre deixo escapar um xelim ou dois quando dou uma primeira olhada neles, e acabo tendo que passar o resto do dia tentando descobrir onde estão. Mas o meu irmão é um gênio com eles.

— Foi o seu pai que o ensinou?

Will pigarreou.

— A nossa mãe, na verdade. O meu irmão puxou a ela... sensato, organizado, uma ótima cabeça para a matemática.

— A sua mãe — murmurou o duque, os olhos distantes. — Que impressionante. — Ele passou um minuto olhando para o nada, então pareceu despertar. — Você está construindo uma ponte?

— Sim, senhor.

Outro breve sorriso curvou os lábios do duque.

— Eu gostaria de ver isso.

Ele fechou os olhos e se recostou na espreguiçadeira. O sr. Amis se adiantou e cobriu as pernas do homem com uma manta. O duque não abriu os olhos, mas deu uma palmadinha na mão do sr. Amis.

— Devo ir, Sua Graça? — perguntou Will suavemente.

— Leia um pouco — respondeu o duque com a voz baixa. — Não consigo me lembrar de Laputa.

Obediente, Will pegou o livro na cadeira da srta. Kirkpatrick e folheou até a parte que o duque pedira. O sr. Amis moveu o biombo pintado para bloquear o sol do rosto do duque, e Will começou a ler.

A duquesa se levantou de um pulo do sofá assim que Philippa entrou apressada na sala de estar.

— E então?

Philippa ergueu as duas mãos.

— O sr. Montclair sugeriu que o duque fizesse um passeio de carruagem para ver a ponte que está sendo construída... — A duquesa respirou fundo e levou uma das mãos ao peito, os olhos cintilando de fúria. — E o tio disse que gostaria muito de fazer isso — apressou-se a completar e prendeu o ar, torcendo. Achava o sr. Montclair extremamente irritante... mas também intrigante, divertido e atraente demais para o bem dela. — E me mandou aqui para perguntar se a senhora gostaria se juntar a ele na carruagem.

Por um momento, a duquesa pareceu congelar, a mão ainda no peito. Mas então seus olhos se arregalaram em uma expressão de choque deslumbrada, não de raiva, e Philippa temeu que a mulher fosse desmaiar, tamanha a lentidão com que voltou a se sentar na cadeira.

— Ele quer sair... — sussurrou a duquesa.

Ela cobriu a boca com uma das mãos e fechou os olhos. Philippa não ficou surpresa ao ver o brilho de lágrimas em seus cílios.

De repente, a duquesa se levantou do assento e saiu apressada da sala. Philippa saiu correndo atrás, pois desconfiava aonde elas estavam indo.

A sala de estar do duque tinha sido o quarto antes que a duquesa reformasse os aposentos, depois que o filho fora ferido. Agora, ele dormia no cômodo grande no térreo que fora transformado em um quarto, com uma sala de banho azulejada e um quarto de vestir, e o estúdio ficava no andar de cima, com acesso pela escada no canto. Era um belo cômodo, com janelas imponentes que garantiam uma vista inigualável do terreno do castelo. Às vezes, a duquesa convencia o duque a subir para tomar chá, com vista para Carlyle, mas o cômodo era pouco usado por qualquer outra pessoa.

Naquele dia, a duquesa foi diretamente até as janelas e destrancou uma. Ela abriu-a em silêncio, e as duas ficaram escutando sem serem vistas.

O terraço ficava diretamente abaixo, banhado pelo sol da tarde. Philippa espiou. O sr. Montclair, com o chapéu empurrado para trás, estava esticado na cadeira, com uma perna estendida à frente. Ele segurava um livro em uma das mãos e movia a outra enquanto lia, descrevendo formas no ar. Carlyle, reclinado em sua cadeira, as mãos cruzadas na barriga, tinha um sorrisinho no rosto. Seus olhos estavam fechados. Para surpresa de Philippa, o sr. Amis agora estava sentado na segunda cadeira, ouvindo cada palavra tão avidamente quanto o duque.

— "A Refeição se fez em duas partes, cada uma consistindo em dois Pratos" — leu o sr. Montclair. Pela primeira vez, Philippa percebeu que o sotaque francês abandonara a voz dele. O homem parecia tão inglês quanto ela. — "Na primeira, serviram-nos um Quarto de Carneiro cortado em forma de Triângulo

Equilátero, um pedaço de Carne de Boi em forma de Losango, e um Pudim em forma de Cicloide. Na segunda, foram servidos dois Patos, assados de modo a assemelhar-se a Rabecas; Salsichas e Pudins que lembravam Flautas e Oboés, e Peito de Vitela em forma de Harpa."

— Uma harpa — declarou o duque, encantado. — Charles, veja se a sra. Carter consegue preparar um peito de vitela na forma de uma harpa.

O sr. Amis assentiu.

— Farei isso, senhor.

— Acredito firmemente que ela consegue — disse o sr. Montclair. — Vocês foram abençoados com cozinheiras magníficas em Carlyle.

O duque pareceu em dúvida.

— Fomos?

— Com certeza, senhor — afirmou o sr. Montclair com determinação. — Comi tortas de cereja outro dia que agradariam aos deuses.

— O senhor gostou dessas tortas, Sua Graça — murmurou o sr. Amis.

— Ah... Sim, eu me lembro. — Carlyle acenou com uma das mãos. — Continue lendo, por favor.

No andar de cima, a duquesa pegou a mão de Philippa.

— Ele parece tão feliz — sussurrou. — E deseja mesmo sair de carruagem?

— Para ver uma das pontes que estão sendo construídas.

A duquesa assentiu.

— Nós iremos. Diga ao sr. Montclair que iremos amanhã, se o clima permitir.

Ela ficou em silêncio por alguns minutos. A voz do sr. Montclair chegou novamente até elas, mas Philippa não acreditava que a duquesa estivesse ouvindo: ela estava pensando.

— Como pode ser possível? — perguntou baixinho para si mesma. — Eu neguei a ele algo tão vital durante todos esses anos?

Philippa apertou a mão da duquesa.

— Não!

— Não conscientemente — disse a mulher mais velha. — Não por vontade... mas eu o privei mesmo assim.

Não havia resposta para aquilo. Philippa se lembrou de como Jessica lia por horas para o duque. Ele ouvia, gostava, sorria para ela... mas não daquela forma. Através das janelas, elas ouviram gargalhadas: os três homens no terraço estavam rindo juntos de alguma coisa. Quando Philippa espiou, o sr. Amis estava secando lágrimas de riso, os ombros do sr. Montclair se sacudiam e o duque dava risadinhas, parecendo muito satisfeito consigo mesmo. *Ele* havia feito a piada, percebeu ela, surpresa. Carlyle.

Elas ouviram por mais algum tempo, até os sons da conversa e da diversão se calarem.

— Traga-o até mim — disse a duquesa, e Philippa desceu correndo a escada para interceptar o administrador.

— Se saiu muito bem — murmurou o sr. Amis enquanto eles deixavam o terraço.

Will fez uma careta.

— Não fique surpreso se essa for a última vez que me vir.

O outro homem fitou-o com um brilho divertido nos olhos.

— Eu *ficaria* muito surpreso com isso.

— Mencionei coisas que não deveria. — Will sabia disso quando falou, e ainda assim não conseguiu se conter. — Provavelmente serei demitido quando a duquesa souber.

A srta. Kirkpatrick tinha saído para falar com ela e não retornara. Ele não conseguia deixar de ver aquilo como um mau sinal.

O sorriso do valete se tornou mais largo.

— O senhor não ouviu a janela do andar de cima sendo aberta? Acredito que a duquesa tenha escutado tudo ela mesma.

Will soltou o ar com força ao imaginar a expressão da duquesa ouvindo as piadas que eles tinham feito. Ele voltaria para Londres em uma questão de dias, talvez até de horas.

— Estou aqui há dez anos e raramente vi o duque tão animado quanto ele estava hoje — confessou Amis. — Imagino que ela tenha ficado muito satisfeita com o que ouviu. — Ele fez uma pausa. — Estava muito curioso para conhecê-lo, sr. Montclair. A minha esposa me contou de suas visitas às cozinhas.

Will sorriu com prazer.

— Ah, o senhor é o afortunado marido da sra. Amis!

Amis riu.

— Sou. O senhor a impressionou, e isso não é algo que muitos homens conseguem fazer.

Will deu um sorriso melancólico.

— Alguém em Carlyle que não me acha inferior ao sr. Grimes!

— Não mesmo — concordou Amis. — Já era hora de ele ir.

— É mesmo?

Will queria ouvir mais, no entanto Amis se virou ao ouvir passos atrás deles. A srta. Kirkpatrick descia a escada apressada, segurando as saias mais uma vez. Agora, Will manteve os olhos afastados dos tornozelos dela e observou seu rosto. Parecia ansiosa.

— Infelizmente — murmurou ele para o valete. — Parece que não teremos muito tempo para nos conhecermos melhor.

— Não comece a arrumar seus baús ainda — foi a resposta do outro homem. — Sim, srta. Kirkpatrick?

— Eu gostaria de dar uma palavrinha com o sr. Montclair — disse ela, ofegante.

Philippa olhou para Will, que não conseguiu evitar que seu coração disparasse. O rosto da moça estava tão corado quanto no momento em que ela estava deitada sobre o peito dele, fitando-o. Com grande esforço, ele manteve o rosto impassível.

— Senhorita.

O rosto dela ficou ainda mais ruborizado.

— Por aqui, por favor — disse a srta. Kirkpatrick.

Ela se virou e subiu correndo a escada.

— Deseje-me sorte — disse ele.

Amis riu.

— Diga e faça o mínimo possível — aconselhou o valete baixinho —, e seja profundamente humilde.

Will subiu a escada. No topo, a srta. Kirkpatrick o esperava e, para espanto dele, ela o pegou pelo braço e levou-o até o outro lado do salão, onde a duquesa esperava perto da janela aberta.

— Aqui está ele, senhora — disse a srta. Kirkpatrick em um tom animado.

Will olhou para a srta. Kirkpatrick, chocado. Parecia que ela estava apresentando um amigo de longa data, mesmo antes de ela levantar o rosto para ele e abrir um largo sorriso.

— Obrigada por nos reservar um momento, senhor.

Aquele era o motivo para ele estar encrencado, pensou Will. Por mais que tentasse ser disciplinado, por mais severa que fosse a rigidez para seguir as próprias regras, um sorriso como aquele o lançava imediatamente de volta no perigoso poço do desejo.

— É claro — conseguiu dizer Will finalmente. — O prazer é meu.

Os olhos da jovem se iluminaram, e ela deu um leve aperto no braço dele. Ao que parecia, fora uma boa resposta, e aquilo provocou outro sobressalto de prazer. Ele fez uma reverência para a duquesa, com simplicidade, como o sr. Amis recomendara.

— Bom dia, Sua Graça.

A duquesa tinha a testa franzida.

— Senhor Montclair. — Ela parecia não saber muito bem o que dizer. — O duque parece apreciar a sua companhia.

Will apenas inclinou a cabeça.

A mulher mais velha pareceu desconcertada com o silêncio dele.

— Bem. A srta. Kirkpatrick disse que Carlyle deseja sair de carruagem para inspecionar a construção de uma ponte. É isso mesmo?

— Pelo que entendi, sim, Vossa Graça.

A duquesa assentiu uma vez.

— Sobre o que mais o senhor falou com o duque?

Como se ela não estivesse ouvindo pela janela aberta...

— Sobre *As viagens de Gulliver*, senhora. E também um pouco sobre tortas de cereja e sobre corridas de cavalo.

A duquesa ergueu as sobrancelhas.

— Corridas de cavalo!

— Sim, senhora.

Ela inspirou com força, mas logo soltou o ar e passou os dedos pelos debruns do vestido.

— Entendo.

— Se o clima permitir, iremos amanhã — disse a srta. Kirkpatrick. — Estaria bom para o senhor?

— O que a senhorita desejar estará bom para mim, srta. Kirkpatrick.

Will achou que havia falado em um tom calmo e contido, sem qualquer traço de emoção, mas ela entreabriu os lábios e seus olhos ficaram mais escuros quando o encararam, e Will percebeu que ela se sentia atraída por ele. Embora aquilo não o ajudasse, e ele soubesse que na verdade deveria ter saído correndo de volta para o Chalé de Pedra, uma onda de euforia tão forte o dominou a ponto de quase fazer com que ele cambaleasse.

— Excelente — sussurrou ela. A srta. Kirkpatrick pigarreou, e Will fitou com voracidade seus lábios úmidos. — Ao meio-dia? — A voz dela saiu mais alta do que o normal.

Will assentiu, sem conseguir desviar o olhar.

— Como desejar, srta. Kirkpatrick.

Ela sorriu.

— Sim — disse a duquesa abruptamente. — Até amanhã, sr. Montclair.

Amanhã. Will se inclinou de novo, sentindo os ouvidos latejarem, e saiu.

Capítulo 14

Philippa acordou de excelente humor na manhã seguinte. A luz do sol entrava pelas janelas e fazia um lindo dia. O duque havia se levantado sozinho e estava rindo. Eles iriam sair de carruagem, o que agradaria enormemente à duquesa.

E o sr. Montclair os acompanharia.

Ela escolheu seu vestido favorito, um modelo delicado de "chemise à la Reine", feito em uma musselina leve e fresca. E o vestiu sobre espartilhos e anágua cor-de-rosa, o que dava à roupa um brilho rosado, como a roupa que a mãe dela usava no retrato na parede do quarto.

Enquanto Marianne arrumava seu cabelo, Philippa fitou o retrato, como sempre costumava fazer. Era um trabalho esplêndido, o pai dela contratara um dos melhores pintores de Hyderabad para pintá-lo. Noor un-nisa sorria de volta para Philippa, os olhos grandes e escuros muito suaves, mas com um brilho travesso. O pai dizia que a mãe dela parecia doce e mansa, mas que também havia sido destemida quando se tratava de conseguir o que queria, mesmo que fosse um soldado inglês sem nenhuma importância em particular. O pai de Noor recusara o primeiro pedido de casamento do soldado inglês e apenas os esforços incansáveis de Noor foram capazes de persuadi-lo a dar sua permissão.

Philippa adorava aquela história.

Quando ela desceu para o café da manhã, havia uma carta ao lado do seu prato. Era de Frances Beauchamp, a caçula e única filha ainda solteira da tia Diana. Philippa abriu a carta com um sorriso, mas ficou surpresa ao ver que estava cheia de planos entusiasmados para a sua viagem iminente. *Vamos visitar tudo e todos*, declarava Frances. *Mal posso esperar para vê-la de novo, cara Pippa! Estou absolutamente encantada em saber que logo estará aqui! E vamos mantê-la na cidade até a primeira onda de frio!*

Philippa pigarreou.

— Fanny Beauchamp acredita que já estou praticamente a caminho de Londres.

A duquesa, que estava dando fatias de presunto a Percival, levantou os olhos para ela.

— Que ideia excelente! Vou mandar preparar a carruagem para quinta-feira.

Philippa dobrou a carta.

— Dadi, nós concordamos que eu não iria agora.

— *Você* disse isso. — A duquesa ofereceu um pedaço de queijo ao gato, que inclinou a cabeça e bateu com a pata no alimento para jogá-lo no chão. — Eu acho que deve ir.

Philippa ficou curiosa.

— Por quê?

A duquesa enxotou Percival da mesa.

— Eu conheço você, menina. Você vive dizendo "no próximo mês", "na próxima semana", "amanhã", mas na verdade não está realmente ansiando para fazer alguma coisa. Não há nada a temer em relação a Londres! Quanto mais cedo você for, maior a chance de conhecer alguém maravilhoso.

Mais uma vez o lembrete de que ela ficaria sozinha no mundo se não encontrasse um marido.

— Espero que qualquer um que valha a pena conhecer ainda esteja em Londres no mês que vem.

A duquesa estalou a língua em desaprovação.

— Eu não tenho certeza disso! É melhor ir logo, para ter tempo de discernir quem são os poucos que valem a pena dos muitos que não valerão.

Philippa riu.

— A senhora está muito ansiosa para se ver livre de mim!

A duquesa não riu.

— Você estava olhando para o sr. Montclair de um modo muito estranho ontem.

A risada ficou presa na garganta de Philippa.

— Estava? — perguntou ela, como uma tola.

— Posso ser velha, mas não sou cega — respondeu a duquesa de forma ácida. — Ele é um belo homem.

Philippa sentia o rosto ardendo e o coração tão acelerado que suas mãos tremiam. Ela achou melhor colocá-las no colo.

— A senhora acha?

A expressão severa no rosto de Sua Graça se transformou em preocupação.

— O sr. Montclair é o único homem solteiro entre 20 e 50 anos nesta propriedade, não é? Minha cara... sinto tanto. Isso é totalmente culpa minha.

Philippa estava paralisada, sentindo-se ao mesmo tempo apavorada e humilhada.

— O que é culpa sua?

Ela não conseguia nem formar uma frase coerente.

A duquesa suspirou.

— Vá para Londres. Conheça pessoas da sua idade, em vez de ficar mofando aqui com uma velha dama em um castelo cheio de criados. — Ela tocou o rosto de Philippa. — Em Londres haverá um monte de jovens bonitos e encantadores, dignos da sua atenção.

Ao contrário do sr. Montclair.

A duquesa não disse nada, mas Philippa ouviu a frase mesmo assim.

Ela desviou os olhos e mordeu o lábio com força. Sabia que era errado se sentir tão atraída por aquele homem. Ele era o administrador da propriedade, apenas um empregado. Ela era uma herdeira, mesmo que não fosse uma dama da aristocracia. O sr. Montclair era completamente inapropriado, mas ainda assim... Philippa não conseguia parar de pensar nele.

Talvez a duquesa tivesse razão, talvez em Londres ela conhecesse outra pessoa, *várias* outras pessoas, capazes de fazer o coração dela disparar de prazer, então se esqueceria daquele brilho travesso nos olhos do sr. Montclair e do modo como ele a fazia querer gritar e beijá-lo até se calar, e possivelmente cair em cima dele para o ver fitá-la com os olhos carregados de desejo...

Philippa respirou fundo para se acalmar. A duquesa estaria certa? Provavelmente. Philippa era ingênua demais. Deveria ir para Londres, onde aprenderia a flertar corretamente, a diferenciar um canalha de um cavalheiro e onde poderia conhecer alguém que fizesse seu coração bater mais forte, que lhe provocasse um frio na barriga. Alguém digno dela, como disse a duquesa.

Philippa pegou a mão da mulher à sua frente em um impulso.

— Obrigada por cuidar de mim, dadi.

Sua Graça fitou-a com um sorriso carinhoso.

— Minha menina querida, como poderia ser de outra forma? Diana a manterá ocupada dia e noite, dançando e flertando. Tenho grande esperança de que logo haja uma dezena de cavalheiros disputando a sua mão... — Ela parou, os olhos úmidos, apesar da expressão alegre.

Philippa riu.

— Uma dezena! Um ou dois já estaria muito bom, obrigada. Se houvesse uma dezena, como eu conseguiria escolher?

— Ah, quanto a *isso* eu posso ajudar. — O sorriso da duquesa parecia carregado de lembranças. — Recebi onze pedidos de casamento quando era jovem. E nem estou contando os que pediram a minha mão ao meu pai quando eu ainda era criança. Ah, Deus, as coisas que eles me diziam! Mentirosos. — Ela suspirou. — Por mais defeitos que pudesse ter, o duque não era um mentiroso.

— Mas eu não tenho o seu encanto — brincou Philippa, tentando manter o humor leve. — Nem a juventude que a senhora tinha na época. Farei 24 anos este ano.

A duquesa balançou a cabeça.

— Você tem muito mais bom senso do que eu tinha. Eu escolhi a ambição e a vaidade. — Ela fitou Philippa com um olhar penetrante. — Você deve escolher alguém que a adore.

A duquesa não fizera aquilo. Seu marido, o quarto duque, tinha sido um homem arrogante e tirânico e só se casara com ela por causa do dote: Sophia era filha de um banqueiro abastado e acabara de completar 16 anos quando se casaram. O duque morrera havia três décadas, e absolutamente ninguém sentia falta dele.

— Assim espero — falou Philippa, escolhendo a esperança e não o realismo. A jovem pegou a carta e se levantou. — Nos vemos ao meio-dia.

Ela foi até o quarto, os passos mais lentos conforme avançava. A carta de Fanny indicava como Sua Graça queria desesperadamente que fosse para Londres. A duquesa provavelmente havia escrito para Diana no momento em que Philippa concordara em considerar a ideia, antes mesmo de ter percebido a atração entre a protegida e o administrador da propriedade.

Aquilo era apenas fantasia passageira, disse a si mesma. E desapareceria no momento em que conhecesse outros cavalheiros, ou quando simplesmente parasse de se encontrar com *aquele* homem em particular. Ela ia se recuperar daquele momento de loucura...

Então ela parou e deu a si mesma um sermão. Ela não havia feito nada de errado. Era ele que vivia tentando provocá-la, flertando com ela e tentando seduzi-la com um comportamento tolo. O sr. Montclair não a fizera cair em cima dele, mas *fora* ele quem havia começado o jogo com as raquetes e a peteca, e Philippa não conseguira resistir.

Philippa respirou fundo. Aquele era o problema... havia se tornado severa e séria demais. Entre as preocupações com a saúde do duque e a procura pelo novo herdeiro, o castelo estava dominado pela ansiedade. O sr. Montclair, com seu jeito brincalhão e a vontade de contrariar qualquer tradição, tinha trazido certa leveza, que era bem-vinda, e Philippa não via motivo para negar que gostava daquilo.

Muito bem, então. Ela se permitiria ter um pouco de diversão, mesmo com ele. Talvez, se parasse de se sentir tão chocada e desconcertada com tudo o que o sr. Montclair fazia, ele também desistisse de se esforçar tanto para provocá-la. Ou talvez o fascínio que o homem exercia sobre ela acabasse se apagando depois que aprendesse a levar na esportiva as pilhérias e brincadeiras dele.

Sim. Philippa deixou o ar escapar com um sorriso. Estava tudo certo.

O que significava que não havia motivo para evitar o capataz.

Capítulo 15

PARA ESPANTO E alívio de Will, a visita do duque aos trabalhos na ponte foi um sucesso, e desde então o administrador da propriedade passou a ser esperado no castelo duas vezes por semana. Além disso, o duque saía para verificar outros trabalhos em andamento, normalmente com a duquesa como companhia. Will tentou declinar do convite para acompanhá-los, mas a duquesa ordenou sumariamente que ele continuasse a fazê-lo. A srta. Kirkpatrick explicou mais tarde que a duquesa desejava que o duque tivesse o máximo de "companhia cavalheiresca" possível. Como resultado, o progresso dos trabalhos em Carlyle se tornou consideravelmente mais lento.

Bem feito para ele, que tivera tanta curiosidade em relação ao duque, pensou Will com ironia. Quisera tanto ver o homem, e agora não conseguia evitá-lo.

Para ser justo, o velho Carlyle era um camarada incrível. Will gostava de visitá-lo, de ler as histórias dos livros que o duque lia quando menino e de comer as delícias preparadas especialmente pela sra. Amis. O duque não era muito de contar histórias, mas gostava de ouvi-las, e fazia comentários astutos e divertidos com tanta frequência que Will se perguntava se o homem era mesmo tão confuso e perturbado quanto se pensava, ou se nunca tivera uma boa plateia.

E, obviamente, passar tempo com o duque significava passar tempo com a srta. Kirkpatrick. Will gostava mais do que deveria daquelas ocasiões, e já não tinha escolha, pois recebera ordens de visitar o duque e não tinha como evitar que a jovem também estivesse ali. Nenhum dos dois jamais mencionou o dia no quarto de brinquedos. Will disse a si mesmo que ambos haviam aprendido a lição: ele, de não chegar perto demais dela; e ela, de não permitir que Will fizesse aquilo.

Mas todas aquelas novidades significavam que ele tinha cada vez menos tempo para si, e estava exausto.

— O que está fazendo aqui?

Will tirou o chapéu do rosto e estreitou os olhos para ver Charles Amis.

— Eu trabalho aqui.

Amis sorriu.

— Você foi contratado para dormir em um banco ao sol, como um gato?

Will ergueu o corpo e abriu espaço no banco.

— Eu não estava dormindo. Estou esperando pelas roupas que deixei na lavanderia. Daisy prometeu cuidar delas para mim... — Um enorme bocejo ameaçou distender seu maxilar. Will passou a mão pelo rosto. — Talvez eu tenha cochilado um pouco.

Amis se sentou.

— Não tenho dúvidas disso. — Ele examinou Will. — Está cortejando a moça?

Will se ajeitou no assento, pensando na srta. Kirkpatrick, mas então percebeu que o valete se referia a Daisy.

— É claro que não.

— Maria me contou que metade das criadas da cozinha e da lavanderia está apaixonada por você.

Will franziu o cenho.

— O quê?

— Por conta do incidente da camisa. — Ao ver Will ruborizar, Amis riu. — Não terá dificuldade em encontrar uma esposa.

Will se forçou a afastar o assunto com um gesto de mão.

— Não estou procurando por uma esposa.

— Humm... — Amis ergueu as sobrancelhas. — Não na lavanderia, é o que quer dizer?

Felizmente, Maria Amis escolheu aquele momento para aparecer com uma bandeja nas mãos. Charles se levantou para cumprimentar a esposa.

— Trouxe uns quitutes para vocês, bons senhores — disse ela com um sorriso e ofereceu o rosto para um beijo rápido do marido.

— Bendita seja entre as mulheres, sra. Amis — disse Will, lançando um olhar guloso para a bandeja.

— E abençoados sejamos nós entre todos em Carlyle. — Amis espiou embaixo do pano de prato. — Bolos da rainha! Você sabe que são os meus favoritos, meu bem.

— E os meus — intrometeu-se Will.

A sra. Amis riu para os dois.

— Sei muito bem que são os seus favoritos, Charles — disse ela para o marido, em um tom petulante. — Que outro motivo me faria trazer esta bandeja até aqui depois que vi você sentado nesta parte do castelo? E sei muito bem que o *seu* doce favorito é o que estiver na sua frente, sr. Montclair — ela brincou, e então voltou para dentro.

Amis entregou a Will uma das canecas altas de uma sidra revigorante e pousou a travessa de bolos entre eles.

— Conheci a minha esposa aqui em Carlyle — comentou o valete.

Will comeu um dos bolos em duas mordidas.

— E pode muito bem parar de se vangloriar disso o tempo todo.

Amis riu.

— Talvez você também tenha essa sorte.

— Já tive a grande sorte de conhecer a sra. Amis em Carlyle. — Ele pegou outro bolo. A sra. Amis os fizera pequenos e doces, com amêndoas e uma pétala de rosa cristalizada no topo. — O que o trouxe aqui?

— Assim como aconteceu com você, o sr. Edwards me convidou. O antigo valete do duque já não conseguia erguê-lo quando necessário. O sr. Edwards disse que precisava de um camarada alto e forte, e ali estava eu, procurando por uma posição mais nobre. Eu era pugilista. — Ele assentiu ao ver a expressão surpresa de Will e também pegou outro bolo. — Venci dezoito de vinte lutas.

— Por que parou de lutar?

Amis abriu um sorriso cintilante.

— Eu não recebia o suficiente para gostar de ser socado na cabeça.

— Sem dúvida. — Will esticou as pernas diante do corpo e se recostou. Estava quente ali, no pátio ensolarado, mas protegido do vento. — E você continua aqui, dez anos depois. Deve gostar muito do lugar.

O outro homem assentiu.

— Gosto mesmo. Não apenas por causa da minha Maria, mas é um cargo muito agradável. Sua Graça, o duque, é um camarada bom e gentil, e a duquesa é justa e generosa. — Will ergueu as sobrancelhas e Amis sacudiu um dedo para ele. — Ela só fica impaciente com quem a provoca.

Will pareceu cético.

— A duquesa valoriza competência, bom senso e respeito pela tradição — explicou Amis. — Você não mostrou qualquer respeito pela tradição ao chegar atrasado a um compromisso e, depois, quando discutiu com ela sobre como as coisas devem ser feitas. A duquesa é capaz de ouvir uma sugestão, se apresentada da forma apropriada. Mas, de modo geral, ela deseja que se faça o que é ordenado, sem questionamentos.

Will pegou outro bolo.

— Qual seria a forma *apropriada* de apresentar uma sugestão?

Amis o fitou com curiosidade.

— Esse é o seu primeiro emprego? Você não parece saber nada sobre ser empregado de alguém.

Ele teve que rir.

— Foi o que me disseram. — Will ficou em silêncio por um momento, saboreando a sidra e o bolo. — De fato é a primeira vez que trabalho para qualquer pessoa que não o meu pai. Mas quero dar o meu melhor enquanto posso.

Amis franziu a testa.

— Enquanto pode? Está esperando que algum tio há muito perdido morra e lhe deixe uma fortuna, é isso?

Will quase se engasgou com a sidra.

— Santo Deus, não! — Ele secou o queixo e pousou a caneca. — Sua Graça, a duquesa, vai acabar perdendo a paciência e me mandará embora. Mas até lá... — Ele olhou ao redor do pátio da área de serviço, as janelas recém-chumbadas e as pedras agora sem limo. — Até lá, espero fazer o que é certo para Carlyle.

O outro homem assentiu.

— Então, você e Sua Graça têm um objetivo em comum. Eu entendo a postura da duquesa — acrescentou o valete. — Administrar esta propriedade por tanto tempo deve ter sido um enorme desafio. As mulheres não são treinadas para isso.

— Nem grande parte dos homens — resmungou Will, pensando em Grimes.

Amis riu.

— Esses são os camaradas que fazem você parecer bom em comparação a eles. Dê a eles certo crédito, meu amigo.

— Certamente faço isso.

Will fez uma continência floreada.

O lugar onde estavam sentados dava diretamente para o portão dos fundos do castelo, e eles viram o landau aparecer à distância, voltando para a propriedade. O duque e a duquesa tinham saído para um simples passeio naquele dia, sem a necessidade de acompanhante. O sol cintilava na pintura amarela e nos lampiões prateados. Os cavalos cinza se moviam em uníssono, sob o comando do cocheiro.

Os bolos haviam acabado, e o dever chamava. Com um aceno de despedida, Amis partiu para encontrar o duque, e Will foi recolher sua roupa lavada. Ele saiu a cavalo pelo portão enquanto a carruagem se aproximava a ponto de permitir que visse que a srta. Kirkpatrick vinha cavalgando logo atrás. Will inclinou a cabeça quando a carruagem passou por ele em um alarido de cascos. O duque ergueu uma das mãos e a duquesa assentiu brevemente em cumprimento. Ou ao menos ele achou que ela havia feito aquilo.

A srta. Kirkpatrick também o cumprimentou com um aceno quando passou a cavalo. Ela estava usando novamente um vestido colorido e vivo em tons de laranja e açafrão. Por alguma razão, aquilo fez Will tirar o chapéu e se dobrar sobre a sela.

A moça diminuiu a velocidade do cavalo e o encarou com um olhar penetrante. Então um sorriso lento curvou os lábios dela, destacando a covinha no rosto, e sua expressão era quase presunçosa... ou tímida... ou sedutora. A srta. Kirkpatrick ergueu uma das sobrancelhas... e deu uma *piscadinha* para ele.

Will ficou atordoado. Ela colocou o cavalo a meio-galope e não olhou para trás, mas os olhos de Will a seguiram até perdê-la de vista.

Santo Deus. O coração dele estava aos pulos, seus músculos tensos, e estava sorrindo como um tolo.

Ah, estava muito encrencado.

Quando Will alcançou o Chalé de Pedra, Josiah o encontrou na porta com uma carta na mão.

— Isso chegou para o senhor. Um mensageiro expresso trouxe de Londres.

O sorriso se apagou.

— Obrigado. Tivemos alguma notícia dos operários da ponte de Northampton Road?

Ele enfiou a carta no bolso do paletó e seguiu na direção do escritório.

Josiah foi saltando ao lado dele.

— Ainda não, senhor. Mas o sr. Gaskin veio até aqui para avisar que a pedra para a ponte sobre a estrada que leva ao castelo não foi entregue.

— Já é a segunda semana que isso acontece — resmungou Will, enquanto afastava a cadeira para se sentar e procurava pelo contrato com o pedreiro na pilha de papéis em cima da escrivaninha. A pedra tinha sido prometida para duas semanas antes, mas o homem não se dera ao trabalho de mandar qualquer explicação ou pedido de desculpas quando o prazo não foi cumprido. — Mande um recado para o sr. Dodds dizendo que, se a pedra não estiver aqui até a próxima quinta-feira, ele não precisa mais se dar ao trabalho de mandar e que também não deve esperar novas compras de Carlyle.

Josiah assentiu.

— Agora mesmo, senhor.

Ele pegou algumas folhas de papel e foi até a mesa na sala de jantar, onde Will o instalara para cuidar do fluxo de papéis que chegava e saía. Will nunca comia ali, e o cômodo poderia muito bem ser aproveitado para outro uso.

Will deu uma olhada nos bilhetes que Josiah havia deixado sobre a escrivaninha. Apesar de ser muito jovem, o rapaz estava se tornando indispensável. Logo, logo, ele seria um excelente secretário, ou mesmo um futuro administrador, bem versado em cada detalhe de Carlyle.

Que era do que a propriedade precisaria depois que Will partisse.

Ele se preparou e pegou a carta de Jack. O que seria tão importante a ponto de precisar de um envio por mensageiro expresso? *É melhor que seja urgente*, pensou Will, enquanto rompia o selo, mas logo reconsiderou. Não, ele não queria que fosse urgente. Esperava que fosse apenas Jack sendo Jack, meticuloso, exigente e aborrecido por Will não ter respondido suas duas cartas anteriores.

Apenas o primeiro parágrafo era dedicado a repreender e criticar Will. O restante da carta trazia notícias positivas, até empolgantes: Jack tinha um cliente em potencial à vista.

Não apenas aquilo. "Um cliente *importante*", escrevera ele, com floreios e sublinhados, em caso de Will não ter compreendido plenamente o significado. "Tão importante que papai ficará muito satisfeito se conseguirmos conquistá-lo. Você precisa retornar imediatamente a Londres para me ajudar a fechar o negócio."

Will se jogou para trás e pousou uma das botas na beira da mesa, até a cadeira se inclinar, apoiada apenas nas duas pernas traseiras. Aquilo era um problema. Ao ser contratado, ele não havia garantido permissão para retornar a Londres se e quando precisasse. Dificilmente poderia apenas partir. E não queria voltar para Londres, ao menos não ainda.

Não por um longo tempo, sussurrou uma vozinha perversa em sua mente. Não enquanto tivesse coisas para fazer ali no castelo, coisas importantes, como consertar telhados e dutos de chaminés dos chalés de arrendatários, construir estradas e pontes para facilitar o deslocamento na propriedade. Não enquanto continuasse a ser convidado para ler *Gulliver* para o duque, para saborear os doces da sra. Amis e para passar uma ou duas horas nos jardins deslumbrantes do castelo. E com certeza não enquanto Philippa Kirkpatrick continuasse a piscar para ele e a responder à altura os seus comentários provocadores.

Will passou a mão pelo rosto. Estava tentando manter distância da mulher… mas aquilo não estava funcionando. Era como se uma força invisível o impedisse de se afastar sempre que ela chegava perto dele, como um prego perdido sendo irremediavelmente atraído por um imã. O fato de ele gostar tanto do que estava vivenciando ali teria deixado Jack horrorizado. O irmão já o considerava um homem inquieto e impulsivo. Se Will admitisse que estava quebrando a promessa solene que havia feito de voltar a Londres quando chamado por causa de uma mulher, ainda mais uma mulher bela e rica demais para homens como ele, Jack provavelmente apareceria em Carlyle para arrastá-lo de volta, amarrado e acorrentado.

Will flexionou o pé, balançando a cadeira suavemente para trás e para a frente nas pernas traseiras, enquanto pensava. O que diria a Jack? O que poderia conceder a Will mais algumas semanas de liberdade?

Ao pensar naquilo, ele apoiou os dois pés da frente da cadeira no chão. Que Deus o ajudasse. Ele *realmente* via o trabalho na propriedade Carlyle como uma libertação da Montclair & Filhos: supervisionar a construção de pontes, a dragagem do açude do moinho, além de orientar um regimento de carpinteiros e pedreiros na reparação dos prédios daquela propriedade, que poderiam muito bem fazer parte de uma pequena cidade. Mesmo sem levar em consideração a deliciosa srta. Kirkpatrick… Will preferia ficar ali.

De um lado da balança estava a família dele. A empresa era a paixão do pai, que a confiara a Will. E que Will, em troca, deixara o fardo nos ombros do irmão e mentira para todos eles, só para poder matar a própria curiosidade, o que poderia voltar para assombrá-lo de forma muito dolorosa.

Do outro lado, estava a chance de se esconder da culpa por mais alguns dias, deleitando-se com os sorrisos, piscadelas e comentários atrevidos da srta. Kirkpatrick.

Estava doente, decidiu Will, pegando uma pena. Tosse, com episódios de febre. Bolhas e dor de cabeça. Um pouco de vômito também. Aquilo aplacaria Jack por uns quinze dias.

E, depois de quinze dias… Ou Will pensaria em uma nova desculpa para permanecer na propriedade, ou se resignaria a voltar a Londres.

Capítulo 16

A SAÚDE E o humor do duque só melhoravam. Ele não apenas passara a sair de carruagem uma ou duas vezes por semana com Philippa e a duquesa, como também começara a jantar com elas de vez em quando. Carlyle ainda se cansava com facilidade, mas até ali se mostrava mais animado e participativo do que nunca.

Aquilo deixava a duquesa com um misto de alegria e culpa profunda. Ela temia ter negligenciado e ludibriado o filho até Philippa sugerir gentilmente que era melhor que a mulher mais velha gastasse aquela energia na melhora do duque. Com muito tato, Philippa não fez menção à *causa* da recente melhora dele, e a duquesa fitou-a com um sorriso triste e disse:

— É claro que você está certa, minha querida.

E, assim, o sr. Montclair continuou a frequentar o castelo.

Philippa jamais admitiria em voz alta, mas gostava mais do administrador a cada dia. O ar parecia ficar mais leve e mais festivo toda vez que ele entrava em um cômodo, esfregando as mãos e se sentando para contar alguma história divertida, fazendo o duque rir e provocando gargalhadas na própria Philippa. Ele nascera com talento para cativar todos ao seu redor e se dedicava à tarefa com gosto.

Obviamente ele também quebrava todas as regras que Philippa tentava impor, orientada pela duquesa: o sr. Montclair contava piadas sobre o rei e debochava do primeiro-ministro, pedia a opinião do duque em assuntos da propriedade e conseguia descobrir trechos chocantes e inapropriados em todo livro que lia em voz alta. Alguns daqueles trechos faziam Philippa arregalar os olhos, mas

Carlyle se reclinava na cadeira e ouvia com um sorrisinho no rosto. Ele estava se divertindo com as travessuras do sr. Montclair, e era aquilo que importava. Era isso que Philippa dizia à duquesa.

— Ele não está sendo impertinente? — perguntou a duquesa, depois de ouvir Philippa contar sobre a leitura de As aventuras de Roderick Random. — Esse livro é um contrassenso que provoca agitação.

— Foi um pedido do duque.

A duquesa ergueu os olhos para o teto e suspirou.

— Suponho que eu não possa discutir, já que Johnny está se divertindo.

— Ele está — garantiu Philippa. — O sr. Montclair lê com grande talento.

Ela sorriu só de lembrar do modo alegre como ele lia as desforras do jovem Roderick contra seus professores insensíveis, primos cruéis e outros carrascos.

A duquesa torceu os lábios à menção do capataz.

— Recebi uma carta de Diana esta manhã.

Philippa tentou esconder um sobressalto culpado. Ela abaixou a cabeça sobre o bordado que estava fazendo.

— Ela está bem?

— Muito bem, e está ansiosa para recebê-la. Precisamos marcar uma data, minha querida. Juro que se não fizermos isso ela vai acabar vindo até Carlyle para arrastar você para Londres — falou a duquesa em um tom brincalhão.

Philippa riu. Havia concordado em ir a Londres, mas ainda não sentia grande animação com a viagem. Até estava tentando: colocava uma expressão feliz no rosto toda vez que a ideia era mencionada e concordava com todos os planos da duquesa para um novo guarda-roupa. Philippa havia trocado correspondências com Diana, torcendo para que os eventos e passeios propostos conseguissem empolgá-la de alguma forma.

Ela *estava* animada para ver o Teatro Real, os acrobatas do Anfiteatro de Astley e a exibição de animais vivos na Torre. E realmente queria visitar os jardins de Ranelagh, a Real Academia de Artes e assistir a um concerto na Abadia de Westminster. Estava até intrigada com as histórias de Diana sobre as possibilidades de tudo o que podia ser comprado em Londres, desde luvas finas até vestidos das modistas mais talentosas.

Mas Philippa não conseguia se forçar a ter interesse pelas exigências sociais de Londres. Diana escrevia contando sobre bailes formais, bailes de máscaras e todas as formas de entretenimento, o que deixava Philippa bastante ansiosa. Ela havia recebido uma boa educação, mas nunca frequentara a alta sociedade. Temia não ter a graça e o encanto necessários para ser bem-sucedida na sociedade londrina.

Em Carlyle, Philippa se sentia confiante e à vontade, cercada pelo ambiente amado e familiar, com pessoas a quem conhecia bem e que a conheciam. Em Londres, ela seria apenas mais uma jovem do campo, inocente e insegura, o tipo de moça que costumava ser vítima de fraudes e de caçadores de fortuna nos romances, levando consternação e desapontamento à família e aos amigos. Em Carlyle não havia insegurança, a não ser no que dizia respeito a um certo administrador, mas quem *não* perderia um pouco o rumo diante do sr. Montclair?

A linha do bordado arrebentou entre os seus dedos tensos, e Philippa soltou um "Maldição!" baixinho antes de conseguir se conter.

— Minha cara, você se machucou? — perguntou a duquesa, preocupada.

Philippa fechou os olhos e conseguiu abrir um sorriso.

— Arrebentei o fio. Essas flores terão um nó na parte de trás.

A mulher mais velha sorriu.

— Que pena! Sabe, eu mesma nunca tive mão para o bordado. Todas as minhas tentativas têm nós atrás. Em Londres, tudo é feito por modistas e, minha cara, o trabalho delas é excepcional. Você não precisa fazer isso, se não desejar. — Percival pulou no colo da duquesa e foi recompensado com um carinho no queixo. — Devo dizer a Diana para esperar sua visita dentro de uma semana?

Philippa fez uma pausa, a tesoura pousada na seda que estava bordando. *Não, ainda não...* O clima estava tão agradável... Depois que partisse, ficaria longe por meses. Sentiria falta do verão no castelo, sua estação favorita do ano. Queria ouvir mais das histórias de Roderick Random. E queria ver mais vezes o atraente e irritante sr. Montclair.

Ela havia prometido à duquesa que iria. Mas, por outro lado, não queria partir *agora*.

— Ainda não, senhora — respondeu, o coração aos pulos. — Quero terminar esse casaco para levar, e ele não estará pronto em menos de quinze dias.

A duquesa fitou o casaco com surpresa. Philippa tinha desenhado um bordado elaborado, uma cópia da imagem de lótus e papoulas que a avó mandara da Índia para ela. E estava pela metade.

— Você já vem trabalhando nele há algum tempo.

— Vou me dedicar mais — prometeu Philippa. — Não vamos marcar nada com Diana ainda. É melhor esperar mais uma semana.

Houve um momento de silêncio.

— Há alguma razão para você estar relutante em ir? — perguntou a duquesa em um tom neutro, mas atento.

Para sua consternação, Philippa sentiu o rosto quente. A duquesa estaria se referindo ao sr. Montclair? Ou era a consciência culpada de Philippa falando, já que o sr. Montclair *era* parte do motivo pelo qual não queria partir? Achava que agora sabia a maneira certa de lidar com ele. O homem adorava deixá-la chocada, portanto, Philippa se recusava a se mostrar chocada. Ele adorava flertar com ela, então Philippa passou a reagir com impertinência. E Montclair também se divertia implicando com ela, que agora implicava com ele de volta.

Philippa não se sentia mais perturbada e irritada quando estava na presença dele. Agora, ela saía dos encontros animada e ansiando por mais. E aquilo talvez fosse ainda mais perigoso.

— É claro que não. — Philippa riu para disfarçar a mentira. — A não ser pelo fato de que vou sentir falta de Carlyle na época do ano em que a propriedade está mais bela, e também do duque, e da *senhora*, já que não vai comigo...

A duquesa afastou a ideia com um gesto de mão, embora sua expressão se tornasse mais suave.

— Tolice. Diana a manterá tão ocupada que você não terá tempo de pensar em ninguém daqui.

Como o sr. Montclair. Philippa tentou não pensar nele.

— Ah, não, como a caipira simplória que eu sou, estarei ocupada demais encarando boquiaberta lugares esplêndidos, cometendo gafes em soirées ao ignorar completamente o nome e a posição social de todos, usando algo ofensivo como um chapéu da coleção passada...

— Pare! — A duquesa cerrou os lábios para conter uma risada, enquanto Philippa ria. — Diana vai guiar e proteger você.

— De todos os patifes, libertinos, caçadores de fortuna e insolentes ansiando por se engraçar com uma senhorita do campo — brincou Philippa. — Pobre tia Diana! Ela vai me mandar de volta para cá em duas semanas, lamentando ter me convidado.

Finalmente a mulher mais velha não se conteve e caiu na gargalhada.

— Nunca diga isso. — Ela fez uma pausa. — Diana queria que eu mandasse você para morar com ela quando Jessica morreu.

Philippa encarou a duquesa, surpresa.

— É mesmo?

Sua Graça assentiu.

— Ela implorou para que você se mudasse para a casa dela. E talvez eu devesse ter concordado. Você teria tido a companhia de meninas da sua idade e aproveitaria toda a empolgação da vida londrina. Mas eu... — Ela suspirou e sua voz ficou rouca. — Não consegui me separar de você. Fazia tão pouco tempo da morte de Jessica. — Ela acariciou o pelo de Percival enquanto Philippa a fitava boquiaberta. — E agora devo pagar o preço — continuou a duquesa mais bruscamente. — Johnny e eu vamos sentir muito a sua falta, mas você precisa ir. Diana vai ficar radiante em recebê-la e vai cuidar para que tenha uma temporada esplêndida.

A jovem esticou o braço para tocar a mão da outra mulher.

— Farei o meu melhor, mas, dadi... temo vir a ser um triste fracasso na alta sociedade.

— Jamais! — A mulher mais velha sacudiu a mão dela. — Você é linda, espirituosa, elegante e herdeira de uma bela fortuna. *Isso* é o bastante para garantir sucesso em Londres.

Philippa lançou um olhar hesitante para as mãos unidas das duas — a da duquesa, pálida e delicada, com veias azuladas visíveis sob a pele fina enrugada; e sua própria mão parecendo tão maior, mais jovem e mais escura. Não tinha certeza se a duquesa tinha uma visão objetiva de como as coisas funcionavam em Londres.

— Deixe-me escrever para Diana e avisar que você chegará em duas semanas — insistiu a duquesa.

Philippa forçou um sorriso.

— Se a senhora desejar.

Capítulo 17

Quando o duque anunciou que desejava ir pescar, Will não ficou surpreso que a saída fosse marcada para dali a dois dias.

Mas ficou surpreso com a proporção da excursão.

A primeira carruagem a chegar trazia quatro criados que desenrolaram um tapete, e arrumaram sob um salgueiro de copa larga uma espreguiçadeira, várias almofadas e duas mesas baixas, tudo tirado de uma carroça que os seguia. Um dos criados trouxe uma enorme cesta de piquenique, outro, um caixote que continha louça e prataria.

Will, que estava usando roupas velhas e um chapéu de palha também antigo, com o equipamento de pesca empilhado aos seus pés, apenas observava em silêncio. O som de outro veículo se aproximando o fez erguer o olhar.

A srta. Kirkpatrick desceu. Ela estava apropriadamente vestida para a ocasião, em um vestido de um azul desbotado que ainda assim parecia muito atraente. Will desviou os olhos... tudo a fazia parecer atraente.

Quando ele voltou a erguer a cabeça, ela estava parada à sua frente, com um sorriso atrevido no rosto.

— O que é tão divertido?

— Achei que íamos pescar, e não que estávamos dando uma festa ao ar livre à altura do rei.

Ela riu.

— Sugestão da duquesa.

Will viu os criados arrumarem um piquenique grande o bastante para alimentar vinte pessoas, embora só houvesse quatro ali para pescar.

— O duque não pode entrar na água — explicou a srta. Kirkpatrick. — Ele pode se cansar caso entre. Tudo isso é para garantir que ele se sinta confortável.

Will não disse nada. Ele observou Charles Amis ajudar Carlyle a descer da carruagem e atravessar o gramado. O duque se apoiou pesadamente no valete, com uma bengala na outra mão.

— Bom dia — cumprimentou Carlyle, quando se aproximaram. — Os peixes estão mordendo hoje?

Estava frio e nublado, exatamente o tipo de dia que o pai de Will teria escolhido.

— Vi algumas carpas mais cedo — respondeu.

Carlyle assentiu, parecendo satisfeito. Amis murmurou alguma coisa e o duque olhou surpreso para a mobília ao redor.

— Como assim? Não, não vou me sentar ali — avisou, indignado. — Um homem não pode pescar sentado em uma poltrona, Amis. Vamos encontrar algum lugar na beira do rio.

Will lançou um olhar exultante para a srta. Kirkpatrick. Ela cerrou os lábios.

— Sua mãe estava pensando no seu conforto, senhor.

Carlyle deu uma gargalhada.

— E ela não está aqui, não é mesmo, Pippa querida? Amis, me ajude a encontrar um bom lugar...

Assim, as acomodações confortáveis foram deixadas para trás enquanto todos desciam até a beira do rio. Will carregava o equipamento de pesca e a srta. Kirkpatrick levava os cestos para guardar os peixes que pegassem. Carlyle examinou a margem e finalmente escolheu um lugar sob o salgueiro, onde o terreno se projetava um pouco e as águas abaixo eram mais profundas. O sr. Amis pegou uma vara de pescar.

— Confio no julgamento do duque — disse ele, com um brilho divertido no olhar. — Quero me sentar um pouco adiante dele, para pegar os peixes assim que aparecerem.

Carlyle riu ao ouvir aquilo.

Para surpresa de Will, a srta. Kirkpatrick descalçou os sapatos e as meias e começou a enfiar a bainha das saias nos bolsos.

— Para onde a senhorita está indo? — perguntou ele.

— Para o rio, senhor.

— E se acabar caindo nele?

Ela franziu a testa, parecendo afrontada.

— Como ousa sugerir uma coisa dessas?

Ele sorriu.

— Eu só queria saber se era provável que eu precisasse mergulhar para salvá-la.

A água espiralava e redemoinhava ao redor das pedras no rio, indicando uma correnteza forte.

Ela prendeu as saias com um último puxão.

— Não é nada provável, senhor, porque sei pescar *e* sei nadar.

Ele balançou a cabeça.

— Damas inglesas têm muito mais habilidades do que eu imaginei!

— É mesmo? — Ela apertou a fita do chapéu de palha. — Quem disse que damas inglesas não fazem nada além de ficar sentadas em uma sala bordando toalhas de mesa?

— Alguém que não teve a chance de conhecer a senhorita — defendeu-se Will. — Vamos fazer uma aposta, Senhora das Linhas e das Varas de Pescar?

— Por que não?

A srta. Kirkpatrick deu um sorriso doce, praticamente forçando-o a fitar sua boca. E aquela covinha. Por Deus, aquela covinha o atormentava.

Will pigarreou.

— Certo. Um xelim para quem pegar mais peixes.

— Uma torta de cereja para quem pegar o maior peixe.

— Feito, para as duas apostas. — Ele estendeu a mão e a mulher a apertou. Os dedos de Will se fecharam ao redor dos dela, e ele sentiu o coração acelerar quando a srta. Kirkpatrick se inclinou mais para perto. — Boa sorte — murmurou Will com uma piscadinha.

Ela ergueu uma sobrancelha.

— Não é uma questão de sorte, senhor.

Ela pegou a vara de pescar, a isca e um cesto e avançou pelo rio para subir em uma pedra grande e plana que se elevava da água, enquanto Will a fitava atordoado.

A srta. Kirkpatrick já não enrubescia nem ficava furiosa com os comentários provocadores dele. Não, agora ela reagia à altura, e Will não sabia mais como agir. Ela o embriagava como uísque, tão potente e envolvente que ele precisou de um momento para se dar conta de que ela já o superara em relação a encontrar o melhor lugar para pescar. Will balançou a cabeça, descalçou as botas e as meias e entrou direto na parte principal da corrente. Iria se molhar, mas a água fria talvez lhe ajudasse a recuperar um pouco do bom senso.

Pescar era uma atividade silenciosa, que garantia tempo para pensar, ou paz para não pensar em nada. O dia prometia ser quente, mas a neblina da manhã ainda não se dissipara. Envolvidos pela bruma, distantes da agitação barulhenta do castelo, os terrenos de Carlyle pareciam definitivamente primitivos.

Porém, em vez de fazer sua pesca em um estado de contemplação silenciosa, Will se sentia perturbado e inquieto. A srta. Kirkpatrick estava apenas três metros atrás dele, tão perto que ele poderia jurar que conseguia sentir seu olhar nas costas. Toda vez que Will checava por cima do ombro, ela estava olhando para o outro lado, mas ele tinha certeza de que não estava imaginando a sensação.

Por que ela ficaria olhando para você?, perguntou Will a si mesmo. *Só porque você gostaria? A moça não está fazendo isso. Não fique encarando.*

Ele ouviu o som de um baque na água vindo de trás. Quando se virou, esquecido da própria linha de pescar, viu a srta. Kirkpatrick tirando do rio uma perca que se debatia e colocando-a no cesto.

— Já peguei um — disse ela. — Quantos já pegou, sr. Montclair?

Ele fez uma careta, sentindo a cesta vazia bater em seu quadril.

— Muitos, senhorita! — gritou de volta, enquanto a via rir.

Will imaginou Jack acertando uma bofetada com força em seu rosto.

Não a faça rir. Não olhe para ela. Não fale com ela.

— Como aprendeu a pescar?

A pergunta saiu dos lábios de Will antes que ele conseguisse se conter. Mas ao menos manteve os olhos na linha de pesca.

— Meu pai me ensinou. — Ela estava sorrindo quando ele se virou para trás, surpreso. — Quem o ensinou?

— Meu pai. — A linha de Will finalmente foi puxada e ele tirou da água com cuidado uma carpa dourada e prateada. — Quantos anos tinha?

— Hummm. — A linha dela deu um puxão, mas o peixe escapou com um lampejo da cauda cintilante, e ela deixou escapar um suspiro de frustração. — Por volta de uns 6 anos. O meu pai adorava pescar. Ele era escocês e alegava que não havia melhor lugar no mundo para pescar do que a Escócia, embora admitisse que Carlyle talvez fosse o segundo melhor. Ele costumava sair cedo para pescar e me carregava nos ombros quando eu implorava para acompanhá-lo. — Ela sorriu. — Eu disse *implorava*, mas na verdade eu berrava e chorava até ele ceder. Então, papai me deixava ir, mas dizia que eu precisava aprender a pescar. Ele levava a pescaria muito a sério. Por anos achei que era estritamente proibido falar enquanto se pesca.

Will assentiu.

— Deveria ser.

— Ainda assim, aqui está você, fazendo perguntas. Eu estava sentada em um perfeito silêncio de pescadora.

— Estava mesmo. — Ele riu. Sua vara de pescar se inclinou novamente na direção da água, e mais uma vez ele puxou um peixe, daquela vez uma perca. — Quando percebeu que era possível pescar e falar ao mesmo tempo?

Uma sombra passou pelo rosto dela.

— Depois que ele partiu.

O anzol errou a isca e acabou se enfiando no dedo de Will. Ele se encolheu de dor e enfiou a mão na água fria corrente.

— Ele foi para a Índia — disse Will, enquanto via a gota de sangue se dissipar nas águas cinzentas do rio.

— Sim. — A voz dela era triste, melancólica, com uma ponta de raiva.

Edwards havia contado que o pai dela morrera na Índia. Em Londres, Will conhecera vários marinheiros que tinham ido para as Índias Orientais. Era uma viagem longa e difícil, não durava menos que sete meses, o que soava uma eternidade para Will, que ficava terrivelmente impaciente se a viagem através do Atlântico demorasse mais que quatro semanas. Por que o coronel partira, deixando para trás a esposa e a filha?

— O que ele achava da Índia?

A pergunta a fez sorrir.

— Achava um lugar magnífico. Ele era o terceiro filho em sua família, não tinha qualquer expectativa na casa dele, e queria ver um pouco do mundo, por isso se juntou ao Exército e logo foi mandado para a Índia. A maior parte do regimento dele odiou, mas o meu pai achava maravilhoso.

— Eu não sabia que o Exército oferecia viagens a lazer.

Ela abafou uma gargalhada.

— E não oferece! O meu pai contava que as viagens geralmente eram calorentas e miseráveis, assoladas por febres que devastavam os regimentos como uma foice. Mas também dizia... que a Índia era um lugar lindo, com animais que ele mal conseguia descrever, comidas que faziam tudo na Inglaterra parecer insípido em comparação, vegetação, música e arte que deslumbravam os sentidos. Ele contava que o povo de lá era muito diferente dos ingleses. Que não é incomum encontrar por lá um homem capaz de falar quatro idiomas, e que as damas são muito agradáveis e usam roupas extremamente coloridas. Papai dizia que a vontade dele era ficar lá para sempre. — Ela franziu a testa. — Mas não no Exército.

Ele ousou lançar um olhar na direção dela. Os lábios da moça estavam cerrados, e ela fitava a linha de pescar com uma expressão irritada.

— A Companhia das Índias Orientais começou a atacar cidades aliadas à França e, quando se meteram em confusão, gritaram para que o Exército britânico fosse salvá-los — disse ela abruptamente. — A empresa já tinha ido além do comércio naquela época, construindo seus próprios fortes e passando a recolher impostos, e o meu pai achava que estavam se tornando tiranos saqueadores em vez de meros comerciantes. — Ela fez uma pausa. — E isso não era apenas uma crença do meu pai. O governador geral da Índia, o sr. Hastings, foi afastado por corrupção.

— Então por que o seu pai retornou? — perguntou Will com gentileza.

— Asmat, a minha aia, veio conosco da Índia, e queria voltar para o país dela — falou a srta. Kirkpatrick, os olhos fixos nas ondas suaves da correnteza. — Eu tinha cerca de 14 anos, já tinha idade suficiente para não precisar mais de uma ama. Asmat sempre disse que voltaria. Papai achou que não era certo deixá-la fazer sozinha a longa viagem de volta, por isso a acompanhou. Então... quando chegou lá, soube o que a Companhia das Índias Orientais estava fazendo. Ele era um oficial superior, um coronel, e esperava conseguir persuadir seus camaradas de que não era papel do Exército conquistar a Índia para o benefício de uma empresa. Ele achava que, se a Companhia das Índias não tivesse o apoio do Exército britânico, se veria forçada a moderar seu comportamento. — Ela bufou, desgostosa. — O meu pai estava errado. Uma grande quantidade de lordes do parlamento lucrava com a Companhia, e eles mandaram mais soldados para protegê-la, com oficiais tolos e incompetentes que não se importavam nem um pouco com os soldados indianos, ou mesmo com as ordens de seus próprios comandantes, e que se dispuseram a cometer um massacre... — Ela se deteve, os lábios trêmulos, o rosto pálido.

Santo Deus. Will esqueceu o peixe, foi até a pedra dela e enfiou sua vara de pescar em uma fenda.

— Senhorita Kirkpatrick. — Ele tocou o cotovelo dela, mas aquilo a pegou tão de surpresa que ela quase deixou cair a própria vara de pescar. — Desculpe. Jamais tive a intenção...

— Não. — Ela pegou um lenço na manga e secou os olhos. — Nunca consigo falar sobre o meu pai. Demorou oito meses para a notícia da morte dele chegar até nós e... sinto saudade. — Ela fez uma pausa, o olhar novamente perdido no rio. O sol começava a queimar a neblina, e a água cintilava, fazendo-a estreitar os olhos. — E, às vezes, eu o odeio — disse a srta. Kirkpatrick em voz baixa. — Como ele ousou deixar a mim e a minha mãe Jessica aqui? Ela tentou convencê-lo a não ir. "Fique", insistiu. "Precisamos de você". Ele olhou para mim... e... e... — Ela secou os olhos. — Sei que ele via a minha mãe Noor quando olhava para mim. E acabou voltando por causa dela.

Will fitou-a sem entender. A mãe biológica dela não havia morrido?

— O pai da minha mãe indiana era um *wakil*, um agente de alta confiança da corte mongol. Eram pessoas cultas e talentosas, e a Companhia das Índias Orientais os forçou a saírem da corte para que os ingleses pudessem assumir seu lugar. A fome se instalou e, em vez de alimentar as pessoas, a Companhia fez com que pagassem impostos abusivos. Meu pai ficou enojado com isso. E acreditava que ammi, a minha mãe Noor, iria querer que ele tentasse ajudar, se pudesse. — Ela fez uma pausa, o olhar mais uma vez distante. — E isso foi nobre da parte dele, não foi? Se vemos alguma coisa errada, devemos tentar consertá-la, certo? Mas eu fiquei tão furiosa. Foi errado deixar a minha mãe Jessica, e a mim. *Nós* precisávamos dele. E o meu pai acabou fracassando de qualquer modo. Ninguém escutou o que tinha a dizer, e ele acabou assassinado.

Will pegou a mão da srta. Kirkpatrick sem dizer uma palavra. Ela segurou a mão dele com força. Ele sentia o coração apertado com a dor na voz dela.

— Ele parece ter sido o melhor dos homens — falou ele baixinho.

As lágrimas cintilaram nos cílios da moça antes que ela as secasse.

— Ele era. Quando ammi morreu, papai quis ele mesmo me trazer para a Inglaterra. Muitos homens do Exército tinham esposas e filhos indianos, mas papai já vira homens ficarem separados da família por tanto tempo que acabaram perdendo totalmente o contato. O comandante dele se recusou a lhe dar uma licença, e meu pai ameaçou entregar a patente na hora. — Parte da dor diminuiu, e um leve sorriso voltou a curvar os lábios dela. — Ele pretendia me levar para ficar com a irmã dele, em Aberdeen, mas fiquei doente e o papai acabou atrasando a nossa partida de Londres. Então, ele conheceu lady Jessica, que acabou se tornando minha mãe. Papai costumava dizer que os dois deviam a mim o casamento deles, por eu tê-lo mantido em Londres, mas na verdade era eu que devia muito a ele... Não é todo pai que atrasaria a viagem por causa de uma filha gripada.

A mão dela ainda estava aninhada na dele, em uma demonstração de confiança. Will tentou não pensar em como era boa aquela sensação.

— Mamãe Jessica era uma força da natureza — continuou ela. — Um redemoinho de alegria e determinação! Ela sempre dizia que havia se apaixonado por nós dois, por mim e pelo papai, e nós... nós a adorávamos. Mamãe tinha o mesmo amor que o duque pela aventura, além do humor e da generosidade da duquesa.

Ela parou e lançou um olhar cauteloso para Will, mas ele não queria discutir. Apenas assentiu, e os dedos dela relaxaram nos dele.

— Papai adorava pescar. — O rosto dela ficava mais animado a cada palavra. — Ele me carregava nos ombros e dizia que, se eu não conseguisse enfiar uma isca em um anzol, não poderia comer o peixe. Obviamente era uma brincadeira, mas eu não sabia. Mamãe Jessica não gostava de pescar, por isso éramos só eu e ele. — A srta. Kirkpatrick sorriu. — Eu vivia caindo no rio... Uma vez não muito longe daqui. — Ela protegeu os olhos, olhou para a direita e para a esquerda, então apontou para mais abaixo. — Bem ali, eu acho. O meu pai pulou atrás de mim, e nós dois tivemos que voltar andando para casa, ensopados...

Will sentiu que o momento de confidência havia passado, e deixou que ela mudasse de assunto sem resistir.

— Não é uma expedição de pesca verdadeira a menos que alguém caia no rio.

A srta. Kirkpatrick enfiou o lenço na manga.

— Você já caiu?

Ele riu.

— O tempo todo! Principalmente nos dias quentes de verão. Meu irmão e eu deslizávamos de toda pedra ou galho em que nos sentávamos... era um verdadeiro mistério como o nosso equilíbrio ficava ruim em dias de calor.

— Espero que tenham tomado o cuidado de pegar alguns peixes para o jantar antes de ficarem tão febris ao sol.

Ele deu uma piscadinha.

— Sempre. Também éramos camaradas famintos e jamais negligenciaríamos os nossos estômagos.

Ela riu.

— Como fez hoje.

— Acho que nenhum de nós dois fez um grande esforço para ganhar a aposta.

A srta. Kirkpatrick ergueu uma sobrancelha.

— Está desistindo?

— De forma alguma. — Ele apoiou os cotovelos na pedra e ergueu os olhos para ela, estreitando-os por causa do sol. — Mas a conversa estava muito mais interessante.

Ela enrubesceu fortemente.

— O senhor foi um ouvinte muito paciente.

— Arrebatado — comentou ele, com sinceridade.

Will ouviria a srta. Kirkpatrick falar o dia todo, ainda mais quando estava confidenciando a ele coisas tão caras ao seu coração.

— Fale-me do seu pai.

Ah, deveria ter imaginado que aquele momento chegaria. Will afastou a pergunta com uma das mãos.

— Ele gosta de pescar e de boas histórias.

— E é gentil e afetuoso?

Até nós o desobedecermos.

— Aham — respondeu Will.

— Não pareceu muito convicto. Está se escondendo dele aqui?

Aquilo era tão próximo da verdade que ele não precisou fingir espanto. Will recuou de repente e levou uma das mãos ao peito.

— Que Deus me abençoe, srta. Kirkpatrick! Do que está me acusando, de que posso estar me escondendo do meu próprio pai?

Ela enfiou os dedos dos pés no rio e jogou água nele.

— Se eu soubesse, não perguntaria, não é mesmo?

Ele riu e tirou a vara de pescar das pedras que a seguravam.

— E se eu estivesse me escondendo, nunca lhe contaria! Mas agora você me lembrou de que tenho uma aposta para ganhar.

Daquela vez, Will desceu mais o rio. Quando Amis o chamou, avisando que o duque estava cansado e desejava ir para casa, o sol já queimara a neblina da manhã e a água gelada deixara os pés de Will completamente dormentes. Os outros criados haviam retornado para recolher as peças de mobília mandadas pela duquesa, que acabaram não sendo usadas.

— Teremos um grande banquete esta noite — declarou o duque, enquanto todos calçavam meias e sapatos. Ele parecia satisfeito, mas exausto. — Amis, onde está você?

O sr. Amis se adiantou e o duque passou um braço ao redor do seu pescoço. As pernas de Carlyle cederam depois de alguns poucos passos lentos, e Will se adiantou rapidamente para ampará-lo. Ele e Amis ergueram o duque e o carregaram até a carruagem.

Já acomodado no assento de couro, Carlyle sorriu e deu um tapinha no braço de Will.

— Obrigado, meu rapaz — murmurou.

O rosto do homem estava acinzentado, e Will se lembrou do alerta de Edwards, de que, se o duque ficasse doente, a duquesa culparia o capataz.

— Vá — falou para o cocheiro assim que Amis se acomodou.

— Ele não está bem? — perguntou a srta. Kirkpatrick, observando a carruagem partir ruidosamente.

— Está cansado, e talvez tenha pegado um pouco de sol demais.

Will passou a mão pela cabeça e a fita que amarrava seu cabelo se soltou. Ele estava planejando cortá-lo, mas ainda não havia conseguido encontrar tempo.

A srta. Kirkpatrick o fitava com os lábios entreabertos. A expressão dela era transparente, curiosa, mais que apenas simpática. Seus olhos estavam mais escuros. A expressão fascinada.

Ele tentou imaginar Jack lhe dando um soco... mas não adiantou. Então, se imaginou encarando a duquesa furiosa, porém o coração continuou disparado de desejo. Desesperado, Will deu as costas a ela e voltou a prender o cabelo, os dedos subitamente desajeitados, então viu...

A relva no lugar onde antes estavam o tapete e as peças de mobília.

O ponto igualmente vazio onde a carroça parara.

Os criados já haviam levado tudo com eficiência para a carruagem e para a carroça e tinham ido embora, deixando a srta. Kirkpatrick para trás.

Sozinha. Com ele.

Capítulo 18

Philippa estava tão distraída com a visão do sr. Montclair com o cabelo solto que levou alguns minutos para perceber que todos os outros já haviam partido.

— Eles se esqueceram de nós — disse, surpresa, e começou a rir.

O sr. Montclair estava tentando prender o cabelo com uma expressão severa, mas ao ouvi-la seus ombros relaxaram.

— Eles não me esqueceram. Eu vim caminhando.

Ela arquejou e riu ainda mais, levando uma das mãos à testa em um gesto dramático e zombeteiro.

— Só a mim, então! Ah, quanta indignidade!

— Se desmaiar por causa disso, serei forçado a jogar um balde de água em sua cabeça, para reanimá-la.

Ainda rindo, a srta. Kirkpatrick levantou as mãos.

— Obrigada, mas não! Eu também posso voltar caminhando.

O sr. Montclair riu e os dois seguiram em direção ao castelo.

A distância era de pouco mais de três quilômetros, não era uma caminhada tão longa. A duquesa estalaria a língua, descontente, mas Philippa não se incomodou nem um pouco, aproveitando a companhia do homem que seguia sem pressa ao seu lado.

A verdade era que não havia mais como negar. Todas as tentativas dela de responder à altura as piscadelas travessas e os comentários provocadores só haviam tornado as coisas piores. Agora, em vez de achar o homem apenas irritantemente atraente, Philippa também se pegava gostando muito mais dele do que deveria.

Ela mal conseguia acreditar que tinha contado tanto ao sr. Montclair sobre o pai, a ammi e a madrasta. Mesmo se dissesse a si mesma que havia feito aquilo porque não tinha mais ninguém para conversar sobre eles, sabia que também fora porque parecia certo contar a *ele*. Parecia seguro, de certa forma. O sr. Montclair não riu ou deu de ombros, desinteressado. Ele ofereceu a mão para confortá-la e a ouviu. E ficou sentado naquela pedra, com a mão quente ao redor da dela, enquanto Philippa abria o coração e se permitia sentir todo o amor, o luto e até mesmo a raiva que guardava dentro de si. E também não a recriminara por nutrir aqueles sentimentos.

Ele era tão gentil com o duque. E havia começado a seguir os conselhos de Philippa em relação à duquesa. Todos na propriedade o admiravam e gostavam dele, desde o sr. Amis até Gerry e Jilly Smith, além das criadas da lavanderia. E o sr. Montclair estava deixando a propriedade de Carlyle em um estado de boa conservação que Philippa nunca vira. Como ela não havia reparado nos vazamentos no telhado ou nas pedras empenadas no pavimento do pátio? O administrador tinha visto e mandado consertar.

Ele era exatamente do que Carlyle precisava. E talvez fosse também do que Philippa precisasse, apesar do que a duquesa pensava.

— Esquecemos de contar os peixes para saber o resultado da nossa aposta — comentou ela.

Ele estalou a língua baixinho.

— Que pena. Vou graciosamente declarar um empate.

— Um empate!

— Quando chegarmos ao castelo, tudo o que pegamos já terá sido jogado em uma única cesta grande para ser limpo para o jantar. Agora não há mais como sabermos quem ganhou.

— Um cavalheiro cederia a vitória — argumentou Philippa.

Ele riu.

— Antes de mais nada, uma dama sequer apostaria?

— Não sou uma dama.

Outra piscadela impertinente.

— Ora, e eu não sou um cavalheiro.

Philippa estava tentando não rir.

— Nunca mais confiarei na sua palavra, senhor. É esquivo demais para o meu gosto.

— O que nós apostamos mesmo? — O sr. Montclair esfregou o maxilar. — Não deve ter sido nada muito tentador.

— Uma torta de cereja. — Ela sabia que ele gostava muito delas.

— Não. Foi isso mesmo? — Ele deu um suspiro. — Ai de mim. Meu dia está arruinado.

— Ainda há tempo de algo maravilhoso acontecer.

— Como zomba de mim, srta. Kirkpatrick. O que poderia acontecer?

Ela cruzou as mãos atrás das costas e olhou para o céu enquanto tentava disfarçar um sorriso.

— Você talvez descubra um filhotinho de cão vira-lata que virá a se tornar o seu amigo mais querido e leal.

Ele deixou escapar um som, pensativo.

— Isso é interessante. Mas o diabinho também mastigaria as minhas botas.

— Você talvez volte para casa e encontre uma carta de alguém especial.

O sr. Montclair fez uma careta.

— Seria do meu irmão, irritado com alguma coisa.

Philippa cruzou os braços e tamborilou com o dedo no lábio.

— Deixe-me pensar... Talvez chegue em casa e encontre uma grande cesta mandada pela sra. Amis o esperando, com um bilhete desesperado dizendo que ela fez tortas de cereja demais e implorando para que fique com elas.

O administrador riu.

— Isso é *extremamente* tentador! No entanto... — Ele parou e Philippa fez o mesmo. Com as mãos atrás das costas, ele se inclinou para a frente e sussurrou: — Talvez algo maravilhoso já esteja acontecendo.

Ela o encarou, sem compreender.

— Um passeio tranquilo com uma mulher encantadora, conversando sobre possíveis surpresas agradáveis. — A voz dele era baixa e cálida. — O que mais eu poderia querer?

Philippa se esqueceu de respirar. *Ah, sim*, sussurrou uma vozinha em sua mente. Aquele era o motivo pelo qual não queria se apressar a ir a Londres. *Ele* era o motivo.

E, naquele exato momento, o sr. Montclair parecia querer beijá-la.

E Philippa achava que gostaria muito que ele fizesse isso.

O homem se aproximou ainda mais, e estava tão perto que Philippa conseguia ver os pontinhos dourados nos olhos castanhos. Com a respiração ofegante, ela quase desmaiou ao sentir o cheiro dele: roupa limpa, ar fresco, sabão de barbear e mais alguma coisa que lhe deu vontade de pressionar o nariz no pescoço de Will e respirar fundo para tentar identificar.

Philippa inclinou o queixo para cima. Suas pálpebras se fecharam. O coração dela pareceu errar as batidas e a respiração ficou presa na garganta enquanto esperava que ele...

O sr. Montclair recuou.

— Aquela árvore precisa ser derrubada. Está morta.

Philippa piscou para afastar o atordoamento da expectativa. Ele havia levantado a cabeça e protegido os olhos para examinar os galhos acima deles, mas, ao ouvir o arquejo de surpresa dela, deu um rápido olhar em sua direção.

Um olhar cauteloso. Avaliando a expressão dela.

Philippa sentiu a fúria começar a ferver em seu peito.

— Senhor Montclair... — começou a dizer.

— Sim? — Ele voltou a caminhar, a testa franzida enquanto examinava as árvores.

Ela avançou em sua direção, os punhos cerrados.

— Estava pensando em me beijar?

— *Eu?* Beijar a *senhorita*?! — O homem fingiu espanto. — Eu jamais faria uma coisa dessas!

— Pois estava prestes a fazer! — acusou Philippa.

Ele endireitou rapidamente a postura.

— Eu nunca forçaria uma dama às minhas vontades!

— Não seria... — Ela se conteve por pouco e se calou, a respiração acelerada.

Não seria necessário me forçar. Ela quase havia gritado aquilo no rosto dele. *Beije-me, seu canalha insuportável e irresistível*, também ecoava em sua mente.

Com o rosto ardendo, Philippa ficou quieta. O dia pareceu subitamente quente e abafado demais, e era como se um enxame de abelhas estivesse zumbindo sem parar dentro de sua cabeça.

— Não seria... o quê? — perguntou o sr. Montclair com cautela.

Philippa balançou a cabeça, irritada.

— Não seria... bem-vindo? — sugeriu ele, a voz ainda mais baixa.

Ela engoliu em seco, e não conseguiu manter a mentira.

— Não seria necessário me forçar — confessou, a voz tensa. — Hum... *seria* bem-vindo.

A expressão dele se transformou.

— Apesar de todos os meus esforços?

Philippa o encarou sem entender.

— O quê?

— Você não deveria gostar de mim — disse ele, parecendo quase frustrado.

— Mas eu gosto — reagiu ela, e logo franziu a testa. — Por que não gostaria?

O sr. Montclair olhou ao redor, mas os dois ainda estavam sozinhos.

— A pergunta correta deveria ser por que *gosta*?

Philippa franziu ainda mais a testa.

— Às vezes, como neste momento, eu sinceramente preferia não gostar!

Ele riu.

— Sem dúvida! — Ainda sorrindo, ele fitou-a, então balançou a cabeça. — Eu deveria ter imaginado.

— Imaginado o qu...?

A pergunta e a curiosidade de Philippa foram silenciadas quando o sr. Montclair segurou o rosto dela entre as mãos grandes e quentes e a beijou. Não foi o roçar delicado de lábios que ela vinha esperando, ansiando na verdade, com um nervosismo quase de menina. Não, aquilo era muito mais, tão inesperado e maravilhoso que Philippa teve que segurar os braços dele para manter o equilíbrio.

O gesto dela pareceu encorajá-lo. O sr. Montclair tirou o chapéu de Philippa e mergulhou as mãos em seus cabelos, segurando-a com mais firmeza ao redor da nuca e erguendo o rosto dela, enquanto a encaixava sob o seu braço e aprofundava o beijo. O coração dela estava disparado. Por conta própria, ela passou os braços ao redor do pescoço dele e segurou seu cabelo.

William Montclair sabia beijar como... como... pura sedução.

Aquilo era tão distante da experiência de Philippa, tão distante até do que ela já ouvira a respeito, entre sussurros e risadinhas das moças nas reuniões sociais do vilarejo, ou depois da igreja. O beijo do sr. Montclair a fazia se sentir macia e quente, louca, inquieta e desejada. Valorizada.

— Senhor Montclair — foi tudo o que ela conseguiu dizer em um arquejo.

Sentia a cabeça girar como um pião e teve que se agarrar a ele para se manter de pé.

O homem não a soltou, o que significava que Philippa já *estava* amparada por ele, mas... ah, Deus... não queria soltá-lo.

Ele riu baixinho, o rosto enfiado no cabelo dela.

— Depois de um beijo como esse, deve me chamar de Will.

Aturdida, Philippa assentiu, porque os lábios dele estavam colados a sua orelha e o homem ainda a segurava indecentemente perto.

— *Will.* Beije-me de novo...

— Com prazer, srta. Kirkpatrick.

Will capturou novamente a boca dela e Philippa gemeu, com a sensação de estar caindo em um rio com uma forte correnteza e correndo o risco de ser arrastada caso os braços dele não a segurassem com tanta força. Daquela vez, Will lambeu os lábios dela e fez amor com sua boca, deixando o gosto de café e de cerejas e fazendo-a estremecer de desejo.

— Você... — Ela arfou quando os lábios dele chegaram às suas pálpebras, ao rosto muito quente, à testa, roçando, se demorando, acariciando, provocando faíscas a cada contato. — Você me chamou de srta. Kirkpatrick...

Philippa sentiu a risada silenciosa vibrar no peito de Will. Os braços dela ainda estavam ao redor do pescoço forte, os dedos entremeados ao cabelo dele, enquanto sua outra mão segurava a lapela do paletó do homem como se a sua vida dependesse disso.

— Como eu deveria chamá-la? — perguntou Will em um sussurro, a pele áspera do maxilar arranhando o rosto dela.

Philippa mordeu o lábio para conter um gemido. O corpo dele era tão intrigante e provocante que ela mal conseguia pensar nessa história de nome. Soltou a lapela e enfiou a mão dentro do paletó dele, pressionando a palma sobre a camisa macia de linho. O coração de Will batia tão acelerado quanto o dela. Ele correu a ponta da língua ao longo da curva da orelha da moça, e os joelhos de Philippa quase cederam enquanto se deixava apoiar ainda mais nele.

— Já me repreendeu por chamá-la de "milady" — continuou Will, como se as carícias sensuais que fazia não estivessem nublando o cérebro dela. — "Madame" parece formal demais para uma situação como essa. Prefere "senhorita"?

— Ah! — Philippa puxou o cabelo dele. — Se for para dizer essas bobagens, é melhor ficar calado.

Ele colou os lábios ao canto do maxilar dela, logo abaixo da orelha.

— Como desejar.

Philippa se deixou derreter junto a ele, com um suspiro satisfeito.

— O meu nome é Philippa.

Ela esfregou o rosto no peito dele e respirou fundo. Linho que havia secado ao sol, adivinhou, guardado em gavetas aromatizadas com lavanda.

— Philippa.

Will disse o nome dela como se fosse a prece de um homem moribundo. E aquilo provocou uma estranha sensação dentro de Philippa: uma onda de calor, satisfação... anseio. A duquesa era a única pessoa que a chamava por aquele nome, e ele soava muito diferente na boca do sr. Montclair — ou melhor, *Will* —; mais profundo, mais rouco, em seu sotaque americano. Ela gostava muito daquele som.

Os dedos de Will subiram pela coluna dela, o movimento mais lento ao chegar ao topo do corpete do vestido. Apenas o lenço que ela usava ao redor dos ombros separava a sua pele da dele. Philippa podia sentir o calor do toque dele, por mais delicado que fosse. Ela pensou em arrancar o lenço para permitir que a mão dele tocasse sua nuca nua. Como o toque de um amante.

A respiração de Will saiu entrecortada.

— As pessoas comentariam se eu começasse a chamá-la pelo primeiro nome.

Philippa não queria pensar naquilo, ou no fato de que ainda desejava continuar a beijá-lo, e menos ainda sobre como faria para manter a compostura depois que voltasse ao castelo, onde a duquesa a observaria com desconfiança em busca de algum sinal de interesse da parte dela, pronta para separar Philippa de Will em um piscar de olhos e mandá-la para Londres.

— Não me importo — disse ela junto ao ombro dele.

— Você sabe o que pensariam, o que diriam. — Ele inclinou a cabeça dela para trás, enrolando uma mecha de cabelo ao redor do dedo. — Não posso chamá-la pelo nome, amor — sussurrou.

Amor. Ela quase desmaiou naquele momento, com um sorriso glorioso nos lábios. Ficou na ponta dos pés e o beijou.

— Chame-me assim.

Will fechou os olhos. Ele descansou a testa contra a dela. Seu dedo ainda estava brincando com a mecha de cabelo de Philippa.

— Como eu gostaria que isso fosse possível.

— Quando estivermos sozinhos — negociou ela. — Como agora.

A sobrancelha e os lábios dele se curvaram em uma expressão travessa.

— Philippa — sussurrou Will. — Amor.

— Sim, desse jeito.

— Mas só — disse ele entre beijos — quando não houver ninguém por perto. — Will acariciou o cabelo dela e ficou sério. — A duquesa...

Philippa pousou a mão sobre a boca dele.

— Não.

Will franziu ligeiramente a testa. Então, segurou as mãos dela nas dele.

— Preciso ir.

Philippa o encarou, confusa.

— Agora? Por quê?

Will deu um sorrisinho enquanto beijava os nós dos dedos da mão esquerda dela, então os da mão direita.

— Não esqueceram você.

Ele soltou-a e se inclinou para pegar o chapéu de Philippa. Então Philippa conseguiu ouvir o som dos cascos e o ranger das rodas. Quando Will se endireitou e lhe entregou o chapéu, o landau estava fazendo rapidamente a curva na estrada.

— Você estava certa sobre uma coisa. — O sorriso de pirata dele havia retornado. — Algo maravilhoso *realmente* me aconteceu hoje, meu amor.

Will fez uma daquelas suas reverências exageradas e desceu pelo caminho que levava ao Chalé de Pedra.

E Philippa só conseguiu ficar parada, vendo-o se afastar, segurando o chapéu com força, sentindo-se zonza e empolgada.

Capítulo 19

Por mais imprudente, precipitado e até mesmo perigoso que fosse beijar Philippa Kirkpatrick, Will não estava arrependido.

Ele já a achava linda quando estava furiosa, atraente até quando era severa, e fascinante quando ria com ele. Mas nada daquilo se comparava à visão de tirar o fôlego da mulher com a cabeça inclinada para trás, os olhos semicerrados, esperando que ele a beijasse.

Will pensava naquele beijo todo dia, e, em certos dias, o tempo todo. Quando estava parado na beira de um rio ouvindo o pedreiro falar sobre o progresso da construção da ponte, com a luz se refletindo na água, ele se lembrava do dia em que eles tinham ido pescar e dos dedos dos pés nus de Philippa na água. A mente de Will começava então a repassar a conversa que tiveram sobre o pai dela, e as brincadeiras sobre aquela aposta boba, até ele esquecer cada palavra que o homem à sua frente havia acabado de dizer.

Só havia mais algumas semanas para aproveitar a companhia da jovem. Ele estava quase completando um ano de trabalho na propriedade e, a julgar pelas cartas cada vez mais intimidantes de Jack, Will teria que ser fiel à promessa que fizera. Ele sabia que todo aquele fascínio não daria em nada... Philippa o esqueceria, ele iria embora e também a esqueceria.

Aquela era uma das muitas mentiras que ele estava contando naqueles dias.

Quando uma das cadelas do castelo deu cria, Will mandou um bilhete a Philippa convidando-a para ir aos estábulos ver os filhotes. Ela apareceu uma hora depois, curiosa, com os olhos arregalados. Will a conduziu através do pátio do estábulo até a baia vazia separada para os cachorrinhos.

— Ah, que criaturinhas mais fofas! — Philippa se ajoelhou na palha, sem se importar em estragar o vestido de seda cor de pêssego. — Quando nasceram?

Will se ajoelhou ao lado dela, pegou um dos filhotes e colocou com gentileza nas mãos de Philippa.

— Há cerca de três semanas. A mãe já estava começando a ficar um pouco cansada deles quando começaram a andar por toda parte.

Philippa riu e aconchegou o cachorrinho no colo.

— Não é de espantar, com sete deles! — O filhotinho mordiscou a manga do vestido dela, e Philippa levantou-o e o encostou no rosto. — Eu gostaria de poder ficar com um.

Will virou-se para ela. Philippa *era* a filha do castelo.

— Por que não faz isso?

Ela revirou os olhos e fitou-o.

— Você consegue imaginar a expressão da duquesa caso eu levasse um cachorrinho para o castelo? Percival nunca mais seria visto.

Will deduziu que Percival era o gato ruivo e gordo que patrulhava o salão de visitas.

— É uma pena. — Ele levantou mais um dos cachorrinhos aventureiros e colou o nariz ao focinho do bicho. — Você perseguiria um gato grande, mas muito aristocrático?

O cachorrinho latiu baixinho e lambeu o rosto dele, fazendo Philippa rir.

— Isso quer dizer que sim. Você acaba de perder uma vida fácil — disse Will ao cãozinho, enquanto procurava por um lenço no bolso. — Dormindo em travesseiros de seda ao lado da lareira, sendo alimentado com pedaços de carne...

— Tome.

Philippa se levantou, tirou a poeira das saias e pegou o próprio lenço. Em vez de aceitá-lo, Will levantou a cabeça e olhou para ela.

Santo Deus, como era linda. Suas sobrancelhas eram dois crescentes perfeitos, e não indicavam qualquer expressão de desprazer no momento. Seus olhos eram como ouro, pensou ele, escuros sob uma determinada luz, claros e cintilantes em outra.

Naquele momento, os olhos dela estavam escuros, apenas com alguns toques de fogo. Ela se abaixou e secou o rosto dele com gentileza. Quando sentiu os dedos da jovem em seu rosto, Will respirou fundo, dominado pelo anseio.

— Devo gostar de você hoje? — sussurrou Philippa, acariciando o rosto dele com o lenço. O tecido tinha o perfume dela, floral e quente.

— Espero que sim — murmurou Will.

Ela o surpreendeu inclinando-se e dando um beijo ligeiro em seus lábios. Will puxou-a para o colo, passando as mãos ao redor da cintura para firmá-la enquanto se agachava e então se sentava. Philippa riu, ele sorriu, e colou a boca à dela.

Seria capaz de beijar aquela mulher para sempre. Seus lábios tinham sabor de chá, de mel e de amêndoas, intoxicantes e deliciosos. Philippa abriu a boca e deixou escapar um gemido sussurrado que quase o fez perder o controle de vez. Will a puxou mais para perto, cedeu à tentação e a beijou até mal conseguir respirar.

Philippa colou o corpo no dele, os braços ainda ao redor do seu pescoço.

— Se ainda está tentando me fazer desgostar de você, está fazendo um péssimo trabalho — informou ela, a voz abafada contra o peito dele.

Will riu para esconder o desconforto que as palavras dela tinham provocado em seu peito.

— Foram os cachorrinhos, não foram?

— Óbvio — disse ela sem hesitar. — O que mais poderia ter sido?

Will revirou os olhos.

Philippa levantou a cabeça. As mãos dele tinham bagunçado o cabelo dela, deixando-a ainda mais encantadora; seus olhos cintilavam, dourados, as pálpebras pesadas. Ela parecia uma mulher pronta para pegar o amante pela mão e levá-lo para a cama.

— É mais do que isso — murmurou ela, e deixou o dedo correr pelo maxilar dele. — Nunca me senti desse jeito em relação a cachorrinhos antes.

Aquela baia ficava longe de onde estavam os outros cavalos, e a porta estava fechada, mas um cavalariço poderia passar por ali a qualquer momento e ver Philippa no colo de Will, em seus braços. Ele deveria interromper aquilo. Em vez disso, correu a mão pela lateral do corpo dela, roçou os lábios nos dela e sussurrou:

— E de que jeito você se *sente*?

Um sorriso lento curvou os lábios de Philippa. Ela girou o corpo e montou em cima dele, as saias se espalhando ao redor dos dois. Will sentiu a barriga tensa enquanto visualizava as pernas dela ao seu redor... meias brancas de seda... ligas de uma fita cor-de-rosa... pele macia cor de bronze.

Philippa passou as mãos ao redor da nuca de Will, com um sorriso travesso nos lábios.

— Sinto que tenho você exatamente onde quero. O que acha disso?

Bom até demais.

— Depende do que você pretende fazer comigo — respondeu ele, a voz rouca.

— Hummm. — Philippa respirou fundo e o olhar de Will não conseguiu se desviar dos seios que estavam bem na frente dele, fartos e tentadores, mal cobertos pelo lenço fino enfiado no corpete. Ele tentou desesperadamente bloquear a vozinha diabólica que sussurrava em seu ouvido que, se ele rolasse sobre Philippa e tirasse as saias dela do caminho, os dois poderiam fazer amor.

— O que você me deixaria fazer? — Sua voz era cálida, risonha e em um tom de flerte que foi como eletricidade estalando pelo corpo dele.

Will segurou o rosto dela entre as mãos para mantê-las longe do restante do corpo de Philippa.

— Qualquer coisa — respondeu, a voz tão rouca e voraz que ele mesmo mal reconheceu.

Philippa abaixou os olhos para o peito dele.

— Todas as criadas da cozinha dizem que você fica muito bem sem camisa. — Will quase morreu só de pensar em tirar a camisa e ter as mãos dela em sua pele nua. — Fico imaginando... — continuou ela, a voz muito baixa. Correu o dedo pelo pescoço dele, passou pelo nó da gravata e chegou ao peito. — Eu gostaria de ter visto quando você entrou no pátio sem...

Will calculou que conseguiria despir o paletó, o colete e a camisa em menos de um minuto. Então, poderia mostrar o que Philippa desejava ver e se oferecer para a avaliação dela. Poderia deixá-la fazer o que quisesse com ele...

Não, não poderia. Will fechou os olhos e se concentrou em respirar, tarefa que estava cada vez mais difícil. Philippa não sabia o que estava pedindo e, mesmo se soubesse, ele precisava protegê-la.

Will pegou a mão dela, que ainda passeava pelo seu peito, e levou-a aos lábios.

— O que *você* me deixaria fazer?

Os olhos dela cintilaram de excitação.

— Qualquer coisa.

Ele ergueu uma das sobrancelhas enquanto rolava o corpo dela para o lado até eles estarem deitados de frente um para o outro.

— Qualquer coisa? O que você *gostaria* que eu fizesse?

Will baixou a cabeça e roçou os lábios sobre a curva dos seios dela, afastando com o dedo o lenço já frouxo. Os seios de Philippa eram esplêndidos, e ele correu a língua pela borda do corpete que os confinava.

— Sim — arquejou ela, empurrando a cabeça dele mais para junto dos seus seios. — *Sim*, isso.

Will parou por um instante, para checar se ouvia alguém se aproximando, então cedeu à tentação. Philippa agarrou o cabelo dele, arquejando e sussurrando palavras de encorajamento enquanto Will fazia amor com a sua pele. Quando ele levantou a cabeça, bêbado com o sabor dela, os seios de Philippa estavam praticamente nus e ela passara a perna por cima do quadril dele, colando seus corpos. Will despira o paletó e Philippa enfiou as mãos por dentro do colete dele.

Will afastou o cabelo dela do rosto. Os grampos tinham caído, os cachos escuros se espalhavam por toda parte, como na fantasia dele, cheios de pedaços de palha.

— Você me enfeitiça — murmurou ele contra os lábios dela.

Philippa respondeu com um sorriso que era em parte de surpresa, em parte de euforia.

— Fale mais a respeito — sussurrou, puxando a gravata já frouxa dele.

Um som vindo do corredor fez Will ficar paralisado. Philippa arregalou os olhos, ruborizada e desalinhada. Ele tocou os lábios dela com o dedo. Ela fitou-o com um olhar travesso, então ergueu os lábios e beijou a ponta do dedo dele.

Will estremeceu. Só porque Philippa queria que ele a beijasse não significava que deveria fazer isso, ali, daquele jeito. Ele era um ladrão, roubando aqueles momentos com ela... mas parecia não conseguir se conter.

Will ajudou Philippa a ficar de pé e limpou a palha do vestido dela enquanto a moça tentava dar um jeito no cabelo e enfiava o lenço novamente dentro do corpete. O som dos cascos ficava cada vez mais alto e mais próximo, assim como o burburinho da voz dos cavalariços. Will olhou com cautela através das barras no alto da porta.

— Obrigada, sr. Montclair — disse Philippa, e o fitou com um sorrisinho travesso. — Por me mostrar os cachorrinhos.

Os filhotes tinham adormecido já havia algum tempo em um montinho no canto.

Todo o rosto dela cintilava. Will ainda conseguia ouvir os arquejos baixos de prazer que Philippa deixara escapar e sentir o sabor quente da pele sedosa dela. Parte da satisfação com a lembrança deve ter transparecido no rosto dele, porque ela enrubesceu.

— O prazer foi todo meu, srta. Kirkpatrick — falou Will, alto o bastante para que qualquer pessoa escutasse.

Ela passou por ele a caminho da porta da baia.

— Não *inteiramente* seu — foi o sussurro de despedida de Philippa.

Então ela se foi, e Will a ouviu cumprimentando os cavalariços com toda calma enquanto ele se agarrava ao gradil e se perguntava como conseguiria ir embora daquele lugar.

Foi Charles Amis que contou a Will que Philippa estava indo embora de Carlyle.

O duque estava reclinado em um tapete, apoiado em uma pilha de almofadas, sob uma grande tenda no pátio do lado de fora do castelo, sorrindo para os cachorrinhos que subiam em cima dele balançando as caudas minúsculas. Philippa estava ocupada tentando fazer os filhotes voltarem para o tapete. O rosto dela estava corado depois de tanto correr atrás de um, então de outro, e parecia já sem fôlego de tanto rir com os animaizinhos.

Will chegara depois dos cachorrinhos e ficou parado na lateral da tenda, se divertindo enquanto observava os filhotes pulando de um lado para o outro. Dois deles ficavam o tempo todo se escondendo embaixo da saia de Philippa e depois saindo para derrubar um dos irmãos. Ela parecia encorajá-los, sentando-se imóvel por um momento, e então erguendo um pouco a saia para resgatar o cachorrinho e enfiar o nariz na cabecinha macia, rindo quando ele tentava mordiscar o cabelo dela.

Will se lembrou da sensação daquele cabelo escuro e sedoso em suas mãos.

— Há anos o castelo não ouvia tantas risadas — comentou Amis ao lado dele. Will sorriu.

— Não houve filhotinhos antes?

O valete balançou a cabeça.

— Não são os cachorrinhos. — Ele fitou Will, pensativo. — A culpa é sua.

Will deu uma risadinha zombeteira, sentindo-se desconfortável.

— Certamente não. Veja, eles estão rindo sem fazerem ideia da minha presença.

Amis deu uma risadinha.

— Não escuto Sua Graça, o duque, rir assim desde antes da morte de lady Jessica. Foi você que começou com isso, com aquela conversa sobre Gulliver.

Will bufou.

— E quase fui demitido por causa daquela conversa.

— E esse é o motivo de não ter sido. — Amis lançou um olhar significativo para a cena à sua frente. — A duquesa não é tola. Ela também não via o filho feliz assim há anos.

— Não sei por que seria por minha causa — insistiu Will com teimosia.
— A srta. Kirkpatrick está distraindo muito bem o duque por conta própria.
— Está, sim — concordou o valete. — Mas quem o distrairá quando ela se for?

Por um momento, Will não compreendeu. Aquelas palavras não faziam sentido. Philippa deixando o castelo? Não, ela pertencia àquele lugar. Todos em Carlyle dependiam dela.

— Ela vai para Londres — continuou o sr. Amis. — A duquesa deseja que ela tenha a chance de conhecer pessoas.

O significado daquilo atingiu Will como um martelo. Conhecer alguém... para se casar. Ele ficou olhando para Philippa, o rosto corado de tanto rir, segurando um cachorrinho em cada braço, e subitamente sentiu o ar ficar mais rarefeito ao seu redor.

— Achei que deveria contar a você. — Amis, que era um camarada muito perspicaz, bateu no ombro de Will. — No caso de ela ainda não ter mencionado isso.

Não, Philippa não havia mencionado. Não depois que Will a beijara nem depois de terem se perdido um no outro nos estábulos. Eles haviam se sentado com o duque no Jardim das Tulipas, se revezando para ler *Roderick Random*, tinham conversado sobre os negócios da propriedade e compartilhado tortas de cereja no pátio da cozinha. Certa manhã, ela, carregando as tortas na mão, o encontrou ali e disse que havia decidido que Will ganhara a aposta e que tinha direito às tortas.

Mesmo sem se beijarem, a atração parecia vibrar entre eles, como uma nota baixa e suspensa de um violoncelo. Desde aquele dia no rio, a conversa fluía com facilidade entre os dois. As sobrancelhas de Philippa se arqueavam, se erguiam e franziam enquanto ela ouvia as coisas que Will dizia; ela revirava os olhos e ria dele e com ele; era implicante. Mas Philippa nunca dissera nem uma palavra sobre Londres.

O maxilar de Will já estava doendo por ele mantê-lo cerrado com tanta força.

— Não há motivo por que eu devesse saber — retrucou ele brevemente. — O que a srta. Kirkpatrick faz, e por quê, não é da minha conta.

Amis não disse nada, mas fitou Will com uma expressão de solidariedade que chegou a doer fisicamente.

Sem dizer uma palavra, Will se afastou e deu a volta na tenda. Uma mulher linda e jovem, com fortuna e bons contatos, iria querer fazer um bom casamento. E o melhor lugar para encontrar um bom partido era Londres. Se algo o surpreendia naquilo, deveria ser Philippa ainda não estar na cidade, casada com um almofadinha de lá. Na verdade, ele desejava que ela tivesse feito aquilo, pois então... pois então...

Então você nunca teria feito coisas tão indecentes com ela, sussurrou a consciência de Will. E nunca teria visto Philippa olhar para ele com interesse, com desejo. Nunca teria ficado sozinho com ela, não a teria tido em seus braços, nem teria se desviado dos miolos de maçã que Philippa tinha jogado nele. Nunca teria flertado com ela e a beijado, nem teria colado a boca em seus seios. As ideias loucas e perigosas nunca teriam criado raízes em sua mente, porque Philippa estaria absolutamente inalcançável desde o início.

Mas a verdade era que ela sempre fora inalcançável. Ele é que tinha sido tolo por esquecer aquilo.

Quando Will chegou ao outro lado da tenda, o duque o viu.

— Ah, aí está você — chamou. — Veja o que Pippa nos trouxe hoje!

Sua Graça ergueu um dos cachorrinhos no peito para mostrar a Will. O filhote viu a borla franjada pendurada no gorro do homem e começou a se agitar furiosamente, tentando mordê-la. O duque recuou, surpreso, o que fez a borla balançar, e o cachorrinho cravou as patas e se lançou para a frente. As garras dele arranharam o maxilar de Carlyle, deixando vergões vermelhos, e o cachorrinho aproveitou para cravar os dentes na borla, arrancando o gorro.

O duque soltou um grito de dor. Philippa levantou os olhos, alarmada, enquanto Will se adiantava e tirava o cachorro das mãos do duque. Amis já estava do outro lado do homem com um lenço na mão, cuidando dos arranhões.

— Ah, tio, sinto tanto — falou Philippa, e correu para o lado do duque.

Carlyle acenou com uma das mãos para afastar a preocupação dela, mas havia ficado muito pálido.

— Não foi nada — falou, a voz débil. — Foi só um arranhão.

Philippa se virou para um dos criados que estava parado próximo.

— Vá correndo até a sra. Potter e peça para que prepare um unguento.

O homem assentiu e se apressou.

— Talvez seja melhor retornarmos ao castelo, Vossa Graça — sugeriu Amis.

O duque fechou os olhos enquanto o valete voltava a pressionar o lenço no seu rosto.

— Sim, talvez...

Will acenou para dois outros criados, que já se aproximavam com a liteira. Juntos, ele e Amis levantaram o duque das almofadas que o cercavam e o ajudaram a se sentar na cadeira. O valete seguiu na frente, atravessando o pátio externo.

Philippa levou uma das mãos ao peito.

— Espero que ele não pegue uma infecção.

— Não parece profundo. E tenho muita confiança na sra. Potter. — Will olhou ao redor. Todos os criados tinham ido com o duque, e os cachorrinhos estavam andando livremente pelo gramado. — Seria melhor levar esses diabinhos de volta para o estábulo.

— Ah, sim, é claro.

Ela abriu a tampa de uma cesta grande de vime e guardou dois filhotes ali dentro. Will acrescentou mais um e saiu atrás de outro que estava cavando um buraco no gramado. Philippa resgatou um dos cachorrinhos que tinha subido no alto do monte de almofadas e Will buscou os últimos dois no meio dos arbustos.

— Estão todos aqui — disse Philippa, contando com os dedos antes de fechar a tampa da cesta. — Ufa!

Will prendeu a tampa, provocando um coro de latidinhos e rosnados lá dentro.

Ela sorriu animada.

— Viu como eles distraíram o duque?

Ele vira... pouco antes de Amis lhe contar que ela estava partindo.

— Sim, srta. Kirkpatrick.

Ao ouvir o tom dele, Philippa se virou, surpresa, o rosto ainda corado de correr atrás dos cachorrinhos. Seu penteado estava se soltando, e várias mechas de cabelo roçavam os ombros, como acontecera no estábulo. Will teve que desviar os olhos para resistir à tentação de enrolar uma delas nos dedos, de colocar o cabelo dela para trás, soltar o resto dos grampos e deitá-la ao lado dele no tapete sob o céu azul sem nuvens...

Ela vai para Londres.

Arrumar um marido.

Um homem inglês correto, adequado para uma herdeira.

E então: *Dois meses*, sussurrou a voz de Jack. *Ela sabe que você está partindo?*

Estou partindo porque não posso ficar.

E aquela era a verdadeira questão, o verdadeiro motivo que fazia dele um tolo. Queria o que jamais poderia ter e, toda vez que começava a se esquecer daquilo, o lembrete seguinte era mais doloroso do que o anterior.

— Bom dia, senhorita.

E, sem olhar para Philippa, Will ergueu a cesta e saiu em direção ao estábulo.

Philippa observou Will se afastar, muda de surpresa. Ele estava zangado com ela, as palavras secas, o tom formal. Mas por quê?

    Haviam se passado seis dias desde que ele a beijara perto do rio, e três dias desde que haviam se beijado no estábulo — dias lindos e gloriosos, em que a imaginação de Philippa corria solta toda vez que pensava nele. Do nada, ela se pegava lembrando do primeiro momento em que Will segurara o rosto dela entre as mãos, com aquele sorriso devasso no rosto, então se perguntava o que vira no fundo dos olhos dele. *A senhorita não deveria gostar de mim*, tinha dito ele, e então conseguia distraí-la toda vez que ela tentava perguntar por quê. Philippa sabia que Will se referia à duquesa, e ele estava certo, Sua Graça ficaria horrorizada só de saber que Philippa gostava de passar algum tempo com o capataz, imagine se tivesse ideia de que a jovem que via como neta só pensava em beijar o homem de novo. Mas, ao mesmo tempo, o sr. Montclair não parecia se importar muito com a opinião da duquesa.

    Então, ela se lembrava: *Will*, era assim que deveria chamá-lo, e Philippa acabava sonhando acordada com a força dos braços dele envolvendo seu corpo, com a sensação daqueles dedos firmes na pele, o sabor da boca de Will na dela. Aquilo a deixava inquieta e em chamas e a fazia sair de repente para caminhar pelo castelo em uma tentativa cada vez mais descarada de esbarrar nele. Philippa parara de negar para si mesma que desejava vê-lo, mesmo que apenas por um breve momento no pátio do castelo.

    Naquele dia, ela achou que havia planejado tudo perfeitamente: eles levariam os filhotes de volta para o estábulo juntos, pelo caminho mais longo e sinuoso através do jardim, onde as glicínias garantiriam a privacidade para que ela o chamasse de *Will*, e para que ele a chamasse de *amor*, e para mais beijos.

    Em apenas pouco minutos, a empolgação dela se transformou em espanto, então em indignação, quando Will dobrou em um canto do castelo e desapareceu de vista como se pretendesse levar a cesta com os cachorrinhos até o estábulo sem dizer uma palavra.

    O que acontecera? O sr. Amis o teria aborrecido? Ela não conseguia imaginar o motivo. O duque estava bem. A duquesa estava satisfeita.

    Philippa correu atrás dele.

    — Senhor Montclair! Quero dar uma palavrinha com o senhor.

    Ele não parou, apenas se virou e continuou a caminhar de costas.

— Qual é o assunto, srta. Kirkpatrick?

— O seu comportamento!

Will ergueu uma sobrancelha. O passo dele era mais largo do que o dela, mas a raiva a fazia caminhar mais rápido do que ele andando de costas, então Philippa conseguiu alcançá-lo.

— Por favor, continue, srta. Kirkpatrick.

O fato de ele ficar repetindo o nome dela formalmente fez Philippa cerrar os dentes. Aquele homem a segurara nos braços e a beijara até quase deixá-la sem sentido.

— Por que está sendo tão formal? — ela exigiu saber, irritada só de pensar naquilo. — Achei que tínhamos nos tornado... amigos.

Os olhos dele faiscaram.

— Um homem na minha posição deve se lembrar do seu lugar, srta. Kirkpatrick.

— Mas não de suas boas maneiras, suponho — retrucou ela.

— Peço que me perdoe, senhorita.

Ele se virou e acelerou o passo.

Philippa levantou as saias para andar mais rápido.

— Não admito isso! Quero uma explicação. O que mudou?

— Nada.

— Algo deve ter mudado — insistiu ela.

— Mas nada mudou — falou ele, a voz sem expressão, e acrescentou baixinho: — infelizmente.

Philippa franziu o cenho.

— O que quer dizer? — Ela estava ofegante agora, pois tinha que correr para se manter ao lado dele. — Will, por favor... me diga.

Ele a fitou com uma expressão séria e entrou no pátio do estábulo. Philippa parou sob a sombra de um arco e pousou uma das mãos na parede de pedra para se equilibrar enquanto esfregava a lateral dolorida do corpo. Do outro lado do pátio, Will desapareceu por uma porta aberta. Quando ele voltou, poucos minutos depois, tinha as mãos vazias, e a determinação de Philippa estava redobrada.

As coisas estavam esplêndidas entre eles antes. Ela ficava encantada ao vê-lo entrando por uma porta. O peito estufava de alegria toda vez que ela o fazia rir. Os ossos tremiam sempre que ele lhe lançava um olhar breve e ardente pelas costas do duque ou por cima de um prato de tortas. E o coração parecia dar cambalhotas quando os olhos de Will se acendiam ao vê-la ou quando o braço dele roçava o dela. Quando estavam juntos, não havia qualquer menção à partida dela de Carlyle, ou ao fato de que teria que enfrentar a sociedade londrina. Não havia conversas sobre como a fortuna dela atrairia um marido, ou como precisava começar a se preparar para o dia em que o duque e a duquesa morressem e ela se visse sozinha no mundo. Philippa adorava estar com Will e achava que ele se sentia da mesma forma.

Na verdade... ela estava perigosamente próxima de amá-lo. Até mesmo de pensar *nele* como seu futuro. E não estava disposta a deixar que ele se afastasse sem dizer por quê.

Quando Will a alcançou, Philippa se colocou no centro do arco para bloquear a passagem.

— Explique-se — exigiu ela, adotando inconscientemente o tom frio e imperioso da duquesa.

Ele se inclinou em uma reverência profunda e obsequiosa.

— Esqueci o meu lugar, senhorita. Só isso.

— De que maneira?

Os olhos de Will não encontraram os dela.

— É melhor *nós dois* esquecermos tudo o que aconteceu.

Quando Philippa recuou, chocada, ele passou por ela e seguiu andando.

— Não! — Ela correu atrás dele, abandonando o pouco que lhe restava de dignidade. — Por quê? O que houve?

Ele saiu do estábulo e entrou em um pequeno bosque. Eles não estavam totalmente escondidos ali, mas pelo menos não estariam discutindo no meio da estrada.

— Diga-me — implorou ela de novo. — Por favor.

Will recuou quando Philippa deu um passo em sua direção. Chocada e magoada, ela se deteve.

Ele respirou fundo.

— Não se culpe. O culpado sou eu. Eu nunca deveria ter beijado você ou... — Ele balançou a cabeça em um movimento rápido e furioso. — A duquesa teria me demitido imediatamente se soubesse das minhas ações.

Philippa enrubesceu.

— Não, ela não aprovaria, mas...

— Não sou bom o bastante para você — disse ele em voz baixa.

Philippa ficou paralisada. *Eu decido isso*, gritou uma vozinha em sua mente.

— Foi isso o que quis dizer quando falou que eu não deveria gostar de você?

Algo passou rapidamente pelos olhos dele. Surpresa, desconforto, remorso.

— Sim.

— Mentira — bradou Philippa. — Você não estava se referindo à duquesa quando disse isso. E falou que havia *tentado* me fazer não gostar de você.

Ele ficou imóvel, com uma expressão cautelosa.

— Falei?

— Você estava brincando com os meus sentimentos?

— *Não*. Eu estava tentando evitar isso.

Ela estreitou os olhos.

— Por que eu era uma presa muito fácil para um canalha como você? — Will não disse nada. Mas Philippa o vinha observando havia semanas e pôde ver a raiva que parecia ferver dentro dele. — Não passou de um joguinho? — perguntou. — Um alívio divertido do tédio de construir pontes e reparar cercas? Seduzir a solteirona inocente.

A voz de Philippa falhou na última palavra, assim como o controle de Will. Ele praguejou, se inclinou para a frente e puxou-a para si. O coração de Philippa quase parou quando Will a beijou com voracidade e desespero, mas então ela se agarrou a ele, retribuindo o beijo com uma certeza absoluta de que aquele homem *realmente* gostava dela, que ele *realmente* a queria, e ela... ela...

Ela suspeitava que o amava.

— Não — sussurrou Will com a voz rouca, contra a boca de Philippa, antes de outro beijo frenético. — Nunca pense tão pouco de si mesma.

Ela se apoiou nele.

— Por que você me beijou?

— Philippa...

— Por quê? — Ela segurou a lapela do paletó dele, fitando-o com intensidade.

Por uma fração de segundo, o rosto dele pareceu dominado pelo desespero.

— Porque eu queria. Eu queria você. Que Deus me ajude, você me fascinou desde o momento em que a vi pela primeira vez.

A alegria cintilou dentro dela, aguda e intensa como um diamante ao sol.

— Então por que está aborrecido?

Will ficou imóvel, então recuou e tirou as mãos dela do paletó.

— Quais são suas expectativas sobre isso?

Philippa abriu a boca, mas não emitiu qualquer som. Suas expectativas? Que aquilo continuasse. Que eles continuassem compartilhando comentários espirituosos, olhares divertidos, momentos de silêncio em que pareciam se entender perfeitamente e beijos deliciosos e de derreter os ossos. Que ele continuasse a fazer o corpo dela cantar e o coração se elevar. Que tudo aquilo não acabasse nunca.

Mas *tudo aquilo* soava quase como casamento. Se Will confessasse que estava profundamente apaixonado por ela, e a duquesa ficasse tão comovida pelo afeto mútuo entre eles a ponto de ceder e decidir finalmente aprovar o homem, os dois poderiam se casar e viver no Chalé de Pedra. Na fantasia de Philippa, o duque ainda viveria por mais vinte anos pelo menos e, quando o capitão St. James finalmente herdasse a propriedade, ficaria tão impressionado com o trabalho de Will que imploraria a ele para permanecer em Carlyle. Então, Philippa poderia ter um marido apaixonado sem precisar enfrentar uma temporada em Londres e conseguiria permanecer para sempre em Carlyle, cercada por todos que amava e que também a amavam e respeitavam.

Ela sentia dificuldade para respirar. Santo Deus. Estava pensando em se casar com o capataz. A duquesa desmaiaria de horror e, assim que voltasse a si, proibiria terminantemente o casamento.

Diante do silêncio de Philippa, Will assentiu e soltou-a.

— Exatamente.

Em pânico, ela balançou a cabeça.

— Não... não, espere...

Will se afastou da mão estendida dela.

— Nada *pode* vir disso. Nós dois sabemos. Sou apenas um empregado da propriedade e você está indo a Londres para encontrar um bom partido.

Philippa se sobressaltou.

— Quem lhe contou isso?

— Amis.

Ele esperou, desafiando-a a negar. O que ela não poderia fazer.

— Philippa — insistiu Will —, você vê algum futuro para nós?

Os pensamentos dela estavam em disparada, buscando algo sólido em que se agarrar, alguma ponderação, alguma esperança. Mas qualquer mínima chance em que pudesse pensar desaparecia diante da expressão no rosto dele. Mesmo se ela estivesse disposta a encontrar um jeito de fazer dar certo, ele não estava.

Will fechou os olhos diante do silêncio de Philippa.

— Adeus.

Ele se afastou, e daquela vez ela não fez nenhum esforço para detê-lo.

Permaneceu um longo tempo sob o abrigo das árvores. As palavras de Will ecoavam sem parar na cabeça dela. *Não sou bom o bastante para você... Você me fascinou desde o momento em que a vi pela primeira vez... Você vê algum futuro para nós?* Os ecos ficavam cada vez mais altos, até afogarem qualquer pensamento feliz e esperançoso que Philippa estivesse nutrindo — pensamentos tolos e inocentes sobre desejo, amor e pertencimento. A atração louca e empolgante por ele. A sensação de que Will era como ela, que a via como ela era, que a achava encantadora e que os dois formavam um par perfeito.

Nada daquilo importava.

Quando ela voltou ao castelo mais tarde, foi até a sala de estar da duquesa.

O sr. Edwards estava lá, parecendo muito sério, a expressão severa. A duquesa estava andando de um lado para o outro e quase gritou quando viu Philippa entrar:

— *Aí* está você!

— Qual é o problema?

— A França!

A duquesa se deixou cair em uma cadeira e estendeu a mão para Percival.

Normalmente, Philippa teria se apressado a confortá-la. Mas naquele dia mal ouviu o que o sr. Edwards falava, com frequência interrompido pela duquesa. Lorde Thomas havia se casado. Tinha dois filhos nascidos na França. Um havia morrido ainda criança. Outro sobrevivera. Havia sinais de que lorde Thomas se afundara em dívidas terríveis e tivera que fugir para a Nova França com a esposa e o filho.

Naquele dia em particular, Philippa não se importava nem um pouco com quem herdaria Carlyle. Aquilo não a afetava. Na verdade, naquele momento queria estar bem longe de Carlyle e do administrador da propriedade.

— Pippa?

Ela se sobressaltou. A duquesa a observava com uma expressão preocupada.

— Ah... Hum... Quando foi isso?

— Há cinquenta anos — murmurou o sr. Edwards.

— Cinquenta anos! Ele deve estar morto, não é mesmo? Ah, nunca teremos uma resposta? — A duquesa estava quase histérica. — Vamos ter que esquadrinhar o mundo inteiro atrás desse homem infernal e seus descendentes?

Edwards fitou-a com uma expressão triste.

— Preciso mandar alguém fazer isso, madame.

A duquesa enfiou o rosto no pelo de Percival e não disse nada.

— Sinto muito — acrescentou o advogado em voz baixa.

A duquesa levantou a cabeça. Seus olhos estavam secos, mas seus lábios tremiam.

— Todos sentimos, sr. Edwards.

O advogado se levantou e se inclinou em despedida. Philippa se sentou ao lado da mulher mais velha e pegou sua mão.

— Como se um francês já não fosse ruim o bastante — disse a duquesa, desolada. — Um homem das províncias! Um desses em Carlyle já é mais que o suficiente.

Ao ouvir a referência a Will, Philippa se encolheu como se tivesse sido golpeada.

— Vim até aqui para lhe dizer que estou pronta para visitar tia Diana. Mas se a senhora preferir que eu não vá depois dessas notícias...

— O quê? Ah, não, de jeito nenhum. — A duquesa conseguiu abrir um sorriso largo... de alívio, sem dúvida. — É claro que deve ir! Quando devo dizer a Diana para esperar você?

Philippa vinha se enganando. A duquesa jamais concordaria que ela se casasse com Will, um empregado da propriedade, um homem impertinente das províncias. E, mesmo que Sua Graça permitisse, o homem nem sequer a queria, não se fosse precisar fazer qualquer esforço ou persuadir alguém. Estava na hora de Philippa encarar a realidade.

— O mais rápido que pudermos organizar a viagem.

Capítulo 20

Se Will achava que se sentiria mais em paz depois da partida de Philippa, estava enganado.

Ela partiu dois dias depois do confronto entre eles. Will ouvira os criados comentando o alvoroço que se seguira. Philippa estivera planejando aquela viagem havia semanas, mas todos concordavam que era estranho que partisse tão de repente. A srta. Kirkpatrick costumava ser muito atenciosa com os criados e com o trabalho que faziam. E fora necessário o esforço de três camareiras para preparar a bagagem a tempo.

Agora você conseguiu, disse Will a si mesmo. *Expulsou a moça da própria casa.*

O desejo dele de permanecer em Carlyle desapareceu. Will tentou se dedicar ao trabalho como antes, mas agora mal conseguia se concentrar. Se não fossem as perguntas preocupadas e confusas de Josiah, teria se esquecido da madeira para os novos celeiros e negligenciado um relatório de uma cratera que se abrira na estrada para o moinho e que precisava de atenção imediata.

Os pensamentos dele continuavam viajando com frequência excessiva para Londres, onde Philippa sem dúvida estava dançando nos braços de um inglês bem-nascido, um homem que não temeria os caprichos de uma duquesa rabugenta, que não corria contra o tempo na Inglaterra. Will imaginou Philippa sorrindo para aquele homem, a covinha aparecendo, e imaginou o homem puxando-a mais para junto de si e beijando-a até ela soltar aquele gemido sussurrado de prazer e esquecer William Montclair, o idiota presunçoso, por completo.

Sabia que as coisas deveriam ser desse jeito, mas ainda assim se sentia arrasado e de péssimo humor. Estivera certo em achar que adiar aquilo só dificultaria as coisas.

No estado de abatimento em que se encontrava, Will se esqueceu de um compromisso com o duque. Charles Amis mandou um bilhete para o Chalé de Pedra e Will praguejou em voz alta ao recebê-lo.

— O que houve, senhor? — perguntou Josiah.

— Eu deveria ter visitado o duque ontem.

Will apoiou os cotovelos na escrivaninha e passou as mãos pelo cabelo.

— Se quiser pode ir agora, senhor — sugeriu Josiah. — Posso escrever o resto das cartas e dos relatórios.

Will não se moveu e cravou os dedos nos músculos tensos da nuca. Pela primeira vez, não queria ver o duque. Philippa não estaria lá, mas o administrador pensaria nela da mesma forma.

— Eu irei amanhã — murmurou e guardou o bilhete de Amis em uma gaveta, em cima das cartas de Jack que vinha ignorando.

Choveu no dia seguinte, e Will ficou envolvido com os livros contábeis. Edwards vinha passando cada vez mais tempo em Londres e havia confiado a maior parte das finanças da propriedade a Will. Mais uma vez, ele não foi ao castelo.

No dia seguinte, Will subiu a colina a cavalo com uma sensação de profundo remorso. O duque não tinha culpa de nada que ele estava sentindo, e o velho camarada não recebia outras visitas. Deveria ir até lá e ler alguns capítulos de *Roderick Random*, ou talvez começar um livro novo, algum que não tivesse qualquer ligação com Philippa Kirkpatrick. Will se perguntou se algum dia ela terminaria de ler *Roderick Random* sozinha. Talvez sugerisse que o noivo adorado lesse para ela. Philippa era uma ouvinte atenta e participativa.

O sr. Heywood o interceptou.

— Sua Graça, a duquesa, gostaria de falar com o senhor.

Will fez uma pausa. Ele não via a duquesa havia semanas, a não ser por breves momentos, de passagem, e mesmo naqueles casos Philippa ou o advogado estavam presentes como escudos.

— Imediatamente? — perguntou ele, torcendo para poder adiar o encontro.

O mordomo o encarou com uma expressão melancólica.

— Sempre é quando a duquesa pede para chamar alguém. É melhor ir agora, antes que ela saiba que está no castelo.

Will respirou fundo.

— É claro. Obrigado, sr. Heywood.

O mordomo o levou ao mesmo salão de visitas onde Will tivera aquele primeiro encontro desastroso com a duquesa. Que idiota arrogante tinha sido naquele dia, cheio de si, certo de que a empregadora veria sentido em sua explicação, que até mesmo aplaudiria suas ações. Mas na ocasião ele também estivera cheio de curiosidade, fascinado para conhecer uma duquesa de verdade e entrar em um castelo de verdade.

Agora, aquilo não tinha a menor importância para ele. Will entrou e fez uma reverência breve.

— Sente-se — disse a duquesa sem amabilidades.

A mulher usava o vestido cinza de sempre, enfeitado com renda branca, e um xale de um azul profundo ao redor dos ombros.

Will se sentou.

— O senhor não compareceu ao compromisso com o duque.

Ela se virou na direção de uma bandeja de chá que estava em cima da mesa e serviu uma xícara.

— Peço perdão, senhora. Vim hoje para vê-lo.

— O duque não está passando bem hoje.

Will assentiu.

— Então voltarei outro dia, quando ele estiver podendo receber visitas.

— Por que não veio? — a mulher exigiu saber. E estendeu a xícara de chá.

Will ficou olhando para a xícara. Philippa insistira para que ele tomasse chá com tanta frequência que já não se incomodava; ao menos não do modo como ela preparava, com uma colher de mel e sem leite. A duquesa havia acrescentado leite e não adoçara com mel.

— Obrigada, senhora, mas não.

Ela ergueu as sobrancelhas.

— O quê?

A mãe de Will puxaria suas orelhas por recusar, mas ele balançou a cabeça teimosamente.

— Não tomo chá. Espero que isso não seja um incômodo para a senhora.

Ela pousou a xícara com barulho.

— Não toma chá! Por que não?

— Não tomamos muito chá em Boston.

A duquesa franziu a testa.

— Que disparate! — Ela deu um gole distraído na xícara que tinha nas mãos e então a abaixou. — Por que o senhor decepcionou o duque?

Will cerrou o maxilar.

— Não foi minha intenção, senhora. Vou combinar tudo com o sr. Amis e ser mais atencioso no futuro.

Ela fungou e deu outro gole no chá.

— Está aborrecido com a ausência da srta. Kirkpatrick?

Pego de surpresa, ele ficou rígido.

— Não.

A duquesa mirou-o de cima a baixo, nem um pouco impressionada com o que via.

— Espero sinceramente que não.

— Por que eu estaria aborrecido com isso, senhora?

— Na verdade, não sei — respondeu ela, em um tom surpreso que conseguiu soar como desdém. — Mas, se estiver nutrindo sentimentos que tomem esse rumo, eu o aconselharia fortemente a desistir deles. Philippa foi para Londres para circular em boa companhia... o que inclui cavalheiros com título e fortuna. Eu me arrisco a dizer que ela não perdeu nem um instante pensando no senhor.

Will estava cerrando os dentes com tanta força que chegava a doer.

— E por que ela pensaria, senhora?

— Por razão alguma, é claro. Estou falando com boa intenção, para lembrá-lo de onde estão os seus deveres.

Ele não disse nada.

— No entanto, o duque aprecia a sua companhia. — A duquesa falou como se não conseguisse entender como alguém poderia tolerar aquilo, muito menos apreciar. — Enquanto estiver trabalhando aqui, o senhor será requisitado a visitá-lo duas vezes por semana.

— Requisitado — repetiu Will, em uma voz sem expressão.

Ela estreitou os olhos.

— Esperado.

Ele ficou sentado ali, paralisado de raiva por um instante.

— Eu nunca pensei nas visitas que faço ao duque como um *dever*, senhora. O duque sempre foi gentil e atencioso comigo e era um prazer visitá-lo.

— Ótimo — exclamou ela. — Então continue a fazer isso!

Os lábios de Will se curvaram em um sorriso sem humor.

— Ou serei demitido.

O rosto dela ficou muito vermelho, os lábios cerrados com força. Will percebeu que a duquesa estava desesperada para dizer as palavras que a fariam se livrar dele para sempre. Em um impulso, desejou que ela fizesse aquilo de uma vez.

— Talvez.

Aquilo foi a gota d'água. Sem dizer uma palavra, Will se levantou e se dirigiu à porta. Então ouviu o barulho de porcelana batendo na mesa e um farfalhar de seda atrás de si.

— Senhor Montclair! O que está fazendo? Pare! Que insolência insuportável! Você *deseja* ser demitido?

Ele parou e se virou. A duquesa estava de pé, as mãozinhas cerradas na cintura. Ela parecia irritada, chocada e frustrada. Will disse a si mesmo que a mulher estava apenas tentando proteger sua amada Philippa, disse a si mesmo que era uma mulher rica e velha, cheia de manias e acostumada a ter as pessoas se debatendo para realizar qualquer desejo seu.

Mas isso não importava.

— *Au contraire*, madame. — Will se inclinou na reverência mais formal e obsequiosa possível. — *Je m'en fous*.

Não me importo.

Então, deu meia-volta e foi embora.

Will realmente foi ver o duque, mas foi um desperdício de tempo. Carlyle ficou feliz ao vê-lo, mas estava pálido e letárgico, e Will não estava no humor certo para animá-lo. Depois de quinze minutos, o duque disse que estava cansado demais. Ele pediu a Will que voltasse outro dia e apenas assentiu quando o administrador se desculpou por não ser uma boa companhia naquele dia.

Charles Amis o acompanhou até a porta.

— O que o perturba? — perguntou baixinho.

Will balançou a cabeça.

— Tive uma conversa desagradável com a duquesa. Culpa minha.

Amis o fitou com atenção.

— Só isso?

— O que mais poderia ser?

Amis inclinou a cabeça.

— A sra. Amis diz que você nunca mais apareceu nas cozinhas. Ela perguntou se estava doente, para não querer roubar algumas tortas. E agora você se esqueceu da visita ao duque.

— Tenho muita coisa para fazer — respondeu Will. — Andei ocupado.

Amis assentiu.

— E a srta. Kirkpatrick se foi há uma semana.

Will desviou os olhos.

— É mesmo? Não tenho conhecimento dos planos da família.

— *Will.* — Amis abaixou a voz. — Sei que você gosta dela, e que ela também pensava com carinho em você. Mas precisa entender que nunca daria certo.

— Claro — disse Will entredentes.

— Precisa esquecê-la — aconselhou o valete com gentileza. — A srta. Kirkpatrick provavelmente voltará de Londres com um noivo, se não voltar casada.

Will fitou o amigo por um longo momento. Sabia que Amis tinha as melhores intenções, que falara aquilo por amizade.

— Obrigado, Charles.

Saiu antes que o outro homem pudesse cravar a faca mais fundo.

Depois daquilo, Will trabalhou até a exaustão, parando apenas para visitar o duque nos dias determinados. As duas novas pontes estavam quase prontas, e a maior parte dos reparos estava encaminhada. Era impressionante quanto trabalho haviam conseguido fazer depois que Edwards abrira os cofres do castelo. Will organizara com Josiah um sistema confiável para a gestão dos assuntos gerais e para relatórios de problemas e rotinas de administração. Ele ficava o tempo todo de olho no calendário, na expectativa do dia em que iria embora de vez, querendo deixar tudo impecável. Àquela altura, a propriedade quase poderia se administrar sozinha.

Assim, quando outra carta do irmão chegou, cheia de profanidades e sublinhados, Will não a ignorou como fizera com as outras. Jack escrevia, não mais pedindo, mas agora exigindo que Will fosse a Londres para ajudá-lo no negócio com o francês. *Ele começou a dizer que talvez prefira escolher uma empresa diferente e, se esse cliente em potencial nos abandonar, eu vou escrever para o papai e contar a ele que você se recusou a dizer uma única palavra para convencê-lo a nos contratar*, ameaçou Jack.

Will pensou no que o pai diria se soubesse que havia se recusado a ajudar Jack. Então, pensou no que o pai faria se Jack retaliasse, revelando onde estava o irmão. Ele pegou uma folha de papel e rabiscou uma mensagem rápida: *Chegarei em três dias.*

Voltou ao castelo para avisar à duquesa que precisava ir a Londres, esperando ser demitido imediatamente e sem se importar nem um pouco se aquilo de fato acontecesse. De qualquer forma, já não importava; ele tinha prometido retornar à Montclair & Filhos em poucas semanas.

Para sua surpresa, a mulher não o demitiu.

A duquesa torceu os lábios, aborrecida, quando ele explicou que era necessário ir até a cidade por uma questão de família, mas disse apenas:

— Quanto tempo o senhor ficará fora?

— Não mais que quinze dias.

A viagem para Londres levava dois dias, um se ele fosse dolorosamente rápido. Dez dias era tempo suficiente para fechar o negócio com o francês ou para considerá-lo irremediavelmente perdido.

A duquesa deu um gole no chá. Naquele dia, ela não oferecera a ele, o que Will achou ótimo.

— E o senhor partirá amanhã?

— Sim, senhora.

Ela deu outro gole.

— E quanto ao duque?

— O sr. Amis sabe os livros que estávamos lendo e vai seguir com a leitura até eu voltar.

Se eu voltar.

Ela franziu ligeiramente a testa.

— Parece que ele prefere o senhor.

Will não sabia como responder àquilo, por isso não disse nada.

A duquesa suspirou.

— O senhor deve atender à sua família, é claro. Espero que aproveite a oportunidade para se encontrar com o sr. Edwards e conversar sobre a propriedade.

— Se é que o deseja, senhora.

Ela lhe lançou um olhar irritado.

— Desejo, sim. Se ausentar por quinze dias é algo extraordinário.

Espere até eu pedir demissão, pensou Will. Ele poderia fazer aquilo naquele exato instante e voltar de vez para Londres. Mas então não teria razão para retornar a Carlyle e, por algum motivo, ainda não conseguia dizer aquelas palavras.

— Sim, senhora.

— Vá, então — disse ela, rígida. — E espero sinceramente que o seu problema de família se resolva da melhor forma.

Will se deteve diante daquele inesperado sinal de gentileza.

— Obrigado, senhora.

O saguão principal do castelo era o mais próximo, por isso ele desceu pela escada que dava ali. Quando fez a curva, seu olhar pousou de novo na estátua abaixo e, ao chegar ao térreo, Will fez uma pausa para examiná-la por um momento.

Esculpido em puro mármore branco, Perseu segurava a cabeça de Medusa no alto, as feições distorcidas de raiva e dor. Matar a Górgona fora um feito e tanto, conquistado apenas com a ajuda de três deuses e uma deusa. Mas o rosto de Perseu estava virado para o lado, porque olhar para o prêmio conquistado significaria sua própria morte.

Will entendia aquele sentimento. Fora para Carlyle em uma missão particular e conquistara o que se dispusera a fazer. Mas, como Perseu, não ousava olhar para o que fizera.

Ele se virou e saiu do castelo, talvez pela última vez.

Capítulo 21

Assim que desceu da carruagem em Hertford Street, Philippa disse a si mesma para aproveitar sua visita a Londres.

Diana e Fanny saíram da casa quando a bagagem de Philippa estava sendo descarregada.

— Finalmente — disse Fanny e puxou Philippa para um abraço carinhoso. — Você chegou!

— Estou tão feliz em vê-la! — disse Pippa, e realmente era verdade. Fanny era como uma irmã mais nova para ela.

A condessa se adiantou para examinar Philippa.

— Mais linda do que nunca — declarou. — Mas muito pálida! Precisamos resolver isso o quanto antes.

Philippa sorriu.

— A viagem foi longa, tia! Só estou cansada.

A mulher tinha sido a amiga mais querida e mais próxima de Jessica, as duas se correspondiam constantemente, e Philippa sempre a chamara de tia.

Diana riu, pegou as mãos de Philippa e a conduziu para dentro de casa.

— Então vamos deixá-la descansar antes de tentarmos impressioná-la.

— Mas, ah, nós fizemos tantos planos para a sua visita! — Fanny apertou a mão de Philippa. — Parece que passei séculos esperando…

Diana subiu a escada na frente. A casa era muito elegante, mas aquilo não era surpresa: a própria Diana era muito elegante, e a casa ficava em uma parte nova e cobiçada da cidade. Era uma mudança e tanto do castelo centenário, pensou Philippa.

— Achei que você gostaria desse quarto. — A condessa abriu a porta de um quarto ensolarado e iluminado, decorado em tons de amarelo-claro e branco, com uma mobília delicada em mogno. — Elinor sempre fica aqui quando nos visita. Ela gosta da vista das janelas para o parque — comentou Diana, referindo-se a uma das filhas já casada.

— Ah, sim. A senhora sabe como uma moça do campo como eu gostaria disso. — Philippa tirou o chapéu enquanto ia até a janela e olhava para fora. A casa ficava em uma esquina da Park Lane com a Hertford Street, com uma vista aberta para o Hyde Park. — Que maravilha ter o parque tão perto.

— É extremamente conveniente para passeios de carruagem ou de braços dados com belos cavalheiros — brincou Fanny.

Philippa manteve o sorriso no rosto, embora a ideia a deixasse com vontade de se esconder embaixo da cama. Já tivera a sua cota de homens bonitos.

— Estava pensando no parque mais como uma fuga da sociedade de vez em quando, mas sim, também deve ser conveniente para passeios de carruagem.

Fanny pareceu escandalizada.

— Uma fuga da sociedade!

— Sim — disse Philippa com uma risada. — Para quando eu cometer alguma gafe e não puder mostrar o rosto em público por três dias.

Diana sorriu, mas Philippa viu que seu olhar era atento.

— Não tenho medo disso. Vamos deixá-la descansar até o jantar. A duquesa me avisou que você vai precisar de um novo guarda-roupa completo, portanto vamos começar a cuidar disso amanhã, na Oxford Street.

Fanny deu uma risadinha feliz, e Diana levou a filha na direção da porta.

Philippa pediu que Marianne separasse apenas o que ela usaria no jantar, então a dispensou para descansar como quisesse. A camareira agradeceu, e Philippa se deitou.

Já se passara uma semana desde que Will dissera que ela o encantava... e quatro dias desde que afirmara que os dois não tinham futuro juntos. Philippa vinha tentando esquecer aquilo, mas a mente dela voltava o tempo todo para aquele momento, buscando algo que pudesse ter dito ou feito para mudar o final da história.

Ela não conseguia entender por que fazia aquilo consigo mesma. Tinha sido sincera, e não havia nada de que se arrepender... a não ser a forma como tudo terminara. E agora estava em Londres, longe de Will, mas incapaz de parar de pensar nele.

Ficou deitada de costas, olhando para o baldaquino lindamente bordado, e disse a si mesma que estava tudo acabado; na verdade, nunca havia *sido* algo. Não poderia ser amor, porque ele não a amava de volta.

Não pense nele, disse a si mesma, então rolou na cama e tentou descansar para não incomodar Diana.

Diana havia feito uma lista de lojas que precisavam visitar, com o cuidado de um general se preparando para a batalha. Philippa precisava de sapatos, meias, camisolas, anáguas e vestidos, além de lenços, chapéus, gorros e luvas. Era preciso coordenar fitas, fivelas de sapato e joias, e Diana ainda nem havia começado a falar sobre a cabeleireira.

Philippa colocou a cabeça entre as mãos e riu.

— Nunca imaginei que estivesse tão lamentavelmente fora de moda!

— Ah, não! — exclamou Fanny. — Nós a mimaríamos mesmo que você chegasse aqui com baús cheios de roupas da última moda. Diga a ela, mamãe!

Ainda sorrindo, Philippa balançou a cabeça.

— Mas onde vou usar peças tão elegantes? Passarei apenas um ou dois meses aqui, depois voltarei para o campo, onde ninguém repara se a minha saia é larga ou estreita demais, se o meu corpete tem o decote do tamanho exato.

Fanny deu uma risadinha.

— Pippa, nós provavelmente vamos sair quase toda noite. Mamãe é incansável.

Philippa olhou para Diana, que devolveu o olhar com uma expressão inocente.

— Sabe... Encaminhei duas filhas para excelentes casamentos em suas primeiras temporadas sociais.

Philippa estendeu a mão para pegar o chá. Elinor e Henrietta realmente tinham casamentos muito felizes. Elinor — agora condessa de Darby — e Henrietta — agora lady Sanbourne — tinham um punhado de filhos cada uma e maridos devotados.

— Se duvida dela, pergunte a Beauchamp — falou Fanny, invocando o irmão mais velho. — Você consegue imaginar? A mamãe conseguiu encontrar uma esposa adorável até para *George*!

Philippa ergueu as sobrancelhas, bem-humorada.

— Até para George?

Fanny fez uma careta.

— Você conhece George... Ele se vangloriava tanto por ser um libertino que foi um milagre que alguém o quisesse, ainda mais uma moça encantadora como Anne.

— Fanny — repreendeu a mãe com humor.

— Não duvido de você. — Philippa se concentrou em passar manteiga na torrada. — Mas desconfio que eu vá ser um desafio muito maior do que Elinor ou Henrietta, ou até mesmo lorde Beauchamp.

O silêncio se instalou. Philippa comeu a torrada. A cozinheira da casa de Diana fazia um pão excelente, Philippa precisaria levar a receita para a sra. Amis.

— Por que diz isso? — perguntou Diana em um tom cauteloso.

A duquesa teria escrito para ela e a alertara, é claro. Philippa secou os lábios.

— A duquesa comentou com a senhora sobre o administrador.

Fanny apurou visivelmente as orelhas.

Diana agitou uma das mãos.

— Minha cara, quem entre nós não se encantou por um homem inapropriado em alguma altura da vida? Isso apenas significa que você é uma jovem saudável. Quando eu era moça, me encantei pelo professor do meu irmão mais velho. — Ela riu quando Fanny arquejou, chocada e fascinada. — Só de admitir isso já me sinto humilhada! Ele era pomposo e tolo, mas tinha *um jeito* de ler latim...

Philippa deu um sorriso melancólico. Tinha a impressão de que, se Diana algum dia conhecesse Will Montclair, não o acharia pomposo ou tolo.

— A melhor cura para um encantamento desse tipo é conhecer uma boa variedade de cavalheiros — continuou Diana. — Eu me esqueci daquele professor dois dias depois de chegar a Londres. Em três dias, já tinha aceitado um convite para a *soirée* de lady Powell. Devemos nos apressar se quisermos ter o seu guarda-roupa pronto em tão pouco tempo, mas acho que estamos à altura do desafio.

— É claro que estamos! — confirmou Fanny.

Ao longo dos próximos dois dias, elas percorreram toda a extensão da Oxford Street, visitando lojas e comprando mais roupas do que Philippa jamais possuíra na vida. Toda noite, na hora do jantar, os pés dela estavam doendo e a cabeça girando. A Oxford Street era impressionante. Não havia nada que não pudesse ser encontrado lá, desde uma loja que parecia vender todos os estilos de sapatos femininos possíveis, incluindo sapatos de bonecas, até lojas cujas vitrines eram cobertas por gravuras impressas, pintadas com cores vivas, e sempre cheias de curiosos. Havia lojas de roupas íntimas cheias de peças delicadas. Confeiteiros e fruteiros que exibiam pirâmides de frutas que Philippa só vira em livros, principalmente abacaxis. Uma loja tinha uma vitrine astuciosa exibindo garrafas de bebida iluminadas por velas, o que lhes dava um brilho multicolorido. A agitação e o barulho eram impressionantes: carruagens cintilantes desciam a rua larga lado a lado, puxadas por esplêndidas parelhas de cavalos.

Assim que o novo guarda-roupa de Philippa ficou pronto, os compromissos começaram. Uma *soirée* no enorme jardim murado de uma mansão majestosa. Um camarote no teatro. Um piquenique em uma colina nos arredores da cidade. Um passeio preguiçoso pelo Tâmisa, a bordo do iate de um lorde qualquer.

E as pessoas. Diana brilhava em grandes grupos de pessoas, e elas nunca iam a lugar algum sem um grupo de dez ou mais. Para Philippa, acostumada à quietude de Carlyle, era como estar em um palco.

Mais do que isso, era como estar sendo exposta em praça pública para ser arrematada. O pai deixara três mil libras de herança para ela, uma soma muito respeitável para a filha de um oficial do Exército sem mais nenhum parente vivo de que se tivesse notícia. Mas a duquesa havia prometido lhe deixar dez vezes mais do que aquilo, e todos em Londres pareciam saber daquela informação.

Havia a condessa Mabry, que fez questão de ser apresentada a Philippa e de se sentar ao lado dela na ópera, onde falou sem parar e soltou perguntas aqui e ali sobre as origens e o acesso de Philippa à educação. Diana mencionou com um sorriso que lady Mabry tinha um filho muito bonito; não o herdeiro, mas o segundo filho. Philippa foi apresentada a lorde James em um piquenique. Quando a condessa finalmente coagiu o rapaz a passear ao lado de Philippa, a jovem perguntou a ele em um impulso se a mãe estava tentando casá-lo.

— É óbvio para todos, não? — Ele fez uma careta. — Ela está fazendo uma herdeira após a outra desfilar na minha frente.

Herdeiras como ela. Philippa sorriu.

— E, pelo que estou entendendo, não gostou de nenhuma até agora.

A expressão no rosto dele se suavizou.

— Sem ofensa a nenhuma delas, nem à senhorita... mas meu coração já tem dona. E a minha mãe vai aceitar isso. Vai ter que aceitar.

Três dias mais tarde, lorde James Mabry fugiu para se casar com a sra. Ferguson, uma viúva abastada, oito anos mais velha que ele.

— Não se aborreça por causa dele — falou Diana ao saber do acontecido. — Ele nunca foi o meu objetivo para você.

— Objetivo?

— Não que eu fosse ser contra, caso você o quisesse. — Diana deu uma palmadinha carinhosa na mão de Philippa. — Achei que talvez você quisesse praticar um pouco de flerte com lorde James.

Philippa deu um sorriso desanimado ao ouvir aquilo. Não fazia muito tempo, ela pensara em Will como uma oportunidade de praticar suas habilidades de flerte, e veja onde aquilo a havia levado.

No fim, lorde James acabou sendo o ponto alto da apresentação de Philippa à sociedade londrina. Ela ainda conheceu um baronete encantador, mas Diana sussurrou que ele estava afogado em dívidas; e o filho mais velho de um conde que visitou Philippa duas vezes, antes de Diana ouvir rumores de que ele tinha sífilis. Ela foi convidada para dançar por alguns libertinos, que a fitavam com sorrisos maliciosos e predatórios, por canalhas que tentavam atraí-la para passeios a sós em jardins escuros, e até mesmo por um cavalheiro que alegava ser um conde italiano e que expressou seu desejo de mostrar a Philippa a *villa* que possuía perto de Veneza. Diana o enxotou com um sorriso, mas se desculpou com a protegida mais tarde.

— Minha cara, eu nunca vi uma coleção de cavalheiros tão lamentável em Londres! O clima bom deve estar atraindo os melhores partidos para longe, para o campo. E somos deixadas com os que não têm riqueza nem boas maneiras.

— Eu não me importo, tia, de verdade. — Philippa pegou as mãos da mulher mais velha. — Na verdade, *eu* nunca pensei nessa minha vinda a Londres como uma oportunidade para encontrar um marido. Isso não é como encomendar um vestido novo, quando se pode especificar exatamente o que deseja. Meu objetivo com a visita era passar um tempo com a senhora e com Fanny e me divertir.

Diana suspirou.

— E todas essas soirées e piqueniques não estão permitindo isso.

— A pressão para encontrar um bom partido não está permitindo isso — admitiu Philippa. — Podemos só... passear por Londres? Ouvi tanto sobre o que há para ver na cidade e gostaria de conhecer o máximo possível.

— A duquesa vai ficar decepcionada comigo — murmurou Diana.

— Bobagem! Direi a ela que preciso voltar a Londres mais cedo na temporada social do ano que vem, para ter melhores oportunidades de conhecer alguém adequado, assim poderei visitá-las de novo.

Ela forçou um sorrisinho atrevido, para esconder a dor que a ideia lhe causava.

A condessa riu.

— Menina esperta! É claro que concordo. Quero que pense nesta sua visita como um período de puro prazer.

Para ser honesta, Philippa não achava aquilo muito provável. Por mais que se esforçasse, era impossível parar de pensar em Will. Enquanto passeava no parque de braço dado com algum estranho, ficava se perguntando se o capataz teria completado a ponte perto da fazenda dos Smith, e qual dos potros ele teria convencido a duquesa a dar para Gerald e Jilly. Enquanto degustava um sofisticado café da manhã vitoriano no jardim de uma viscondessa, se perguntava se ele teria terminado de ler *Roderick Random* para o duque. Acompanhando Diana no camarote da ópera, sua mente divagava e ela imaginava Will sentado ao seu lado, a mão tocando a dela, os dedos correndo pelo pulso e pelo braço, acariciando a lateral do pescoço, até a cortina se fechar e ele a puxar para a parte de trás do espaço para lhe dar um beijo apaixonado, a boca colada à pele dela, as mãos se movendo por seu corpo enquanto a plateia aplaudia o espetáculo, sem prestar qualquer atenção neles...

— Gostou da ópera? — sussurrou Diana, durante os aplausos. — Você parecia tão feliz.

Philippa ficou grata por ainda estar escuro no teatro, pois sem dúvida seu rosto devia estar muito vermelho com os pensamentos que ocupavam sua mente em vez da ópera.

— Quem não gostaria?

Ela seguiu a condessa, que saiu do camarote, atravessou corredores, desceu a escada e entrou no salão. Como sempre, uma dezena de pessoas cumprimentou Diana no caminho, o que diminuiu tremendamente o seu progresso. Até Fanny foi puxada de lado por duas jovens damas da idade dela. Àquela altura, Philippa já desenvolvera um talento todo especial para assentir em cumprimento e murmurar amabilidades vazias.

O relance de um paletó azul forte chamou a atenção dela. Um homem alto, com cabelos longos e rebeldes e um andar diferente de qualquer cavalheiro de Londres. Por um momento, o coração de Philippa disparou. Sem pensar, ela deu um passo na direção dele...

O homem de azul se virou. Não era Will Montclair, mas um homem muito mais velho, o rosto enrugado e marcado pelo tempo. Ele estava sorrindo para uma jovem com um vestido cor-de-rosa que obviamente era sua filha. Philippa se encolheu por dentro e se virou, bem no momento em que lorde Ranley, um dos dândis que estavam sempre com Diana, a chamou:

— Senhorita Kirkpatrick! Que impressionante, acabo de conhecer um parente seu.

Ele se afastou com um floreio e Philippa ficou frente a frente com um homem que nunca vira, mas a quem reconheceu instintivamente.

Matthew Kirkpatrick, barão de Balmedie, encarou-a de volta, parecendo tão surpreso quanto ela. Ele era um homem alto, de ombros largos, embora tivesse o corpo ligeiramente curvado. Seu cabelo, que decerto já fora negro, estava quase totalmente grisalho, mas os olhos azuis ainda eram cheios de vida. Ele se parecia tanto com o pai, como o pai dela seria se estivesse vivo, que Philippa prendeu o ar, paralisada.

O tio se recuperou primeiro. Seu olhar se tornou gelado enquanto ele mirava Philippa de cima a baixo.

— Não seja ridículo, Ranley — falou, no mesmo sotaque escocês discreto do pai dela. — Não tenho qualquer parentesco com essa mulher.

E, depois de lançar um olhar breve e severo para Diana, ele deu as costas e se afastou, o passo firme e acelerado, apesar da bengala.

Philippa teve vontade de desaparecer em algum buraco no chão, mas a verdade era que não ficou nem um pouco surpresa. Graças à companhia de Diana e ao dinheiro da duquesa, ela havia sido recebida muito educadamente na cidade. Mas sabia que as coisas seriam diferentes se fosse apenas uma simples srta. Kirkpatrick, a filha anglo-indiana de um humilde coronel do Exército. De certo modo, estava quase esperando que alguém a esnobasse por ser diferente.

Mas era extremamente humilhante que a pessoa a fazer aquilo fosse o próprio tio, e na frente de um teatro lotado.

Ainda abalada, Philippa sentiu Diana passar o braço pelo dela, e viu lorde Ranley abrir caminho rapidamente entre a aglomeração de curiosos para que elas passassem. De algum jeito, a carruagem dos Beauchamp estava perto e elas entraram.

— Minha cara. — O rosto de Diana parecia pálido na escuridão da carruagem. — Eu não tinha ideia... nem Ranley... Estou consternada.

Philippa fechou os olhos e não se desvencilhou quando Diana pegou as suas mãos.

— Não foi culpa sua.

— Pode me perdoar?

Ela conseguiu forçar um sorriso.

— É claro.

A condessa mordeu o lábio.

— Eu tinha esquecido... Jessica me contou que ele era um homem cruel.

A jovem não disse nada. Jessica costumava falar que o barão era um bruto amargo e preconceituoso, e o pai de Pippa não discordava. Philippa supostamente não deveria ter ouvido aquilo, mas a verdade era que sabia havia muito tempo que o tio não queria ter nenhuma ligação com ela. Nunca quisera. Aquele homem havia dito ao pai dela para entregá-la aos parentes indianos e recomeçar a vida com uma esposa inglesa adequada. Philippa só descobrira aquilo quando lera as cartas do pai após a morte dele, mas a verdade era que aquilo só serviu para confirmar o que já sabia: a família paterna não a queria.

Diana pareceu mais tranquila pela quietude e pelo silêncio de Philippa.

— Ora... nunca mais vamos voltar a falar dele, e vou dizer a todos os meus conhecidos que se trata de um homem de uma rudeza abominável, um homem odioso. E amanhã vamos fazer algo tão divertido que vamos esquecê-lo de vez. Que tal?

A moça fitou a mulher mais velha, que esperava tão ansiosamente por uma resposta. Diana a amava e queria muito lhe agradar. Se ao menos ela soubesse que não havia nada — nem festa, ou passeio, ou novas pessoas — capaz de elevar o ânimo de Philippa...

Ela havia pensado que ir para Londres seria a melhor maneira de lidar com o coração partido, mas estava errada, ou talvez não houvesse um modo certo de lidar com um coração partido. Sempre que estava se divertindo, Philippa pensava em contar a Will a respeito, e, sempre que não gostava de alguma coisa, se perguntava como Will lidaria com aquilo. Naquele momento, só conseguia pensar no modo como ele tinha segurado sua mão quando ela contara sobre o pai, e como esse gesto fora reconfortante.

Por mais que dissesse a si mesma para esquecê-lo, sempre havia alguma coisa que a fazia se lembrar dele. Philippa *não queria* esquecê-lo.

Lorde Ranley finalmente chegou com Fanny na carruagem, e ela e Diana conversaram sobre programações empolgantes que poderiam fazer no dia seguinte. Philippa mal ouviu qualquer coisa que disseram. Ela assentiu quando pareceu apropriado e, ao ir para a cama, em vez de dormir, ficou pensando no que fazer e no que queria.

Queria ir para casa.

— Simplesmente não estou no humor certo para Londres — disse à Diana no dia seguinte, quando elas estavam a caminho de um chá em um jardim que ela aparentemente concordara em visitar.

Fanny tinha sido convidada para fazer compras na Bond Street com as amigas, por isso estavam apenas Philippa e Diana naquele momento.

— Eu queria muito que fosse diferente — continuou Philippa —, mas não está funcionando. Não posso permitir que a senhora desperdice outro mês ou dois me levando para soirées e eventos quando me sinto tão deslocada de tudo ao meu redor.

O rosto da mulher mais velha era uma mistura de compaixão e tristeza.

— Não há nada que eu possa fazer para ajudar?

Philippa deu um sorriso melancólico.

— Se eu soubesse, lhe pediria.

A condessa suspirou e passou um longo tempo olhando pela janela.

— É claro que não vou prendê-la aqui, se você deseja voltar para casa. Só quero a sua felicidade, minha menina querida.

— Eu sei. — Em um impulso, Philippa acrescentou: — E, por favor, não se culpe. Não tomei essa decisão por causa da atitude do meu tio.

— Homem horrível — murmurou Diana. Ela ficou em silêncio por um momento, então voltou a encarar Philippa. — Você pode me contar sobre ele?

Philippa franziu a testa. Não queria falar sobre o tio.

— Sobre o administrador de Carlyle — explicou a condessa gentilmente.

A jovem permaneceu em um silêncio chocado e ansioso.

— Compreendo os medos da duquesa — continuou Diana. — Mas também vi a sua querida mãe atormentada desse jeito quando ela conheceu seu pai. Jessica nunca quis aborrecer a mãe. — Diana suspirou. — O duque já tinha sofrido o acidente àquela altura, e a duquesa assumira a administração da propriedade. Jessica achava que jamais encontraria um homem que compreendesse seu sentimento de dever. Ela sentia que precisava permanecer em Carlyle, para apoiar a mãe e o irmão e para cuidar da propriedade. Então, quando estava aqui em Londres, depois de eu muito insistir por uma visita, ela conheceu o coronel, que era o homem menos adequado possível.

— Ela... — Philippa encarou a condessa. — Ela achou o papai inapropriado?

— Um militar quinze anos mais velho, viúvo e com uma criança pequena? Acredito que *ele* não se achava digno dela. Mas Jessica dizia que seu coração simplesmente sabia o que não podia ser negado. — Diana ergueu as sobrancelhas. — O começo dos dois não foi nada auspicioso.

— É mesmo? — Philippa se inclinou para a frente, ansiosa para saber mais.

— Santo Deus, não foi mesmo. Ele tinha ido ao teatro com um grupo de amigos, e estavam todos terrivelmente embriagados. O seu pai estava indo embora enquanto nós duas estávamos chegando tarde. — Diana sorriu, mostrando uma covinha. — Temo que tenha sido culpa minha. A moda era bastante exagerada na época, e eu era um tanto vaidosa. Jessica implicava comigo por causa disso. — O sorriso dela agora era saudoso. — Então lá estávamos nós, entrando correndo depois que o espetáculo já tinha começado, e lá estava o seu pai, saindo apressado. Ele esbarrou em Jessica com força, obrigando-a a pisar em uma poça de lama funda que sujou uns vinte centímetros da saia dela. Ele ficou horrorizado.

— Mas seu pai era um verdadeiro cavalheiro e, quando apareceu no dia seguinte para se desculpar de novo, sua mãe Jessica o recebeu. Então... — O rosto da condessa se suavizou. — Ele mencionou que precisava voltar correndo para casa para cuidar da filha pequena, que estava adoentada, e Jessica ficou intrigada. E quando ele finalmente levou você para conhecê-la, ela ficou encantada. Jessica se apaixonou pelo coronel, mas por você também. — Diana fez uma pausa quando Philippa fechou os olhos. — E os dois desejariam que você fosse feliz, mesmo se isso contrariasse as vontades da duquesa.

A respiração de Philippa estava entrecortada. O casamento dos pais também havia desafiado a ordem social: um cavalheiro inglês poderia tomar uma *bibi* indiana como amante, mas jamais se casar com ela. O irmão do pai dela não aprovara de forma alguma aquele matrimônio. A família de Noor também relutara em dar permissão. Mas os dois se amavam, por isso insistiram.

— E depois que Jessica percebeu que ele era o homem certo e fincou o pé, anunciando que queria ficar com ele — acrescentou Diana —, a duquesa chegou à conclusão de que no fim das contas era um esplêndido casamento. Então, como você pode ver, Sua Graça não é irredutível.

Será que aquilo poderia acontecer de novo?

— Quando conheci Will, achei que ele parecia um pirata — contou Philippa, hesitante. — Ele agia como um, também, muito impetuoso e insolente. Chegou no primeiro encontro com a duquesa usando a libré de um criado porque tinha entrado em um rio para salvar os porcos de um fazendeiro depois que a carruagem do homem tombou.

Diana ergueu as sobrancelhas.

— Ele não faz nada pela metade — continuou Philippa. — Até agora, já argumentou com a duquesa e a convenceu a construir pontes, reparar estradas e mudar completamente o sistema de drenagem da propriedade. Will está trazendo aquele lugar à idade moderna, mesmo contra a nossa vontade, já que nos acomodamos com o modo como as coisas eram feitas e não percebemos que precisavam ser melhoradas. Ele fez todos verem a necessidade de mudanças, então realizou o que era preciso. Acredito que cada criado do castelo o conhece e o admira. E... ele conquistou a afeição do duque.

A condessa a fitou incrédula. Diana era uma das poucas pessoas fora da família que sabia como o acidente do duque havia tido consequências graves.

— De Carlyle?

Philippa assentiu.

— Eles se conheceram por acaso, mas o duque ficou muito apegado a Will, e agora o sr. Montclair o visita várias vezes por semana para ler *As viagens de Gulliver* e para conversar sobre assuntos da propriedade, e também para fazer graça do rei. — Ela deu um sorriso melancólico. — Will supostamente não deveria fazer nada disso. Mas ele faz assim mesmo, e o tio nunca esteve melhor.

— Santo Deus — murmurou Diana. — Se a duquesa algum dia dispensá-lo, por favor me avise imediatamente para que eu possa contratá-lo.

Philippa riu, mas a risada ficou presa em sua garganta e saiu como um soluço.

— E eu estou me apaixonando por ele. Tia Diana, o que devo fazer?

Em um farfalhar agitado de saias, a condessa se sentou ao lado de Philippa e pegou a sua mão.

— Minha cara, não posso lhe dizer. Só sei que você precisa encontrar um modo de equilibrar as demandas da sua consciência com as do seu coração.

Philippa se inclinou para abraçá-la. Sabia o que o seu coração queria: Will. Não apenas para beijos roubados no estábulo, mas para sempre. Ele tinha perguntado se ela conseguia ver algum futuro para os dois, e a resposta tinha sido não... mas agora Philippa percebia que poderia haver um futuro para eles, se ela fosse corajosa o bastante para reivindicá-lo.

A consciência de Philippa se acovardava um pouco ao pensar na decepção da duquesa, a quem amava profundamente. A cada poucos dias chegava uma carta dela falando sobre o duque, sobre a propriedade, sobre o pedido ultrajante do sr. Edwards de mandar homens ao redor do mundo em busca de um elusivo e indesejado lorde Thomas, e sobre o clima. Nem uma palavra sobre o sr. Montclair. A duquesa desprezava o homem, mesmo antes de ter desconfiado que Philippa se sentia atraída por ele.

Ainda assim, aquela mesma duquesa tinha abençoado o casamento da única filha com um humilde oficial do Exército, terceiro filho de um barão escocês. E também recebera Miles e a filha dele, órfã de mãe, de braços abertos, tanto na casa quanto no coração dela. Com certeza a duquesa seria capaz de fazer o mesmo pelo homem que conquistara todos em Carlyle... inclusive Philippa.

— Sim — disse ela baixinho, para Diana e para si mesma. — Sim, eu preciso.

Capítulo 22

— Onde diabos você esteve? — foi o cumprimento de Jack quando o irmão chegou.

Will deixou seus alforjes no chão. Estava cansado, com fome e coberto de poeira.

— Parece que estamos nos saindo bem na Inglaterra, afinal.

Jack corou. O escritório estava muito mais elegante do que quando Will partira. As poltronas eram de couro agora, a velha escrivaninha tinha sido substituída por outra com pernas entalhadas e um tampo encerado e havia cortinas de veludo na janela.

— A mobília antiga nos fazia parecer um bando de contrabandistas relaxados. Agora parecemos o que realmente somos: os capitães de navio mercante mais elegantes da Nova Inglaterra.

Will ergueu as sobrancelhas.

— Nós somos?

Os olhos de Jack cintilaram.

— Eu lhe contei a respeito ao longo de cada passo do caminho. Você leu as minhas cartas, não é mesmo?

Will não respondeu.

— Também temos novos alojamentos luxuosos? Parti antes do nascer do sol para chegar a Londres em um dia, e é melhor que haja uma cama confortável para mim em algum lugar.

Jack suspirou.

— No andar de cima.

Will pendurou os alforjes no ombro e subiu. Já estava cansado daquela visita. O irmão seguiu nos seus calcanhares, falando o tempo todo.

— Por que não respondeu a nenhuma das minhas cartas? Eu estava prestes a montar em um cavalo e partir para fosse qual fosse o condado onde fica esse castelo para me certificar de que você ainda estava vivo.

O quarto de Will tinha sido deixado como quando ele partira, embora com uma camada de poeira e o cheiro quente e bolorento de um cômodo fechado por muito tempo. Nada parecido com a brisa fresca que atravessava o Chalé de Pedra, com a fragrância do jardim de Philippa entrando pelas janelas... às vezes até com um toque do perfume dela...

— Eu estava ocupado. — Will despiu o casaco. — E você não parecia precisar dos meus conselhos.

Jack abriu a boca, então franziu a testa.

— Mas nós combinamos...

Will deu de ombros.

— Nós combinamos que você me manteria informado. Eu li as cartas e achei que você tinha tudo sob controle.

O irmão se apoiou no batente da porta enquanto Will se sentava para descalçar as botas.

— Fiquei curioso para saber como as coisas estavam indo com você. Em todos esses meses, você nunca comentou nada.

— Foi tudo esplêndido — falou Will em um tom tranquilo. — Você recebeu os fundos que mandei, não é?

— Sim — admitiu Jack —, e foram muito úteis.

Will franziu o cenho para ele.

— Úteis?

Ele havia mandado para Jack cada xelim que conseguira poupar, pois investir seus ganhos na empresa ajudava a aplacar a culpa. Até ali, já tinha enviado mais de cem libras, e o irmão obviamente não tivera qualquer problema em gastá-las.

— Proveitosos. De fato vitais mesmo. — O irmão fez um aceno com a mão e continuou: — Conte-me a respeito.

Will espiou dentro da jarra do lavatório. Abençoado fosse Jack, estava cheia de água morna. Ele desabotoou o colete e despiu a camisa para poder se lavar.

— Pelo visto andou passando muito tempo ao ar livre — observou Jack enquanto o irmão se debruçava sobre a bacia.

— A propriedade é no campo. Tem alguma coisa para comer aqui ou vou precisar sair de novo?

Resmungando, Jack saiu do quarto e então Will virou o jarro sobre a cabeça. Ele já vestia uma camisa limpa quando o irmão voltou com uma bandeja com frios, pão, queijo e algumas frutas.

— Conte-me enquanto come — disse, e pousou a bandeja em cima da cômoda.

Will deu uma mordida em uma pera.

— Atividades rurais de um modo geral. Tive que construir algumas pontes, reparar muitas estradas. Há um castelo na propriedade e uma velha dama mal-humorada e, como pode perceber, passei a maior parte do tempo ao ar livre, examinando telhados, construindo cercas e discutindo com pedreiros.

— Um verdadeiro festival de delícias.

Will inclinou-se em uma reverência debochada diante do comentário sarcástico do irmão.

Jack voltou a se apoiar no batente da porta.

— Então por que você continuou lá?

Will comeu um pouco de presunto antes de responder.

— Foi preciso. O lugar não tinha um administrador competente — *o senhor perguntou por que a propriedade está empacada trinta anos no passado. Esse é o tempo que se passou desde que o duque ainda era capaz de tomar conta da situação*, sussurrou a voz de Philippa Kirkpatrick em sua mente — havia muito tempo. Uma vez que comecei o trabalho, quis terminar.

— Mas administrar uma propriedade é um trabalho que não termina nunca! — Jack riu, sem acreditar no que ouvia. — Você poderia passar a vida nessa função e ainda teria trabalho a fazer.

Will quase se engasgou com uma fatia de presunto. Tudo o que fizera e aprendera no último ano seria desperdiçado, e ele não teria o que dizer a respeito. Mas não havia como voltar atrás. Will começou a comer o pão e o queijo, desejando ter uma xícara de chá quente adoçado com mel para acompanhar.

— Conte-me sobre a crise que exige a minha ajuda.

Jack contou sobre os contatos que havia feito, sobre os comerciantes com quem falara. Havia uma procura reprimida por transporte naval depois que as colônias americanas, que agora eram estados, tinham sido isoladas dos mercados ingleses. Todos sabiam que os homens de Massachusetts eram excelentes marinheiros e construtores navais, com acres de florestas de qualidade para abastecer seus estaleiros e uma longa história não apenas de comércio, mas também de furar bloqueios e até mesmo de praticar um pouco de pirataria para provar seu talento na navegação. Jack tinha conseguido enviar três cargas de mercadorias para a América até então, mas aquele contrato potencial prometia muito mais.

Will se reclinou na cadeira; já acabara de comer e estava exausto.

— Quem é ele?

— Um francês chamado LeVecque.

— Um francês que quer fazer comércio entre Londres e Boston?

O irmão desviou os olhos.

— E Le Havre.

Will ergueu as sobrancelhas.

— Na França? — Jack enrubesceu e não disse nada. — O que o papai pensa disso?

— É um contrato muito grande.

Quando Josiah Welby tinha que dar más notícias, ele fazia exatamente daquele jeito. Mesmo se não fosse culpa dele, o rapaz se tornava evasivo e optava por falar de qualquer coisa positiva em vez de tratar do assunto principal. Will vinha tentando corrigir aquilo nele, dizendo que preferia ouvir logo a verdade, por pior que fosse.

— Qual é a carga?

— Encontre-se com ele e me diga o que acha — Jack mais uma vez respondia de forma evasiva, o que aumentou a apreensão de Will.

Ele passou as mãos pelo rosto e resistiu à tentação de exigir respostas imediatas. Jack não era Josiah, e Will não estava no comando ali.

— Muito bem.

— Há outra coisa que preciso lhe dizer. — Will levantou a cabeça diante do tom hesitante do irmão. — Papai andou perguntando por que não recebia notícias suas. Falei que era eu quem estava cuidando de toda a correspondência, mas ele percebeu que eu não havia mencionado você. Jamais traí o seu segredo — apressou-se a acrescentar diante da expressão severa de Will. — Mas é melhor você ter uma boa explicação à mão.

Will já estava exausto de subterfúgios.

— Talvez eu simplesmente conte a verdade a ele — resmungou. — Agora que já está terminado, o que o papai poderia fazer?

Jack deixou o ar escapar, claramente aliviado.

— *Está* terminado?

Ele deveria dizer que sim. Poderia escrever uma carta de despedida para Amis e para o duque, as únicas pessoas que talvez sentissem falta dele, e deixá-la com o sr. Edwards. O que sobrara para ele em Carlyle agora?

— Quase — respondeu. — Vou para a cama. Lidaremos com o francês amanhã.

Charles-Joseph LeVecque não parecia ser o charlatão esquivo que Will imaginara. Era um homem refinado e altivo, que se apresentou como sobrinho de Jacques Necker, ex-ministro das Finanças da França.

— O meu tio é o único que pode salvar o rei — explicou enquanto estavam sentados em um café elegante na Fleet Street. — A estabilidade da França e o futuro da monarquia estão nas mãos dele.

Will não tinha qualquer interesse na política francesa.

— Enviando mercadorias para a América?

LeVecque sorriu.

— É claro. Ajudar a luta de vocês pela independência da tirania britânica foi muito custoso. O povo francês receberia muito bem a chance de aumentar nosso comércio com o seu país. E, para isso, precisamos de navios.

Will olhou de relance para o irmão, que assentiu discretamente.

— O senhor não vai encontrar navios melhores do que os nossos. Temos os melhores artífices de Massachusetts, e, portanto, do mundo.

LeVecque riu.

— Sem dúvida, sem dúvida! — Ele se aproximou um pouco mais. — Devo admitir que, sempre que possível, prefiro lidar com um camarada francês.

A expressão agradável de Will não se abalou, mas Jack pareceu incomodado.

— Somos americanos, senhor, embora apreciemos profundamente a nossa fraternidade com a França.

O outro homem fez um gesto simpático com a mão.

— É claro, mas veja bem: conheci um homem que foi para a Nova França muitos anos atrás. Era um militar, mas acabou descobrindo que era possível fazer fortuna com a venda de peles... de castores, vocês sabem. — Ele desenhou um círculo na mesa com a ponta do dedo. — O seu pai já foi comerciante de peles, não é mesmo? O meu amigo também se chamava Montclair. — Ele levantou os olhos para Will. — Eu me pergunto se o seu pai o conhecia.

Jack ficou visivelmente perplexo conforme o homem falava.

— O quê?

— Não — respondeu Will em um tom calmo, ao mesmo tempo que o irmão.

LeVecque fez uma pausa, antes de comentar:

— Você parece ter muita certeza disso.

Will continuou a encará-lo, a expressão fria.

— Nada que tenha acontecido há tanto tempo tem qualquer relação com os nossos navios hoje.

O francês se recostou e ergueu as mãos com um sorriso.

— Não, não, naturalmente não! Mas eu gosto de saber com quem estou fazendo negócios. Tenho... — Ele se inclinou mais para a frente e continuou, em um tom conspiratório: — Tenho responsabilidades, vocês entendem. — Quando os irmãos não fizeram nenhum comentário, LeVecque bateu com os nós dos dedos na mesa e se levantou. — Percebo que vocês precisam de mais persuasão. Permitam-me apresentar-lhes alguns dos meus sócios. Poderiam se juntar a mim amanhã em Bagnigge Wells? As águas das fontes de lá são extremamente benéficas.

Jack balbuciou uma resposta, concordando. Will permaneceu sentado e imóvel até o francês partir.

— Eu não sabia que ele pretendia fazer aquelas perguntas! — sussurrou Jack, verdadeiramente chocado. — LeVecque nunca mencionou comércio de peles antes nem nada sobre outro Montclair. — Ele abaixou ainda mais a voz. — Mas talvez ele esteja chegando ao ponto que realmente importa da conversa, não é? O homem comenta sobre carregamentos de mercadorias finas em Paris. Consegue imaginar o lucro que teríamos apenas com o transporte de champanhe? De objetos de decoração, roupas e até de livros? Elias Derby está se esforçando para abrir uma rota de comércio entre Boston e a China. Um fluxo de mercadorias finas francesas em Boston seria uma proeza e tanto.

Will olhou para o irmão.

— Então é isso o que ele está oferecendo? Champanhe e objetos de decoração?

Jack cerrou os lábios, frustrado.

— Ele está sendo muito cauteloso em falar o que realmente pretende transportar.

— E o que transportaríamos de volta? — Quis saber Will.

Navios não atravessavam o oceano vazios a menos que não tivessem outra escolha. Havia dinheiro a ser ganho em ambas as direções. Bens manufaturados deixavam a Europa, enquanto matéria-prima e recursos naturais deixavam a América.

— As coisas de sempre, presumo.

Will ergueu um dedo.

— Jamais presuma. Se estamos lidando com uma simples negociação dessas mercadorias para a América, dessas mercadorias para a França, por que todo esse teatro? Por que já não estamos conversando sobre contratos? Por que o interesse de LeVecque no papai?

Jack parecia perdido.

— Não tenho ideia. Papai não faz comércio de peles há séculos.

Era verdade, então por que LeVecque estava tão interessado?

— Ele não vale a nossa atenção, Jack — disse Will. — Um sujeito tão evasivo assim não vale.

— Mas ele mencionou grandes somas...

— Até o negócio estar contratado e pago, com a assinatura dele no papel, isso não vale nada.

— Não, mas...

— Acho que LeVecque está manipulando você — opinou Will. — Usando a sua avidez pelo negócio para conseguir melhores termos ou para brincar com você para atender a propósitos próprios, não sei. Mas, amanhã, ou ele abre o jogo sobre a carga e o dinheiro, ou dizemos *adieu* a essa negociação.

Jack assentiu, parecendo intimidado. Will se perguntou se conseguiria ter a mesma percepção e disposição para dizer aquilo se não fosse pelo ano que passara trabalhando para Carlyle. Lá, ele havia aprendido rapidamente a não arrastar uma negociação, a contar com seus pontos fortes, a fazer uma oferta razoável e a se manter firme nela. Obviamente, ter o peso e a autoridade de Carlyle atrás de si era uma vantagem e tanto, mas ele e Jack também tinham vantagens: eles tinham os navios e o acesso aos mercados americanos.

Ainda assim... Will sentia falta de Carlyle, até mesmo de discutir com os pedreiros. Seu interesse em navegação, que nunca fora profundo, se transformara em quase nada.

Bagnigge Wells ficava ao norte do rio. Will havia visitado os agradáveis jardins de Vauxhall antes de partir de Londres, mas Jack aparentemente tinha ido a vários outros. Bagnigge Wells era um de seus favoritos.

— Originalmente, o lugar foi o lar da amante de um rei — comentou, entusiasmado, no dia seguinte, enquanto eles seguiam pela Gray's Inn Lane em direção a Clerkenwell. — A comida é decente e os jardins têm pistas de *skittle** e bocha.

---

* Jogo parecido com o boliche, só que na grama. (N.E.)

Will não disse nada. Parecia que o irmão andara se divertindo bastante sem ele. Então se perguntou se Jack havia mentido a todos sobre seus propósitos e se apaixonado perdidamente por uma mulher fora de seu alcance e decidiu que ele, Will, não estava em condições de atirar pedras.

— Vamos torcer para que o cenário agradável faça LeVecque ir direto ao ponto.

Eles pagaram seis *pennies* para entrar e encontrar o francês. LeVecque estava com um grupo de homens com aparência de dândis e a princípio tentou convencer Will e Jack a se juntar a eles no salão de chá. Jack estava prestes a aceitar, mas Will foi firme.

— Negócios antes do prazer — disse em um tom leve, mas incisivo.

LeVecque deu um sorrisinho forçado.

— Mas é claro.

Eles atravessaram o Salão Principal, onde damas tomavam chá em xícaras de porcelana fina de um lado e rapazes extravagantes faziam poses diante de espelhos distorcidos do outro, rindo ruidosamente de seus reflexos. O olhar de Will passou pelas damas, criaturas elegantemente vestidas de Londres com seus cabelos ondulados e vestidos cintilantes de seda. Mesmo sem querer, ele se perguntou se Philippa teria ido até aquele lugar, ou se havia se restringido aos salões de visitas elegantes e jardins particulares, com um cavalheiro de boa família em cada braço. Ela decerto estava sendo a sensação da temporada. Um ciúme primitivo e amargo apertou o estômago dele, um sentimento para o qual não havia salvação ou remédio. Will abriu a porta para os jardins com mais força do que o necessário e saiu.

Ele andou até chegarem a um lugar tranquilo.

— Qual é a natureza da carga que gostaria de transportar? — perguntou diretamente a LeVecque.

O homem mais velho ergueu as sobrancelhas e levou a mão ao peito.

— *Monsieur* Montclair...

— Perdoe-me, senhor, mas somos homens ocupados. — Will estava sem paciência. — O senhor teve semanas para avaliar a nossa empresa a partir das suas conversas com meu irmão. Se está tão inseguro em relação a nós, talvez seja melhor procurar outros navios de carga.

Os olhos do francês faiscaram, mas ele assentiu.

— Entendo. O senhor compreende que, na minha posição, preciso ter garantias antes de dar todas as informações.

— Eu não lhe dei essas garantias, senhor? — Jack parecia ao mesmo tempo irritado e surpreso.

— Não, não, meu jovem. — LeVecque fitou Jack com um sorriso paternal. — Não o culpo. Vem se portando de forma admirável. — Ele lançou um olhar especulativo para Will. — Mas o senhor, acho... — falou em tom pensativo. — O senhor é o homem certo para eu negociar.

Will abriu os braços.

— Qual é a sua proposta?

LeVecque não pareceu satisfeito, mas se aproximou, abaixou a voz e começou a falar.

Cinco minutos depois, Will olhou para o irmão. Jack estava boquiaberto e sua expressão deixava evidente que até aquele momento não fazia a menor ideia das intenções de LeVecque.

— Vocês entendem agora o meu desejo por discrição e o motivo da minha preocupação a respeito de com quem estou lidando? — falou LeVecque.

Will assentiu rapidamente.

— O pai de vocês gostaria que concordassem — continuou o francês, a voz ainda agradável e persuasiva. — Se ele for o homem que acho que é...

— Se quiser que perguntemos a ele — interrompeu Will —, não pode esperar por uma resposta rápida.

LeVecque fez uma pausa.

— Não — respondeu em um tom cauteloso. — Mas eu gostaria de saber. Esperem um momento... Os meus amigos vão endossar a minha fala. Permitam-me chamá-los. — E se afastou sem esperar por resposta.

Will começou a andar de um lado para o outro, perturbado.

— Maldição — desabafou em voz baixa.

Seu instinto tinha sido correr para bem longe de LeVecque, e agora via que estivera certo.

Jack estava pálido.

— Eu não tinha ideia.

LeVecque não queria transportar champanhe ou mobília elegante: queria que eles transportassem cargas de equipamentos de guerra — não apenas mosquetes e pólvora, mas também canhões, bombas e morteiros — da França para a América. E mais, queria que recrutassem americanos para lutarem por ele na França.

— Ele quer que nos tornemos agentes franceses — falou Will, a voz baixa.

— Mas por quê? — Jack franziu o cenho. — Há um tratado de aliança, portanto ele não deveria apelar ao Congresso?

Will deu uma risadinha zombeteira. *Realmente* havia um tratado de aliança entre a França e os Estados Unidos, mas apenas para promover o comércio entre os dois países. LeVecque queria equipar e comandar seu próprio exército. Os soldados rasos do Exército francês vinham se tornando cada vez mais insatisfeitos com a nobreza e com o rei, e os oficiais, a maior parte deles também aristocratas, tinham pouco controle. LeVecque era um homem rico, com amigos também ricos e aristocratas. Ele havia percebido uma insurreição se formando e buscava a própria proteção. Revoluções não costumavam ser gentis com a elite. E LeVecque tinha muito a defender... ou a perder.

— Vamos recusar. — Jack ainda parecia zonzo. — Não vamos?

Will hesitou.

— Por que o maldito LeVecque parece tão confiante de que papai concordaria com isso?

Jack balançou a cabeça, sem saber o que dizer.

Will não conseguiria explicar ao irmão seu dilema mais profundo em relação a LeVecque. Em parte, porque tinha a sensação de que LeVecque ainda não estava contando a história toda; também porque sentia-se desconfortável em relação aos comentários de LeVecque sobre o pai deles; e ainda porque ele sabia coisas sobre o pai que Jack não sabia — como, por exemplo, que o pai não era um francês que nascera com o sobrenome Montclair.

Deus. Will já queria sair do negócio de transporte marítimo mesmo antes daquilo. Agora, ansiava por vender os navios deles e mandar Jack de volta para casa para alertar ao pai de que havia alguém fazendo perguntas perigosas a seu respeito. Então, desejou ardentemente voltar para Carlyle e manter para sempre a farsa que vivia no momento.

Ele e o irmão estavam andando sem prestar muita atenção no trajeto e haviam chegado a uma curva do caminho. De um lado, corria um riacho, borbulhando sob a luz do sol. Do outro, havia sebes de azevinho e uma fonte com uma estátua de Cupido montado em um cisne de cujo bico jorrava água.

E no outro extremo da trilha estava parada Philippa Kirkpatrick.

Capítulo 23

PHILIPPA TINHA BASICAMENTE aperfeiçoado a arte de manter a expressão composta e educada enquanto sua mente estava a centenas de quilômetros de distância.

Diana a cercara de um grupo de pessoas extremamente animadas, sem dúvida com a intenção de distraí-la do desastre da noite anterior. Lorde Ranley, em particular, estava fazendo questão de ser muito atencioso, embora não mencionasse nem uma vez o tio de Philippa. Diana provavelmente o alertara para não falar a respeito, e a jovem se sentia grata por isso. Nunca mais queria se lembrar da existência do tio.

Passou pela cabeça dela que Ranley talvez fosse um dos cavalheiros que Diana tivera esperança de que a cortejasse. Ele era um homem belo e charmoso, muito estimado pela sociedade londrina. O rapaz tinha 30 anos, idade que Diana achava perfeita para um homem se casar, e era dono de uma encantadora propriedade em Hampshire.

Qualquer chance de que aquilo acontecesse morrera na noite em que Philippa perguntara educadamente a Ranley sobre sua propriedade, e ele afastara a pergunta com um aceno de mão e dissera que o capataz tomava conta de tudo, enquanto ele, o dono da terra, fazia coisas mais interessantes. Aquilo havia começado a ferver lentamente dentro de Philippa, enquanto ela se lembrava de como Will trabalhava duro. Pelo menos a duquesa não estava flanando em Londres, gastando toda a renda de Carlyle em corridas de cavalo e casacos novos.

A duquesa. Ela ansiava por ver Philippa casada e feliz. Will sabia disso, assim como sabia que a mulher não tinha grande apreço por ele. Afinal, tinha até citado a duquesa quando dissera a Philippa que os dois não tinham futuro.

Mas aquilo tinha sido antes de Will beijá-la com desespero e de dizer que ela o fascinava desde a primeira vez que a vira. Antes de Philippa ver o lampejo de angústia nos olhos dele quando perguntara se ela via algum futuro para os dois. Se ela tivesse dito que sim... Se tivesse dito naquele momento que estava apaixonada por ele... Se tivesse dito que a duquesa acabaria aceitando, porque ela adorava Philippa e sempre acabava cedendo quando a jovem insistia...

Ele teria ficado? Será que a teria tomado nos braços e a beijado de novo? Será que Will também teria declarado o seu amor por ela?

Philippa tinha que saber. *Precisava* saber. E, para isso, precisava pedir a Marianne que guardasse todas as suas roupas novas, contratar uma carruagem de viagem e...

Um movimento chamou sua atenção. Philippa olhou para a direita e viu o homem que vinha ocupando seus pensamentos parado no fim da trilha.

Por um momento, foi como se o tempo tivesse congelado, deixando apenas os dois ali, encarando um ao outro. Ele parecia novamente um pirata, o pirata *dela*, com os cabelos soltos e o casaco de um azul forte. Philippa sentiu o coração saltar no peito com tanta violência que teve medo de desmaiar. Will parecia tão surpreso quanto ela.

O homem ao lado dele disse alguma coisa, e Will se virou rapidamente e se afastou.

Ao lado dela, Diana estava contando uma história sobre certa viscondessa e seu cachorrinho mimado, divertindo o resto do grupo. Sem dizer uma palavra, Philippa se virou e saiu correndo atrás de Will.

No fim da trilha, ela parou. Não havia sinal dele ou do homem que o acompanhava. Philippa procurou por todos os lados, semicerrando os olhos por causa do sol, e o viu, de paletó azul, caminhando a passos largos ao longo do rio. Ela segurou as saias e correu, mantendo os olhos fixos nele. Em um determinado momento, Will olhou por cima do ombro... Será que a vira? Estava tentando evitá-la ou convidá-la a ir atrás dele? Will dobrou em uma curva da trilha e sumiu atrás de uma sebe, e o coração de Philippa disparou. *Não desapareça*, pensou ela, desesperada. Tinha uma necessidade física de vê-lo naquele momento.

Ela dobrou correndo a mesma curva e Will a segurou, fazendo com que ela acabasse caindo direto em seus braços, onde ele a silenciou e respondeu a todas as suas perguntas com um beijo profundo e desesperado.

Foi como se um raio atingisse o coração e a mente dela. Como se Philippa tivesse vivido em um torpor desde que se afastara das árvores ao lado do estábulo, em Carlyle, e só ali, naquele jardim em Londres, tivesse acordado plenamente.

Ela passou um braço ao redor do pescoço de Will e segurou o paletó dele com a outra mão, para mantê-lo bem perto enquanto retribuía o beijo, abrindo-se para ele por completo. Era o que deveria ter feito na última vez que Will a beijara, e não estava disposta a cometer o mesmo erro duas vezes.

— Você está aqui — disse em um arquejo, quando Will apoiou a testa na dela, a respiração tão ofegante quanto a sua.

Ele deu um sorriso irônico enquanto passava o polegar pelos lábios de Philippa.

— Eu não esperava ver você.

Philippa sorriu radiante, feliz demais para conseguir disfarçar.

— Para mim também foi uma surpresa gloriosa.

Ele riu e a puxou mais para perto, aconchegando a cabeça de Philippa embaixo do queixo e apoiando o rosto no alto da cabeça dela. Philippa se deu conta de que o chapéu dela provavelmente voara quando saiu correndo atrás dele. Não tinha percebido, mas não se importava nem um pouco em perdê-lo. Pressionou com mais força o corpo contra o dele, sem querer soltá-lo nunca mais.

— Qual é o problema? — murmurou Will. Ela ergueu a cabeça, surpresa.

— Você estava com a testa franzida — acrescentou ele. — Precisei me controlar para não sair correndo e puxá-la comigo.

Ela riu.

— Gostaria que você tivesse feito isso! Embora fosse desnecessário, já que saí correndo em seu encalço assim que o vi.

O sorriso dele ficou mais cálido, mais íntimo, ao ouvir aquilo. Will levantou o queixo dela e a beijou de novo.

— Vamos provocar um escândalo — sussurrou ele, ao mesmo tempo que passava os dedos ao redor do pescoço de Philippa.

— Não me importo — sussurrou ela, e jogou a cabeça para trás enquanto ele distribuía beijos pela sua testa.

Will riu e deixou escapar um suspiro. Então, tomou-a pela mão e levou-a um pouco mais adiante na trilha, até um banco em meio ao verde. Philippa se sentou indecentemente perto dele, ainda agarrada à sua mão.

O polegar dele acariciou o dela.

— Você não está gostando de Londres?

— *Não* — respondeu Philippa na mesma hora. — As festas são tediosas, as ruas sujas e as pessoas são frívolas demais. Gostaria de não ter vindo. — Ele a ouviu com uma expressão solidária. — Como estão todos em Carlyle? Há quanto tempo você está aqui?

Will hesitou.

— Cheguei há poucos dias. O duque não anda bem ultimamente. Não está doente, mas tem se sentido cansado e fraco. Não o vi muito nos últimos tempos.

— Ah, não...

— A sra. Potter tem sido uma presença constante para ele, e Amis está sempre lá. Nenhum dos dois pareceu extremamente alarmado. Mas a duquesa ainda está em ótima forma para as batalhas da vida.

Pelo tom de Will, ele falava literalmente. Philippa se perguntou por que a dadi tinha visto Will na ausência dela. A duquesa não gostava dele.

Bem. Aquilo ia mudar.

— Fico feliz em saber que ela está bem — falou, afastando tudo aquilo da mente. — O que o trouxe a Londres?

Will hesitou por um momento mais longo daquela vez.

— Meu irmão precisava de mim.

Instintivamente, ele lançou um olhar para trás do caminho. Will estava mesmo acompanhado quando ela o vira.

— Espero que nada terrível tenha acontecido.

Ele fez uma careta.

— Não. Acho que no fim não será nada.

— Isso é bom? — Ela esbarrou no ombro dele, tentando arrancar um sorriso. — Uma crise evitada? Ou talvez, pior, uma oportunidade perdida?

Will deu um ligeiro sorriso.

— Como certeza uma dessas opções.

— Sou egoísta o bastante para estar feliz por ele ter chamado você a Londres. O seu irmão está aqui?

Will parecia estar em conflito de alguma forma. Ele franziu o cenho, então colocou a mão livre em cima das mãos dadas deles.

— Sim.

— Posso conhecê-lo? — perguntou Philippa timidamente.

Duas coisas tinham se tornado claras para ela: em primeiro lugar, estava real e profundamente apaixonada por aquele homem. Nem um dia se passava sem que pensasse em Will e se perguntasse onde ele estaria, e se estaria pensando nela. Nem uma noite se passava sem que ele invadisse seus sonhos. Todos os cavalheiros que conhecera em Londres perdiam quando comparados com Will, e Philippa *sempre* os comparava com ele.

A segunda coisa era que, se queria que aquele relacionamento tivesse futuro, que tivesse o final feliz que vinha desenhando em sua mente, *ela* teria que tomar uma atitude. Não poderia se dar ao luxo de flertar e esperar que Will a pedisse em casamento, não quando ele já havia dito que não era bom o bastante para ela. Todos acreditariam que Will era o caçador de fortunas de coração mais frio, e ela uma tola, caso não agisse ativamente para criar uma impressão melhor.

Portanto, para que aquele anseio insano que sentia tivesse um resultado plenamente satisfatório, eles precisavam de aliados. A duquesa exigiria um tempo maior de persuasão. O duque aprovaria, pensou Philippa, porque ele já gostava de Will e não tinha mais noção das regras da sociedade e de posições sociais. Então, Philippa achava que, se conseguisse conhecer o irmão de Will e cair nas boas graças *dele*, talvez pudesse acabar convencendo Will de que os dois poderiam dar certo juntos...

— Um dia — falou ele. — Hoje, não. Achei que estava sonhando quando vi você. — Will fez uma pausa e acrescentou, em uma voz mais baixa e rouca:
— Senti saudade.

Naquele momento, Philippa teve certeza de que seu coração realmente estava derretendo. Como não haveria um futuro para eles? Tolice! O futuro estava bem ali, esperando pelos dois. Tudo o que tinham a fazer era decidir se ambos desejavam aquilo.

— Venha me visitar — disse Philippa em um impulso. Por mais que quisesse ficar sentada ali por uma hora com ele, tinha consciência de que os dois estavam em um jardim público e que Diana provavelmente já estava procurando por ela. — Amanhã. Na Hertford Street, na casa de lady Beauchamp.

Will hesitou.

— Por favor — pediu Philippa, se dando conta subitamente de como havia se sentido solitária desde que deixara Carlyle. Era irônico, na verdade, se sentir solitária em uma cidade de milhares de pessoas, e não em um lugar isolado como o Castelo Carlyle. Mas talvez fosse a companhia de Will que fizesse diferença. — Também senti saudade de você. Lady Beauchamp é maravilhosa, mas Londres não passa de um desfile interminável de lordes pomposos e dândis tolos. Quero ver alguém que conheço, que me conhece e se importa comigo, e que gosta das mesmas coisas que eu. Não pertenço a este lugar, e até o meu tio...

Will estreitou os olhos quando ela se deteve subitamente.

— Tio? O que aconteceu?

Para seu desalento, Philippa sentiu os olhos ardendo. Matthew Kirkpatrick não valia aquilo. Mas, de algum modo, ela se pegou contando o que havia acontecido a Will.

— Nos encontramos na ópera, na noite passada, e ele me rechaçou.

Will passou o braço ao redor dela e pressionou os lábios na têmpora de Philippa quando ela encostou a cabeça no ombro dele.

— Que seu tio vá para o inferno. Por que ele fez isso?

Philippa respirou fundo.

— Ele nunca aceitou o casamento dos meus pais, porque minha mãe era indiana. — Ela estendeu a mão, esguia e bem-tratada, mas bem mais escura do que a de qualquer mulher inglesa. — Não pareço uma dama inglesa respeitável.

Will ficou olhando para a mão de Philippa, então segurou-a na dele, maior, mais áspera e calosa.

— Essa — afirmou — é a mão de uma mulher incrível. Veja como é forte, exatamente como a dama em si. — Ele entrelaçou os dedos dos dois. — Veja como é suave e cálida, exatamente como o coração da dama em questão. — Ele passou as pontas dos dedos pela palma da mão dela, e Philippa sentiu a boca seca. — Veja como é bem cuidada, assim como a dama cuida de todos. — Então, Will levou a mão aos lábios. — Veja como é elegante e especial, como tudo na dama em questão — sussurrou, a voz baixa e rouca. — Nunca vi uma mão mais adorável, ou uma dama mais maravilhosa. — Ele apertou a mão contra o rosto.

Philippa sentiu o coração se elevar no peito e sussurrar um *sim, é ele*. Ela agarrou com força a mão de Will. Graças a Deus fora até Bagnigge Wells naquele dia.

— Então a procura por um marido ainda não teve sucesso?

Ele falou em um tom leve, mas Philippa ouviu a tensão em sua voz. Ou talvez fosse só um desejo dela que Will estivesse infeliz com a ideia de vê-la se casando com outro homem.

— Foi um completo desastre — disse Philippa com firmeza. — Nem um único cavalheiro com quem eu gostaria de sair para pescar! Talvez eu simplesmente compre um chalé em Kittleston e more lá. Poderíamos ser vizinhos — continuou, mesmo com o coração disparado. — Você no Chalé de Pedra, eu mais abaixo na estrada, em Kittleston.

Will não disse nada, e não se moveu.

— Invejo a casa que você ocupa em Carlyle — acrescentou Philippa. — Quando o capitão herdar a propriedade, ele certamente vai querer manter você no cargo, mas o lugar não será mais a minha casa. Embora eu não tenha o menor desejo de partir.

— Ah, *te voilà*! — declarou uma voz. — *LeVecque et ses amis veulent te parler*.

Will se levantou do banco de um pulo e voltou tão rápido para a trilha que Philippa quase caiu de lado. Ela ficou sentada, surpresa, tentando ver além dele, mas Will tinha se colocado diretamente na sua frente, bloqueando sua visão.

Will falou muito baixo com o recém-chegado, mas ainda assim Philippa conseguiu ouvir.

— *J'arrive bientôt.*

O outro homem inclinou a cabeça para o lado, tentando ver além do ombro de Will. Philippa também inclinou a cabeça, curiosa, mas cautelosa.

— Jacques, *vas-y!* — bradou Will.

O outro homem ergueu as mãos, rendendo-se, e recuou, sendo mais uma vez escondido pela sebe.

Will se virou novamente para Philippa.

— Peço desculpas, mas preciso ir. Vou... vou tentar visitá-la.

E, com uma cortesia impessoal, ele se foi, caminhando rapidamente.

Quando Will passou pela sebe, o recém-chegado virou a cabeça mais uma vez na direção de Philippa, parecendo terrivelmente curioso. Will pegou-o pelo braço, e os dois se foram, mas não antes de Philippa conseguir dar uma boa olhada em seu rosto.

Eu conheço esse homem, pensou com um sobressalto, mas então se deu conta de que não conhecia. Era um pouco mais baixo, um pouco mais musculoso, mas a semelhança era evidente. A pele do rapaz era um pouco mais pálida do que a de Will, embora os dois tivessem o mesmo nariz. Só podia ser o irmão dele.

Por um momento, Philippa se sentiu surpresa demais para se mover. Ela havia aprendido francês, como a maior parte das jovens damas na Inglaterra, mas como não tinha com quem conversar, a pouca fluência que tinha desaparecera. Mas não a de Will. Ele e o irmão falavam francês fluentemente.

Philippa havia esquecido que o francês era a língua nativa dele. Desde que contara ao administrador que a duquesa não gostava de franceses, ele havia eliminado qualquer tipo de sotaque.

Mas por que Will não queria que ela conhecesse o irmão? Aquilo doeu. Philippa nunca falara mal dos franceses, como a duquesa, ou declarara que as províncias da Nova França eram ainda piores. Ela nunca...

Como se um francês já não fosse ruim o bastante, ecoou a voz da duquesa na cabeça de Philippa. *Um homem das províncias! Um desses em Carlyle já é mais que o suficiente...*

Foi o que a duquesa disse quando soube que lorde Thomas St. James, o herdeiro desaparecido, tinha ido para Nova França, no Canadá, com a família. Cinquenta anos antes, disse o sr. Edwards.

O pai de Will poderia ter cerca de 50 anos.

Agora Philippa estava paralisada. Will havia admitido que aquela era a primeira vez que trabalhava como administrador de uma propriedade, que havia deixado a empresa de comércio marítimo da família para aceitar o trabalho. Por que quisera o cargo?

Por que fizera tantas perguntas sobre o duque e sua saúde?

Por que era tão fechado em relação à própria família?

Por que havia dito que ela não deveria gostar dele?

Alguns cavalheiros barulhentos desceram a trilha, arrancando Philippa subitamente de seus pensamentos perturbadores. Ela levou a mão ao peito e percebeu que seu coração estava disparado. Respirou fundo e sacudiu a cabeça com força.

Aquilo só podia ser uma loucura. Will não era o filho do herdeiro francês havia muito perdido. Aquilo seria uma coincidência bizarra demais. E era absolutamente inacreditável que ele soubesse que tinha uma ligação com Carlyle e tivesse se esgueirado para dentro da propriedade como um espião, conquistando um espaço no lugar, em um cargo onde era rotineiramente repreendido e tolhido. Lorde Thomas, ou o filho dele, não precisava de uma estratégia dessas. Poderiam bater diretamente na porta da frente do castelo e declarar que estavam reivindicando o castelo, a propriedade, o próprio ducado, e ninguém conseguiria impedi-los.

Mas aquilo era um bom lembrete de que ela ainda tinha muito a descobrir sobre Will. Philippa fez uma prece rápida e silenciosa para que ele fosse visitá-la logo e voltou para onde estava Diana.

Capítulo 24

Se Will tinha alguma dúvida sobre o que queria, ela desapareceu no momento em que pousou os olhos novamente em Philippa.

Em primeiro lugar, queria sair do negócio de comércio marítimo. Não apenas para evitar LeVecque e suas perguntas perigosas, mas porque detestava tudo o que dizia respeito ao ramo. Precisara cuidar da contabilidade em Carlyle, e nunca detestara tanto quanto detestava os livros contábeis da empresa de navegação.

Em segundo lugar, queria Philippa. Desesperadamente, apaixonadamente, com um anseio profundo, talvez até erroneamente, mas não podia negar seus sentimentos. O modo como ela o beijara em Bagnigge Wells havia lhe dado muita esperança, assim como a sugestão de que talvez pudesse comprar um chalé em Kittleston e ficar perto dele. Se Philippa também o queria, devia haver um meio de ficarem juntos.

Will não tinha ideia de qual poderia ser, mas ansiava por descobrir.

Porém, antes, precisava despistar Jack.

— Quem é ela? — O irmão o vinha perturbando desde que os dois tinham saído do jardim. — Onde você conheceu uma dama tão linda?

— Ela mora na propriedade. — Will pegou o chapéu e vestiu o casaco. — Queria saber notícias de lá.

Jack deu uma risadinha abafada.

— Finalmente estou entendendo por que você recusou todas as minhas súplicas para que voltasse a Londres! Você só veio porque essa moça também estava aqui? — Ele desceu a escada com Will até o escritório. — Qual é o nome dela?

Em resposta, Will saiu e bateu a porta. Afastou-se apressado, olhando para trás a cada poucos metros para se certificar de que o irmão não o seguira.

A casa da condessa de Beauchamp ficava na área mais elegante de Londres, perto do Hyde Park, em uma rua bem-cuidada e repleta de casas elegantes. Will diminuiu o passo ao se aproximar, subitamente inseguro em relação ao que dizer.

Não poderia perguntar nada a Philippa sem primeiro explicar muitas coisas. Estava cansado de guardar segredos dela, mas infelizmente alguns daqueles segredos não cabia a ele contar.

Cuide disso mais tarde, disse a si mesmo, enquanto batia com a aldrava na porta. Antes de dar qualquer passo irreversível, precisava estar certo dos sentimentos de Philippa.

A condessa Beauchamp era uma linda mulher de cerca de 50 anos, esculturalmente e com uma presença régia. Will percebeu na mesma hora que ela sabia quem ele era, que tinha sido avisada a respeito, mas sua avaliação foi mais contemplativa do que desconfiada. Ela não protestou quando Philippa declarou que o dia estava tão lindo que gostaria de dar um passeio no parque. Eles esperaram apenas a chegada de uma criada, a srta. Marianne, de Carlyle, que sorriu para Will quando ele a cumprimentou com um toque no chapéu, e atravessaram a rua até o Hyde Park.

— *Tu vas bien aujourd'hui?* — Philippa espiou a reação de Will por debaixo da aba larga do chapéu, sorrindo esperançosa.

Will a fitou, surpreso.

— *Trés bien, merci* — respondeu lentamente.

— *Tu parles français, n'est-ce-pas?* — continuou Philippa.

— *Oui.*

— *Tu parles français avec ta famille?*

— *Oui, ma mère vient du Québec, ce qui est une province francofone* — ele falou rápido.

Philippa hesitou, claramente tentando compreender as palavras.

— Por que quer falar em francês? — perguntou Will.

— Percebi que você estava falando em francês com o seu irmão.

Obrigado, Jack, pensou ele, irritado.

— Ontem estivemos com um francês, por isso pareceu polido falar no idioma dele.

Philippa virou a cabeça para encará-lo.

— Um francês?

Will se sentiu desconfortável.

— O homem mostrou interesse em fazer negócios com a minha família, mas duvido que isso chegue a acontecer. — Ele gesticulou com a mão para afastar totalmente o assunto. — O que você já viu de Londres?

— Vários pontos turísticos — murmurou Philippa, em um tom distraído. — Que negócios? Foi esse negócio que o trouxe a Londres, não é mesmo?

— Meu irmão administra o negócio e me pediu para voltar à cidade para me reunir com ele. Que lugares conhecidos de Londres você recomenda? Lady Beauchamp deve conhecer os melhores.

— Will — insistiu Philippa —, qual é o negócio? — Ele a encarou. — Por que não me conta? É algo... ilícito?

Will sorriu ao ouvir aquilo. Todos que tinham um navio agiram como corsários em algum momento durante a guerra com a Inglaterra, inclusive a família dele. Mas agora eram comerciantes absolutamente respeitáveis.

— Não. Só não é nada muito interessante. Navios mercantes.

Ela franziu a testa de leve, como se não acreditasse totalmente naquilo.

— Nós compramos mercadorias aqui, enviamos para Boston e as vendemos lá, então transportamos uma carga de Boston para Londres e também vendemos — explicou.

— Mercadorias de modo geral? — falou Philippa.

— Livros e objetos de decoração, peças de tecido, sabonete. Painéis de vidro para janelas e vinhos finos. — Ela pareceu desconcertada e um pouco decepcionada, e Will continuou com sua descrição propositalmente tediosa. — Então transportamos de volta óleo e ossos de baleia, às vezes peles e couro. Exige mais trabalho de contabilidade do que qualquer um jamais deveria fazer.

— Entendo. — Philippa franziu a testa. — E o seu irmão é o representante dessa companhia de navegação?

Normalmente, um mercador contratava um representante em cada cidade onde fazia negócios. O sr. John Hancock, o homem mais rico de Boston, tinha agentes em Londres, Manchester e Liverpool, e provavelmente em meia dúzia de outras cidades na Europa. O pai dele adoraria ter um representante em Londres, mas aquilo exigia bons contatos, garantias e um registro de lucro, exatamente o que Will e Jack tinham sido mandados para Londres para fazer. Por ora, Jack era o representante deles em Londres... embora o pai deles achasse que Will também fosse.

Quando Will hesitou, Philippa compreendeu.

— Vocês dois administram o negócio — disse ela. — Ou supostamente os *dois* deveriam fazer isso.

Ele fez uma careta.

— Sim, nós dois fomos mandados para estabelecer a empresa aqui. Mas o meu irmão não precisou da minha ajuda por meses.

— Mas, quando ele precisou, você teve que voltar para Londres. — Ela estacou. Eles estavam caminhando ao longo da trilha que passava por entre as árvores, mais adiante o sol cintilava em um lindo laguinho. — Will — insistiu Philippa —, e como fica Carlyle quando você é chamado pelo seu irmão a Londres?

— Carlyle está em boas mãos.

— Não está, não — retorquiu ela, consternada. — A propriedade supostamente deveria estar nas *suas* mãos, mas você não está lá. Quem você acha que vai cuidar de Carlyle?

— A propriedade estava bem o bastante antes de eu chegar, e seguirá ainda melhor quando eu me for — disse Will, sem pensar.

Philippa arregalou os olhos.

— Você está indo embora?

Ele tamborilou com os dedos no quadril e respirou fundo para se acalmar. *Idiota*. Não tivera a intenção de mencionar aquilo, não naquele dia, não daquela forma.

— É um milagre que a duquesa já não tenha me demitido — disse Will com uma leveza forçada. — É só uma questão de tempo.

Ela puxou a manga da camisa dele.

— Você está errado. Ela não vai mandá-lo embora, não enquanto o duque desejar a sua companhia. Você não entende? Para ela, o duque vem em primeiro lugar... a duquesa manteria até um péssimo administrador que distraísse e animasse o filho dela.

Will não disse nada. Não via qualquer possibilidade de conseguir permanecer em Carlyle.

Philippa entreabriu os lábios e a cor desapareceu de seu rosto. Ela tirou a mão do braço dele como se o tecido a queimasse.

Will respirou fundo e abaixou os olhos para o chão.

— Não quero brigar sobre Carlyle.

— Como podemos brigar — falou ela, entorpecida —, se você não vai estar lá?

Ele precisou cerrar o maxilar pare se impedir de desnudar a alma e contar coisas que não deveria. Por que estava ali, fazendo aquela visita?

Porque o coração dele continuava a ter esperança e a desejar que a confusão em que se metera fosse se resolver mágica e misteriosamente e, de algum modo, ele fosse terminar com Philippa em seus braços... com Philippa sendo dele. Porque ele ainda era como um prego perdido sendo irremediavelmente atraído pelo chamado magnético da companhia e da atenção dela. Porque ela havia dito "por favor" e "quero ver alguém que se importa comigo" e ele compreendia aquilo, porque se sentia da mesma forma. Porque *Philippa* era a pessoa que Will queria ver, sempre e para sempre.

Porque ele era um tolo incurável.

Um grito atrás deles interrompeu o sermão que Will estava passando sobre si mesmo. Ele e Philippa se viraram e viram um sr. Edwards de rosto muito vermelho caminhando apressado na direção deles, acenando com um dos braços.

— Ah, não — disse Philippa em voz baixa.

Ela começou a andar na direção do advogado e Will a seguiu.

— Senhorita Kirkpatrick, graças aos céus por tê-la encontrado — disse o sr. Edwards, ofegante.

— O que houve?

— Recebi uma mensagem expressa da duquesa, há apenas uma hora. — O advogado olhou de relance para Will, então fixou os olhos nele, surpreso e nada satisfeito. — Senhor Montclair, o que está fazendo aqui?

— O que houve? — insistiu Philippa.

Will soube que o assunto era sério quando o homem se voltou novamente para ela, o rosto carregado de preocupação.

— O duque. Ele não está bem. A duquesa deseja que a senhorita volte o mais rápido possível...

Ele se afastou enquanto Philippa segurava as saias e saía correndo em direção à casa de lady Beauchamp, com Marianne atrás, parando apenas para pegar a sombrinha que a patroa deixara cair.

Edwards pousou as mãos nos joelhos e respirou fundo algumas vezes.

— O estado dele é muito grave? — perguntou Will.

O advogado estreitou os olhos para ele. Seus óculos estavam tortos e não cintilavam com perfeição como sempre.

— Senhor Montclair, por que está aqui?

— Um assunto de família... — Will começou a dizer.

— Não aqui em *Londres* — retrucou o homem, irritado. — Fui informado da sua viagem e de que deveria esperar vê-lo no meu escritório... uma visita que estou esperando até agora. Por que o senhor está *aqui*, com a srta. Kirkpatrick?

Como não havia uma boa explicação, Will apenas deu de ombros brevemente. Edwards endireitou o corpo, já tendo recuperado o fôlego.

— Eu me vejo obrigado a pedir que o senhor também volte a Carlyle. A duquesa está desesperada.

Will se surpreendeu.

— Ele está morrendo?

— Peço a Deus que não. — Edwards o fitou com uma expressão muito perturbada. — Mas não sei. O senhor irá?

Will assentiu.

— Me dê uma hora.

Na mesma hora, Philippa se sentiu envolvida por uma névoa, e estava tensa como a corda de um violino.

O sr. Edwards tinha falado com Diana antes de sair correndo atrás dela, por isso a condessa já mandara duas criadas arrumarem a bagagem dela. A jovem leu rapidamente a carta da duquesa que o advogado havia deixado para ela.

Will dissera que o duque não estava bem, que se sentia fraco e cansado. Agora a duquesa escrevia que ele estava com febre e não estava comendo, e que chamara por Philippa. A carta beirava a histeria.

Quando a carruagem de viagem chegou, Philippa estava esperando na porta. Ela e Marianne saíram de casa enquanto os criados colocavam a bagagem no veículo.

— Escreva assim que puder, para me contar como estão as coisas — pediu Diana. Ela apertou a mão de Philippa. — Não vou conseguir dormir até receber notícias suas.

— Farei isso. Mande um beijo para Fanny.

Philippa abraçou Diana mais uma vez e entrou na carruagem. O sr. Edwards já estava lá dentro.

Era início da tarde. Não havia como eles chegarem a Carlyle ainda naquele dia.

Uma batida na porta a pegou de surpresa. Philippa arquejou quando Will se inclinou na sela do cavalo.

— Devo ir na frente ou acompanhar vocês? — perguntou ao sr. Edwards.

O advogado olhou de relance para Philippa.

— Vá na frente.

Por um momento tenso, o olhar de Will encontrou o de Philippa. Então, ele assentiu, deu a volta ao redor da carruagem e partiu.

A conversa que os dois tiveram apenas uma hora antes parecia uma lembrança distante, embora Philippa desconfiasse que o que Will dissera voltaria para assombrá-la mais tarde.

— Presumo que ela tenha mandado chamá-lo — disse Philippa, quebrando o silêncio que se seguiu.

O sr. Edwards passou a mão pelo rosto.

— Sim. Qualquer coisa e qualquer um que possa fazer o duque melhorar.

Aquilo disse a Philippa tudo o que ela precisava saber sobre a real condição de saúde do duque.

Dois dias mais tarde, rígida e dolorida da viagem acelerada e sacolejante, ela desceu da carruagem diante do castelo. Heywood abriu a porta assim que ela se aproximou, porque obviamente estava esperando sua chegada, e o coração de Philippa afundou no peito quando viu a expressão do mordomo.

Philippa subiu a escada correndo, sem nem tirar a capa.

— Houve alguma melhora?

— Não muita, srta. Kirkpatrick. O sr. Montclair chegou mais cedo, mas o duque estava dormindo. A duquesa está com ele.

A própria saiu dos aposentos do filho muito pálida e parecendo ter encolhido de alguma forma. Philippa correu para abraçá-la.

— Graças a Deus você está aqui — sussurrou a mulher mais velha. — A febre não baixa.

A garganta de Philippa estava apertada demais e ela não conseguiu dizer nada. Na interminável viagem de volta para casa, havia se dado conta de como o equilíbrio da sua vida era precário. Quando o duque morresse — *por favor, que não seja hoje* —, aquele equilíbrio seria alterado e provocaria uma série de mudanças em cascata.

O capitão St. James se tornaria o novo duque, o novo proprietário do Castelo Carlyle. A duquesa se retiraria para a mansão que havia escolhido décadas antes. Philippa, sem marido e sem uma casa que fosse sua, a acompanharia. Mas, no fundo do coração, Philippa temia que a duquesa não sobrevivesse à morte do filho. Ela já estava com 76 anos, e a dor daquela perda irreversível talvez fosse demais para suportar.

A jovem sabia disso havia muito tempo. Mas tudo estava envolto na bruma do futuro, junto com sua temporada social em Londres havia muito prometida e com um marido adequado e uma família própria. Agora, aquelas dúvidas a atormentavam sem clemência.

Philippa sentou-se no quarto pouco iluminado do duque, com a duquesa apertando a mão dela enquanto cochilava. Não havia nada a dizer, o que deixava a mente de Philippa livre para repassar sem cessar as dúvidas e escolhas que tinha diante de si.

Não poderia deixar a duquesa. Não naquele momento, e provavelmente jamais. Aquilo significava que não poderia deixar Carlyle, o que não representava nenhum problema, já que ela amava cada pedra e cada árvore da propriedade.

O que fazia a mente de Philippa girar em círculos era *como* ela ficaria ali.

Todos os seus sonhos mais pareciam ilusões. Enquanto *ela* estava fantasiando como seria possível ter um futuro com Will, ele estava planejando partir. Philippa ouviu o modo como Will havia falado do negócio que o levara a Londres: "*Nós* compramos mercadorias aqui, enviamos para Boston e vendemos lá". O irmão talvez não precisasse da ajuda dele por meses, mas, no momento em que o chamasse, Will iria. Ela se lembrou, então, de algumas coisas que ele havia dito, como não ter tempo o bastante para fazer tudo o que queria na propriedade. Will nunca pretendera ficar por muito tempo em Carlyle.

Por que ele fora para lá, então? Por que o sr. Edwards o contratara? Foram meses de discussão sobre contratar um novo administrador, e o advogado quase implorara permissão para isso. Então, Edwards apresentara um homem que não tinha nada a ver com o funcionário que a duquesa queria. Philippa se lembrou da imagem mental que fizera do futuro administrador antes de conhecer Will: corpulento, grisalho e de óculos, respeitoso e conservador, competente e comum.

Ela suspirou. Não sabia por que Will assumira o cargo. Só sabia que a ideia de vê-lo partir para sempre era insuportavelmente dolorosa. O duque talvez estivesse morrendo. Nesse caso, a duquesa nunca mais seria a mesma. Era demais pedir para não perder todos de quem gostava de uma vez?

Ao seu lado, a duquesa acordou sobressaltada.

— Ah, Pippa — falou, parecendo exausta e frágil. — Vá para a sua cama, minha querida. Se alguma coisa mudar... — Ela se interrompeu e apertou com mais força a mão de Philippa.

— Dadi, a senhora também precisa dormir.

— Ainda não — disse a duquesa, os olhos fixos no outro lado do quarto.

Havia uma única vela acesa sobre uma mesa ao lado da cama, lançando uma sombra fraca sobre a figura imóvel deitada ali. A sensação de estarem fazendo uma vigília para um moribundo deixou Philippa nervosa, por isso ela se colocou rigidamente de pé, deu um beijo no rosto da duquesa e saiu.

Foi para o próprio quarto, onde Marianne já havia desfeito a bagagem e organizado as coisas. Por um momento, olhou ao redor, vendo tudo quase como se pela primeira vez. A cama alta, cercada por cortinas adamascadas amarelas. A escrivaninha pequena e elegante perto da janela, com vista para os jardins formais da propriedade. O retrato de sua mãe Noor estava pendurado ao lado da penteadeira, o sorriso gentil perfeitamente iluminado pelo brilho do lampião abaixo.

Philippa se sentou diante da penteadeira e fitou a mãe biológica. O sorriso de Noor era reticente, tímido... reservado. O sorriso de uma mulher que desejara um homem de uma fé e cultura diferentes, um homem que não contava com a aprovação dos pais dela, mas que conseguira tê-la.

— O que você faria, ammi? — perguntou Philippa em um sussurro.

O sorriso da ammi dela não se alterou. Philippa balançou a cabeça, exausta e triste. Estava conversando com um quadro, que não lhe diria nada.

Mas as cartas da ammi talvez pudessem lhe dizer.

Ela se ajoelhou ao lado da cama e pegou um pequeno baú.

Capítulo 25

O BAÚ DE couro marrom estava marcado pelo tempo e pela maresia, as ferragens de metal enferrujadas, quase pretas. Philippa levantou a tampa. A inscrição no papel do forro tinha sido feita na letra do pai dela: *Coronel P. M. Kirkpatrick*. Ela havia sido batizada em homenagem a ele, Philip Miles.

A bandeja encaixada no topo do baú guardava os pertences dele, itens que o coronel deixara para trás e os poucos objetos que tinham sido mandados da Índia. Os óculos, com a haste esquerda ainda ligeiramente torta de quando uma Philippa criança tinha puxado do rosto dele. A bússola com o estojo de aço arranhado e amassado. Os diários, amarrados juntos, e uma pilha fina de cartas que ele escrevera quando estava na Índia, presa com uma fita preta. O canivete, um presente da segunda esposa, com as iniciais dos dois gravadas no cabo de madrepérola: PMK entrelaçado a JSS.

Como sempre fazia quando abria aquele baú, Philippa tocou uma bolsa de veludo em um dos compartimentos. Ela guardava os botões do paletó que o pai estava usando quando morrera. Os botões tinham sido arrancados pelas mãos desesperadas do tenente dele, enquanto tentava arrastá-lo do campo, e o jovem oficial os mandara para elas, com uma carta de condolências, miserável, tamanha a dor que carregava.

Philippa ergueu a bandeja e deixou-a de lado. Abaixo dela, havia uma pilha cintilante de tecidos, uma nuvem rosa e damasco, as cores ainda vívidas e brilhantes mesmo depois de todos aqueles anos. Eram da *ammi* dela, que os usara no casamento. A mãe tinha sido uma mulher de baixa estatura, com roupas pequenas demais para Philippa, que era mais alta, como o pai.

Ela deixou de lado a calça de seda escorregadia e fria, a blusa drapeada e bordada em fios de ouro e prata, as camadas de musselina, tão finas que era possível ler as letras na página de um livro através dela. O pai havia dito que as roupas das damas mongóis eram feitas para serem usadas apenas uma vez e descartadas, mas que ele havia persuadido a noiva a guardar as dela, como faziam os ingleses.

Philippa ignorou a linda caixa de marfim, entalhada com folhas e flores em espirais delicadas. A caixa guardava as joias da mãe, peças que Philippa não usava com frequência: metros de correntes de ouro e pérolas, brincos grandes e ornamentados que alcançariam seus ombros, braceletes, tornozeleiras, uma argola de ouro grande e fina que o pai explicara que era para ser usada no nariz. Também havia anéis, para os dedos dos pés e das mãos, que Philippa adorava experimentar quando criança.

Naquela noite, eram as cartas que a interessavam.

Havia dois maços. Um deles era da ammi dela para a própria mãe, a avó de Philippa. Estavam escritas em persa, com uma letra linda, que parecia iluminada. A dadi indiana tinha mandado as cartas para Philippa e o pai as traduzira para o inglês. Philippa as lera muitas vezes, mas naquela noite ela passou por várias até encontrar as que a mãe escrevera quando Philippa nasceu.

É um bebê encantador, mamãe, com cabelos escuros e bochechas gorduchas. Nunca vi criança mais linda. Miles está tão apaixonado por ela quanto eu, e a batizamos em homenagem a nós: Philippa Noor. Anseio para que a senhora a conheça e a abençoe, já que ela é a filha que amo profundamente. Rezo para que ela ajude a senhora a se reconciliar de uma vez por todas com o meu marido, mamãe, porque eu o amo acima de tudo e sei que ele me ama. Não pode haver prova mais certa da nossa devoção um ao outro do que essa criança perfeita...

A avó de Philippa escrevera de volta:

Que alegria a minha! A filha amada do meu coração agora é mãe. Que Deus dê vida longa a você e a sua filha!

Philippa levantou os olhos mais uma vez para o retrato da mãe. *Ame intensamente*, parecia dizer a ammi. *Não se assuste com o que o amor possa vir a lhe custar, tema apenas o que você pode perder se negar o seu amor.*

Ela apertou as cartas junto ao peito. Sempre tinha a sensação de que aqueles papéis guardavam um traço da Índia, ao contrário de qualquer coisa na Inglaterra. Philippa não se lembrava da terra natal da mãe. Havia sido criada na Inglaterra, como uma menina inglesa. Mas o pai e Asmat conversavam sobre a Índia e sobre a ammi dela com frequência, porque não queriam que Philippa esquecesse.

Noor havia convencido os pais de que a sua felicidade estava com o coronel. Jessica havia persuadido a duquesa a amar o homem que ela escolhera. Como Philippa poderia não fazer o mesmo?

Ela cobriu a cabeça com um xale fino de musselina, como a mãe usava no retrato. O tecido era leve como um sussurro, insubstancial como se feito de ar. E guardava um leve perfume de rosas.

Philippa respirou fundo. Desde o primeiro momento em que o vira, ela soubera que Will Montclair seria um problema, que poderia mexer com ela e deixá-la inquieta. E agora estava apaixonada por ele. Independentemente de quem ele fosse de verdade, independentemente do que quer que o tivesse levado a Carlyle. Apesar de não saber o que o futuro lhe reservava, Philippa queria compartilhá-lo com Will.

A ammi dela aprovaria.

Philippa examinou a letra sinuosa da mãe até adormecer, com o longo xale ao seu redor. Então, acordou sobressaltada, ainda no meio de um sonho, o coração disparado. A sensação de algo grave pesou sobre os ombros dela, e Philippa ficou apavorada com a possibilidade de ter pressentido a morte do duque.

Ela saiu da cama e atravessou a casa. O dia estava nascendo, a luz do lado de fora era acinzentada, a silhueta das colinas parecia escura contra o céu que clareava. Quando Philippa chegou aos aposentos do duque, a porta se abriu e a duquesa saiu.

— Ah, senhora — disse, então se conteve.

O rosto da duquesa, embora pálido e abatido, estava iluminado de alegria.

— A febre cedeu. Ele pediu para comer alguma coisa. Ah, Pippa, acho que Johnny vai sobreviver!

Philippa correu para ela, compartilhando algumas lágrimas de alegria. A duquesa recuou, então, secando os olhos.

— Preciso avisar ao sr. Edwards, antes que ele convoque o capitão.

— Sim, senhora.

Philippa sorriu. Seu coração, que estivera tão pesado, agora parecia leve e efervescente. A torrente implacável de mudanças ainda não caíra sobre a cabeça dela naquele dia.

E agora Philippa sabia, sem qualquer sombra de dúvida, que queria Will.

Will havia cavalgado adiante da carruagem, fazendo com que o cavalo se esforçasse além dos limites do bom senso, e chegou antes do meio-dia. Amis o atualizou sobre a situação em voz baixa: o duque começou a ter uma febre alta e súbita. Perdera o apetite. Era quase impossível despertá-lo.

Por ordem da duquesa, Amis entrou com Will no castelo. A mudança na aparência do duque era chocante. Apenas algumas poucas semanas antes, o homem estava frágil, sim, mas alerta e interessado no que acontecia ao seu redor. Agora, não se moveu quando Will se sentou ao seu lado e puxou a cadeira mais para perto dele.

— Sinto muito não termos tido a oportunidade de terminar de ler *Roderick Random* — falou baixinho. — Ele vive grandes aventuras nos mares. — Nenhuma reação. — Amis vai terminar de ler. Talvez eu não deva dar pistas do final, mas o senhor vai gostar de saber que Random se reúne com o pai no fim, os dois felizes depois de tantos anos afastados. — Nenhuma reação. — Foi uma grande honra finalmente conhecê-lo, bom senhor — acrescentou, em um tom quase inaudível, então se levantou e saiu.

O Chalé de Pedra estava silencioso quando Will entrou. Ele atravessou os cômodos e parou no escritório. Lá estava o mapa que havia pregado na parede, mostrando seu progresso como administrador de Carlyle. De modo geral, achava que havia feito um trabalho louvável.

O escritório era o lugar onde ele rira e conversara com Philippa. A cadeira onde ela havia se sentado permanecia no mesmo lugar, no canto da escrivaninha dele, como se estivesse esperando que ela viesse visitá-lo de novo e implicasse com ele por causa do chá. Will a encarou por um bom tempo.

Philippa sabia que ele estava escondendo alguma coisa. E tentara arrancar o que era em Londres, falando francês e perguntando sobre a família dele. Sua recusa em confiar nela a decepcionara.

A família também não estava feliz com ele. Jack ficou furioso quando o irmão partiu apressado de Londres, apenas alguns poucos dias depois de chegar. Eles tinham discutido.

— Você garantiu que seria apenas um ano — acusara Jack, enquanto Will enfiava suas coisas de volta nos alforjes. — Um ano! E esse tempo acabou! — Ele tentou bloquear a porta, mas Will o empurrou para passar. — Você parecia um fantasma esses dias que passou aqui. Nossos pais e nossa irmã estão preocupados porque não escreve para eles há séculos. Você deveria ir para casa visitá-los. Conversar com papai sobre LeVecque. Se um homem nos pediu uma coisa daquelas, outros podem fazer o mesmo. Devemos estar preparados.

— Devemos recusar.

— Will. *Will!* — gritou Jack, enquanto o irmão saía pela porta. — O que você está escondendo de mim?

Exatamente como Philippa. E, mais uma vez, Will não tinha como responder à pergunta.

Que tolo arrogante ele fora achando que conseguiria guardar segredos de todos e não pagar um preço por isso. Não importava o que fizesse agora, magoaria profundamente alguém.

Estava escuro quando o sr. Edwards bateu à porta. Will o convidou para entrar.

— Como foi a sua viagem?

Edwards olhou irritado para ele, mas lhe faltava energia.

— Cansativa. A srta. Kirkpatrick estava ansiosa para chegar ao castelo o mais rápido possível. — Ele hesitou. — Sem dúvida a sua viagem foi ainda mais exaustiva.

Will deu de ombros. Havia cavalgado a madrugada toda, com a mão na pistola.

O advogado entrou e afundou o corpo em um sofá na sala de estar, deixando escapar um suspiro de alívio. Will serviu dois copos de vinho do Porto sem nem perguntar se ele aceitava, e Edwards lhe lançou um olhar agradecido.

— Ele está morrendo? — perguntou Will.

Edwards demorou um tempo para responder.

— Ninguém sabe, mas o duque não é um homem jovem. — Will não disse nada. — Não era para ser assim. — O advogado inclinou o copo e observou a luz brincar com o vinho. — Quando um homem herda um título, sua primeira tarefa é assegurá-lo, com um herdeiro... três ou quatro, se possível.

— Por que o duque não fez isso?

Edwards suspirou.

— Ele era jovem, não tinha nem 30 anos. Teve poucas oportunidades de se casar antes... do incidente. O pai dele, o antigo duque, era uma figura tirânica, que desejava escolher a dama que se casaria com o seu herdeiro.

Will assentiu. Philippa lhe contara sobre o falecido duque, um homem cruel e ditatorial.

— Acredito que não será uma surpresa para você se eu disser que poucos lamentaram a morte dele. O antigo duque morreu de apoplexia. Se já existiu homem mais colérico, nunca conheci. E, por exatos oito meses, parecia que uma nova era despontava em Carlyle. Um jovem e belo duque, um bom partido, um homem vigoroso. Décadas da tirania do pai dele encerradas. Logo haveria uma nova duquesa, uma casa cheia de crianças, uma nova presença no Parlamento. — Edwards deu um gole no vinho. — Ele era um rapaz inteligente. De modos suaves, mas com uma mente astuta. Poderia ter sido um diplomata, um conselheiro privado, um embaixador. — O advogado suspirou. — Foi mesmo uma tragédia.

— O senhor estava aqui na época? — perguntou Will.

Edwards assentiu.

— O sr. Norton era o responsável pelos negócios de Carlyle, mas eu trabalhava como assistente dele. A ideia, é claro, era ser sucessor de Norton. Mais ou menos da mesma forma que um nobre precisa ter um herdeiro, os clientes de um advogado devem ter um advogado mais novo à espera para lhe suceder.

— Então o senhor foi criado na propriedade — falou Will lentamente.

O homem sorriu e ergueu o copo.

— No outro extremo de Kittleston. Bem perto. — Ele suspirou. — Foram oito meses inebriantes. Quase como o fim de um cerco, e todos estavam ansiosos por dias mais felizes.

Will tentou imaginar o duque mais novo, quase da idade dele. E sabendo desde que nascera qual seria o seu destino. Ele provavelmente se sentira livre depois da morte do pai, capaz de finalmente ser dono de si. O que será que havia esperado e planejado para a própria vida?

— Quando um homem herda um título, há formalidades a serem observadas — explicou Edwards. — Petições a serem submetidas, e várias outras burocracias. Sua Graça foi a Londres para se apresentar como novo duque e, espero, para farrear um pouco. Ele acabou se juntando com um grupo de aristocratas e simplesmente não estava preparado para o nível das farras que faziam. Foi o cavalo de outro cavalheiro que o escoiceou. — Edwards girou a bebida no copo. — O camarada estava bêbado... tão bêbado que não conseguiria montar em um cavalo, embora insistisse que sim. O duque estava tentando convencer o homem a entrar em uma carruagem quando o cavalo se assustou e avançou. Eles levaram o duque para a casa da família em Londres na carroça de um carvoeiro. Todos acreditavam que estaria morto pela manhã.

Will se levantou silenciosamente e pegou a garrafa de vinho do Porto. Edwards estendeu o copo e Will voltou a servir o advogado e a si mesmo.

— Como pode imaginar, o incidente foi motivo de um terrível escândalo. O outro camarada fugiu de Londres em desgraça. Alguns anos mais tarde, quebrou o pescoço em uma corrida de cavalo. Bêbado, naturalmente. Mas o duque... — Edwards suspirou.

Will permaneceu calado. Aquele era o maior volume de informação que já conseguira do advogado até ali.

— Um duque não é um homem comum — continuou Edwards com cautela. — Como o senhor viu, ele tem responsabilidades... obrigações. Não apenas com a própria família, mas também com um grande número de outras pessoas, tanto na geração dele, quanto nas que virão. Além do luto dos entes queridos do duque, sua morte causaria uma grande perturbação. À época do acidente, o único herdeiro dele era o irmão, lorde Stephen, que tinha apenas 14 anos, ou seja, totalmente inadequado para assumir o título. Foi quando a duquesa tomou para si a tarefa de administrar o ducado.

Will se remexeu.

— A srta. Kirkpatrick me alertou que a condição do duque deveria permanecer como um segredo absoluto — falou o administrador.

Edwards deu um breve sorriso.

— Ela está correta. O estado dele tem sido cuidadosamente escondido, o máximo possível, ao longo desses trinta anos. Se soubessem da extensão da incapacidade dele, a Coroa e os tribunais poderiam tomar certas... medidas. Como eu disse, muitas pessoas dependem de um duque. Se ele estiver incapaz, alguém deve ser indicado para gerenciar suas terras e sua renda.

— Mas não uma mulher — comentou Will lentamente.

Edwards balançou a cabeça.

— Ela se saiu maravilhosamente bem — concedeu Will.

No início, ele ficara indignado com as condições da propriedade, mas agora tinha noção da grandiosidade da tarefa. Deixar aquilo a cargo de uma mãe sofrendo pela saúde do filho, uma mulher que nunca pretendera ou esperara exercer aquele papel... Will passou a respeitar como a duquesa se saíra bem, mantendo as coisas em andamento por tantos anos sem ter autoridade e controle reconhecidos para isso.

— É verdade — concordou Edwards. — Até o ano passado, tudo isso era para o benefício de lorde Stephen. Ele permaneceu como o herdeiro. — Seus lábios se curvaram em um leve sorriso. — Era o preferido da duquesa. Lorde Stephen queria permanecer em Kittleston como vigário pelo máximo de tempo possível, e ela não conseguiu negar isso a ele. Mas agora... Agora outro será o herdeiro.

Will pigarreou.

— O capitão St. James.

Edwards ergueu o copo, pedindo mais vinho do Porto, então se recostou no sofá.

— As leis de herança aqui são muito rígidas, sr. Montclair. Menciono isso porque acredito que os americanos façam as coisas de forma diferente. — Ele sorriu, e Will inclinou a cabeça, reconhecendo o fato. — Um ducado não é como uma casa, ou como a prataria... a descendência é descrita de forma precisa. A descendência de Carlyle vai para o filho legítimo mais velho do falecido duque e a seus herdeiros. Nesse caso, o duque não tem filhos, por isso procuramos o duque anterior e seus herdeiros. Enquanto lorde Stephen estava vivo, ele era o herdeiro. Depois que ele morreu sem um filho homem, traçamos a linhagem de volta até o terceiro duque e seus filhos mais jovens, então ao segundo duque e por aí vai. O capitão St. James é o bisneto do terceiro duque. Maximilian St. James, cujo nome o senhor também já ouviu, é o trineto do segundo duque.

— A srta. Kirkpatrick me contou — falou Will. — O capitão St. James herdará o ducado, e Maximilian é seu herdeiro, até o capitão ter um filho.

Edwards inclinou a cabeça para trás e ficou olhando para o teto. Will achou que ele já deveria estar um tanto embriagado àquela altura, depois de três copos de vinho.

— Sabe, não é assim tão certo — ponderou o advogado. — O terceiro duque tinha três filhos. O atual e quinto duque descende do filho mais velho, é claro, e o capitão descende do mais novo. Mas havia outro filho, um menino chamado Thomas. A mãe o sequestrou ainda criança e fugiu com ele para a França há mais de oitenta anos.

Will ficou imóvel.

— Sequestrou?

— Desapareceu sem deixar rastro — murmurou Edwards em um tom distraído. — Mas ele seria um herdeiro... o proeminente, na verdade, eclipsando a reivindicação do capitão St. James. Mandei um homem para a França para procurá-lo, e consegue imaginar para onde foi Thomas? Para Nova França, sr. Montclair. Talvez vocês tenham sido vizinhos.

Will virou-se rapidamente para o advogado. Edwards estava sorrindo para ele, as sobrancelhas arqueadas, como se tivesse acabado de fazer uma piada muito engraçada.

— Então o senhor o encontrou.

Edwards balançou lentamente a cabeça.

— Ainda não. Tudo o que sei até agora é que Thomas deixou a França com a esposa e o filho pequeno, cinquenta anos atrás.

251

— É muito tempo para alguém permanecer desaparecido. Ele ainda estaria vivo para ser encontrado?

— Não sei, sr. Montclair. Só sei que precisamos usar todos os recursos que tivermos para procurá-lo. — Edwards sorriu de novo. — Afinal, ele... ou o filho dele... herdaria um ducado. Imagine que surpresa isso seria para um velho soldado francês!

Will sorriu.

— Imagino.

Eles beberam em silêncio por um momento.

— E se ele ainda *estiver* vivo, mas o senhor não o encontrar a tempo? — perguntou Will. — Se o duque já tiver...? — Ele não terminou o pensamento.

Edwards levou um longo tempo para responder.

— A Coroa deseja ter certeza antes de um título ser concedido a um herdeiro. E sabe por quê? — Will balançou a cabeça. — Porque, depois que o título é concedido, não pode ser retirado. — Edwards se inclinou para a frente no sofá. — Não desejo cometer um erro, porque, se outro herdeiro mais próximo aparecer, mas o ducado já tiver sido concedido ao capitão St. James, seria tarde demais. O senhor compreende? Ducados não são transferidos como escrituras de propriedades. Lorde Thomas, ou seus filhos, poderia apelar ao próprio rei por ter sido privado do seu direito devido à herança, e isso não teria qualquer efeito. Estou me esforçando ao máximo para encontrá-lo, ou os filhos e netos dele, para evitar que um grave erro seja inadvertidamente cometido.

Will pigarreou.

— Não parece provável, já que eles não apareceram durante todo esse tempo, que não tenham interesse na propriedade ou no título?

O sr. Edwards se inclinou ainda mais para a frente. Estava na beira do sofá agora.

— Talvez eles não tenham ideia de que o ducado é deles por direito.

— E se eles não quiserem o título e as terras, mesmo se souberem? — insistiu Will.

O sorriso do sr. Edwards desapareceu. Ele pousou o corpo.

— Então eu esconderia a existência deles, para garantir que o título fosse concedido ao capitão sem qualquer possibilidade de disputa.

— É mesmo? — Will foi pego de surpresa.

O advogado encarou Will por um longo momento, os olhos atentos por trás dos óculos.

— Sim, sr. Montclair. Eu faria isso. A Coroa não revogaria um título, mas a presença de outro herdeiro conhecido complicaria as coisas para o eventual filho do capitão. Isso poderia deixar a propriedade em suspenso, podendo até mesmo ser totalmente devolvida para a Coroa.

— E como o senhor esconderia a existência deles...?

— Destruiria qualquer evidência deles nos registros da família — falou Edwards sem titubear. — Queimaria qualquer carta ou registro dos investigadores e compraria o silêncio deles. Se o capitão chegar a reivindicar o título, farei de tudo para garantir que ele consiga tê-lo. — Will ficou apenas encarando o advogado. — O meu dever é com Carlyle, o dever de preservar a propriedade para os arrendatários, para a família que vive aqui e para as gerações futuras. — Ele fitou Will com uma intensidade feroz. — Se houver outro herdeiro, é melhor ele aparecer logo, ou perderá qualquer chance de ter sua herança.

Por um momento, as palavras pairaram no silêncio carregado da sala. Então Will soltou um assovio baixo.

— Que história incrível, sr. Edwards.

— Sim — murmurou o outro homem, ainda o observando. — Não é mesmo?

Will assentiu sem encontrar o olhar do advogado.

Depois de um longo momento de silêncio, Edwards ficou de pé.

— Preciso voltar ao castelo. Obrigado pela conversa, sr. Montclair.

Depois que ele partiu, Will ficou andando pela casa e parou mais uma vez diante do mapa de Carlyle, com a mão pousada na cadeira de Philippa. Ele observou a propriedade, os campos, as florestas, os rios e as estradas. O moinho, o comércio, as casas, o castelo.

Edwards tinha explicado com precisão o que ele precisava fazer. Não o que ele gostaria de fazer, mas a coisa certa.

Will se sentou diante da escrivaninha e abriu o tinteiro.

Quando terminou, as velas já estavam quase derretidas. Seus olhos ardiam e, ao esticar o pescoço, viu pela janela que o céu estava acinzentado com a aurora que se aproximava. Precisava dormir por algumas horas. Ele apagou as velas derretidas bem no momento em que ouviu uma batida forte na porta.

— Will! — gritou Philippa. — Abra a porta!

O duque. Ele correu pelo corredor, com o coração aos pulos.

— O que houve?

Philippa entrou correndo, o cabelo solto, o vestido amassado e desarrumado, mas com o rosto cintilando. E se jogou nos braços dele.

— A febre cedeu. O duque vai se recuperar.

Capítulo 26

WILL FICOU OLHANDO para ela, confuso. Tivera certeza de que Philippa estava ali para lhe contar que Carlyle tinha morrido.

— Não é maravilhoso? — O sorriso de Philippa era tão largo que suas covinhas estavam à mostra.

— Sim. — Ele segurou o rosto dela. — Sim! É a melhor notícia que já recebi.

E ele a beijou.

Com vontade.

E Philippa retribuiu o beijo, se jogando contra ele com tanta voracidade que seus pés deixaram o chão. Will bateu com as costas na parede e puxou-a com mais força junto a si, então virou-se com ela, de modo que agora eram as costas dela que estavam contra a parede, e continuou a beijá-la até o chão parecer se inclinar sob os pés deles.

— Ah! — Ela deu uma risada surpresa, agarrando-se ao pescoço dele. — Vamos cair!

Ele já caíra... Os braços de Will a envolveram com mais firmeza.

— Estou segurando você — sussurrou na têmpora dela.

Philippa o abraçou com mais força.

— Eu sei — sussurrou de volta. — E estou segurando você, que é tudo o que eu quero.

A respiração saía ruidosa dos pulmões dele, como uma borrasca de inverno nas velas de um navio.

— Philippa, espere — conseguiu dizer.

— Escute. — Agora foi ela que segurou o rosto dele entre as mãos. — Eu sei o que quero — falou baixinho. — É você. Não um cavalheiro de Londres, ou um proprietário de terras do campo, nem um nobre qualquer. Quero *você*. — Ele abriu a boca e ela o beijou para impedi-lo de falar o que quer que fosse. — Eu te amo — sussurrou Philippa. — Deixe que isso seja o suficiente por enquanto. Por favor.

Aquilo foi ao mesmo tempo a melhor e a pior coisa que ela poderia ter dito. A melhor, porque pareceu encher o coração de Will de luz, fazendo qualquer coisa parecer possível e lhe dando vontade de gritar de alegria.

A pior... porque era uma tentação além do suportável, além da prudência, do bom senso e do último fio de consciência que lhe restava.

Will beijou Philippa, deixando seu peso sustentá-la na parede. Então, segurou-a pelos ombros e correu as mãos pelos braços dela, até os pulsos, levantou-os e segurou-os juntos, acima da cabeça.

— Eu amo você — sussurrou Will. — Quero você. Que Deus me ajude, mas quero.

Ela assentiu freneticamente.

— Não precisa pedir a ajuda de Deus — falou em um arquejo. — Quero que você me tenha. Toda.

Levando em consideração o que ele havia passado a noite fazendo, só existia uma forma honrada de agir naquela situação, mas o último fio de consciência se rompeu quando Will ouviu as palavras dela. Ele se deixou levar pelo rodamoinho e se afogou no desejo que sentia por Philippa.

Will a beijou. Devia ser uma coisa banal, apenas um beijo... ao menos fora todas as vezes que ele beijara outras mulheres. Mas beijar Philippa era como inspirar uma lufada de ar fresco, como abrir os olhos em uma manhã banhada pelo sol. Ela retribuiu o beijo, como se sentisse o mesmo. Will ainda segurava suas mãos contra a parede, por isso Philippa passou uma perna ao redor dele, aproximando-se mais.

Quando Will interrompeu o beijo para colar os lábios na curva do maxilar dela, Philippa arqueou o pescoço. E arquejou quando ele mordiscou o lóbulo da sua orelha. Finalmente, Will soltou os pulsos de Philippa para poder tocar seu rosto, acariciar seus ombros, e levou as mãos à cintura dela, para erguê-la mais alto, para mais beijos. E Philippa respondeu agarrando o cabelo do administrador e guiando-o para onde queria a boca dele.

Se antes havia um lenço cobrindo o colo da jovem, ele se fora. Os seios de Philippa estavam quase se derramando do corpete do vestido, um banquete de pele cor de bronze aveludada, macia e quente sob os lábios e a língua dele. Philippa estava ofegante, e seus sussurros frenéticos estavam deixando Will louco e seu pênis rígido como aço. Todo o corpo dele latejava de desejo. Ele nunca quisera nada ou ninguém na vida mais do que queria fazer amor com Philippa.

Contra uma parede.

No saguão de entrada do Chalé de Pedra, com a porta ao lado deles aberta para o mundo.

Will levantou a cabeça e pousou o corpo dela no chão. Parte da névoa que o dominava pareceu clarear. Aparentemente, aquela maldita consciência ainda estava viva.

Philippa passou por ele e pegou sua mão.

— Venha — sussurrou ela, a voz carregada de desejo.

Então puxou-o na direção da escada.

Ele deu um passo. Sua consciência se agitou de novo.

Philippa parou no primeiro degrau, puxou-o mais para perto e passou os braços mais uma vez ao redor do seu pescoço.

— Por favor. — Ela beijou-o com gentileza. — Detenha-me apenas se não quiser fazer amor comigo.

Aquilo nunca seria verdade. A consciência de Will foi deixada de lado de novo, definitivamente, e ele fechou a porta e a levou para o quarto.

Os primeiros raios do sol que nascia atravessavam as janelas do quarto quando eles entraram, e Philippa considerou aquilo um bom presságio. Um novo dia e uma nova *vida* estavam nascendo ao redor ela. Seu coração batia com força, confiante, não mais com medo e insegurança, mas com a determinação de fazer uma escolha ousada.

Ela escolhia Will.

Não importava o escândalo. Não importavam as queixas e a preocupação da duquesa. Philippa tinha absoluta convicção de que estava certa: Will era o amor da sua vida, sua escolha, seu destino, para melhor ou para pior. E fossem quais fossem os segredos que ele mantinha... ela lidaria com aquilo depois.

Naquele exato momento, havia coisas mais importantes a serem feitas.

Will não estava usando paletó e as mangas da sua camisa estavam enroladas. Pela primeira vez, ela se deu conta de que ele passara a noite toda acordado.

Havia tinta em seus dedos, e seu queixo estava áspero com a barba por fazer. Philippa tocou-o ali, encantada com a textura, e ficou na ponta dos pés para beijá-lo enquanto começava a desabotoar seu colete.

— Parece que nenhum de nós dormiu muito — murmurou ela.

— Não.

As mãos de Will estavam no cabelo dela, tirando os grampos que haviam sobrado e passando os dedos por toda a extensão dos fios. Philippa queria deixar a cabeça cair para a frente e gemer, tamanho o prazer que sentia. Não era de espantar que Percival ronronasse quando a duquesa o acariciava.

— Então vamos para a cama.

Ela afastou o colete dele, e Will soltou os braços e voltou a abraçá-la. Philippa riu mesmo enquanto resistia.

— Todas as criadas da lavanderia já viram você sem camisa.

Will sorriu enquanto ela soltava sua gravata.

— Está com inveja?

— Desesperadamente!

Philippa puxou o nó teimoso. Will levantou uma das mãos e soltou-o, puxando a longa faixa de tecido. A jovem deixou escapar um som exultante de prazer e estendeu a mão para o colarinho da camisa dele.

Will pegou as mãos dela e beijou uma, e então a outra.

— Aquilo foi no meu segundo dia em Carlyle. Vem nutrindo pensamentos maliciosos comigo desde então, srta. Kirkpatrick?

Philippa enrubesceu e ficou olhando enquanto ele tirava a camisa de dentro da calça.

— Maliciosos, não...

Will tirou a camisa pela cabeça e a jogou de lado. Philippa arquejou. Ele era magnífico. A luz pálida do nascer do dia no fim de verão se refletia nos músculos desenhados. Will passara cinco meses trabalhando longas horas entre os operários e isso era visível. Ele tinha o corpo esguio e forte, muito mais belo do que qualquer estátua grega.

Mas provavelmente era tão sedutor quanto um deus grego.

Ele ficou imóvel quando Philippa esticou a mão e tocou-o com reverência e gentileza. A pele de Will era quente e levemente coberta por pelos. Ao contrário dela, Will era mais pálido onde as roupas o cobriam.

— Sim — sussurrou Philippa, encantada com a sensação da pele dele sob suas mãos. Nada de cavalheiros macios e lânguidos para ela. — Pensamentos muito maliciosos.

— Excelente — disse Will. Ele passou os braços ao redor da cintura dela e a ergueu.

As mãos de Philippa pousaram naqueles ombros nus, firmes e musculosos enquanto ele a carregava para a cama. A cama dele. Que seria *deles* naquele dia.

Will recostou-a com gentileza nos travesseiros, então agachou-se diante dela. Ainda fascinada com o peito nu daquele homem, Philippa levou a mão ao fecho do vestido, ardendo de vontade de sentir a pele dele contra a dela, mas Will a deteve.

— Eu sonhei com isso — murmurou ele. Então, ajeitou os pés dela de cada lado dos seus joelhos, contendo o instinto de Philippa de chutar longe os sapatos. — Na sala de brinquedos — continuou ele, em um sussurro rouco e ardente. — Quando você caiu em cima de mim.

Philippa estremeceu, e sentiu o coração bater mais rápido com a lembrança.

— Eu a imaginei assim. — Will acariciou o tornozelo dela em movimentos suaves e delicados. Philippa respirou fundo... Quem poderia imaginar que tornozelos poderiam ser áreas tão sensíveis? — E isso...

Agora os dedos dele subiram pelas panturrilhas dela, erguendo a saia no caminho.

Philippa deixou a cabeça cair para trás nos travesseiros e fechou os olhos, se concentrando no toque dos dedos de Will, e desejou não estar usando meias.

— Minha linda princesa do castelo — sussurrou ele.

Will se colocou em cima dela, pousando as mãos ao lado da cabeça de Philippa e abaixando-se para beijá-la.

— Não sou uma princesa — conseguiu dizer ela em um arquejo.

Em um movimento instintivo, Philippa pressionou a cintura dele com os joelhos e correu as mãos pelos braços nus, arrebatada pela sensação da pele masculina.

— É a minha princesa — repetiu Will teimosamente. — A dama do meu coração. Juro meu amor a ti.

Ele abaixou a cabeça e colou os lábios no espaço entre os seios dela, a barba por fazer arranhando a pele de um jeito tão delicioso que fez Philippa soltar um gemido estrangulado.

Ela havia se perguntado como ele seria sem camisa. A realidade era melhor do que a expectativa.

Também se perguntara como seria a sensação da boca de Will na pele dela. E a realidade ia além de seus sonhos mais loucos.

E Philippa ainda estava totalmente vestida, não despira nem uma peça de roupa. Pela primeira vez, sentiu uma vibração interna profunda, de antecipação, de um anseio primitivo para ver quantos outros sonhos e expectativas poderiam ser superados por Will.

E imaginou que isso aconteceria com todos eles. O que só a deixava mais desesperada para descobrir.

— Então você está ao meu dispor para fazer o que eu quiser?

Philippa nunca imaginara que poderia haver tanta conversa enquanto um casal fazia amor. Sentia-se ao mesmo tempo intrigada e impaciente com aquilo.

Will riu, a boca ainda colada ao seio exposto dela. O lenço diáfano que a cobria antes ficara pelo caminho, e o corpete havia escorregado para baixo quando ele a carregara para a cama. Philippa sentia os mamilos rígidos e vibrando, a poucos centímetros de distância da língua dele. Seu corpo inteiro corou, ela provavelmente se perdera para a devassidão se estava pensando na boca de Will explorando-a de forma tão íntima.

— Estou. — Ele olhou para ela, as pálpebras pesadas, mas os olhos cintilando com pontinhos dourados. — O que ordena que eu faça?

Philippa abriu a boca, mas não tinha ideia.

— Tudo.

— Hum... — Will correu o dedo pela borda do corpete dela, puxando-o para baixo até desnudar os mamilos doloridos de desejo. — Incluindo isso? — Ele passou a língua ao redor do bico rosado, então capturou-o entre os dentes.

Philippa quase saltou da cama.

— Ah, meu Deus — arquejou ela. — Ah...

— Quer que eu pare? — perguntou enquanto fazia o mesmo com o outro mamilo.

— Não!

Philippa cravou as unhas nos ombros dele enquanto Will se inclinava mais e sugava seus mamilos, fazendo as pernas dela tremerem, os dedos dos pés se contorcerem e todo seu corpo se arrepiar de prazer.

O administrador se demorou daquela vez, usando a boca até Philippa ficar rígida de expectativa. Cada carícia da língua dele, cada mordida leve dos dentes, até mesmo a sensação da barba por fazer e do cabelo longo na pele dela pareciam disparar faíscas pelos membros de Philippa até ela se contorcer, frustrada, quando ele recuou.

— Não pare — exclamou ela.

O rosto de Will estava tenso e concentrado.

— Acabei de começar. O que deseja que eu faça?

— Tudo! — Ela tentou puxá-lo novamente para junto do corpo, mas Will resistiu. Philippa ficou surpresa com a total imobilidade dele, mesmo quando ela o puxou. — Sei o que quero, mas não sei bem como fazer! — desabafou, frustrada.

— Devo mostrar a você? — Aquele brilho malicioso estava de volta aos olhos dele.

— *Sim!*

Philippa havia se esforçado para levantar o corpo, e agora Will pressionava os seus ombros de volta junto ao colchão. Quando separou os joelhos dela, a expressão dele era séria, quase perigosa. As palmas de sua mão acariciaram a pele dela, subindo pela perna, erguendo a saia e a anágua até as coxas.

— Assim — disse Will em um sussurro gutural, a voz quase irreconhecível. A expressão dele era determinada e seus olhos pareceram queimar a pele de Philippa enquanto a fitavam, aberta como uma devassa na cama dele. — Sonhei com você assim.

Philippa engoliu em seco. Sua pulsação latejava naquele ponto entre as pernas, ainda oculto pelas saias. Ela sabia que era para *lá* que Will estava olhando.

— Tão linda. — Ele ergueu os olhos para encontrar os dela. — Você deveria me impedir. — Aquilo saiu em parte como um resmungo, em parte como uma súplica.

Philippa balançou a cabeça freneticamente, levantando ainda mais as saias.

Will voltou a ficar imóvel. Seu olhar percorreu-a de cima a baixo, o cabelo espalhado por toda parte, os seios expostos acima do corpete, as pernas, ainda cobertas pelas meias, totalmente abertas e convidativas.

— Eu quero você — sussurrou ela. — Me queira.

Por favor, me queira.

— Quero você mais do que já quis qualquer coisa ou qualquer pessoa na minha vida.

A mão dele tremia quando tocou o joelho dela, então deslizou lentamente para a parte interna da coxa.

Philippa revirou os olhos. Ela entendia o bastante para saber que Will a estava tocando *ali*, onde todos os seus nervos pareciam ter se tornado tensos, na expectativa, ansiosos. Ela mordeu o lábio para não gritar.

O primeiro toque não foi *lá*. Will correu o polegar pela fenda no alto das coxas dela, e seus dedos deslizaram pela pele sensível, leves como uma borboleta. Philippa ficou tão imóvel que seus ossos doíam. Então, preguiçosamente, como se pretendesse passar o dia todo fazendo aquilo, os dedos dele passearam pela coxa dela, pela barriga e finalmente, *finalmente*, desceram.

Então, ele parou. Philippa abriu os olhos pesados e o viu com a cabeça abaixada. Seu punho estava cerrado, os músculos do braço saltados. Will levou o punho à boca, e sua respiração saía em arquejos.

Philippa se sentou e beijou-o, passando a mão pelo maxilar dele e puxando-o para cima dela. Ela encaixou as pernas ao redor do quadril de Will, ignorando o tremor que percorreu seus membros ao sentir o corpo dele em cima do dela.

— Beije-me — sussurrou, e mordeu o lábio inferior dele. — Faça amor comigo. Eu faria amor com você se soubesse como.

Will fitou-a e um sorriso pesaroso curvou seus lábios.

— Como minha dama ordenar...

Ele pousou a mão entre as pernas dela, a palma quente sobre o sexo de Philippa. Então, deixou um dedo deslizar por entre as dobras macias, e ela se sobressaltou, os olhos arregalados. Will repetiu o gesto lentamente, e daquela vez Philippa arqueou o corpo para encontrar o toque dele, excitando-o com o tremor que percorreu o seu corpo.

Ele a ensinou, a boca maliciosa murmurando no ouvido de Philippa e a mão maliciosa entre as pernas dela, arrancando arquejos e suspiros trêmulos. Ela pressionou o corpo contra a mão dele, impaciente, ansiosa, implorando por mais, mesmo enquanto se contorcia por dentro com uma tensão insuportável.

— Relaxe, *ma chérie* — sussurrou ele. — *Je désire te voir de cette façon*...

Ela mordeu o pescoço de Will, excitada demais para conseguir compreender o que ele dizia, ansiando por deixá-lo tão desesperado de desejo quanto ela se sentia. Will apenas riu baixinho e penetrou-a com o dedo.

— Ah!

Philippa jogou a cabeça para trás e cravou os calcanhares, ainda calçados com os sapatos de caminhada, no colchão. Então ela se sentiu cair... como se dentro de um poço, através de uma queda d'água, em um abismo interminável de pura sensação, disparando pelos nervos dela e parecendo cantar em suas veias.

Novos espasmos a dominaram quando Will penetrou-a com mais um dedo, e continuou a ir mais além e recuar, parecendo tocar algo bem no fundo do corpo dela que ressoava como a corda de uma harpa.

— Isso foi... — Ela arquejou em busca de ar. — Isso foi um começo adorável.

Ele riu, com o lóbulo da orelha dela entre os dentes. Will parecia não conseguir manter a boca longe do corpo dela, e Philippa não tinha qualquer reclamação em relação àquilo.

— É mesmo, milady?

Philippa se sentou. O sol que se erguia no céu iluminava o cômodo com um brilho rosado, exatamente como ela se sentia por dentro. Tirou o cabelo do caminho e começou a abrir o corpete e a puxar os cordões do espartilho.

— São roupas demais.

Will se deitou de costas e dobrou o braço atrás da cabeça, observando-a.

Ela se ajoelhou na cama e despiu o vestido. Felizmente, era um traje resistente de viagem, e não um vestido leve com as mangas justas que estavam na moda. A peça de roupa foi parar no chão. Ela soltou os cordões da saia de baixo e tirou-a também, jogando-a por cima do vestido. Sobrou apenas uma anágua por baixo, que ela despiu prontamente.

Naquele momento, Philippa fez uma pausa. Só restava o espartilho, a camisola de baixo e as meias, além dos sapatos. Will ainda estava recostado nos travesseiros, observando, mas seu sorriso sedutor havia se apagado. Philippa pousou o sapato sobre o abdômen dele.

— Serei só eu a me despir?

Will abriu a fivela do sapato e aproveitou para acariciar o pé dela.

— Estou saboreando imensamente assisti-la se despindo.

Philippa enrubesceu e começou a soltar os nós das ligas.

— Você precisa me garantir o mesmo prazer.

Ele foi muito mais rápido. Quando Philippa tirou a camisola de baixo pela cabeça, Will já estava de pé, completamente nu, as mãos nos quadris, admirando-a. Ela deixou seus olhos percorrerem o corpo dele.

Mais magnífico do que qualquer estátua.

— Como se chama aquilo? — sussurrou ela. — O prazer que você me proporcionou.

— *La petite mort*. — Ele puxou-a para a beira da cama, e Philippa passou os braços ao redor do seu pescoço, estremecendo ao sentir a grande extensão de pele junto à dela. — A pequena morte, em francês. Um orgasmo.

Philippa sorriu junto à boca dele.

— Não é uma morte. Nunca me senti mais viva.

— É verdade — murmurou ele.

Will envolveu o seio dela com a palma da mão.

— Talvez eu deva tentar de novo — sugeriu Philippa. — Vou tentar prestar mais atenção.

Ele riu enquanto a deitava na cama e se colocava em cima dela. O sol o tingia de rosa e dourado, e até seu cabelo cintilava com essas cores.

— Se você prestar mais atenção, terei me saído muito mal.

Philippa sorriu de volta.

— Por quê? — Ela correu a mão pelo peito de Will até tocar ousadamente a ereção proeminente. Todo o corpo dele ficou tenso. — Talvez você esteja perdido demais em seu próprio prazer para cuidar disso...

Will se contraiu sob o toque dela.

— Ah, milady — falou ele, a voz rouca. — Como me tenta.

Ele deslizou a mão novamente entre as coxas dela, abrindo-as bem e acariciando-a de novo, daquela vez com mais firmeza, mais determinado.

Philippa sentia a respiração presa no peito. Ela estendeu a mão para o corpo de Will, ansiando por sentir sua pele. Sentindo-se uma devassa, mas também desesperada, ela tocou mais uma vez o membro rígido dele, testando seu peso e sua extensão.

Will praguejou e tentou recuar, mas Philippa havia envolvido o pescoço dele com o braço e o segurou com firmeza.

— Estou curiosa para sentir o seu corpo — sussurrou ela. — Todo ele. Por favor, me deixe tocá-lo...

Will tentou rir.

— Como minha dama ordenar...

E, assim, ela explorou todo o corpo daquele homem, embora sua concentração tivesse sido abalada quando ele voltou a acariciá-la, até deixá-la ofegante e se contorcendo em seus braços.

Will se acomodou acima dela.

— Está sentindo? — perguntou em um sussurro, a mão ainda entre as pernas dela.

— Sim. — Philippa já estava erguendo o quadril contra a mão dele, mais uma vez desesperada.

— Quero você — disse Will, a voz trêmula. — Minha Philippa querida, meu amor...

Ela assentiu, a respiração acelerada, o coração disparado.

— Sim, sim, juntos...

Então Will a penetrou.

Ela fechou os olhos e respirou fundo. Nunca se sentira tão plena, tão vulnerável, tão conectada a outra pessoa. Will fez uma pausa e levantou mais as pernas dela ao redor do seu quadril, só para arremeter ainda mais fundo, e Philippa agarrou os ombros dele, sentindo-se totalmente nua e exposta.

Não havia nada escondido. Não havia nada que não estivesse exposto à vista de Will. Ela pertencia a ele, por completo. Aquilo era exatamente o que Philippa queria, e estava adorando.

Will não se moveu até ela lamber o peito dele. Aquilo o fez se contorcer, então flexionar a coluna devagar. Philippa arquejou e se ergueu para encontrar a arremetida dele com o próprio corpo.

Havia sonhado com a forma como ele a faria se sentir. Mas não chegara nem perto de prever como realmente seria.

Ela também não estava esperando o redemoinho de sensações que a arrebatou de novo, rápido demais para que ela tivesse tempo de respirar antes de se sentir caindo outra vez naquele delicioso abismo. Philippa mal sentiu o corpo de Will se enrijecer acima dela, antes de ele se desvencilhar dos braços e pernas que o envolviam e deixá-la arquejando e tateando por ele, enquanto ainda estremecia de prazer.

Por vários minutos, só era possível ouvir o som da respiração entrecortada dos dois no quarto. Philippa abriu os olhos e viu Will esticado ao seu lado. Ele se desvencilhara no momento em que ela o queria mais perto. Mas agora a puxou para si, afastando os cabelos dela para lhe dar um beijo carinhoso, que durou até Philippa suspirar de prazer.

Ela descansou a cabeça no ombro dele. Will a envolveu com o braço. Os dedos de Philippa traçavam círculos preguiçosos no peito dele, enquanto ela se perguntava como eles contariam à duquesa. O duque ficaria satisfeito. Todos em Carlyle... ficariam muito surpresos.

— Preciso levá-la de volta para casa — murmurou ele. — Antes que sintam a sua falta.

Philippa se aconchegou mais a ele.

— Ninguém vai sentir a minha falta. A duquesa vai estar com o duque.

O peito dele se ergueu e se abaixou.

— Acaba de citar as duas pessoas que logo estarão perguntando por você.

Philippa deu uma risadinha.

— E as duas pessoas que me perdoariam por qualquer coisa! — Ela beijou o maxilar dele. — Mas estou em casa agora, bem aqui, com você. Sempre e para sempre.

O sorriso de Will se apagou. Ele se virou de lado, ficando cara a cara com ela.

— Philippa.

Ela tocou o rosto dele, sem conseguir parar de sorrir.

— Sim, meu amor?

— Tenho que ir embora de Carlyle — falou Will.

Capítulo 27

Por um momento, Philippa continuou a sorrir. Seu rosto cintilava de amor e de contentamento, e Will conseguia ver a euforia ainda brilhando em seus olhos.

Então, as palavras dele foram compreendidas, e os lindos lábios dela se entreabriram em uma expressão de preocupação.

— Ah, é claro! — O sorriso voltou ao rosto dela, que parecia surpresa e um pouco envergonhada — Partimos tão repentinamente de Londres, seu irmão deve estar preocupado...

Will pousou um dedo sob os lábios dela.

— Não, meu amor. — Ele fez uma pausa, enquanto o sorriso dela se apagava. — Eu... não vou mais voltar.

Por um momento, Philippa ficou imóvel, examinando o rosto dele, as sobrancelhas gloriosas e expressivas franzidas em uma adorável expressão de perplexidade.

Então, ela se sentou abruptamente, desvencilhando-se do abraço de Will.

— Não! O que você está dizendo? *Não* — repetiu, com mais intensidade do que antes.

Will também se sentou. O sol entrava pelas janelas. Era manhã, com a luz intensa de um novo dia. Bastava de se esconder na sombra das mentiras e meias-verdades que ele havia contado por tanto tempo, ou nos desejos e anseios que abrigara, apesar de todo o bom senso.

— Eu preciso ir. Dei a minha palavra.

Philippa o encarou boquiaberta. Cristo, como era difícil lhe dizer aquilo. Seria mesmo se ele não tivesse passado a última hora fazendo amor com ela, tornando-a dele, fingindo que ela sempre seria.

— A quem?

Will passou a mão pela cabeça.

— Ao meu irmão. Jurei que passaria apenas um ano em Carlyle, nem um minuto a mais. O ano termina em poucos dias.

Terminava no dia seguinte, na verdade. Ele sentia a data se aproximando como o cavalo pálido da Morte vindo em sua direção.

— Diga a ele que você precisa ficar — exclamou Philippa. — Seu irmão não precisa de você como nós precisamos!

— Não posso — respondeu Will em voz baixa. — Eu... O resto da minha família não sabe que eu estou aqui. Meu pai está curioso... e nada satisfeito... por não ter notícias minhas há muito tempo sobre o negócio de comércio marítimo.

— Ora... você precisa contar a ele! — Ela se deteve, os olhos agora muito abertos, o rosto pálido. — É... é sobre mim que você não quer contar a eles?

— *Não*. — Will cerrou os punhos para se impedir de tocá-la. — Isso não tem *nada* a ver com você.

Philippa o encarou, os lábios rosados entreabertos, em choque. Com o cabelo negro e longo ondulando solto ao redor dos ombros e aquela pele perfeita, nua, ela era a mulher mais linda que ele já vira. A mulher mais inteligente, esperta e sensata que já conhecera. Philippa o fazia rir e o fazia desejar ser um homem melhor. E ali estava ele, partindo o coração daquela mulher.

Era como o encontro com a Morte, de certa forma. Deixar Philippa seria como perder um pedaço da própria alma, sabendo que nunca mais o recuperaria.

— Will. — Ela pegou o braço dele. — Conte a eles. Sua família pode surpreendê-lo. Escreva para eles! Mande a carta pelo próximo navio. Irei com você para Londres e o ajudarei a persuadir seu irmão de que você precisa ficar aqui... de que precisamos de você. De que *eu* preciso de você.

— Não posso. — Ele balançou a cabeça quando Philippa começou a protestar. — Acredite em mim quando digo que meu pai ficará furioso se souber o que eu fiz.

Philippa o soltou e levou a mão ao abdômen, como se para se proteger.

— Por quê?

Ele ficou em silêncio por um momento.

— Não posso lhe dizer o motivo.

Ela ergueu as sobrancelhas, confusa.

— Então por que você veio, se o seu pai era tão implacavelmente contrário à ideia?

Outra pergunta que ele não poderia responder. Will se virou e pousou os pés no chão para não ver a expressão de traição no rosto dela.

— Eu a levarei de volta para o castelo.

Ele se levantou e começou a se vestir, sentindo-se arrasado.

Philippa também saiu da cama e passou a recolher as próprias roupas, só que bem mais lentamente. Will já estava vestido enquanto ela ainda estava apenas com a camisola, as meias e o espartilho. Infelizmente, ele podia dizer pela expressão da jovem que ela não estava sendo tão lenta apenas pelas exigências das muitas peças de roupa... Philippa estava pensando.

Ela amarrou a anágua.

— Você veio para Carlyle sob um falso pretexto?

— Defina falso pretexto — ele se desviou, sacudindo a saia dela.

— Você pretendia fazer alguma outra coisa que não o trabalho de administrador?

— Não.

Will encontrou os sapatos de couro vermelho dela e os colocou à sua frente. As fivelas de metal cintilavam sob a luz.

— Você mentiu para o sr. Edwards para conseguir o cargo? — quis saber Philippa.

— Não.

— Então ele sabia que você pretendia partir depois de apenas um ano?

Will fez uma careta e manteve a cabeça baixa para que ela não conseguisse ver seu rosto. A última coisa que ele fizera ao longo da madrugada fora escrever para Edwards, pedindo demissão do cargo. Naquele momento, a carta estava sobre a escrivaninha, no andar de baixo.

— Ele não perguntou, e eu não disse.

— Isso talvez possa ser definido como um falso pretexto! — Philippa arrancou o vestido da mão dele.

— Talvez — concordou Will. — Por outro lado, a duquesa tem ansiado por me mandar embora desde o dia em que cheguei. E vai ficar encantada por finalmente conseguir isso.

— Eu lhe disse que ela não o demitiria enquanto o duque estivesse desfrutando da sua companhia.

— Isso não é motivo para se manter um administrador, e você sabe disso.

Philippa olhou irritada para ele e lhe deu as costas, passando os dedos pelo longo cabelo negro. Will ficou olhando, encantado, sabendo que aquela seria a última vez que veria aquele cabelo tão lindo. Ela levou a mão à nuca e enrolou o cabelo, arqueando o pescoço, as orelhas aparecendo sob a massa pesada de fios sedosos. Ele amava o cabelo dela. Ainda conseguia senti-lo nas mãos, contra o peito. Conseguia sentir a curva macia do pescoço esguio sob os dedos. A coluna de Philippa arqueada enquanto ela se movia contra ele, dominada pelo desejo.

Sem olhar para ele, ela saiu do quarto e desceu a escada. Will a seguiu em silêncio. Já na porta, ela se virou para encará-lo.

— O que o faria mudar de ideia?

Ele cerrou o maxilar.

— Nada — falou. — Não posso mudar de ideia.

Lágrimas de raiva cintilaram nos olhos dela.

— Nem mesmo se eu pedir?

Will sentiu os dedos gelados da Morte envolvendo o seu coração. Como ansiava por dizer *sim*, por jurar fazer qualquer coisa que ela lhe pedisse.

Diante do silêncio dele, uma lágrima deslizou pelo rosto de Philippa.

— Mesmo depois do que vivemos? Mesmo depois de você fazer amor comigo? Will... e-eu te amo e quero ficar com você para sempre. Não me ouviu?

Os dedos da Morte apertaram mais forte, rasgando-o lentamente por dentro.

— Eu ouvi.

Philippa bateu nele, então, e seu punho atingiu o lugar exato em que o coração de Will estava se partindo.

— Como você ousa?! — falou ela, a voz trêmula. — Como ousa? Eu te *amo*. E você disse que me amava e me fez acreditar...

Algo se rompeu dentro de Will. Ele puxou Philippa para os braços e a beijou: um último beijo desesperado que teria que saciá-lo para o resto da vida. Ela socou o peito dele com uma das mãos e agarrou seu cabelo com a outra, puxando-o mais para perto e punindo-o por magoá-la.

— Eu amo você, sim — disse Will em um tom ardente. Como se em uma última tentativa de escapar da destruição, o coração dele parecia galopar contra as costelas, tão disparado que as mãos dele tremiam enquanto a seguravam. — Nunca vou amar ninguém como amo você... você é dona do meu coração para toda a eternidade, por mais sem valor e tolo que ele possa ser.

— Então não me deixe. Por favor.

Os lábios de Philippa estavam inchados, os olhos cintilando com lágrimas, e ela o fitava com uma expressão tão suplicante que Will quase perdeu a coragem.

Ele respirou fundo.

— Eu... não sou o homem que pensa que sou. Você merece alguém melhor. Tentei não amar você, tentei impedir que *você* me amasse — disse ele, em agonia. — Tentei e fracassei... e isso vai me assombrar até o dia da minha morte. — Will secou as lágrimas do rosto dela com os polegares. — Não tenho desculpas.

Philippa recuou.

— Então você não me ama de verdade.

Ele se encolheu.

— Se realmente me amasse — disse ela, soluçando —, me contaria o que está acontecendo, fosse qual fosse o motivo. Confiaria em mim o bastante para me contar.

Will não ousou abrir a boca.

A luz da manhã refletiu a amarga desilusão nos olhos dela. Depois de um momento que pareceu interminável, Philippa se virou e atravessou correndo o jardim que ela havia cuidado no chalé, com uma mecha do cabelo solta na nuca.

A Morte sorriu e deu um último puxão brutal, soltando o coração de Will do corpo, e ele não sentiu nada além de frio e vazio dentro do peito.

Philippa ainda estava tremendo quando chegou ao castelo.

Desde o momento em que Will abriu a porta, ela soube que estava certa sobre os sentimentos dele. O rosto de Will cintilara de alegria quando ele soubera que o duque estava bem. Então, a beijara com amor e paixão, e mesmo quando ele hesitara, movido por alguma noção de honra, seguiu Philippa quando ela pegou sua mão e o conduziu até o quarto. Ele a levara para a cama e fizera amor com ela como um amante. Philippa ainda se sentia cintilar de dentro para fora pelo modo como Will venerara seu corpo até levá-la ao auge do prazer. Só de pensar na boca dele sobre a pele dela sentia vontade de se contorcer. *Ele*, cantava o coração dela, ignorando tudo, menos a sensação de que Will era dela, e que ela era dele.

O que tornava a intenção dele de ir embora extremamente desconcertante. Deixar Carlyle? Ele não podia fazer aquilo. Não podia *querer* fazer aquilo. Por quê? Will se importava com a propriedade. Gostava do duque. E a amava. Philippa vira o rosto dele quando conversava com os arrendatários, com o sr. Amis e até com as criadas da lavanderia. Ela teria apostado a própria alma que ele desejava ficar.

Então, por que nem sequer tentara persuadir a família?

Tinha que haver um motivo, algo que ela não sabia. Um homem que pulava dentro de um rio para salvar porcos; que encarava uma duquesa usando a libré de um criado; que passeava pelos jardins privados do duque, indo contra todas as ordens, e encantava o homem... Will não fizera nada de que pudesse se envergonhar. Além disso, tinha dito que o pai era um homem afetuoso e gentil.

Talvez ela *fosse* a razão. Talvez Will nunca tivesse pretendido se casar com ela. Talvez a família dele não fosse aprová-la, ou fosse condená-lo por tê-la feito sua. Fora ela que o instigara a fazer amor, mas só porque Will hesitara. Porém aquilo ainda não explicava o motivo da insistência em partir.

O que ela não sabia? Como poderia fazê-lo mudar de ideia quando nem sequer conhecia as razões que Will tinha para ter mentido ou omitido alguma coisa?

Philippa subiu correndo para o quarto e assustou Marianne, que estava acabando de chegar com a água para o lavatório.

— Senhorita Kirkpatrick — falou a moça em um arquejo. — Achei que ainda estivesse dormindo!

— Saí para uma caminhada bem cedo de manhã — mentiu Philippa descaradamente. — Não consegui dormir depois de tanta preocupação com o duque. Quero tomar um banho.

Marianne fitou-a com os olhos arregalados.

— Neste momento, srta. Kirkpatrick?

Aquela era uma terrível imposição à criadagem, que teria que aquecer a água em meio a todas as muitas tarefas matinais. Philippa não costumava pedir aquilo. Mas, naquele momento, disse:

— O mais rápido possível, por favor.

Marianne fez uma mesura e saiu apressada.

Philippa ficou andando de um lado para o outro no quarto, enquanto se despia distraidamente. Quase se sentia feliz por ter um problema com que ocupar a mente, caso contrário afundaria em uma crise de histeria furiosa. Como Will ousava dizer que a amava para logo em seguida anunciar que precisava deixá-la?

Ou como ele *achava* que precisava partir.

Philippa olhou de relance para o retrato da mãe. *Não vou desistir, ammi*, prometeu silenciosamente. *Como posso persuadi-lo?*

Os criados subiram com a banheira e a encheram. Marianne se agitava pelo quarto, enquanto Philippa se concentrava em se banhar. O pai dela costumava dizer que banhos eram uma ótima forma de resolver problemas. Philippa costumava desconfiar que aquilo não passava de uma forma de incentivar a filha pequena e teimosa a se lavar, mas ela não poderia negar que ele estava certo.

Havia três passos a dar, decidiu Philippa. Primeiro, se Will *quisesse* realmente partir, ela não teria escolha a não ser deixá-lo ir. Mas ele teria que persuadi-la além de qualquer dúvida de que queria mesmo ir.

Segundo, precisava convencê-lo de que era possível ficar. Convencê-lo de que o duque, e até mesmo a duquesa, queria que ele ficasse. Convencê-lo de que era necessário e querido por todos ali, desde Gerry e Jilly Smith, até Charles Amis e a própria Philippa. Convencê-lo de que devia haver algum argumento capaz de persuadir a família dele a deixá-lo permanecer na propriedade. Philippa estava consciente de que estaria pedindo a Will que quebrasse a palavra que dera ao pai, mas, se Will ansiava por ficar em Carlyle, com certeza era errado da parte do pai obrigá-lo a partir.

Philippa esperava não ser necessário dar o terceiro passo, mas ele precisava ser planejado. Will tinha dito que logo partiria. Presumindo que o primeiro passo fosse verdade, se o segundo falhasse, ela precisava ter o terceiro passo pronto e à espera.

Aquela era a decisão mais simples. Se Will não ficasse em Carlyle, ela iria embora com ele.

Philippa se vestiu e saiu apressada em busca da duquesa. Em vez disso, encontrou o advogado.

— Bom dia, srta. Kirkpatrick.

— Senhor Edwards. Alguma novidade sobre o duque esta manhã?

Ele assentiu.

— A sra. Potter diz que ele está se recuperando esplendidamente, embora vá levar tempo até estar bem de novo.

— É claro. De todo modo, é uma ótima notícia. — Ela umedeceu os lábios. — O senhor por acaso falou recentemente com o sr. Montclair?

O advogado ergueu as sobrancelhas.

— Na noite passada. A senhora gostaria que eu falasse com ele sobre algum assunto específico?

Philippa respirou fundo.

— Pergunto-me se ele informou ao senhor que pretende deixar Carlyle permanentemente.

Edwards recuou, confuso.

— Não — respondeu. — Ele lhe disse isso?

Ela assentiu.

O sr. Edwards se aproximou um pouco mais, a expressão estranhamente intensa.

— Tem certeza de que o compreendeu bem?

— Infelizmente.

Ele franziu o cenho.

— Eu achei... — murmurou Edwards. E soltou o ar com força, parecendo surpreso e infeliz. — Vejo que estava errado.

— Como assim? — quis saber Philippa. — O que o senhor achou?

O advogado a fitou por um longo momento, com um olhar penetrante que a deixou tensa e apreensiva. O que aquele homem sabia?

— Achei que o sr. Montclair tinha um grande futuro aqui — disse o advogado por fim. — No entanto, se ele está determinado a partir, minhas esperanças deram em nada, e terei que retomar minha procura. Mais alguma coisa, srta. Kirkpatrick?

— Não — murmurou ela. — Acho que não.

Ele se inclinou e se afastou. Estranhamente desconcertada, Philippa seguiu até a sala de estar da duquesa.

Era comum encontrá-la ali, tomando o café da manhã em seu vestido matinal e mimando Percival com pedacinhos de bacon e torrada, mas naquele dia a sala estava vazia. Ela provavelmente estava fazendo a refeição com o duque, o que seria um bom sinal. Philippa deveria ir vê-lo, também.

Em vez disso, se deixou cair no sofá. Sua determinação estava sendo abalada pela preocupação. O sr. Edwards tinha ficado irritado com o fato de Will estar planejando deixar o cargo de administrador e ir embora, mas nada muito profundo. Philippa percebeu que esperava que o advogado convencesse Will a ficar. Se o sr. Edwards, um defensor da presença de Will ali, estava disposto a simplesmente deixá-lo ir embora, seria ainda mais difícil persuadir a duquesa.

Philippa sentiu a garganta apertada diante da ideia de deixar Carlyle. Queria ficar com Will. Os dois tinham uma afinidade de alma, perfeitamente sintonizados em humor, desejos e paixões. Ninguém jamais a fizera se sentir daquele jeito. Ela jamais sentira a mesma afinidade, a mesma atração. Certamente não por qualquer cavalheiro em Londres.

Philippa desistiria de Carlyle por ele, mas ansiava por ter ambos.

Ela levantou os olhos para um retrato em que a madrasta aparecia. Jessica tinha escolhido a família em detrimento do amor, até que o amor a pegou de surpresa. Depois disso, persuadira a família a também amar o homem que ela escolhera. Amor ou família? *Por que não posso ter os dois?*, implorou silenciosamente.

Philippa fechou os olhos. E ali estava ela, pedindo conselhos a retratos... Primeiro para a ammi, então para a madrasta.

Philippa abriu rapidamente os olhos e ergueu a cabeça.

O retrato lhe dera a resposta.

Capítulo 28

Will fez as malas como um homem se encaminhando para a forca.

A sra. Blake e Camilla chegaram logo depois que Philippa partiu. Ele não teve coragem de contar a elas que estava indo embora de vez, por isso disse apenas que não precisavam preparar o jantar. Quando já começava a sair da cozinha, parou.

— Posso tomar uma xícara de chá?

A sra. Blake o encarou espantada. Will jamais pedira chá.

— É... é claro, senhor.

— Com mel — acrescentou.

— Sim, sr. Montclair. Camilla logo levará para o senhor.

Will estava sentado diante da escrivaninha quando a moça lhe serviu o chá. Ele murmurou um agradecimento e ela fez uma mesura simpática. Camilla era uma boa moça. Sentiria falta dela, e da sra. Blake, e daqueles pequenos *gulab jamun* tão macios. Philippa também estivera certa sobre eles.

Will deu um gole no chá, saboreando o toque de mel. Maldição. Agora até gostava de chá... Ele pegou uma folha de papel na gaveta. No canto da escrivaninha havia um maço grosso de papel escrito, a carta que fizera na noite anterior. Era um resumo detalhado que estava deixando para Edwards, tanto do trabalho que completara quanto do que ainda estava por terminar, e o que havia prometido a comerciantes e arrendatários para o futuro.

Ele também esboçara o plano para começar um programa de criação de gado para a propriedade. Nada de cavalos de corrida, e sim gado forte e saudável, além de outros animais. Will incluíra a agenda revisada de aluguéis que pretendera implementar e seus argumentos de como um canal poderia ser benéfico para receber mercadorias na propriedade, e também para enviá-las. E chegara a defender uma ajuda aos pobres, além de maiores investimentos na educação das crianças locais. Se a propriedade pagasse pelos estudos dos mais jovens, haveria força de trabalho capacitada para administrar Carlyle por anos no futuro.

Ele não conseguira deixar a propriedade em ótimo estado para o herdeiro, que foi o que Philippa o desafiara a fazer, mas dera grandes passos. O próximo duque herdaria uma propriedade muito mais moderna, em muito melhor estado. Daquilo, ao menos, Will sentia certo orgulho.

Mas não compensava o fato de que ele tratara Philippa de forma vergonhosa.

A folha em branco o encarava, acusadora.

Ele devia algum tipo de explicação a ela. Céus, levara Philippa para a cama e fizera amor com ela. Ele se saíra bem melhor do que o esperado, mas errara feio com uma dama decente.

Uma dama que o amava.

Uma dama a quem ele amava desesperadamente.

Will torceu os lábios em uma expressão amarga. *Minha querida Philippa*, escreveu, então jogou a pena do outro lado do cômodo.

Ele saiu para o corredor e viu seu baú de viagem já arrumado. Então, se desviou e saiu pelos fundos, passando pela cozinha, onde ouviu a sra. Blake chamando por Camilla.

Sentiria falta de todos eles: da sra. Blake, de Camilla, de Josiah, dos Amis, de Edwards, do duque e, estranhamente, até da duquesa. Havia passado a gostar muito da propriedade e das pessoas que viviam ali. Mas, se não fosse por Philippa, já teria partido.

Philippa.

Will selou Gringolet. Tinha que haver uma forma, alguma meia-verdade que ele pudesse contar e que não destruísse seu relacionamento com o pai. E talvez, se explicasse apenas o suficiente a Philippa, ela fosse capaz de compreender e de aceitá-lo como ele era.

Com a mente funcionando furiosamente, Will levou Gringolet para a estrada.

Daquela vez, Philippa foi ao Chalé de Pedra montando Evalina. Ela já havia desmontado antes mesmo de a égua parar, o que lhe valeu um bufo de desaprovação. Depois de umas rápidas palmadinhas carinhosas para acalmar o animal, Philippa entrou correndo na casa.

Havia um baú na frente do saguão. O coração dela pareceu afundar no peito.

— Will? — chamou, erguendo as saias e percorrendo cômodo por cômodo.

A casa estava silenciosa. Ela subiu rapidamente a escada, rezando para que ele ainda estivesse ali, arrumando a bagagem, ou adormecido...

A porta do quarto se abriu quando ela a tocou e Philippa soube na mesma hora que o cômodo estava vazio. A cama estava perfeitamente arrumada. O tampo da cômoda estava vazio, não havia botas extras atrás da porta. Uma brisa fazia as cortinas voarem, deixando no ar o aroma distante do sabão de barbear dele.

Dama do meu coração, dissera ele. *Juro meu amor a ti.*

Philippa desceu a escada correndo. A porta da cozinha estava aberta, e ela encontrou a sra. Blake jogando milho para algumas galinhas.

— Santo Deus, srta. Kirkpatrick! — A cozinheira abriu um sorriso para Philippa. — Não sabia que a senhorita estava aqui. Devo pedir para Camilla servir outra xícara de chá?

Philippa ergueu as sobrancelhas.

— Outra?

A sra. Blake assentiu, sorrindo.

— O sr. Montclair pediu chá esta manhã... foi a primeira vez que ele quis chá, senhorita. Talvez esteja adquirindo modos ingleses.

— Talvez. A senhora sabe onde ele está?

— O sr. Montclair saiu a cavalo uma hora atrás — intrometeu-se Camilla. — E parecia de péssimo humor...

Philippa sentiu a garganta apertada.

— Estava vestido para viajar?

— Não, senhorita — disse Camilla, surpresa. — Estava com as roupas de sempre. E ele voltou ontem mesmo de Londres.

Philippa assentiu, sentindo-se fraca de alívio. Não o perdera.

— É claro. Adoraria uma xícara de chá, sra. Blake. Obrigada.

— Estará pronta em um instante.

Por hábito, Philippa foi para o escritório de Will. O mapa grande ainda estava ali, preso na parede. Ela foi até ele e tocou os pontos onde havia anotações pregadas, enquanto tentava listar o que Will já havia reparado e reconstruído. A ponte que caíra quando Gerry e Jilly Smith passavam. Duas novas pontes. Cercas reconstruídas, a dragagem do açude do moinho, vários celeiros e casas que tinham sido reformados e recebido tetos novos. As estradas que cruzavam a propriedade estavam em bom estado e niveladas. Philippa reparou até nas camadas frescas de cal no pátio de serviço, e no fato de os canos de drenagem por todo o castelo estarem sendo removidos, reparados e reinstalados. Will *havia* levado aquela propriedade a um bom estado de conservação em apenas poucos meses, enfrentando a duquesa o tempo todo.

Ela viu a carta sobre a escrivaninha. *Minha querida Philippa*, dizia, e nada mais. Um bilhete de despedida, ela supôs. Philippa abriu sem hesitar uma folha dobrada ao lado e descobriu que se tratava da carta de demissão para o sr. Edwards. O grosso maço de papéis era um catálogo abrangente de tudo o que Will havia feito e tudo o que ele esperava que ainda pudesse ser realizado na propriedade.

Como ele seria capaz de partir e abandonar aquele lugar onde deixara tanto de si mesmo?

Philippa estava sentada na cadeira que sempre ocupava quando a sra. Blake entrou apressada com uma bandeja de chá e doces.

— Obrigada — murmurou a jovem. — Senhora Blake! — A mulher parou e a fitou com curiosidade. — A senhora considera o sr. Montclair um bom administrador?

— Que Deus me abençoe, srta. Kirkpatrick, ele é sim! — exclamou a cozinheira. — Um excelente administrador, se quer saber a minha opinião. O jovem Josiah Welby o idolatra acima de todos os homens. O sr. Montclair sai com o rapaz e o está ensinando o ofício. Josiah não gosta tanto assim de comércio de grãos, e gostaria de assumir um cargo como esse.

Philippa assentiu.

— E como os arrendatários o veem?

A sra. Blake pareceu pensativa.

— É estranho a senhorita perguntar isso. Ele recebeu quase todos aqui, para revisar seus aluguéis e para perguntar sobre o estado da fazenda de cada um. Mandei mais arrendatários para casa com um dos meus pães do que nunca. — Ela deu uma fungadinha indignada. — E sei que Maria Amis está alimentando o sr. Montclair no castelo, como se eu não fizesse ótimas tortas aqui! Mas aquele rapaz trabalha até a exaustão, senhorita. — A sra. Blake assentiu com firmeza. — O que ele precisa é de uma esposa. Alguém que seja um bom motivo para ir para a cama antes que ele deixe as velas queimarem até o toco todas as noites.

— É mesmo? — Philippa deu um sorrisinho. — Ele é tão capaz quanto o sr. Grimes?

A sra. Blake hesitou.

— O sr. Grimes era um bom homem — comentou, escolhendo bem as palavras. —, mas já estava velho. E o sr. Edwards... bem, ele não é um capataz, certo? O sr. Montclair foi uma bênção divina, senhorita, se quer saber o que penso, e essa é a opinião da maioria das pessoas aqui. — Ela deu uma piscadinha. — E, se ele quiser se casar aqui em Carlyle, há mais de uma moça na propriedade que ficaria muito satisfeita em tê-lo.

Ao ouvir aquilo, Philippa não conseguiu conter uma risada.

— Ora, acredito que sim. Obrigada, sra. Blake. Torço para que o sr. Montclair ainda administre Carlyle por um longo tempo.

— Todos torcemos, senhorita — disse a cozinheira, em um tom fervoroso, e saiu.

Philippa fechou os olhos. De todos, ela era a que mais torcia para isso.

Ficou sentada ali, com seu chá e seus pensamentos, até ver pela janela um cavalo passando na direção do estábulo. O lampejo de um paletó azul a fez sorrir... seu pirata. Seu amigo, seu cúmplice, seu amante. Seu amor.

Não importava o que tivesse entendido errado, daquilo Philippa tinha certeza. Ela juntou as mãos, sentindo o peso das joias da ammi a que não estava acostumada, os braceletes deslizando por seus braços, os anéis em todos os dedos tilintando baixinho. Naquele dia, ela resolvera usar todas para lembrar a si mesma que amar não era errado e que valia a pena lutar por ele.

Philippa ouviu vozes do lado de fora. A sra. Blake provavelmente estava avisando a Will sobre a visita que o aguardava, mesmo se ele não tivesse reparado em Evalina do lado de fora. Então ela ouviu os passos dele e se levantou, esperando Will aparecer na porta.

Ele não havia se barbeado: três dias de barba escura cobriam seu rosto, e seu cabelo era uma confusão de ondas descendo quase até os ombros. Will parecia mais do que nunca um pirata, e Philippa nunca o amara mais.

— Fuja comigo — disse ele. Philippa o encarou, confusa por um momento, então um sorriso começou a curvar seus lábios. — Para o inferno com as minhas promessas. Eu amo você. Não tenho muito a lhe oferecer, mas quero compartilhar tudo que sou e tudo que tenho. — Will estendeu uma mão em um gesto suplicante. — Se aceitar um pobre capitão de navio mercante, meu amor, meu coração e a minha mão são seus.

O coração de Philippa começou a bater descompassado enquanto ela pousava a mão na dele.

— Na alegria e na tristeza.

Will a puxou mais para perto, beijando sua mão antes de passar o braço ao redor da cintura dela.

— Na riqueza e na pobreza, até que a morte nos separe. — Ele sorriu e seus olhos começaram a cintilar. — Isso é um sim?

Philippa assentiu.

— Na verdade, vim até aqui para propor exatamente isso. Se você não vai ficar aqui, irei embora com você. Essa é a única solução.

Ele riu, então a beijou com uma voracidade que fez o coração dela saltar no peito e aquietou seus pensamentos por um instante.

— Eu tentei partir — sussurrou ele. — A minha bagagem está toda arrumada. Você foi embora. Eu parti seu coração, que Deus me ajude. Não consegui deixá-la. Saí a cavalo para atrasar a minha partida até eu conseguir pensar em uma forma de pedir a você para ser minha.

Ela riu.

— Não se lembra? Sou sua desde hoje de manhã.

— Eu me lembro disso, sim — disse ele com a voz rouca. — Com muito carinho.

Philippa enrubesceu, sentindo a alegria borbulhar em seu peito.

— Eu já pertencia a você muito antes disso — confessou em voz baixa. — Desde que jogou aquelas nozes em mim. Desde que apostou comigo durante a pescaria. Desde que me convidou a ir até aquela baia para ver os cachorrinhos e me beijou em cima da palha.

— Eu sabia que os cachorrinhos eram uma boa ideia — murmurou ele.

Philippa franziu o nariz, e ele riu.

— Tenho uma pergunta — falou ela.

— Só uma?

Ele estava implicando com ela, e Philippa também sorriu, tentando acalmar a agitação em sua mente. Queria fazer a pergunta em um tom leve, porque aquela era a única chance de pegar Will desarmado e conseguir descobrir seus reais sentimentos.

— Você disse que não gosta muito de navegação. Consideraria a hipótese de assumir uma outra posição?

Will pareceu surpreso.

— Como assim?

Philippa segurou-o pela lapela do paletó. Sentia a boca seca.

— A posição de herdeiro do ducado de Carlyle — disse ela.

Capítulo 29

Will ergueu as sobrancelhas.

— O quê?

Philippa sustentou o olhar dele.

— Eu sei quem você é.

— É claro que sabe — disse ele, soando ligeiramente confuso. — Mas não se escolhem herdeiros colocando anúncio em um cartório. Edwards me explicou isso na noite passada.

Ela soltou uma risada nervosa.

— Sei como os herdeiros são designados. E por isso lhe propus assumir a posição.

Will parou por um instante.

— Ah. Você também? Não pode ser.

Philippa o encarou, confusa.

— Como assim?

— Edwards. — Ele fez uma careta. — Ele andou jogando indiretas, dando a entender que talvez eu pertencesse a uma parte da família há muito perdida. Segundo ele, alguns homens foram para Nova França décadas atrás e não se teve mais notícia deles. Por coincidência, o mesmo lugar de onde vem a minha família. É uma história romântica, mas também é uma loucura.

Por um momento, Philippa se sentiu insegura. Mas então viu o brilho observador nos olhos de Will e se lembrou de como ele fora eficiente em implicar com ela e provocá-la, tudo isso na tentativa de fazer com que ela não gostasse dele e de mantê-la longe. Will era um bom ator, mas Philippa vinha o observando e tentando desvendá-lo havia tempo demais para ser enganada.

— É claro que é loucura — falou com firmeza. — Eu lhe disse, sei quem você é.

— Espero sinceramente que sim, já que prometeu fugir para se casar comigo. — Ele deu uma piscadinha.

Mas Philippa o vira estremecer ao ouvir as palavras dela. Fora um movimento discreto, mas real, e serviu para aumentar sua confiança.

— Prometi. E assim farei. — Ela alisou a gravata dele. — Will, nós vamos voltar para Boston e morar perto dos seus pais? Também estou ansiosa para conhecer Jack. Espero que ele me ajude a praticar o meu francês. — Philippa levantou os olhos para ele com uma expressão inocente. — Será que eles vão gostar de mim? Espero que não me achem esnobe por ter sido criada no Castelo Carlyle... Quero levar presentes para eles. Quero que você me ajude a escolher. Talvez um serviço de chá da olaria dos Tate? Maximilian e Bianca ficarão encantados em criar um jogo para que eu possa presentear a sua mãe.

Will ficou absolutamente imóvel.

— Vou sentir uma imensa saudade da duquesa — continuou Philippa. — E do duque também. Quem lerá para ele depois que formos embora?

— Amis — disse Will com a voz rouca, então pigarreou. — Ele assumiu a leitura de *Roderick Random*. Tenho certeza de que continuará a ler para o duque.

Philippa assentiu.

— Você teve um efeito tão restaurador nele. Serei eternamente grata, assim como a duquesa. Não será a mesma coisa receber apenas cartas deles, mas espero que possamos trocar correspondência com frequência.

— Sim — murmurou Will.

Ela quase conseguia ver os pensamentos voando diante de seus olhos.

— Ela vai querer saber tudo sobre a nossa nova vida — continuou Philippa, sem piedade. — Boston é muito diferente de Londres? Tenho certeza de que é bem diferente de Kittleston! Terei que fazer desenhos de cada pedaço de Carlyle para me lembrar e para mostrar a todos no meu novo lar.

Will praguejou baixinho, se desvencilhou dela e foi até a janela, onde apoiou as mãos na madeira.

Philippa esperou.

Por fim, Will falou:

— O que você está tentando fazer?

— Nada — disse ela, com um tremor na voz. — O que eu poderia estar fazendo de errado, perguntando pela sua família... que logo será minha... e falando da minha esperança de que a duquesa escreva com frequência para mim na América?

Ela *sabia* que estava certa. Mas não sabia por que Will estava tão determinado a negar a verdade.

Philippa respirou fundo.

— Sua falta será muito sentida aqui, você sabe. Os arrendatários estão exultantes por terem um administrador competente e atencioso cuidando da propriedade. Você conhece cada centímetro deste lugar, desconfio que melhor do que o sr. Grimes jamais conheceu, e impressionou até o sr. Edwards... o que não é pouca coisa. Ele provavelmente será quem mais sentirá a sua falta. — Will parecia feito de pedra. — O duque também sofrerá. Como você disse, ele já está velho, e não é capaz de suportar muitas outras perdas. Você vê a saudade desesperada que ele sente da irmã e dos irmãos. — Will se encolheu, os ombros tensos. — Até a duquesa vai lamentar sua partida — continuou Philippa em um tom gentil. — Ela carregou fardos tão pesados por tanto tempo, não apenas a administração da propriedade, mas também os cuidados com o duque, sabendo que pode perdê-lo como perdeu todos os outros filhos. Ela ansiou tanto por um neto...

— Pare. — Will ergueu uma das mãos, então virou-se lentamente. Sua expressão estava composta. — Eu *não* sou necessário aqui, Philippa. Haverá outro administrador. Há dois herdeiros, preparados para assumir o título e prontos para ele...

— Mas eles não são *você*! — bradou ela.

— Não sou quem você pensa que sou!

Philippa respirou fundo para ganhar coragem.

— Prove isso. Qual é o sobrenome do seu pai? — A cor fugiu do rosto dele. — Não importa. Eu sei qual é. — Ela se aproximou e pousou a mão no braço dele. — O seu pai lhe disse que não queria você nem perto daqui, não é mesmo?

— Eu dei a minha palavra. — Will soava entorpecido. — Jurei nunca contar a uma alma...

— Eu compreendo. — Philippa sentia a garganta ardendo, com lágrimas contidas, a falta de sono e a torrente de emoções que a invadia cobrando seu preço. — Mas será que ele ainda exigiria que você mantivesse a promessa se estivesse aqui agora, parado onde você está, onde você esteve por tantos meses?

Se o seu pai soubesse o que *você* sabe sobre esta família, sobre o castelo e todos que vivem na propriedade?

Will não disse nada.

Ela pousou o rosto no ombro dele.

— Eu ainda escolho você — falou baixinho. — Sempre.

Ele passou os braços ao redor dela.

— Maldição — falou Will, abalado. — Não consigo dizer não a você. Eu poderia deixar tudo isso para trás sem nem uma ponta de remorso... menos você. — Ele encostou a testa na de Philippa. — Você é uma fonte de espanto e de encanto constante para mim, meu amor.

— Lembre-se disso quando discutirmos — falou ela junto ao peito dele.

— Estamos discutindo agora?

Philippa balançou a cabeça.

— Tenho a esperança de persuadi-lo, mas, se você for terminantemente contra, pararei. — Então, ela não pôde resistir a acrescentar: — Mas acho que você está se recusando por medo do que o seu pai diria, e do que a duquesa pensaria. E acho que talvez esteja errado em ambos os casos. Em relação a ela, *sei* que está.

— Ah, estou? — resmungou ele, mal-humorado.

— Conheço a duquesa por quase toda a minha vida — retrucou Philippa. — Conheço o coração dela.

Por um longo momento, Will continuou apenas abraçando-a, acariciando suas costas. Philippa nunca se sentira tão segura e reconfortada.

— Supondo que você esteja certa — falou ele por fim —, qual é o resto do seu plano?

Ela deu de ombros e se aconchegou mais a ele.

— Não há plano. Se você sucumbisse às minhas manobras, achei que poderíamos fazer o resto do plano juntos.

Will deixou escapar uma risadinha relutante.

— Já descobriu a minha maior fraqueza: você.

Philippa sorriu para ele.

— E a nossa grande força: *nós*.

Will soltou o ar.

— Você sabe que isso é loucura.

Ela segurou-o pela lapela para dar ênfase às palavras.

— Não é. Acho que ficarão mais satisfeitos do que você imagina. Vão nos escutar. Se isso não acontecer... então não são as pessoas que acreditamos que são. E, nesse caso, eu jamais iria querer ter nada a ver com eles. Se ficarem contra nós, se reagirem com raiva e desprezo, arrumarei a minha bagagem e partirei com você na mesma hora.

— Temo que as coisas talvez não corram tão bem quanto você pensa.

Philippa deu um puxão delicado na lapela dele.

— Mas imagine só se elas *correrem* tão bem quanto penso. Não vale a pena tentar?

Will recuou e começou a andar pelo escritório, com uma das mãos na cintura e a outra na testa. Ele deu a volta no cômodo sem dizer uma palavra, imerso em pensamentos.

Philippa ficou onde estava, a respiração contida, cheia de esperança. Vivera em Carlyle por toda a vida e apostaria tudo o que possuía de que a notícia espantaria e chocaria a duquesa, sim... mas então lhe traria felicidade em uma proporção que aquele castelo raramente via.

Por fim, Will parou diante do mapa gigante de Carlyle que prendera na parede vários meses antes. Por um momento, ficou apenas encarando o mapa. Philippa viu o olhar do administrador percorrer as estradas, os riachos, os amplos trechos de terreno onde já houvera anotações presas, alertando sobre reparos necessários, e que agora estavam com tudo em ordem. Por causa dele. Por causa dos esforços dele, do seu trabalho, da determinação incansável em fazer o que era melhor para Carlyle. Philippa jamais acreditaria que ele não se importava.

— Muito bem — falou Will, quase que para si mesmo. — Todos fazem uma aposta de vida ou morte de vez em quando.

O coração de Philippa saltou no peito.

— E você ficaria, se a receptividade fosse boa?

Ele fitou o mapa por mais um momento, então se virou para ela. Seus olhos estavam escuros e firmes quando ele pegou as mãos dela.

— Não espero que isso aconteça, mas... — Seus lábios se torceram em um sorrisinho melancólico. — Eu me apeguei bastante a esse lugar.

Philippa abriu um sorriso caloroso e se aproximou mais.

— Mas não tanto quanto sou apegado a você. — Ele passou os braços ao redor dela e a beijou mais uma vez, até Philippa estar zonza e ofegante, agarrando-se a ele com as duas mãos. — Por Deus, eu te amo — sussurrou Will, o rosto colado ao dela. — Diga de novo...

— Eu te amo, te amo, te amo. E nada que ninguém diga ou faça vai mudar isso. — Em um impulso, Philippa mordeu o lóbulo da orelha dele, fazendo-o estremecer de prazer.

— E vai continuar a amar mesmo quando rirem de mim? — A voz dele saiu abafada contra o cabelo dela. — Quando me expulsarem da propriedade como um impostor e um mentiroso?

— Iremos embora para Londres, para a América, ou para qualquer lugar onde o nome Carlyle nunca mais volte a ser dito em voz alta — declarou Philippa.

Will sorriu.

— Você tem certeza?

Ela assentiu.

Ele a puxou para si mais uma vez e a fitou, os olhos cálidos e os lábios curvados.

— Você ama Carlyle. É de *você* que precisam aqui, é você que faz o duque sorrir e que acalma os nervos da duquesa. Todos me desprezariam para sempre se eu a afastasse deles. — Ele hesitou. — E talvez um dia você me despreze por isso também.

— Nunca!

A expressão de Will era cética.

— Só estou tentando isso por sua causa.

— Você deve querer isso por sua causa — começou Philippa, mas Will balançou a cabeça.

— Não. Eu não deveria nem ter assumido este cargo. Mas não tenho palavras para dizer o quanto estou feliz por ter aceitado trabalhar aqui, e, se tudo o que eu conseguir depois dessa jornada for você, essa será para sempre a melhor coisa que já fiz. — Ele pegou a mão dela e levou-a aos lábios. — Philippa Noor un-nisa, aceita se casar comigo?

— Aceito. Com muita, muita alegria.

Ela se sentia eufórica. Devia estar literalmente irradiando felicidade.

Will abriu um sorriso largo e a beijou de novo.

— Pelo amor de minha dama, eu enfrentaria até dragões e monstros marinhos, quanto mais uma duquesa.

Capítulo 30

Eles subiram juntos a colina, puxando Evalina por uma corda. Philippa se agarrava a Will como se ele pudesse desaparecer diante dos seus olhos, deleitando-se com o puro prazer da mão dele na dela. Abertamente, onde qualquer pessoa poderia vê-los. Eles pertenciam um ao outro, não importava o que acontecesse.

Mas Philippa não viu motivo para encarar a tarefa mais difícil primeiro, por isso, quando chegaram ao castelo, ela levou-o até a suíte do duque. Will olhou de relance para ela, mas a seguiu sem protestar.

— Sua Graça, o duque, está acordado? — perguntou Philippa quando o sr. Amis abriu a porta.

Ele se inclinou em uma cortesia.

— Sim, senhorita, mas está abatido. — Ele viu Will e um brilho de surpresa cruzou seu rosto. — Talvez vocês tenham vindo para animá-lo.

Philippa sorriu com determinação.

— Com certeza viemos.

O duque estava deitado na espreguiçadeira, com uma manta branca puxada até o peito. A luz multicolorida do vitral se refletia nele, dando-lhe a aparência de uma efígie em uma igreja. O duque estava com o rosto virado na direção da janela, os olhos fechados, a mão pálida e fina pousada no peito. Philippa pediu que o sr. Amis e o criado deixassem o quarto, então convidou Will a se aproximar.

— Bom dia, tio — murmurou e sentou-se na cadeira ao lado da espreguiçadeira.

O duque se virou.

— Ah, Pippa — disse, a voz fraca. — Veio ler para mim?

— Hoje, não — respondeu ela. — Eu lhe trouxe uma visita.

— Não me sinto bem...

— Tenho certeza de que vai desejar recebê-lo — insistiu Philippa em um tom persuasivo. — É da parte de Lemuel.

O duque abriu os olhos. Ele virou a cabeça e olhou diretamente para Will.

— Ah — disse, os olhos cintilando brevemente. — Você! Mas, Pippa, ele não é Lemuel...

— Mas se parece muito com ele, não é? — falou ela.

Carlyle se esforçou para levantar a cabeça, tentando ver Will melhor.

— Chegue mais perto. Deixe-me vê-lo. — Will se adiantou obedientemente, ainda em silêncio. O duque começou a assentir. — Sim, é claro. Lemuel costumava me olhar exatamente assim... — Ele deu um sorrisinho. — Você me disse que eu estava errado, mas eu estava certo. Eu sabia! — O duque ergueu um dedo trêmulo no ar. — Você é minha testemunha, Pippa. Eu sabia quando o vi que ele era muito parecido com Lemuel.

Ela sorriu, feliz, e apertou a mão de Will.

— É claro que o senhor estava certo, tio. Tenho certeza de que Lemuel admitiria isso imediatamente, não é mesmo, Will?

O homem ao lado dela se adiantou.

— Certamente não. Ele atravessaria distâncias desumanas para provar que estava certo e Joffred estava errado.

Philippa se sobressaltou, e o duque começou a rir — foi uma risada enferrujada, surpresa, mas cheia de alegria e que ficava mais forte a cada momento.

— Ele faria isso mesmo! Era um demônio quando o acusavam de estar errado. Por isso tínhamos que registrar nossas apostas, porque Lemuel toda vez *insistia* que havia ganhado. — O sorriso fraco de Carlyle era triunfante. — Mas não era verdade. Apostamos corridas muitas vezes, e eu venci mais da metade. O meu cavalo era melhor do que o dele. Você o conhece, Pippa. O meu Nestor. Muito melhor.

Will pigarreou.

— Nenhum cavalo era melhor do que Hengroen. Nem mesmo Nestor.

Philippa quase caiu da cadeira, espantada, enquanto o duque voltava a rir. Hengroen, *aquele* era o nome do outro cavalo de madeira, que estava perdido, e cujo nome ela havia esquecido quando eles visitaram o quarto de brinquedos. Philippa estava certa de que ninguém em Carlyle pensara em Nestor e Hengroen em pelo menos uma década. Ela olhou para Will, sem palavras. Aquele tempo todo que passara ali, ele provavelmente estivera procurando por Hengroen.

Philippa já tinha certeza — *muita certeza* —, mas aquela era uma prova além de qualquer dúvida.

— O sr. Montclair é filho de Lemuel, tio — soltou Philippa em um rompante.

O duque deu uma palmadinha na mão dela.

— É claro que ele deve ser. Ninguém ousaria tentar alegar que Hengroen era melhor do que Nestor. E há anos ninguém me chamava de Joffred... — Ele sorriu. — Jessica me chamava assim. — Ele olhou para Philippa e seus olhos apagados pareciam transbordar de amor e tristeza. — Fico tão feliz por ela ter nos deixado você, minha querida.

Philippa sentia a garganta tão apertada que chegava a doer.

— O que significa Joffred? — perguntou, tentando desesperadamente não chorar.

— John Frederick — disse Will, baixinho.

O duque ainda estava sorrindo.

— E eu costumava chamá-lo de Bode Billy, o que ele detestava, embora fosse tão teimoso quanto um. Assim, ele se tornou Lemuel. E ansiava por explorar terras distantes e conhecer pessoas estrangeiras, como Gulliver... — Ele suspirou. — Lemuel também está aqui?

O tamborilar constante na mente de Will ao longo do último ano tinha sido um alerta: *não se entregue*. E ele ficou surpreso ao perceber como era boa a sensação de baixar a guarda.

Desde criança, Will tinha ouvido histórias sobre o irmão mais velho do pai. Nas palavras do pai, ele próprio era o filho extravagante e difícil, enquanto o irmão mais velho, tio de Will, era o filho bom, sério e honesto, que nunca mentia sobre roubar tortas da cozinha nem tentava escalar os muros do castelo... mas que ainda assim participava de todos os planos loucos. O pai de Will sempre ria quando falava sobre Joffred, mas ficava melancólico e silencioso quando Will perguntava por que eles nunca visitavam o tio ou escreviam para ele.

— Não, senhor, ele não está aqui — respondeu ao duque.

Carlyle se deixou cair contra os travesseiros.

— Ah, era esperar demais. Ele falou que nunca mais voltaria.

Will se sobressaltou, então se inclinou para a frente.

— Por que ele disse isso?

O duque ficou olhando para o nada por um longo período.

— O Exército — falou por fim. — Ele foi para o Exército, não foi? A mamãe ficou apavorada com a possibilidade de ele ser morto... então foi isso o que aconteceu. — Carlyle franziu o cenho. — Deve ter sido muito ruim. Mas Lemuel esperava por isso. Ele disse que o estavam mandando para o limite do mundo e que não acreditava que voltaria algum dia. Ele detestava velejar. — Ele fitou Will novamente. — Mas você não tem medo do mar. Afinal, veio até aqui. De muito longe, não é mesmo?

Surpreso, Will assentiu. Aquilo era verdade. O pai havia mandado Jack e ele para a Inglaterra porque não queria atravessar o oceano. Ironicamente, para alguém que era dono de uma frota de navios mercantes, o pai detestava a ideia de navegar.

O duque deu outro sorriso triunfante.

— Outro ponto a meu favor, Pippa! Vou implicar muito com Lemuel sobre isso... — Ele se interrompeu, parecendo confuso. — Não, ele nunca vai voltar — murmurou, balançando a cabeça.

Então, se deixou cair novamente contra a pilha de travesseiros atrás dele, o rosto pálido de exaustão.

— Vamos deixá-lo descansar — disse Philippa baixinho.

O duque abriu os olhos e pegou a mão de Will, apertando-a com uma força surpreendente.

— Estou feliz por ele ter mandado você — sussurrou. — Você é um bom camarada por nos trazer notícias dele.

— Sim, senhor — conseguiu dizer Will.

Philippa se inclinou mais para perto e deu um beijo terno no rosto do duque.

— Até mais tarde, tio — sussurrou, e puxou Will pela mão para fora do quarto.

No corredor, ela se virou para ele.

— Hengroen!

— O cavalo do rei Arthur — explicou ele. — Todos batizam seu primeiro cavalo de Hengroen, não?

— Não!

Ela riu e levou uma das mãos à testa, parecendo ao mesmo tempo satisfeita e zonza.

— Para sua informação, não fomos criados apenas à base de histórias de Gulliver.

Philippa riu de novo, então ficou na ponta dos pés e passou os braços ao redor do pescoço dele.

— Mais ninguém teria sabido sobre aquele cavalo.

Will deu de ombros enquanto a puxava mais para perto.

— Jack sabe. Não que eu pretenda trocar de lugar com ele, deixe-me ser claro.

Ela riu, ele sorriu, então a beijou. Que importava que estavam no castelo, diante da porta dos aposentos do duque onde qualquer um poderia passar e vê-los?

Will havia se treinado para ser muito cuidadoso com o que dizia e fazia. Embora desconfiasse que o duque, com sua noção abalada da realidade, seria a única pessoa que acreditaria na sua história, descobriu que não se importava quando Philippa o fitou com os olhos cintilando como âmbar e o sorriso tão largo que lhe deu vontade de beijar aquela covinha tentadora. Então, ela se jogou em seus braços e pressionou o corpo ao dele como se os dois fossem as duas únicas pessoas em todo o mundo, e Will sentiu sua mente prestes a se apagar como a chama de uma vela.

— A-hem.

Quando Will enfim registrou o som, se deu conta de que provavelmente não era a primeira vez que alguém pigarreava perto deles. Ele levantou a cabeça com relutância, e Philippa, muito lindamente ruborizada, espiou por cima do seu ombro.

— Ah — disse ela ofegante. — Senhor Edwards.

Will deixou escapar um grunhido de frustração, enquanto Philippa o brindava com um sorriso cintilante. Ele a soltou devagar e se virou para encarar o advogado.

— Que surpresa vê-lo aqui, sr. Montclair. — Edwards parecia aborrecido. — Achei que estava nos deixando.

— Pretendia fazer isso. Mas quase esqueci algo que me é muito querido e precisei retornar para pegar.

Ele hesitou e olhou de relance para Philippa, que abriu um sorriso largo, ainda irradiando confiança e amor e colada à lateral do corpo dele.

Ora, por que não? Ele já contara mesmo ao duque.

— Senhor Edwards — começou a dizer Will —, acho que já há algum tempo o senhor desconfia que sou alguém além de um sujeito qualquer que precisava de emprego.

O advogado ergueu uma sobrancelha.

— Por que eu desconfiaria disso?

— Porque o senhor é um homem inteligente e perceptivo — comentou Philippa. — Até mesmo astuto, alguns diriam.

Edwards levou a mão ao peito e se inclinou, como se grato pelo elogio. Will engoliu uma risada.

— Sim. E... porque não havia qualquer razão no mundo para que o senhor contratasse um humilde marinheiro americano, recém-chegado na Inglaterra e completamente desprovido de experiência para administrar uma propriedade ampla e sem acesso ao mar.

— Eu precisava de alguém imediatamente — retrucou Edwards. — Tomei cuidado em sondá-lo sobre suas capacidades antes de lhe oferecer o cargo.

— Sim — disse Will. — O senhor perguntou sobre a minha família.

O sr. Edwards deu um ligeiro sorriso.

— Eu desejava me certificar do seu caráter.

— E não ficou satisfeito com a forma como ele administrou a propriedade? — perguntou Philippa.

Edwards hesitou.

— Sim, srta. Kirkpatrick. O trabalho dele tem sido satisfatório.

Ela ergueu as sobrancelhas, mais uma vez a senhora do castelo.

— Satisfatório?

O advogado torceu os lábios.

— Completamente satisfatório, senhorita.

Philippa tentou, sem muito sucesso, disfarçar seu sorriso satisfeito. Will imaginou o que ela estava pensando: *Como o sr. Edwards vai ficar surpreso quando souber da verdade.*

— Fico encantado em ouvir isso. — Will descobriu que também estava se divertindo. Depois de um ano trabalhando com Edwards, era uma mudança agradável saber alguma coisa que ele não sabia. — Estou perfeitamente ciente de como é difícil lhe agradar. — Edwards inclinou a cabeça, ainda com aquele sorrisinho enigmático no rosto. — Mas o senhor está errado. Não sou quem pensa que sou.

O sorriso de Edwards se alterou.

— Ora, e quem eu desconfiaria que fosse?

— Algum descendente de...

Will olhou para Philippa, que o ajudou:

— De lorde Thomas St. James.

Will assentiu. Aquela teoria o divertira imensamente. Quantos herdeiros os Carlyle haviam perdido ao longo do tempo?

— O senhor pensou que eu fosse um descendente pela linhagem da minha mãe? A família dela é francesa. Descendente de antigos aristocratas franceses, tão elegantes quanto qualquer um que vocês tenham aqui, imagino. Mas não são St. James.

Os olhos de Edwards cintilaram enquanto ele olhava de um para o outro.

— Suponho que a srta. Kirkpatrick tenha mencionado esse nome ao senhor.

— Só o nome, o resto eu deduzi. O senhor estava interessado demais nos meus familiares. Sempre perguntando sobre os hábitos do meu pai e sobre como a minha família tinha ido parar em Montreal.

Edwards abriu as mãos em um gesto que proclamava inocência.

— Sou um sujeito curioso. Perdoe-me se me intrometi em excesso em seus assuntos pessoais, sr. Montclair.

Will hesitou.

— É mais estranho do que o senhor pensa.

O advogado olhou novamente de um para o outro, já não conseguindo mais disfarçar a curiosidade.

— Como assim?

Por mais que não quisesse, Will ficou tenso. Ele respirou fundo.

— Meu pai... Meu pai é...

As palavras pareciam estranhas demais em sua boca, como um idioma estrangeiro que mal conhecia. Ele apertou a mão de Philippa com força. Uma coisa era contar ao duque, que nunca discutia ou questionava. Outra bem diferente era contar a Roger Edwards, que examinaria e esquadrinharia cada detalhe da história.

Philippa se adiantou para ocupar aquele vácuo.

— Senhor Edwards — disse ela, em tom de crítica —, não é possível que não tenha alguma noção. Acredito que o senhor tenha feito mais que simplesmente ficar sentado em seu escritório, refletindo. Não consegue detectar o erro em sua análise e ver o que está bem diante do senhor? — Ele estreitou os olhos. — Em Londres, tive o prazer de conhecer o irmão mais novo do sr. Montclair — continuou ela. — Na época, achei que o conhecia de algum lugar, mas é claro que isso não era possível. A primeira vez que o irmão do sr. Montclair e eu nos vimos foi no dia em que nos encontramos por acaso em Bagnigge Wells. Só hoje me dei conta de onde já o tinha visto antes.

— Onde? — perguntou Edwards.

Ela sorriu.

— Na sala de estar da duquesa.

Edwards a encarou, sem compreender. Will também a olhava surpreso.

— O retrato — esclareceu Philippa com gentileza.

O advogado levantou a cabeça na direção de Will, franzindo o cenho enquanto o mirava de cima a baixo, antes de se demorar no rosto dele.

— Que retrato? — perguntou Will.

Edwards arquejou.

— Santo Deus — sussurrou.

— Que retrato? — repetiu Will, aflito.

Ainda em uma comunicação silenciosa, Philippa assentiu para Edwards. E o advogado começou a assentir lentamente em resposta.

Que retrato era aquele? Will conseguia perceber que era importante. Ele se virou para Philippa, ansiando para que ela lhe contasse a respeito.

Mas, antes que pudesse perguntar mais uma vez, ela passou a mão ao redor do braço dele.

— Venha. Vou lhe mostrar.

Capítulo 31

A SALA DE estar da duquesa ficava na parte mais antiga do castelo, na torre sul, onde as damas plantagenetas haviam trabalhado nas peças que estavam penduradas no Salão das Tapeçarias, enquanto seus lordes pelejavam do lado de fora. A sala fora modernizada com o tempo; uma sucessão de condessas e então duquesas haviam aprimorado o cômodo até ele se tornar o mais elegante e confortável de todo o castelo. As fendas das janelas haviam ganhado placas de vidro, um par de estufas à lenha ampliava a grande lareira e um tapete grosso cobria o piso de pedra. A mobília era elegante, mas confortável, os estofados cobertos pelo adamascado azul profundo que era o tom favorito da duquesa.

Philippa viu os olhos de Will examinarem a sala quando eles entraram. Ela se perguntou o que ele estava achando daquele lugar. Will tinha visto os aposentos do duque, mas mesmo eles perdiam a graça em comparação àquela sala. Aquele havia sido o domínio particular da duquesa por sessenta anos, refinado e aperfeiçoado para se adequar ao gosto dela.

— Esse é o retrato.

Philippa indicou o quadro com um gesto amplo, embora um pouco vago, como se ele fosse o único na sala. Mas era um retrato e tanto.

Tinha sido pintado por Thomas Hudson, o principal retratista da época dele, e mostrava a duquesa cercada pelos filhos. Sob os pés deles havia um luxuoso tapete turco; atrás, uma cortina elegante de cetim, parcialmente escondida por um conjunto de plumas de avestruz, o que garantia um relance das colinas cobertas por árvores ao fundo. Philippa supunha que aquelas eram as terras de Carlyle, embora não houvesse nada específico em relação à paisagem. A duquesa, jovem, bela e confiante, estava sentada em uma cadeira de madeira entalhada, que teria sido digna de um Henrique IV. As pregas do vestido de seda azul que usava cintilavam, assim como os fios de pérola ao redor do seu pescoço. John, o filho mais velho, estava apoiado despreocupadamente na cadeira, com os braços cruzados, os olhos cinza atentos e francos e um sorriso indulgente curvando os lábios. Stephen, o mais novo, era a criança de 3 ou 4 anos no colo da mãe, os cachos loiros roçando as bochechas rosadas e uma das mãos gorduchas agarrando as pérolas da duquesa. Jessica, a única filha, devia ter cerca de 10 anos, ainda uma menina, mas com a promessa de beleza já evidente. Ela parecia prestes a sair de dentro da tela e jogar no espectador o buquê de peônias vermelhas e cor-de-rosa que segurava. Na verdade, ela costumava comentar com frequência com Philippa que era aquilo que ansiara fazer durante as longas e cansativas horas que passara posando para aquele retrato. O artista queria que a menina posasse com o buquê estendido, como se estivesse oferecendo-o à mãe, e Jessica ria quando se lembrava de como seus braços ficaram *cansados*.

Jessica era a figura que Philippa costumava examinar no quadro. Ela adorava aquele retrato da madrasta e, quando menina, amava ouvir as histórias das horas que haviam passado posando: de como William certa vez colocara um rato dentro do bolso de John; de como John se vingara persuadindo o pintor a acrescentar as plumas de avestruz ao cenário, que faziam William espirrar incontrolavelmente; de como Jessica havia perdido a paciência e pisoteado todas as flores e fora mandada colher novas flores sob o olhar severo da preceptora; de como o pequeno Stephen tinha mexido no material de trabalho do artista e espalhado tinta por um tapete caro.

Mas Philippa sabia que Will estava vendo apenas um rosto no quadro naquele dia: o de lorde William St. James, o segundo filho.

Pai dele.

Will estava imóvel diante do retrato, como se tivesse se transformado em pedra. O quadro era quase em tamanho real e, quando criança, Philippa o achava tão realista que às vezes falava com as pessoas pintadas nele. Ela se perguntou se Will se sentia tentado a fazer o mesmo. As mãos dele estavam soltas ao lado do corpo, a cabeça inclinada para trás absorvendo todo o quadro, e o rosto dele...

Philippa olhou para a tela, tentando ver o rosto de lorde William pela primeira vez, como estava acontecendo com o filho. Ele era dois anos mais novo do que John, um pouco mais baixo, porém mais forte. No retrato, William deveria ter 16 ou 17 anos, ainda não era um homem feito, e seu braço estava ao redor dos ombros do irmão mais velho. Todos sempre haviam dito que o duque e William eram muito próximos, melhores amigos. Lorde William tinha o cabelo escuro e olhos castanhos que cintilavam com uma expressão travessa. Era possível ver um sorrisinho provocador em seus lábios... exatamente como o de Will quando implicava com Philippa e a fazia ter vontade de arrancar os cabelos e discutir com ele, e depois beijá-lo até convencê-lo de que estava certa.

Aquilo a sobressaltou. Como fora cega. Era verdade que Jack, irmão de Will, era praticamente a imagem de lorde William, mas ela poderia ter reconhecido Will no homem do retrato muito tempo antes.

— O quê...? — A voz de Will era rouca. — Quando isso foi pintado?

— Cerca de quarenta anos atrás.

Ele engoliu com dificuldade.

— Por que o antigo duque não está nele?

Philippa olhou de relance para o sr. Edwards, que os seguira. Ele também estava fitando o retrato com atenção, mas não com surpresa: seu olhar era firme, a testa estava franzida e os lábios se moviam ligeiramente, como se estivesse debatendo consigo mesmo. Ao perceber o olhar de Philippa, Edwards se sobressaltou, inclinou a cabeça e saiu apressado da sala. Provavelmente correndo para o escritório para checar mais uma vez os registros da família.

Ela respirou fundo.

— Ele era um homem frio e sem coração. Foi a duquesa que encomendou o retrato, não ele, mas o duque se recusou a posar. Ele achava o pintor presunçoso e a coisa toda uma perda de tempo. Pelo que sei, o antigo duque passava a maior parte do tempo em Londres, enquanto a duquesa e os filhos ficavam aqui. — Philippa fez uma pausa e observou o rosto de Will. — Se desejar vê-lo, há um retrato na galeria.

— Foi o que ouvi — murmurou ele, ainda fitando o pai na tela. — Que o velho Carlyle era insensível e arrogante, inabalável em suas opiniões e brutal em seu trato com todos.

Philippa arquejou, compreendendo subitamente.

— Foi por isso que ele não voltou?

Pela primeira vez desde que haviam entrado no salão, Will olhou para ela.

— Eu *definitivamente* não tenho o direito de contar essa história. — Seus olhos se voltaram para o retrato. — Mas ele disse que nunca mais voltaria.

Philippa sentiu o coração pesado diante da sucessão de sentimentos que viu no rosto dele: anseio, curiosidade, mágoa. O que mantivera lorde William longe da Inglaterra por trinta anos? O que o fizera deixar que acreditassem que estava morto durante todo aquele tempo? E por que havia contado a verdade ao filho, a um dos filhos?

Atrás deles, a porta foi aberta.

— Philippa — exclamou a duquesa. — E sr. Montclair. — A voz dela se tornou fria e imperiosa. — O que estão fazendo aqui?

Philippa pegou a mão de Will. A duquesa viu o gesto e seus olhos escureceram de preocupação e fúria.

— Eu o trouxe até aqui, senhora — falou Philippa. — Há algo que precisa saber.

A duquesa entrou na sala com uma expressão de desaprovação no rosto.

— Não consigo imaginar o que possa ser. Ele se demitiu do cargo, não é mesmo?

— Sim — respondeu Will.

— Então me pergunto por que ainda está nos terrenos de Carlyle.

— Talvez não permaneça aqui por muito mais tempo — comentou Will, baixinho.

A duquesa ouviu, e sua voz agora era gelada.

— Por favor, não me deixe impedi-lo.

— Parem! — exclamou Philippa. — Vocês dois, parem com isso!

Ambos a fitaram boquiabertos. Will se recuperou primeiro, e um lampejo do seu sorriso atrevido característico curvou seus lábios. Ele fez um gesto breve, como se cedendo o palco para ela.

— Philippa — disse a duquesa em um tom de profundo desapontamento. — Escute-me...

Philippa balançou a cabeça e se afastou de Will.

— Não, senhora. Dessa vez é a senhora que vai me ouvir. E ao sr. Montclair. — Ela virou-se para Will, que ainda tinha o mesmo sorrisinho divertido, quase orgulhoso, no rosto, e sentiu seu peito se aquecer até sorrir de volta, impotente, apaixonada. Como aquele homem sempre conseguia fazê-la sorrir? — A Will.

Aquilo fez a duquesa se enrijecer.

— Nada que ele tenha a dizer vai me interessar! E se esse homem a enganou e a seduziu, farei com que seja expulso desta propriedade sob o açoite!

— Não, a senhora não fará isso. — Ela ignorou o arquejo de choque da mulher mais velha e se sentou no sofá, estendendo uma mão em um apelo. — Dadi, escute o que ele tem a dizer. Faça isso por mim.

A expressão da duquesa era ameaçadora quando ela atravessou a sala e se sentou.

— Então? — perguntou.

Philippa deu uma palmadinha no assento ao seu lado, e Will caminhou lentamente até lá. Por um momento, ele ficou apenas fitando a duquesa, então abaixou os olhos para o chão. Ele cruzou as mãos, pousou-a nos joelhos e voltou a olhar para o retrato.

— Se ele não vai falar, eu falarei. — A voz da duquesa era hesitante. Ela ignorou Will e olhou para Philippa. — Escute-me, minha querida menina. Não faça isso. Não se deixe enganar pelas palavras doces de um homem. Você não o conhece o suficiente para... para se lançar no mundo com ele. Por favor, minha cara Pippa, *por favor*, não diga que está apaixonada e pretende jogar a prudência ao vento... você sabe que não sou capaz de lhe negar nada, mas eu lhe imploro, não me peça isso. Vai partir o meu coração.

Will levantou os olhos, a testa franzida.

A duquesa lançou um olhar sombrio para ele.

— Eu sabia que era um erro empregá-lo.

Por mais incrível que fosse, Will sorriu. Ele se sentou mais confortavelmente no sofá e parou de torcer as mãos.

— Espere só até ouvir o resto.

A duquesa levou uma das mãos à boca, como se estivesse nauseada.

Philippa lançou um olhar de reprovação a Will e implorou à duquesa:

— Por favor, dê a ele uma chance de explicar. Não tem nada a ver comigo.

Will levantou os olhos para o teto, mas ficou sério. Ele respirou fundo, olhou para a duquesa, então hesitou um momento antes de falar:

— Preciso lhe pedir desculpas, senhora. — Will voltou a fixar os olhos no tapete. — Não lhe contei algo sobre mim.

— Duvido que possa ser qualquer coisa do meu interesse — disse ela, mas sem a ira anterior. A duquesa agora parecia derrotada.

Philippa viu uma lágrima em seus olhos e soube que a mulher acreditava que estava tudo perdido. Teve que morder o lábio para se impedir de ela mesma dar as notícias.

Will parecia estar procurando as palavras por um momento, então estendeu a mão para a gravata, ainda em silêncio. Com alguns poucos puxões, ele a desamarrou e abriu o colarinho. A duquesa deixou escapar um murmúrio de choque.

Will enfiou a mão dentro da camisa e tirou uma corrente pela cabeça, onde havia um pequeno medalhão de prata pendurado. Philippa arregalou os olhos ao se lembrar de como ele havia afastado as mãos dela do seu pescoço, de como ele mesmo despira a camisa e a deixara de lado. Aquela corrente não estava ao redor do pescoço dele quando Will a levara para a cama e fizera amor com ela.

Ele agora juntou a corrente em uma das mãos e estendeu-a para a duquesa, que parecia paralisada na cadeira. Philippa se inclinou para a frente, tentando ver o que Will se esforçara tanto para esconder dela, mesmo no calor do desejo, e a duquesa saiu subitamente do transe. Ela quase se jogou para a frente para pegar a corrente e deu um gritinho enquanto examinava a peça com uma expressão frenética.

— Onde conseguiu isso?

Will pigarreou.

— Com o meu pai.

A duquesa não se moveu nem falou. Seu rosto estava muito pálido.

— Ele usou isso todos os dias da sua vida — continuou Will. — Quando eu era menino, meu pai me contou que a mãe dele havia lhe dado essa corrente. — A duquesa deixou escapar um som estrangulado. — Ele só tirou essa corrente do pescoço quando o meu irmão e eu estávamos prestes a partir para a Inglaterra. E disse que tinha sido um amuleto de boa sorte para ele e que esperava que cumprisse o mesmo papel comigo.

— Boa sorte — sussurrou a duquesa em um tom vazio.

Philippa não conseguia mais se conter.

— Dadi, não está vendo?

— Não! — A duquesa levantou a cabeça, os olhos em chamas. — Onde conseguiu isso? — exigiu saber, segurando o medalhão no punho fechado.

Will desviou os olhos para Philippa como se dissesse "Eu lhe avisei que isso não daria certo".

— Com o meu pai — repetiu ele.

A duquesa ficou de pé de um pulo.

— Mandarei prendê-lo como ladrão — jurou. — Quanto ao seu pai, ele roubou isso de um homem morto e merece ser fuzilado! — A voz dela falhou no fim da frase.

Philippa se levantou de imediato e correu para segurar as mãos da duquesa.

— Olhe para o retrato — pediu. — Compreenda o que ele está lhe dizendo. — A duquesa fechou bem os olhos e balançou a cabeça. Philippa sacudiu ligeiramente as mãos juntas delas. — O seu William ainda está vivo — sussurrou muito baixo. — E os filhos dele estão aqui na Inglaterra.

A duquesa ficou paralisada. E abriu os olhos.

— Filhos?

Philippa assentiu.

— O irmão mais novo de Will está em Londres. Eles vieram juntos. Eu o vi... Jack... quando estava visitando a tia Diana. Dadi, ele é a própria imagem do pai. Poderia muito bem ser o seu William saindo daquela tela.

A duquesa engoliu em seco.

— Pippa, já sofri essa perda uma vez. Não consigo passar por isso novamente. — Ela parecia velha, frágil e desesperadamente esperançosa.

— E eu me jogaria no rio antes de lhe dar falsas esperanças. — Philippa mordeu o lábio. — O duque o reconheceu de imediato. Ele só não percebeu que se tratava do filho de William, e não do William em si. Mas Will, o sr. Montclair, sabe coisas que apenas o seu filho, duquesa, poderia ter lhe contado. Ele chamou o duque de Joffred. — Os dedos de Sua Graça apertaram os de Philippa. — E disse o nome do velho cavalo de madeira, não Nestor, mas o cavalo de *William*: Hengroen, batizado em homenagem ao cavalo do rei Arthur.

A respiração da duquesa estava trêmula.

— Deixe Will ir buscar o irmão — pediu Philippa. — A senhora terá certeza no momento em que vir Jack.

Por um longo momento, a duquesa não disse nada, ficou apenas encarando Philippa, como se tentando sondar a alma da jovem. Então, soltou-a e recuou.

— Meu rapaz — disse a Will, a voz frágil. — Você fez uma alegação muito chocante e praticamente impossível. O que fará se eu disser que não acredito em nem uma sequer palavra do que disse?

Will ficou de pé.

— Eu não a culparia de forma alguma — respondeu ele, o tom calmo. — É realmente inacreditável. Eu partiria e voltaria para Londres, para me juntar ao meu irmão.

— Você simplesmente iria embora? — perguntou ela. — E nunca mais retornaria a Carlyle?

Ele fez uma de suas reverências floreadas e insolentes.

— Como havia planejado desde sempre.

A duquesa franziu a testa.

— O quê? Que absurdo! De que isso lhe serviria?

Will parecia ter concluído que aquilo era o fim da linha e que não precisava mais se conter.

— Eu já consegui o que queria. — O olhar da duquesa se voltou para Philippa, acusador. Will percebeu e balançou a cabeça. — *Tsc*, senhora, quanta indelicadeza da sua parte. Eu satisfiz a minha curiosidade sobre Carlyle, que foi tudo o que sempre desejei fazer. O meu pai me contou apenas o suficiente para me deixar ansioso para saber mais e, quando a oportunidade apareceu, aproveitei. Agora que já vi a propriedade, posso voltar para casa em paz.

— Curiosidade! Não, não acredito nisso. O que você realmente quer de Carlyle?

Os olhos de Will encontraram os de Philippa, e ele sorriu do jeito carinhoso que sorrira para ela no aconchego da cama.

— Não quero nada de Carlyle, senhora. Nada mesmo.

— Pretendia seduzir a minha neta para que ela fugisse com você!

— Se foi isso, funcionou — declarou Philippa, antes que Will pudesse falar. — Se ele for, eu vou junto.

— O quê? — bradou a duquesa.

Philippa olhou para Will. Aos olhos de qualquer outra pessoa, ele teria parecido tranquilo, despreocupado com o que aconteceria a seguir: estava de braços cruzados, os pés separados, com uma expressão de indiferença relaxada no rosto. Mas, como seu colarinho ainda estava aberto, ela conseguia ver a veia pulsando acelerada em seu pescoço. Ah, ele era *mesmo* um bom ator.

— Eu o amo, dadi. Seja ele quem for, venha de onde vier. E mais, acredito nele. Soube quem era Will de verdade antes de ele me contar. Aliás, Will não tinha a intenção de lhe contar nada, ou a qualquer um de nós. Se a senhora não acreditar em mais nada, acredite nisso.

A duquesa olhou de um para o outro, então abaixou os olhos para a corrente na sua mão. Ela franziu o cenho em uma expressão perturbada e passou o dedo pelo medalhão. Philippa estava ansiosa para saber o que havia nele.

— Por que meu filho nos deixaria acreditar que estava morto? — perguntou a duquesa em uma voz entorpecida. — O Exército nos disse que William havia sido encontrado... brutalizado além de qualquer descrição. — Ela virou o medalhão de um lado para o outro. Dessa vez, Philippa conseguiu ver a insígnia de Carlyle gravada na prata. — Mas isso não estava com ele — murmurou a duquesa. — Escrevi para todos, de generais ao tenente de patente mais baixa... Como é possível? Todos esses anos... Nenhuma palavra?

Will abaixou os olhos.

— Não sei. Tudo o que o meu pai sempre disse foi que jamais voltaria. — Ele fez uma pausa como se estivesse se debatendo com a decisão de falar ou não. — Acredito que ele tenha feito algo imperdoável na guerra.

— Para o coração de uma mãe, quase nada é imperdoável. — A voz dela ficou embargada.

— Acho que não era a senhora que ele temia — murmurou Will.

A duquesa ergueu a cabeça, como se alguma coisa finalmente fizesse sentido para ela.

— O pai dele. Que Deus me perdoe por ter me casado com aquele monstro sem alma. — Ela respirou fundo, enquanto Philippa a fitava de olhos arregalados e mesmo Will parecia surpreso. — Por que ele nunca escreveu para mim?

Agora, definitivamente abalado, Will pigarreou.

— Ele... era francês àquela altura, senhora.

— Francês!

Ele encolheu os ombros diante da exclamação horrorizada dela.

— Quando o meu pai foi para Montreal e conheceu a minha mãe, ele era apenas um comerciante de pele qualquer.

— O maldito pai dele está morto há trinta anos!

Will levantou uma das mãos.

— Ele não sabe disso.

A duquesa caminhou lentamente até parar bem em frente ao retrato. Ela levantou os olhos e fitou o quadro por um longo momento. Então, se virou e fitou Will com determinação. Philippa foi para o lado de Will e apertou a mão dele com força.

— Esperem aqui — disse a duquesa em um tom ríspido, antes de se virar e sair tempestuosamente do salão.

Capítulo 32

WILL OLHOU PARA Philippa e ela o encarou de volta, os olhos arregalados e os lábios entreabertos.

— Não tenho ideia — disse ela, antes que ele pudesse perguntar.

— Ah, bem... — Will deu de ombros para esconder a pontada aguda de... arrependimento? Decepção? — Eu não esperava nada diferente.

Aquilo era verdade. Quando o pai havia feito com que Will jurasse guardar segredo, dissera ao filho que ninguém acreditaria na história de qualquer modo. "Acham que estou morto há trinta anos", tinha dito ele. "Até a sua mãe mal acredita." E Will havia dado a sua palavra, apesar de todas as perguntas que ardiam dentro dele.

E pretendera manter a promessa, mas, quando Roger Edwards lhe dissera o nome da família para quem trabalhava, meses antes, em Londres, e lhe oferecera um cargo na propriedade, aquilo parecera um sinal dos céus. O destino queria que ele soubesse mais. E Will aproveitou a oportunidade.

Ele havia esperado ficar impressionado, assombrado... e também indignado com a pompa rígida e as exigências cruéis da nobreza. O pai havia mencionado casamentos sem amor, arranjados, filhos que nunca viam os pais, rapazes que levavam vidas extravagantes e libertinas e moças que se casavam antes de completarem 18 anos. Will havia esperado sair totalmente convencido de que o pai tinha agido certo ao deixar tudo aquilo para trás.

E demorara três meses para Will perceber que quem detinha o título de duque atualmente não era o velho tirano cuja ira seu pai temia, mas um homem próximo da idade do pai dele. Como seria aquele novo duque? Então,

Will descobrira que não restara muito da família ali. O que acontecera? Todas as orientações sobre Carlyle eram dadas pela mãe idosa do duque. Por que ela estava administrando a propriedade? Tudo o que descobria só fazia com que sua curiosidade aumentasse insuportavelmente.

Então, Will tinha sido mandado para Carlyle, onde *havia* ficado devidamente assombrado e impressionado pelo antigo castelo de pedra e pela riqueza ao seu redor. Mas as pessoas ali... Ele estivera errado sobre elas.

Mas vira o que fora ali para ver. Se tivesse seguido seu plano original, já estaria a meio caminho de Londres àquela altura, sem falar com ninguém, com seus segredos ainda protegidos.

Mas seu coração teria ficado para trás.

Enquanto percorria as terras de Carlyle pela última vez, ele mal reparou em qualquer uma das coisas que tanto o haviam consumido. Em vez disso, viu Philippa, se debruçando sobre a ponte, com a gola de seda farfalhando ao redor do rosto, linda e curiosa. Ele a viu avançando na direção dele, irritada, vibrando em um vestido da cor do pôr do sol. Lembranças de Philippa pareciam atingi-lo de todos os lados: o sorrisinho triunfante quando ela ganhava uma discussão com ele, a expressão dela quando dava uma mordida em um *gulab jamun*, a resignação em sua postura em Bagnigge Wells e a alegria que iluminou seu rosto quando seu olhar encontrou o dele.

A sensação da boca de Philippa colada à dele.

Os sons baixos e excitantes que deixava escapar quando ele a beijava.

A sensação de seus cabelos sedosos nas mãos dele. O calor da pele dela sob as pontas de seus dedos.

O brilho em seus olhos quando ela se aproximara, nua como no dia em que nascera, deslizando pelos lençóis gastos da cama dele. O som da risada de Philippa, que mais parecia música. A euforia que ele sentia quando a fazia rir e ela passava os braços ao seu redor.

E, mais do que tudo, o tremor na voz dela quando dizia "Eu te amo". Como se Philippa soubesse que ele estava determinado a partir seu coração.

Will havia feito um juramento ao pai, mas o pai também lhe dissera para viver a própria vida de um modo que lhe permitisse morrer sem arrependimentos. Como Will se sentira esmagado pelo arrependimento apenas poucas horas depois de deixá-la, dera a volta com o cavalo e retornara ao Chalé de Pedra. Se Philippa estivesse disposta a aceitá-lo, Will estava disposto a arriscar ser renegado pelo pai.

No instante em que a vira esperando, os olhos escuros calmos e cintilando de amor, Will teve certeza de que tomara a decisão certa. Jamais se arrependeria de ter voltado para ela.

Quanto ao resto... ele ainda estava indeciso sobre como aquilo poderia lhe causar arrependimento. Mas era homem o bastante para admitir naquele momento, enquanto estava parado na luxuosa sala de estar da duquesa, sentindo-se julgado pelo olhar presunçoso e bem-humorado da versão adolescente do próprio pai no quadro na parede, que desejava que acreditassem nele. Carlyle havia conquistado um espaço em seu coração e em sua alma. Contra todos os seus desejos, ele passara a amar aquele lugar e desejava permanecer ali.

As chances ainda eram pequenas. A duquesa provavelmente estava arregimentando os criados para retirá-lo à força dos terrenos da propriedade. Edwards talvez estivesse redigindo o processo que abriria contra ele.

Ah, bem. Ele tinha algo que valia mais do que Carlyle. Philippa fazia valer a pena cada instante daquela aventura louca, e o pai de Will compreenderia aquilo.

Ela estava mais chateada com a partida da duquesa. Sua testa se franzia em uma expressão de preocupação.

— Não... não, eu não acredito que ela descartaria tudo...

Will levantou os olhos mais uma vez para o retrato. *Sem arrependimentos*, o pai parecia sussurrar de forma significativa da tela. Ele assentiu, então deu as costas ao quadro e pegou a mão de Philippa.

— Vamos.

— Para onde? — protestou ela, enquanto Will atravessava os corredores com ela a passos rápidos.

— Sair daqui — disse ele por cima do ombro. — Ir embora.

— Não. — Ela puxou-o. — Por aqui.

Philippa subiu com ele por vários degraus estreitos de uma escada de pedra reforçada por madeira e então saiu.

Will prendeu a respiração. Eles estavam no alto da torre mais alta do castelo. Obviamente Will já vira a torre do chão, ela pairava acima do resto do castelo. O pai mencionara aquela torre: a mais alta do condado, havia dito, construída por um ancestral normando que se casara com uma saxã e tinha a intenção de mantê-la consigo, mesmo se um exército invasor chegasse.

Will se virou lentamente. A vista era de tirar o fôlego. Philippa parou ao lado dele enquanto o vento fustigava os dois e Will passou o braço ao redor dela.

— É possível ver a maior parte de Carlyle daqui — disse Philippa. O vento fazia seu cabelo voar, e ela o arrumou atrás da orelha. — Lá está o Chalé de

Pedra. — Apenas o telhado e as chaminés eram visíveis além das árvores. — E o rio. Você consegue até ver Kittleston à distância. E bem ali está a estrada para Londres.

Will não olhou para aquele lado.

— Adorava subir aqui quando era criança. Eu me dediquei à pintura por algum tempo e trazia o meu cavalete e as tintas para cá. Aqui em cima temos noção de como somos pequenos, mas também de como somos importantes para esta terra, para este lugar. — Ela pousou a cabeça no ombro dele. — Membros da sua família ao longo dos últimos setecentos anos estiveram aqui, no alto desta torre, Will. Eles iriam querer você aqui também.

— Não sem você.

Philippa sorriu.

— Eles não são meus ancestrais.

— Não — disse ele. — Mas os nossos filhos serão, o que a torna vital para eles também.

Philippa pressionou mais o corpo ao dele. Will passou o paletó ao redor do ombro dela enquanto ela abraçava a sua cintura, a cabeça ainda em seu ombro.

Ela, pulsava o coração dele. *Ela* era o lar.

Will não saberia dizer quanto tempo os dois ficaram parados ali em cima, abraçados, mas finalmente um som fez com que se virassem. A duquesa estava parada no umbral, com o sr. Edwards pairando atrás dela. Will viu o medalhão do pai pendendo do punho cerrado da mulher mais velha, cintilando ao sol.

— Por gentileza, gostaríamos de conversar com você — disse a duquesa, o tom rígido. — William.

Capítulo 33

Eles fizeram Philippa esperar do lado de fora do Salão das Tapeçarias. Depois de alguns instantes, o sr. Edwards saiu, levantando as duas mãos quando ela ficou de pé em um pulo.

— Paciência, srta. Kirkpatrick.

— Essa é a única coisa que não tenho no momento! — Mas a jovem sorriu, e o advogado se sentou ao seu lado em um dos vãos da janela.

— Como a senhorita soube? — perguntou ele.

Philippa deu um sorriso irônico.

— Por causa de um encontro do acaso. Lady Beauchamp e eu fomos tomar chá nos jardins em Bagnigge Wells. Eu me sentia entediada até ver Will. Fui atrás dele e conversamos...

Philippa fez uma pausa e enrubesceu. Will a havia beijado até ela quase perder os sentidos naquele jardim. Fora ali que se dera conta de que o que sentia por aquele homem era amor. Se alguém lhe dissesse que o sol havia surgido e os anjos cantado naquele momento em que ela levantou os olhos e viu Will no outro extremo da trilha, Philippa teria acreditado.

— Will estava acompanhado do irmão. Eu não tive oportunidade de falar com Jack... agora entendo por que Will estava tão ansioso para evitar o nosso encontro... mas eu o vi.

— E a senhorita o reconheceu?

Philippa balançou a cabeça.

— Eu me convenci de que Jack me lembrava Will. Os dois se parecem, como irmãos. Só mais tarde, quando estava sentada na sala de estar olhando para o retrato, foi que percebi que Jack, ou Jacques, como Will o chamou, é idêntico a lorde William. Então compreendi.

Edwards balançou a cabeça.

— A sua percepção ultrapassou muito a minha, srta. Kirkpatrick.

— O senhor achou que ele era um dos descendentes de lorde Thomas.

O advogado deu um sorriso autodepreciativo.

— Eu realmente desconfiei que esse era o caso.

— Quando? — perguntou Philippa. — Durante muito tempo eu me perguntei por que o senhor o convidou para administrar Carlyle, já que Will não tinha nenhuma experiência, nenhum vínculo com este lugar, e era o exato oposto do administrador que a duquesa queria.

Algo como um sorrisinho presunçoso curvou os lábios de Edwards.

— No instante em que olhei no rosto dele, desconfiei que era um St. James. *Qual* St. James eu não tinha ideia. Um descendente de lorde Thomas? A família dele era francesa. Ele tinha um forte sotaque francês e confessou que esse era o idioma que falava em casa. E o sr. Montclair demonstrou uma profunda curiosidade sobre Carlyle no momento em que mencionei a propriedade. Teria sido uma incrível coincidência, mas... — Ele abriu uma das mãos, como quem pedia desculpas. — Não quis deixá-lo escapar, caso realmente houvesse alguma coisa ali.

Philippa o fitou com os olhos arregalados.

— O senhor contratou um homem para administrar esta propriedade por um *capricho*?

O advogado pareceu ofendido.

— Eu conversei com o sr. Montclair por algum tempo. E o mantive em Londres durante o inverno, onde poderia avaliá-lo e supervisioná-lo mais de perto. Esperei, torcendo para que ele traísse alguma prova de sua origem. Mandei investigá-lo.

Philippa deixou escapar um som de surpresa.

O sr. Edwards assentiu.

— Despachei dois homens para a América uma semana depois de tê-lo contratado. Os homens voltaram apenas um mês depois com uma informação que me confundiu imensamente. Era improvável que a família da mãe do sr. Montclair tivesse qualquer ligação com lorde Thomas. Eles estavam em Montreal havia gerações. O pai do sr. Montclair era ainda mais nebuloso. Descobriram apenas que era um comerciante de pele de animais selvagens e mais nada. Temi ter me enganado ou esbarrado em um descendente de algum filho ilegítimo do antigo duque.

— Isso não teria feito dele um herdeiro...

O advogado ergueu um dos ombros.

— Quem sabe o que lorde Thomas fez na América? Ele tinha dívidas. Bastaria uma mudança de nome e ele poderia ter se tornado um novo homem, desconectado do próprio passado. Já meio desesperado, tentei provocar o sr. Montclair para que confessasse algum vínculo...

Philippa arquejou alto.

— Quando?

— Na noite em que voltamos de Londres. — Ele tirou os óculos e limpou as lentes. — Com o duque tão doente, talvez até mesmo à beira da morte, o tempo era uma questão crucial. Eu expliquei ao sr. Montclair as leis de herança. Praticamente disse a ele para se anunciar, se tivesse alguma reivindicação em relação a Carlyle, e ele não fez isso. — Edwards voltou a colocar os óculos no rosto e sorriu para ela. — Só a senhorita conseguiu fazer com que o sr. Montclair se revelasse. Sinto-me um completo tolo por não ter investigado eu mesmo o irmão dele.

Philippa sorriu. Will não havia admitido nada até ela começar a falar sobre fazer desenhos do castelo e do vilarejo para mostrar à família dele. Agora, ela compreendia por que seu amado havia resistido tão incansavelmente. Não havia como apresentá-la à família sem que o pai descobrisse o que ele fizera. Mesmo se fugissem para se casar, a verdade teria sido exposta assim que perguntassem sobre a história dela. Will não desejara reivindicar Carlyle, mas se dispusera a confessar ao pai o que fizera... por ela.

Depois de um longo tempo, Will saiu do cômodo. Ele olhou de relance para Edwards, que entrou praticamente correndo no salão e fechou a porta.

Will se sentou ao lado de Philippa, passou o braço ao redor dela e a puxou mais para si.

— Como foi?

A duquesa podia ser espinhosa. Philippa sabia como lidar com ela, mas Will não.

— Recebi permissão para ficar, mesmo que a contragosto — disse ele.

Philippa arquejou.

— Não! Com certeza ela acredita...

Will sorriu.

— Contei o bastante para convencê-la de que era possível. A duquesa deseja conhecer Jack e, obviamente, escrever para o meu pai. Acho que ela não vai conseguir acreditar até ter notícias dele.

— Mas ela acreditou em você. — Philippa não conseguiu conter um sorriso ligeiramente triunfante. — Como eu lhe disse que aconteceria.

— Ela foi muito resistente à ideia — exclamou ele. — E, quando finalmente começou a acreditar, voltou a ficar indignada comigo por eu tê-la provocado e atormentado tanto quando sabia quem era ela. Por um momento, temi que ela conjurasse uma enorme colher de madeira e batesse nos nós dos meus dedos com ela, como a tia Emilie fazia às vezes.

— Não! — Mas Philippa estava rindo quando disse isso.

— Pretendo me manter alerta, só para garantir — disse Will. — Então... falamos de você.

Philippa ficou imóvel e em silêncio.

Will passou as pontas dos dedos pelo braço dela.

— Você é o tesouro mais precioso da duquesa — disse ele, o tom suave. — Ela confiaria Carlyle a mim, mas não você.

— Mas *eu* me confiaria a você. — Philippa olhou para a porta do Salão de Tapeçarias.

Will a conteve antes que ela entrasse intempestivamente no salão.

— Eu a persuadi. Se ela não me quiser por perto, isso é perfeitamente compreensível. Eu me ofereci para partir, mas apenas com você. — Ele enfiou o rosto no cabelo dela e inspirou fundo. — De agora em diante, aonde você for, eu irei. E não irei a lugar nenhum sem você.

— Então... e agora?

Will olhou ao redor, então puxou Philippa para o colo. Ela riu e passou os braços ao redor do pescoço dele.

— Você prometeu se casar comigo.

— E achou que eu tinha mudado de ideia?

— Ora, quando me aceitou, eu tinha perspectivas de futuro bem diferentes.

Ela riu de novo.

— E, agora que você vai herdar tudo isso, eu poderia amá-lo menos?

Will não riu.

— Não. Posso ser o herdeiro de tudo isso, mas ainda sou eu mesmo. Nunca serei um cavalheiro elegante de Londres. Passarei a vida reformando telhados e consertando cercas. Não sou do tipo que fica sentado e deixa outra pessoa cuidar de Carlyle.

— Eu sei — disse Philippa com carinho.

— E *não* sou o herdeiro de nada disso — continuou ele. — O meu pai é, ou seria, se concordasse com a ideia. Desconfio que ele não vai. Isso me tornaria nada além de um elogiado capataz. Mas um capataz que ama você desesperadamente.

Philippa tocou o maxilar dele.

— Eu me apaixonei por você exatamente desse jeito. A resposta à sua pergunta é sim.

Jack chegou quatro dias depois, desconfiado e irritado. Will havia escrito para ele contando apenas o bastante para conseguir convencer o irmão a ir a Carlyle, já que queria contar o resto pessoalmente.

No fim, o rapaz pareceu confuso.

— Por que você não me contou?

— O papai me fez jurar que não contaria.

O irmão se virou para ele, furioso.

— *Você* sabia! Por que ele contou a *você* a história toda?

Will levantou um dos dedos.

— Não a história toda. Ninguém além do papai conhece a história toda.

Enfim, um sorriso se abriu no rosto de Jack. Um sorriso meio diabólico...

— Sim — concordou ele. — E, felizmente para todos, ele logo estará aqui.

Will ficou paralisado.

— O quê?

Jack assentiu, obviamente se deleitando com o apuro do irmão.

— Está na última carta que recebi dele. O papai se cansou das nossas desculpas e disse que estaria no próximo navio Montclair para Londres. Deve chegar no fim deste mês. — Ele sorriu. — Como você deve estar satisfeito! Vai poder apresentar a sua noiva para ele, e também para a nossa mãe e para a nossa irmã.

— E Jack acrescentou para Philippa: — Todos vão adorá-la. — Ele fez uma reverência galante e levou a mão dela aos lábios. — Desconfio que eu também.

Will olhou para a amada. O rosto dela cintilava de esperança. Ele sabia o que ela estava pensando: poderia reunir a família St. James, o filho e o irmão que haviam perdido agora voltando dos mortos.

Enquanto ele... estava muito encrencado.

Will se virou para Philippa.

— Você se casará comigo agora? Amanhã?

— Antes que ela tenha a oportunidade de saber mais sobre você? — Jack assentiu, fingindo seriedade. — Boa ideia, Will. — E, para Philippa, ele disse apenas mexendo os lábios, sem som: — *Fuja*.

Ela caiu na gargalhada.

— E eu achando que um Montclair St. James já era ruim o bastante! Como vou aguentar vocês dois?

— Vamos banir Jack — sugeriu Will.

Ela arquejou, pretensamente afrontada.

— Nesse caso, quem ficaria ao seu lado no nosso casamento?

— Edwards — propôs Will. — Ele me deve isso.

— A duquesa irá, se eu me casar com você amanhã?

— Você terá que perguntar. Ela com certeza recusará se for eu a procurá-la.

— Ele beijou Philippa. — Aceita?

Se eu aceito?, pensou ela. *Todo dia, para sempre.*

— Aceito — disse Philippa e beijou seu amor verdadeiro.

Epílogo

O TOQUE POUCO familiar de um sino despertou Philippa. Ela abriu os olhos, assustada, mas logo reconheceu o amarelo forte do quarto de hóspede de Diana e relaxou. Estavam em Londres.

Ao seu lado, o marido — com quem se casara havia catorze dias — olhava para o teto.

— Bom dia.

Ela se aconchegou e pousou a mão no peito dele.

Will respirou fundo e colocou a mão sobre a dela.

— Isso ainda não está decidido.

Philippa se apoiou em um dos cotovelos. Nunca o vira tão quieto, tão tenso. Eles estavam em Londres para receber o *Mary Catherine*, o navio que estava chegando à Inglaterra com os pais e a irmã dele. Um mensageiro de Plymouth havia trazido a notícia, na véspera, de que o navio havia sido avistado no dia anterior, o que significava que provavelmente chegaria a Londres naquele dia.

— Ele vai ficar muito aborrecido? — perguntou ela, o tom gentil.

— Existe uma excelente chance de que isso aconteça — disse Will.

— O que vai significar?

Ele fez uma careta.

— Vamos torcer para que você não esteja viúva quando a noite cair.

Philippa ergueu as sobrancelhas. Jack havia lhe garantido que tudo ficaria bem, mas Will estava incomumente sério em relação ao reencontro com o pai. Quando ela repetira para ele o que Jack havia dito, Will retrucou:

— Jack não quebrou a promessa dele de ficar longe de Carlyle. *Jack* vai ficar bem.

Philippa não gostava de vê-lo naquele humor, sem o jeito risonho, provocante e convencido de pirata. Ela jogou as cobertas para o lado, sentou-se e começou a desabotoar a camisola.

— Talvez você devesse ficar aqui, e eu irei falar com o seu pai.

— Ele me encontraria — disse Will, observando as mãos dela com interesse.

Philippa levantou a camisola, passou-a pela cabeça e jogou-a no chão.

— Se essa for a nossa última manhã juntos, preciso aproveitá-la ao máximo.

— Precisa mesmo.

A expressão de Will se tornou mais concentrada e ardente enquanto Philippa subia em cima dele, uma perna de cada lado do seu quadril. Ele deixou as mãos subirem pelas coxas da esposa.

Philippa apoiou as mãos nos ombros de Will e se abaixou para colar os lábios aos dele.

— Tenho que motivá-lo a voltar para mim.

Ele sorriu e a beijou. Philippa desamarrou a fita que prendia o cabelo em uma longa trança e sacudiu os fios.

— Santo Deus — gemeu Will, e estendeu a mão para envolver um dos seios dela. — Atravessaria o fogo do inferno para voltar para você.

Philippa correu as mãos pelo abdômen dele, ainda fascinada pelo corpo do marido. Os homens eram criaturas com um corpo tão maravilhoso. Os músculos de Will eram tão firmes. A pele tão diferente da dela. Cada vez que passava a palma da mão por cima da ereção dele, Will flexionava o abdômen e prendia a respiração, até finalmente dizer em um gemido:

— Vejo que seu plano é me matar antes que outra pessoa tenha a chance.

Philippa riu e se moveu, guiando o marido para dentro dela.

— Vamos ver se você vai sobreviver.

Ele sobreviveu. Will era um amante devotado e inventivo. Philippa nunca imaginara que o próprio corpo seria capaz de fazer algumas das coisas que ele havia lhe ensinado nas últimas duas semanas. Ela fez amor com ele, movendo-se em cima do marido, enquanto as mãos maliciosas dele a acariciavam, beliscavam, agarravam, estimulavam e ele descrevia todo o tipo de coisas sensuais que ela poderia fazer. A voz de Will foi ficando mais rouca e gutural, e Philippa percebeu que ele havia passado a falar em francês, mas o sangue latejava alto demais em seus ouvidos para que conseguisse distinguir as palavras. Will cravou os dedos no quadril dela, estimulando-a a cavalgá-lo mais rápido — Philippa mal conseguia respirar —, então ele jogou a cabeça para trás e ela atingiu o clímax, estendendo as mãos cegamente para o marido, alheia a tudo, menos a ele.

— Algum dia — disse Philippa, ofegante, entre arquejos —, vou aprender francês.

Will riu enquanto rolava por cima dela e aconchegava-a sob o seu corpo. O peito dele também estava ofegante e ele beijou a nuca da esposa até ela estremecer.

— *Je t'aime* — sussurrou.

— Essas palavras eu conheço. — E puxou-o para um beijo.

— São as únicas palavras que você precisa saber. — E Will beijou-a.

Diana tinha oferecido mandar servir o café da manhã deles no quarto, mas Will achava bizarro o costume inglês de comer na cama e se recusava a fazer isso, portanto, eles se vestiram e desceram até a sala de café da manhã.

Ele parou na porta.

— Vou encontrar Jack.

Philippa torceu os lábios. De dentro da sala saíam os sons da prataria na porcelana e vozes: Diana, Fanny e a duquesa.

— Não vai entrar para dizer bom dia?

Ele sorriu.

— Prometi encontrá-lo meia hora atrás. Ele já deve estar irritado comigo.

— Você deveria ter me avisado.

— Eu disse algo do tipo... *Mais rápido, meu bem, com mais força.*

Will deu uma piscadinha.

Philippa riu, então segurou o rosto dele entre as mãos.

— Boa sorte.

Will encostou a testa na dela.

— Vou precisar.

Ele partiu e Philippa entrou na sala de café da manhã.

— Bom dia.

— Bom dia. — A duquesa ergueu a sobrancelha ao ver o lugar vazio ao lado de Philippa.

— Will foi se juntar ao irmão — explicou.

— É claro. Fanny, peça mais chá — orientou Diana.

Philippa ficou grata à família que tinha; elas deixaram que fizesse seu prato de café da manhã em paz. Diana havia se apressado a oferecer a própria casa quando eles chegassem a Londres. Will fora contra, queria que todos permanecessem em Carlyle, enquanto ele e Jack iam a Londres para encontrar o pai. A duquesa o escutara calada, o rosto mais rubro a cada palavra, até Will finalmente perceber. Ele ficara em silêncio por algum tempo, então, antes que Philippa pudesse intervir, convidou a duquesa a acompanhá-lo.

— Isso é tão empolgante — comentou Fanny, entusiasmada. — Imagine, Pippa! Eles são a sua família agora.

Philippa olhou de relance para a duquesa, que dava goles no chá com uma calma aparente.

— Estou muito ansiosa para encontrá-los.

— Como eu nunca desconfiei disso? — falou a duquesa em um rompante. — O meu próprio neto, bem diante de mim!

— Ele não queria que a senhora desconfiasse — contrapôs Philippa, enquanto passava manteiga na torrada. — E, sinceramente, quem teria desconfiado que ele apareceria em Carlyle como administrador?

Pouco depois de conhecer Will, Philippa sugerira a ele que tentasse cativar a duquesa. Não era de se espantar que ele tivesse rido da jovem, já que estava se esforçando para afastar a avó, com medo de que ela, *sim*, o reconhecesse. A impertinência e a arrogância de Will no trato com a duquesa o mantiveram fora das vistas dela, a não ser por poucos encontros desagradáveis.

— Ele poderia ter se mostrado mais agradável!

Philippa não conseguiu conter um sorrisinho. Will se mostrara muito agradável para ela.

A duquesa franziu o cenho.

— Não ria de mim, Pippa.

— Não, dadi.

Ela percebeu um leve tremor na mão da mulher mais velha. A duquesa provavelmente estava tão apreensiva em relação àquele encontro quanto Will. Talvez ainda mais. Por trinta anos, o filho havia deixado que ela acreditasse que ele estava morto, e nenhum deles sabia o motivo. Lorde William levara uma vida inteira longe da mãe, era um estranho, mas ainda era o filho dela.

Depois do café da manhã, não havia mais nada a fazer a não ser esperar. Will e Jack haviam planejado encontrar o navio nas docas, explicar tudo, então levar a família deles para lá. Diana e Fanny desejaram boa sorte às duas antes de partirem para passar o dia fora e lhes garantir privacidade. A casa parecia muito grande e vazia sem as duas, e o único som que ouviam era o tiquetaquear do relógio alto.

A duquesa ficou andando de um lado para o outro no salão de visitas, as mãos unidas, como se em prece. Philippa tentou ler, bordou um pouco e dedilhou o cravo, antes de desistir quando o relógio bateu duas horas da tarde. Will estava fora havia horas.

— Devo pedir para servirem chá?

A duquesa levantou a cabeça. Seus olhos estavam secos, mas muito abertos, com uma expressão assombrada.

— E se ele não quiser me ver?

Philippa mordeu o lábio. Will também havia se preocupado exatamente com aquilo. Ele brincara, dizendo que temia que o pai pudesse estar tão ocupado lhe dando uma surra que talvez não conseguissem nem chegar a Hertford Street, porém, por trás da brincadeira, havia um medo real de que William St. James não quisesse nunca mais voltar para casa.

Mas Will prometera mandar um bilhete se aquilo acontecesse, e elas não haviam recebido nada até aquele momento.

— Talvez o navio tenha atrasado — sugeriu Philippa. — Poderíamos dar uma volta no parque.

Elas ouviram o barulho de rodas de carruagem chacoalhando do lado de fora. Philippa prendeu a respiração. A duquesa ficou paralisada. O barulho se aproximou, e então parou. Um cavalo relinchou.

A duquesa pegou a mão de Philippa. Seu rosto estava pálido.

A voz de um homem soou na rua. *Jack*, pensou Philippa, sentindo o coração dar uma enorme cambalhota.

O som da batida na porta fez as duas se sobressaltarem. Diana provavelmente havia pedido ao mordomo para ficar perto da entrada o dia todo, pois ela foi aberta de imediato. Mais vozes murmuradas, incluindo a de uma jovem. A duquesa apertou ainda mais a mão de Philippa.

Vários minutos intermináveis depois, a porta do cômodo foi aberta. Will entrou, seguido por duas mulheres.

— Vossa Graça. — Ele hesitou. — Permita-me lhe apresentar a minha mãe, sra. Montclair, e a minha irmã, srta. Sophia Montclair. Mamãe, Sophie, essa é a duquesa Carlyle.

A duquesa soltou uma exclamação discreta. Sophia era o nome *dela*.

A mulher mais velha era mais ou menos da idade de Diana, alta, bela e esguia. Ela encontrou o olhar da duquesa diretamente e se abaixou em uma mesura graciosa.

A moça ao seu lado tinha cabelo escuro brilhante e seus olhos, também escuros, estavam arregalados de admiração enquanto ela examinava a sala. Will a fitou com intensidade, e a moça se apressou a também fazer uma mesura.

— Vossa Graça — disse a sra. Montclair, com um distinto sotaque francês. — É um grande prazer finalmente conhecê-la.

— O prazer é meu. — A voz da duquesa saiu trêmula.

Ela apertava a mão de Philippa com tanta força que a jovem não sentia mais os dedos.

Jack enfiou a cabeça na porta. Ele olhou ao redor, então virou a cabeça por cima do ombro e assentiu.

Philippa prendeu a respiração. Will abaixou a cabeça.

Um homem entrou lentamente no salão. Era tão alto quanto Will, de ombros largos e em boa forma, o cabelo escuro já grisalho, o rosto bronzeado e com marcas da idade. Seus olhos se desviaram de um lado para o outro.

A duquesa deixou escapar um grito estrangulado de alegria.

— *William*.

A expressão cautelosa do homem relaxou, e um sorriso muito parecido com o de Will brotou em seus lábios.

— Mamãe — disse com carinho. — Que bom vê-la novamente.

Este livro foi impresso pela Vozes, em 2023, para a Harlequin.
O papel do miolo é avena 70g/m² e o da capa é cartão 250g/m².